MOEWIG
SCIENCE FICTION

H. J. Alpers

SCIENCE FICTION ALMANACH 1982

Herausgegeben und mit einem Nachwort
von Hans Joachim Alpers

MOEWIG
Deutsche Erstausgabe

Dem Band sind zeitgenössische Illustrationen beigegeben.
Umschlagillustration: Utoprop
Umschlagentwurf und -gestaltung: Franz Wöllzenmüller, München
Redaktion: Hans Joachim Alpers
Verkaufspreis inkl. gesetzl. Mehrwertsteuer
Auslieferung in Österreich:
Pressegroßvertrieb Salzburg, Niederalm 300, A-5081 Anif
Printed in Germany 1981
Druck und Bindung: Mohndruck Graphische Betriebe GmbH, Gütersloh
ISBN 3-8118-3555-6

Inhalt

Erzählungen

Artikel

Gustav Meyrink

Schöpsoglobin

1

Motto: Dulce et decorum est pro patria mori.

Professor Domitian Dredrebaisel, der weltberühmte Bakteriologe, habe eine wissenschaftliche Entdeckung von geradezu verblüffender Tragweite gemacht, lief das Gerücht von Mund zu Mund, von Zeitung zu Zeitung.

Ein Umgestalten des Militärwesens – gewiß wohl –, vielleicht sogar einen völligen Umsturz alles Bestehenden auf diesem Gebiete werde man zu gewärtigen haben; – warum hätte denn sonst der Kriegsminister es gar so eilig gehabt, den berühmten Gelehrten zu sich zu bescheiden? – Hm? – hieß es allgemein.

Und gar erst, als sich herausstellte, daß sich bereits an den Börsen geheime Syndikate gebildet hatten, die Entdeckung auszubeuten und Professor Dredrebaisel eine große Summe vorzustrecken, um ihm eine dringend nötige Studienreise nach – – – – Borneo zu ermöglichen, da war des Mund- und Augenaufreißens kein Ende mehr.

. . . „Bitt' Sie, wie kommt Borneo zum Kriegsminister", hatte gestikulierend der Herr Galizenstein, der angesehene Börsianer und Verwandte des Gelehrten gesagt, als man ihn eines Tages interviewte, – „wie kommt Borneo zum Kriegsminister!?!! Wo liegt überhaupt Borneo?"

Silbe für Silbe brachten am nächsten Tage die Zeitungen diese so sympathischen Worte des weitblickenden Finanzmannes und sie fügten noch hinzu, daß ein Experte der amerikanischen Regierung, Mr. G. R. S. Slyfox M. D. und F. R. S., soeben in Audienz bei Professor Dredrebaisel empfangen worden sei.

Natürlich steigerte sich die Neugier des Publikums bis zur Fieberhitze.

Spürnasen bestachen die Schreiber im Kriegsministerium, um Genaues über die eingereichten neuen Erfindungen usw. zu erfahren, und förderten dadurch oft ein Material zutage, das dem rastlosen Streben, das Militärwesen immer noch mehr und mehr zu vervollkommnen, wieder einmal das glänzendste Zeugnis ausstellte. – – Ganz neuartig, so urteilten Fachkreise, sei zum Beispiel eine vorgeschlagene sinnreiche Einrichtung, das Funktionieren des „Train" in Kriegs- und Manöverfällen betreffend, die es ermögliche, den bisher erzielten Erfolgsprozentsatz von Null auf das Fünffache (!!) zu erhöhen.

Geradezu hors concours jedoch, darüber waren sich alle einig, sei der genial erdachte Ehrenratautomat des Infanteriehauptmannes Gustav Bortdiner, eines wegen seiner ungemein eigenartigen Auffassung des Ehrenwortes bis weit über die Landesgrenzen berühmten Offiziers.

Man denke nur, ein Uhrwerk, schon von jedem Leutnant ohne Instruktion und Vorkenntnisse leicht zu handhaben, – ein Apparat – –, kurz und gut: ein maschineller Offiziersehrenkodex mit Wasserspülung – mit einem einzigen Griff nach *jeder* Richtung hin zu drehen, – der all das langwierige und mühselige Eindrillen und Vorschreiben der für die einzelnen Fälle *wünschenswerten* Ehrauffassung entfallen mache und an dessen Stelle das reinliche mechanische Getriebe setze.

Vieles, vieles dergleichen kam zutage, aber von einer Erfindung oder Entdeckung des Professors Dredrebaisel nicht eine Spur. So hieß es denn, sich in Geduld fassen, die Dinge reifen lassen wie die Früchte des Feldes und die Resultate der Expedition in Borneo abwarten.

– – – Und Monate vergingen. – – –

Alle Gerüchte von der großen Erfindung waren längst schlafen gegangen und hatten neuen Fragen Platz gemacht, da brachte eine europäische Zeitung die Nachricht, daß Professor Dredrebaisel und mit ihm vielleicht alle seine Begleiter jämmerlich umgekommen seien, – in den knappen Worten eines Telegrammes:

13. Mai. Silindong, Distrikt Pakpak, Borneo.
(Kabelbericht unseres Berichterstatters)

„Professor Domitian Dredrebaisel wurde gestern nacht von einer Schar Orang-Utans in seinem Wohnhause in Stücke gerissen. Viele Diener und Wärter teilten sein Schicksal. Assistent Dr. Slyfox wird vermißt. Der Schreibtisch des Gelehrten ist zertrümmert. Zahllose zerfetzte Schriften und Notizen des Forschers bedecken den Fußboden.“

Das war die kurze Leichenrede, mit der eine herrliche Sache zu Grabe getragen wurde.

2

Motto:

Motto:

„Mit Knöpfen das Gesäß geziert, ist stolz der Zwockel sehr, und daß er nichts zu denken braucht, macht ihn noch stolzerer.“

Ein Brief, den ein gewisser Dr. Ipse drei Jahre später aus Borneo an einen Freund schrieb:

Silindong (Borneo), 1. April 1906

Mein lieber, alter Freund!

Weißt Du noch, wie wir uns vor langen Jahren in Maaders „Box“ das Wort gaben, einander sofort zu berichten, wenn wir auf unseren Lebenswegen auf Vorkommnisse stoßen sollten, die, weit ab von den Wegen des Trosses liegend, irgend etwas Außergewöhnliches, Geheimnisvolles – in den „Ginggang“ der trivialen Ereignisse, möchte ich es nennen – nicht Hineinpassendes an sich tragen? –

Siehe, mein Lieber, da hätte ich nun heute das Glück, Dir von etwas dergleichen berichten, – Dich von Deinen alchimistischen Schmökern, oder was Du sonst zur Zeit wohl durchgrübeln magst – berechtigterweise aufscheuchen zu dürfen.

Wie wird Dir da drüben in Europa zumute sein, wenn einer in dem fernen Borneo es wagt, die Axt der Erkenntnis an die Wurzeln Deiner unbegrenzten Verehrung gegenüber allem, was da heißet „Kriegerkaste", zu legen? –

Könnte ich Dich doch, wenn Du diesen Brief gelesen, ein Weilchen belauschen, ob sich nicht gar bald in Deiner Seele da die Begriffe Uniformstolz und Vaterlandsliebe voneinander lösen mögen, etwa wie die tragantene Inschrift von einem Pfefferkuchenreiter abfällt, auf den es schon zu lange geregnet hat. –

Sag, hast Du nie darüber nachgedacht, woher es wohl kommen mag, daß gebildete Leute gleichen Standes – ja sogar Friseure – einander „Kollegen" (auf deutsch soviel wie Menschen, die etwas gemeinsam lesen, studieren) nennen, während der „Zwockel"-stand – erinnerst Du Dich noch dieses famosen, phonetisch so überaus bezeichnenden Spitznamens für Offiziere? –, während der Zwockelstand sich untereinander mit „Kamerad" anredet?! (von camera = Kammer = in einer gemeinsamen Kammer schlafen, lungern).

Mir fällt da immer die gelungene Überschrift des mittelalterlichen Gelehrten van Helmont zu einem seiner Kapitel ein: „Was for Tieffsinnen und Geheimbnus in denen Worten und Austrücken lieget."

Doch nun kopfüber in den Strudel der Begebnisse! – –

Also rate einmal, wen ich hier kennengelernt habe. Niemand anders, als Mr. G. R. S. Slyfox M. D. und F. R. S., den ehemaligen Assistenten des unglücklichen Professors Dredrebaisel. Denke nur!

Hier in Silindong, in den tiefsten Urwäldern Borneos! – Mr. Slyfox ist nämlich der einzig Überlebende der damaligen Expedition und hatte sofort nach dem Tode des Professors D. D., dessen Versuche er ganz allein, und zwar von Anbeginn leitete, – in Wahrheit war Professor D. D. immer nur vorgeschobene Person, – Borneo verlassen und war nach Europa gereist, um mehreren Staaten, darunter vor allem demjenigen, der gleich anfangs ein so großes Interesse gezeigt und den wir alle so ungemein schätzen und lieben, – seine Entdeckung oder besser gesagt Erfindung in einem vervollkommneten Zustande anzubieten.

Wie dies Vorhaben ausfiel, davon später, – genug, gegenwärtig sitzt Mr. Slyfox wieder hier in Silindong – arm wie eine Kirchenmaus – und setzt seine Studien fort.

Worin denn Professor D.s, besser gesagt Mr. Slyfox' Erfindung eigentlich bestand, möchtest Du Ungeduldiger gerne wissen! Nicht wahr? Also höre:

Jahrzehntelang hatte Mr. Slyfox sich mit Impfstatistik abgegeben und war zu der Wahrnehmung gelangt, daß in Länderstrichen, in denen der Blatternimpfstoff nicht mehr vom Menschen, sondern vom Kalbe genommen wurde, sich eine auffallende Zunahme von „Vaterlandsverteidigungstrieb", auch da, wo nicht der geringste Anlaß vorlag, geltend machte.

Von dieser Wahrnehmung bis zu seinen späteren epochalen Versuchen war in Mr. Slyfox' Erfinderhirn nur ein Schritt. Mit der Treffsicherheit des Amerikaners, dem nichts heilig ist, brachte er das erwähnte Sympton direkt mit dem minderwertigen Denkvermögen des Kalbes in Zusammenhang, und eine Kette von Experimenten war gegeben.

Schon die ersten Versuche mit einigen ausgewählten Exemplaren männlicher, aber chirurgisch korrigierter Schafe – das, was wir Laien kurzweg „Schöps" nennen – schlugen glänzend ein.

Passierte der von solchen Schöpsen gewonnene Impfstoff – das sogenannte Schöpsoglobin simplex A – überdies noch die Blutbahn von ein bis zwei Faultieren, so wurde er derart wirksam, daß er, auf jugendlich unbefangene Personen übertragen, in kürzester Zeit eine Art primären, patriotischen Koller hervorrief.

Bei erblich belasteten Individuen steigerte sich dieser Zustand in zwei Fällen sogar bis zur sogenannten unbehebbaren progressiven Patriomanie.

Welch tiefgehende Veränderung sich dabei auch im künstlerischen Innenleben des Geimpften abspielte, belegt wohl am besten der Fall, daß ein solcher Impfling, einer unserer geschätztesten berittenen Dichter, seinen neuesten Gedichtband mit den Zeilen beginnen ließ:

„Sie, Schwert, an meiner Linken – äh,
Was soll Ihr heitres Blinken – äh!"
Usw. usw.

Doch das nur so nebenbei.

Anfangs, das weißt Du ja, interessierte sich die Regierung sehr für die Erfindung, die unter dem Namen des Professors Dredrebaisel starten sollte, und ein Syndikat schoß die Kosten der Expedition vor.

In Silindong, in den dichtesten Urwäldern Borneos, der Heimat des Orang-Utans, wurden auch so rasch wie möglich etwa zweihundert solcher Affen eingefangen und unverzüglich mit Schöpsoglobin simplex A geimpft.

Mr. Slyfox sagte sich nämlich, daß die potenzierten Lymphprodukte, wie sie aus dem Faultier gezogen werden können, schon infolge der großen Seltenheit solcher Tiere für die Massenanwendung im Militärwesen viel zu teuer kämen. Was nun dem Faultier angesichts seines wesentlichen Überschusses an Stupidität zugunsten der Impfstoffverstärkung anhafte, das lasse sich gewiß, so hoffte der Gelehrte, durch das überwiegend Affenartige beim Orang-Utan vorteilhaft ersetzen. Die unheilvollen Folgen, die das Zusammensperren so vieler starker Tiere nach sich ziehen sollte, konnte natürlich niemand vorausahnen.

Die Schreckensnacht, in der die Affen ihre Käfige zerbrachen und alles kurz und klein schlugen, den Professor D. D. und die malaiischen Wärter töteten, hätte bei einem Haare auch Mr. Slyfox (er entrann nur wie durch ein Wunder dem Tode) das Leben gekostet.

Nach vollbrachtem Zerstörungswerk hatten die Orang-Utans tagelang eine Beratung abgehalten, deren Zweck und Ziel anfangs völlig rätselhaft erschien, später aber jenes durchdringende Licht auf die Wirkung des Schöpsoglobins und was damit zusammenhängt werfen sollte.

Von einem sicheren Verstecke aus hatte der Amerikaner genau beobachten können, wie die Affen nach schier endlosem Geschnatter aus ihrer Mitte einen Anführer wählten – und zwar jenes Exemplar, das schon während seiner Gefangenschaft als gänzlich vertrottelt allgemein aufgefallen war – und ihm sodann Goldpapier(!), das sie in einer zertrümmerten Kiste gefunden hatten, auf das Gesäß klebten.

Der Vorgang, der sich unmittelbar darauf vor den Augen des Gelehrten abspielte, war ebenfalls ganz danach angetan, höchstens Erstaunen zu erregen.

Die Orang-Utans scharten sich nämlich in Trupps, nahmen Äste und Ruten, oder was sie sonst in der Eile erwischten, über die Schulter und zogen eng aneinander geschart, während der Anführer mit wichtiger Miene ein Stück vorausschritt, aufrecht durch die Urwaldpfade.

Von Zeit zu Zeit stieß der Goldbeklebte ein schmetterndes:

Gwääh – Gwegg, Gwääh – Gwegg

aus und dann kam es über alle wie eine finstere Ekstase. Ihr Ausdruck nahm etwas seltsam Verbiestertes an, sie warfen mit einem Ruck das Gesicht nach links und hackten beim Gehen wie die Tobsüchtigen mit den Fersen in die Erde. Es muß ein unvergeßlicher Anblick gewesen sein. – „Augenblicke lang", das sind Mr. Slyfox' eigene Worte, „war mir, als sei ich nicht mehr im Urwalde, sondern ganz, ganz anderswo. – In irgendeiner Kaserne Europas.

Und als ich später gar mit ansah, wie die Affenschar ein widerstrebendes Exemplar festhielt und vor ihm auf einem erbeuteten Lederhutkoffer so lange einen ohrenzerreißenden Spektakel vollführte, bis auch dieser Widerspenstige von der ‚primären patriotischen Ekstase' ergriffen war, – da überwältigte mich förmlich eine Flut neuartiger Ideen.

Nie haben diese Affen ein Vorbild gehabt, sagte ich mir, und doch sind auch sie auf den Gedanken gekommen, das Gesäß mit Gold zu verzieren, – wollen dadurch den Eindruck des Kriegerischen erwecken und sind auf Institutionen verfallen, die, im Lichte wahrer Erkenntnis betrachtet, sicherlich von der Einwirkung schöpsoglobinartiger Stoffe herrühren müssen, die das Hirn umnebeln, gleichgültig nun, ob sie eingeimpft wurden, oder durch vererbte Borniertheit in ihrem Wachstum begünstigt im Körper als Eigengifte entstehen."

Mit Absicht führe ich Dir, mein lieber alter Freund, den Ideengang des Mr. Slyfox nicht weiter aus.

Schon um Dir den raffinierten Genuß, alles selbst zu Ende denken zu dürfen, nicht vorweg zu nehmen.

Wenn mir nun etwa beifiele, zu behaupten, daß Zwockeldünkel mit wirklicher Vaterlandsliebe gar nichts zu tun hat und zum großen Teile aus dem dunklen Wunsch entspränge, auf „Dirnengemüter" beiderlei Geschlechts „Eindruck" zu machen, – eine Art lächerlicher Auerhahnbalz zu imitieren, – sag, müßtest Du mir da jetzt nicht recht geben?

Oder wäre es wirklich möglich, daß zwei so alte Freunde – so innig miteinander verwittert – betreffs einer so fundamentalen

Wahrheit auch nur einen Augenblick zweierlei Meinung sein könnten?!

Und würde es im andern Falle nicht genügen, sich das Bildungsniveau des „Zwockelstandes“ – natürlich habe ich immer – auch hier – eine ganz spezielle Großmacht im Auge – zu vergegenwärtigen?

Doch weg mit allen Betrachtungen.

Ich wollte Dir nur noch berichten, wie sich die Staaten, denen Mr. Slyfox das Schöpsoglobin anbot, verhielten.

Der eine refüsierte kurz und wollte erst die Wirkung in anderen Ländern beobachten.

Der zweite Staat äußerte sich, wie üblich inoffiziell und durch eine Mittelsperson, in dem Sinne, daß die überwiegende Mehrzahl seiner Bevölkerung dank angestammter Fürstenliebe und des nachhaltigen tiefen Eindruckes frühzeitig auswendig gelernter Zitate, patriotischer Gesänge, sowie sinnreich erdachten bunten Kinderspielzeugs usw. – sich sowieso schon auf dem wünschenswerten Standpunkt befände.

Ein Impfprozeß wie der vorgeschlagene, dem überdies durch das bedauerliche Hinscheiden des Herrn Professors Dredrebaisel die Garantie entzogen sei, erscheine daher noch verfrüht; – ganz abgesehen davon, daß nach Ansicht von Fachleuten durchaus nicht erwiesen sei, ob nicht auch das Schöpsoglobin nach Art anderer Toxine in einiger Zeit die Veranlassung zur Bildung sogenannter Schutzstoffe im Blute geben könne, wodurch sodann die gerade entgegengesetzte Wirkung eintreten müsse. Im übrigen verfolge man nach wie vor die Versuche des Mr. Slyfox mit lebhaftem Interesse und werde stets usw. usw.

So sitzt nun Mr. Slyfox mit seinem Unternehmen auf dem Trockenen und muß wohl oder übel seine Impfversuche hier an allerlei Getier fortsetzen.

Und ich helfe ihm dabei.

Bleiben wider Erwarten die ganz großen Erfolge aus, so sind wir beide fest entschlossen, ein Rhinozeros einzufangen und zu impfen.

Das muß dann – daraufhin verbürgt sich Mr. Slyfox – jeden Skeptiker überzeugen.

Damit Du aber, alter Freund, nicht etwa um mein Leben zitterst, so wollte ich Dir noch sagen, daß uns von den Affen keine Gefahr mehr droht.

Wir haben uns ebenfalls das Gesäß mit Flitter geschmückt, und wenn wir beim Herannahen der Tiere nur jede Intelligenzäußerung scharf unterdrücken, so werden wir für Offiziere gehalten und hoch geachtet und sind vollkommen sicher. Du wirst vielleicht sagen, es sei das charakterlos von mir, aber ich bitte Dich, was muß man nicht alles tun, wenn man nun schon einmal unter Orang-Utans leben muß.

Jetzt aber heißt es hastig schließen, draußen – ganz nahe schon – höre ich das schneidige

Gwääh – Gwegg; – Gwääh – Gwegg

der Vaterlandsaffen.

Herzlichst grüßt Dich daher in Eile

Dein alter Egon Ipse

Carl Grunert

Adam Perennius, der Zeitlose

1

Darf der Erzähler seinen Lesern eine Geschichte auftischen, für deren Seltsamkeit und Rätselhaftigkeit er schlechterdings keine plausible Erklärung zu geben vermag?

Was nützt dem Autor die Versicherung, daß alle hier aufgeführten Begebenheiten tatsächliche Geschehnisse sind, für deren Wahrheit sich die Mitglieder der „Abendschule" persönlich verbürgen können, jener kleinen Vereinigung, die der und jener meiner Leser vielleicht schon kennt, und deren Teilnehmer dafür bekannt sind, daß ihnen nichts ferner liegt, als Karnevals- oder Aprilscherze oder gar Aufschneidereien à la Münchhausen! –

Vielleicht tue ich am besten, die hier folgenden Tatsachen – es ist unnötig das Wort nochmals zu betonen – meinen Lesern gegenüber nur als physiologische oder psychologische Probleme hinzustellen, deren Lösung ich ihnen selbst überlassen muß . . .

Um nichts Geringeres handelt es sich nämlich in dieser Erzählung, als um *das Wiedererscheinen eines Menschen aus ferner Vergangenheit mitten in unserer Zeit!* – Ich weiß, daß dieser Satz, so wie er dasteht, eine Unmöglichkeit einschließt – für den sogenannten „gesunden Menschenverstand"; aber, lieber Leser, der „gesunde Menschenverstand" ist doch ein sehr fragwürdiger Geselle bei dergleichen rätselhaften Erscheinungen!

Dieser gesunde Menschenverstand hat vor kaum hundert Jahren „schwarz auf weiß" bewiesen, daß es – beispielsweise – keine Meteorsteine geben könne – bis sie schließlich den betreffenden Herren Gelehrten von der Pariser Sorbonne beinahe auf die Köpfe fielen; derselbe gesunde Menschenverstand würde noch vor fünfzig Jahren das Telefon, die „wandernde Stimme", – noch vor zehn Jahren die Durchleuchtung eines lebendigen Menschen mit Röntgenstrahlen oder die Telegraphie ohne Draht nach Hertz und Marconi für unmöglich erklärt haben – vielleicht für ebenso unmöglich, wie das Phänomen, das uns hier beschäftigen wird!

Trotzdem verlange ich von meinen Lesern keine *Captatio mentalis,* auch keinen Salto mortale in das Gebiet des Spiritismus und anderer -ismen; ich bin zufrieden, wenn wir uns auf dem freien Boden des wissenschaftlichen Problems, der Hypothese zusammenfinden.

Lieber Leser, du kennst aus deiner Schulzeit das Kapitel von den logischen Schlüssen, z. B. 1. alle Menschen sind sterblich; 2. Cajus ist ein Mensch: 3. folglich ist Cajus sterblich. Logisch gewiß unanfechtbar! Aber kann dir jemand faktisch beweisen, daß auch du sterben wirst? Haben wir nicht auch den tröstenden Satz: *nulla regula sine exceptione* – Keine Regel ohne Ausnahme? Und stehen solche Ausnahmen nicht auch wissenschaftlich fest? Nur wenige Beispiele: Alle Trabanten der Planeten sind einmal durch Abschleuderung von Ringen in der Äquatorzone ihrer Hauptkörper entstanden; folglich liegen ihre Bahnen ziemlich genau in der Ebene des Äquators und sie drehen sich, wie die Planeten, von West nach Ost. Der Satz ist eine oder die Hauptstütze des Kant-Laplaceschen Weltsystems. Aber die Monde des Uranus, deren Bahnen um mehr als einen rechten Winkel gegen die sämtlicher Planeten und Nebenplaneten „gekippt" sind, und von denen zwei sogar völlig verkehrt, von Ost nach West, herumlaufen? –

Energie kann nicht neu erzeugt werden; sie läßt sich nur verwandeln: mechanische Kraft in Wärme, Wärme in Licht, Licht in chemische Spannkraft, chemische Spannkraft in Elektrizität (Gesetz von der Erhaltung der Energie). Kein Stoff kann neu erzeugt werden (Gesetz von der Erhaltung der Materie). Ich kann wohl annehmen, daß dies einem jeden wohl bekannt ist.

Und das Radium? Das Radium, das unaufhörlich Wärme, Licht und Elektrizität aus sich heraus produziert? Das Radium, das unausgesetzt ein Gas entwickelt, das sich schließlich als *Helium* offenbart? – Zugegeben also: Ausnahmen sind möglich von jedem Gesetz. Und ich will in dieser Erzählung ja nicht feststellen, daß irgendein Mensch unsterblich sei! Das allein soll der Leser mir zugestehen, daß der normale menschliche Lebenslauf, der hier auf Erden in 70–80 Jahren seinen Kreis beschreibt, doch einmal durch eine Ausnahme von der Regel so abweichen könne, daß der Ablauf der Lebensmaschinerie langsamer erfolgt. Anläufe zu dieser Ausnahme sind ja alle die „Hundertjährigen“, von denen unsere Tageszeitungen beinahe in jeder Woche einen Fall verzeichnen.

Schon im kleinen Kreise unserer Bekannten finden wir große Verschiedenheit im Älterwerden. Wie ungleich ticken die Lebensuhren! Mancher „wird gar nicht älter!“. Sein Lebensrad rollt nicht weiter, sondern dreht sich scheinbar Jahre, Jahrzehnte hindurch auf derselben Stelle um sich selbst! Mit siebzig Jahren sieht er aus wie ein rüstiger Fünfziger, vielleicht noch jünger. Gehen wir von dieser Tatsache aus noch einen Schritt weiter! Ist es nicht denkbar, daß die launische Natur nun einmal eine noch größere Ausnahme macht? Daß sie – unter besonderen Verhältnissen – einmal das Altern eines Menschen auf Jahrhunderte verteilt? – Die medizinische Wissenschaft berichtet z. B. von einem Apotheker, der im mittleren Lebensalter statt der gewöhnlichen Zahl der Pulsschläge (70–80) nur ca. 28 gehabt, dessen Lebensfunktionen alle sehr langsam vonstatten gegangen, und der – sehr alt geworden sei. Aber vielleicht sind so auffällige Abweichungen im Körperbau gar nicht einmal nötig. Vielleicht wirken dabei psychologische Momente viel mehr! Es ist denkbar, daß die betreffende Person mit ihren Zeit- und Altersgenossen in gleichem Rhythmus lebt und altert – bis zu einem gewissen Augenblick, wo das eintritt, was wir vorhin im Bilde ausdrückten:

„Das Rad läuft nicht weiter, es dreht sich nur auf derselben Stelle!“

Vor einiger Zeit lief durch die Tagesblätter der Reichshauptstadt folgende Notiz:

„Ein großer Menschenauflauf bildete sich gestern nachmittag in der Gegend des Oranienburger Tores. Durch die Chausseestraße kam eine seltsam gekleidete Person, ein hochgewachsener Mann, vielleicht 30–40 Jahre alt. Das Auffälligste an ihm war seine Tracht: er erschien wie ein Zeitgenosse Friedrichs des Großen und sah aus, als ob er soeben aus einem Kupferstich des berühmten Chodowiecki herausgestiegen sei. Auch der Zopf fehlte nicht. – Ein hinzukommender Schutzmann brachte den wunderlichen Spaziergänger zum nächsten Polizeirevier. Wahrscheinlich handelte es sich um einen verspäteten Karnevalsulk oder um einen harmlosen Narren, dem es ein besonderes Vergnügen macht, in der Tracht unserer Urgroßväter umherzustolzieren.“ –

Acht Tage später berichtete dieselbe Zeitung:

„Der Sonderling, von dem wir in voriger Woche berichteten, daß er in der Tracht von 1760 am Oranienburger Tor aufgegriffen worden sei, beschäftigt unsere Behörden noch immer. Der Unbekannte war im Besitze einer größeren Geldsumme – aber sämtliche Geldmünzen stammten aus fridericianischer Zeit! Eine bei ihm gefundene Zeitung war eine Nummer der „Vossischen Zeitung" vom September 1770. Die rätselhafte Person behauptet, ein Preuße und geborener Berliner zu sein, und nennt als seinen Geburtstag den 5. März 1735. Wenn man es nicht mit einem Abenteurer zu tun hat, der in dieser historischen Maske irgendwelche eigennützigen Zwecke verfolgt, so liegt hier vielleicht ein seltener psychopathischer Fall vor, der voraussichtlich noch unsere medizinischen Autoritäten beschäftigen wird. Der rätselhafte Hundertsiebzigjährige sieht aus wie Mitte der Dreißig und macht den Eindruck eines hochgebildeten Mannes.

Interessant ist für den Fall einer psychischen Abnormität die Erscheinung, daß sein Gedächtnis völlig den Zusammenhang mit der Gegenwart verloren zu haben scheint; alle seine Erinnerungen gehen nicht weiter als bis zum Jahre 1770. Vom Frieden zu Hubertusburg, von dem Einzug der heimkehrenden Grenadiere des Alten Fritz erzählt er mit der Ausführlichkeit und Anschaulichkeit eines Augenzeugen. – Wir werden auf dieses ‚zeitgeschichtliche Rätsel' noch zurückkommen." –

Dieselbe Zeitung – vierzehn Tage später:

„Nach Aussage der medizinischen Sachverständigen handelt es sich bei dem ‚in Gedanken stehengebliebenen Zeitgenossen Friedrichs des Großen', wie ihn kürzlich eins unserer Witzblätter getauft hat, um eine äußerst seltene Form einer Monomanie. Die Psychiater erklären den rätselhaften Fall so, daß sie annehmen, der geistreiche Sonderling habe bei seiner ausgeprägten Vorliebe für geschichtliche Studien, namentlich für die fridericianische Epoche, durch eine bestimmte Art geistigen Defekts den Zusammenhang mit unserer Gegenwart verloren, und seine ‚Erinnerungen' aus dem vorigen Jahrhundert seien subjektive Phantasien, die er nach außen projiziere. Diese Monomanie geht bei ihm bis zu kleinen Äußerlichkeiten: seine Redewendungen haben häufig altertümliche Färbung; sogar seine Schriftzüge zeigen ganz den Duktus, wie wir ihn an Manuskripten aus jener Zeit vorfinden. – Wie schon erwähnt, sind ihm die Eindrücke der Gegenwart völlig entschwunden. Auf einem Plan von Berlin aus unsern Tagen findet er sich nicht mehr zurecht; dagegen sind ihm die alten Kupferstichkarten unserer Hauptstadt von 1750–70 verständlich. Er erscheint als ein friedlicher, harmloser Mensch. Er nennt sich *Adam Perennius*. – Wir werden die Aufmerksamkeit unserer Leser wohl noch öfter auf dieses Menschenrätsel zu lenken Gelegenheit haben."

Drei Tage später folgte noch die kurze Notiz in der Morgenausgabe: „Der rätselhafte Urberliner, der unsere wissenschaftlichen Kreise seit einiger Zeit beschäftigte – Adam Perennius – ist seit gestern abend aus der Charité, wo man ihn bisher verpflegt und beobachtet hat, verschwunden."

Am Spätnachmittage dieses Tages befand ich mich im Tegeler Park, den ich oft und gern besuche . . .

Und hier, an einem meiner Lieblingsplätzchen, traf ich den rätselhaften Fremden.

Schon beim ersten Blick glaubte ich, daß er es sei. Verschiedene illustrierte Blätter hatten ja sein Bild gebracht. Aber ich meine, auch ohne dieses Hilfsmittel der Erinnerung hätte ich ihn erkannt. Zwar trug er einen weiten Sommermantel, der seine Urvätertracht fast ganz verhüllte – aber der seltsame Zopf und der altmodische Hut, der neben ihm lag, lenkten mich schnell auf die richtige Spur. Allein auch ohne diese äußeren Kennzeichen war sein ausdrucksvolles, völlig bartloses Gesicht für einen modernen Menschen sehr auffallend.

Ich trat grüßend näher. Ich hatte die Zeitungsnotiz von heute morgen gelesen und fürchtete, er werde aufspringen und die Flucht ergreifen. Aber er erwiderte höflich meinen Gruß und blieb sitzen.

Das eigentümlich unsichere Gefühl, das wohl einen jeden beschleicht, der mit einer geistig nicht intakten Persönlichkeit zusammentrifft, überkam mich. –

Da blickte er mich an! Sein wunderschönes blaues Auge zeigte hohen Seelenadel. Nicht ein leiser Schimmer einer geistigen Verwirrung war in ihm zu merken. Zwar war ich kein Psychiater und konnte mich täuschen; aber auch ein Psychiater kann sich täuschen.

Das anfängliche Gefühl der Scheu in mir machte unter seinem Blick dem der ehrlichen Teilnahme Platz – und wie ein Blitz durchzuckte mich plötzlich der erschütternde Gedanke: wenn dieser rätselhafte Mann von unsern Ärzten falsch beurteilt würde! Wenn er doch recht hätte, mit seiner unerhörten Behauptung, aus der Mitte des achtzehnten Jahrhunderts zu kommen! Wenn er in Wahrheit durch irgendein wunderbares Naturgeschehen aufgespart geblieben wäre für unsere Zeit! Wenn er, wie ein Geschöpf im Winterschlaf, mehr als ein Jahrhundert im Leibes- und Seelenschlaf zugebracht und jetzt erst erwacht wäre!

Diese Gedankenreihe durchkreuzte mein Gehirn so rasch und unvermittelt, daß ich voller Verwirrung vor ihm stehenblieb und ihm nur immer starr ins Gesicht sah.

„Aus Ihrer Verwunderung glaube ich entnehmen zu dürfen, mein Herr", sagte er nun mit einer festen, wohltuenden Stimme, „daß Sie mich als die Person erkannt haben, von der Ihre heutigen Gazetten und Journale kürzlich allerlei Seltsames berichtet haben?"

„Ja – in der Tat –" stotterte ich.

„Ich muß zugeben", fuhr er fort, „daß mein *Curriculum vitae* wunderlich und absonderlich genug erscheint, am mehresten für mich selbst, das glauben Sie mir, mein Herr! Aber – ich kann ja doch nichts dafür und kann doch auch nur sagen, was ich von mir weiß, so unerhört und sinnlos dieses auch klingen mag. Ich bin wirklich der, für den ich mich ausgebe –"

„Sie sind seit gestern aus der Charité ent –"

„Entflohen – ja, d. h. ich habe den dortigen *Doctores* gesagt, daß die *inquisitiones* und *examina* mir nachgerade zu viel würden. Ich wäre mir keiner Schuld bewußt, und soviel ich wüßte, hätte auch mein König Friedrich selbst das Wort respektieret: *Il y a des juges à Berlin!* – So bin ich einfach gegangen, und man hat mich nicht sonderlich aufgehalten oder molestieret. – Den Weg hierher suchte ich, in alte Erinnerungen versunken, und habe ihn nach mancherlei Irrfahrten auch glücklich gefunden."

„Ach", seufzte er nach einer Weile, wo wir beide geschwiegen hatten, „wenn mich doch jemand verstände, wenn ich doch einer fühlenden Seele klagen könnte, wie mir zu Gemüte ist! Mit was für unsagbar schweren Gedanken durchwanderte ich Ihr heutiges Berlin! Ungefähr wie jemand, der als Greis seine Heimat wiedersieht, die er dereinstens als Knabe verließ. Aber mir fehlt das Bewußtsein der dazwischenliegenden Jahrzehnte! Denken Sie sich doch einen Moment in meine Lage! Meine Erinnerung schloß mit den Eindrücken aus dem Jahre 1770 – und nun soll ich plötzlich, unvermittelt anknüpfen, wie ein aus dem Grabe Erstandener, ein *revenant,* an das Jahr 1905! O, ich sage Ihnen, dieser Kontrast ist furchtbar, ist fast unerträglich für mein Gemüt!" –

Ich hatte mich längst neben ihn gesetzt und leise meine Hand auf seinen Arm gelegt.

„Fassen Sie Vertrauen zu mir", bat ich ihn, indem ich meinen Namen nannte. „Vielleicht vermögen Sie dies eher, wenn ich Ihnen versichere, daß ich Ihnen in allem glaube, was Sie über Ihr seltsames Schicksal berichten, Herr Perennius. Und nun kommen Sie mit mir! Denken Sie, dies alles sei ein wunderlicher Traum! Schauen Sie die alten treuen Bäume über uns. Sie standen schon zu Ihrer Zeit an diesem Platze. Die Natur bleibt treu! An Ihrem Busen werden auch Sie Genesung finden in Ihrem leidvollen Schicksal, das seinesgleichen nicht hatte bis heute – kommen Sie!"

Und er nahm meinen Arm.

2

Wohin ich den rätselhaften Menschen führte, als das Dunkel des hereinbrechenden Abends uns überfiel?

„In die Abendschule!" In jene schon erwähnte kleine Vereinigung gleichgesinnter Menschen, die allwöchentlich einmal in einem Erholungslokal im Norden Berlins sich zusammenfand und deren Teilnehmer mancher meiner Leser wohl auch dem Namen nach noch kennt: den alten Herrn Oberlehrer und seine beiden Töchter, von denen die eine allerdings seitdem Frau Dr. Mathieu geworden ist, Dr. Mathieu, Großhändler Ludwig Deckers, Rentier Fennmüller und – meine Wenigkeit.

Hierher, wo alle Fachsimpelei und aller Alltagsklatsch verbannt war, brachte ich Adam Perennius. Auf meinen Rat wartete er einen Augenblick vor der Tür, indes ich eintrat, um sein Erscheinen ein wenig vorzubereiten.

Die Abendschule war vollzählig, bis auf Großhändler Deckers, der durch den Besuch seiner verheirateten Tochter noch ein Weilchen verhindert war, aber sein und ihr Erscheinen durch einen Boten hatte melden lassen.

„Guten Abend, meine hochverehrten Herrschaften", sagte ich, die Anwesenden der Reihe nach begrüßend.

„Nanu“, rief Fennmüller launig wie immer, „Sie machen ja heute ein solches Extra-Gesicht! Haben Sie gut soupiert? Haben Sie Maikäfersuppe gegessen?“

„– Nein, nein, Herr Fennmüller! Sie wissen ja, der kulinarische Feinschmecker von uns sind Sie. – Aber ein ‚Extra-Gesicht‘ darf ich wohl machen. Wissen Sie, wen ich gesehen und gesprochen habe?“

„Einen Marsbewohner vielleicht?“ neckte die junge Frau Dr. Mathieu, die meine Schwärmerei für diesen rätselhaften Planeten kannte.

„Nein, noch nicht – vielleicht erscheint mir der auch einmal! Aber den geheimnisvollen Menschen habe ich getroffen, der aus dem vorvorigen Jahrhundert übrig geblieben ist als ein Zeitgenosse Friedrichs des Großen –“

„Sind Sie auch schon von ihm angesteckt, daß Sie seine Phantasien für bare Münze nehmen?“ sagte Fennmüller halb lachend, halb ärgerlich. „Was man nicht alles erlebt, selbst an seinen Bekannten – wenn man alt genug wird!“ –

„Welchen Eindruck hat der Unglückliche auf Sie gemacht?“ fragte der Herr Oberlehrer. „Halten Sie ihn, wie unsere Ärzte, für eine geistige Abnormität?“

„Herr Oberlehrer, ich bin kein Psychiater – aber nach meinem Dafürhalten ist der Mann geistig völlig gesund –“

„Dann, meine Herrschaften, bleibt also nur die zweite Annahme übrig, ihn für einen vollendeten Komödianten zu halten“, flocht Fennmüller ein, „der seine Rolle in der Maske von ‚Anno dazumal‘ recht geschickt spielt –“

„Ja, Herr Fennmüller“, entgegnete ich, „recht geschickt, so geschickt, daß er sie nicht *spielt,* sondern *lebt!*“

„Wie meinen Sie das?“

„Ich meine – und nun wappnen Sie Ihr Herz gegen Überraschung! – der Mann *ist* das, was er scheint! Er ist ein Beispiel einer Lebenskraft, die anderthalb Jahrhunderte ungeschwächt überdauert hat –“

Die Anwesenden sahen mich mit sprachlosem Erstaunen an – Fennmüller hatte sich erhoben –

Nur Dr. Mathieu sagte ruhig:

„Ich glaube Ihnen!“

Dann sich zu den Übrigen wendend:

„Meine Herrschaften, ebensoviel Wunderglauben er von Ihnen verlangt, verlangen auch die wissenschaftlichen Kapazitäten, die ein derartiges psycho-physiologisches Rätsel Ihnen einfach als einen besonderen Fall einer bloßen Monomanie zu erklären versuchen."

„Warum haben Sie uns den rätselhaften Menschen nicht mit in die ‚Abendschule' gebracht?" fragte der Herr Oberlehrer ein wenig schalkhaft. „Ich meine, die ‚Abendschüler' samt ihrem ‚Lehrer' sind sämtlich Menschen, die eine Ausnahme von der landläufigen Spezies *Homo sapiens* machen. Vielleicht hätte er sich in unserm immer hellen, immer heitern Kreise, fern von dem hastenden Getriebe der Weltstadt, wohl gefühlt –"

„Ich danke Ihnen für dies gute Wort, Herr Oberlehrer", sagte ich hierauf und – öffnete die Tür. –

Aller Augen richteten sich einen Moment starr auf den Erschienenen. –

Aber dann geschah alles, wie ich es gehofft und gewünscht: man nahm den Armen, Einsamen, Rätselhaften freundlich auf; namentlich der Herr Oberlehrer, der älteste von uns, begrüßte ihn sehr herzlich und lud ihn ein, neben ihm Platz zu nehmen.

Und nun saß er unter uns. Hätte er nicht seine altmodische Kleidung getragen und den steifen Zopf, so hätte sein frisches, kluges Gesicht vortrefflich in unsern Kreis hineingepaßt; er schien wie ein junger Mann in der Mitte der Dreißig und man mußte sich immer erst wieder besinnen, daß ein Mensch von reichlich anderthalb Jahrhunderten einem gegenüber saß.

Das Gespräch, das anfangs gestockt hatte, setzte wieder ein, aber ich sah den Gesichtern, namentlich der Damen, an, daß das Interesse an gleichgültigen Dingen in diesen Minuten überwältigt wurde von der großen seelischen Spannung, mit der wir alle die Erscheinung unseres Gastes aufnahmen. Trotzdem scheute sich ein jeder von uns, ihn durch neugierige Fragen zu belästigen.

Wie dankbar überrascht waren wir daher, als der rätselhafte Fremde plötzlich sagte:

„Darf ich den verehrten Anwesenden ein Weniges aus meinem Leben erzählen, so gut ich es vermag? – Ich fühle, daß ich hier unter teilnehmenden Herzen weile, die kein Gelüst der bloßen Neugier treibt, die ein leidvolles Menschengeschick in edler Sympathie zu verstehen suchen werden –"

FRITZ BERGEN.

„Wir wagten nicht, Sie darum zu bitten", sagte der Herr Oberlehrer verbindlich – „aber das darf ich Ihnen im Namen unserer kleinen Tafelrunde versichern, daß wir Ihnen aufrichtige, herzliche, Ihrer würdige Teilnahme entgegenbringen."

Und seine Tochter setzte hinzu:

„Wird es Sie auch nicht zu sehr aufregen, unsertwegen die Vergangenheit wieder zurückzurufen?"

„Nein, Demoiselle", sagte er freundlich lächelnd, „ich hoffe vielmehr, daß ich durch meine Erzählung mir für mein eigenes Wesen ein weniges von der Klarheit und Ruhe zurückgewinne, die mir in diesen Tagen der Verwirrung fast gänzlich verloren ging – nach dem bewährten *receptum* unseres alten Königsberger Poeten Simon Dach:

„Die Red' ist uns gegeben,
Damit wir nicht allein
Für uns nur sollen leben
Und fern von Menschen sein –

Der kann sein Leid vergessen,
Der es von Herzen sagt;
Der muß sich selbst auffressen,
Der insgeheim sich nagt."

Und er begann:

„Ich möchte Ihnen den letzten Tag meines früheren Daseins schildern!

Am 16. September 1770 war ich in einer Gesellschaft tüchtiger Männer und liebenswürdiger Frauen. Wir hatten miteinander einen kleinen Ausflug im Landauer unternommen in die Environs des Tegeler Sees. Ich könnte Ihnen ja all die Namen der Teilnehmer nennen – aber was sollen Ihnen die leeren Namen? Ach, soviel hat mir der gezwungene Aufenthalt unter ärztlicher Bewachung in dieser Charité genannten Anstalt doch genützt, daß ich weiß mit trauriger Sicherheit, daß ich der einzige bin, der von ihnen allen noch lebt, der aus meiner Zeit noch lebt, körperlich zwar jung und rüstig, wie dereinstens, aber doch ein Vergessener, Übriggebliebener, vom harten Schicksal Verbannter, ein Schemen, der keine Ruhe gefunden hat –"

Er kämpfte einen Augenblick mit seiner Bewegung, dann fuhr er leiser fort:

„Und – auch *sie* ist nicht mehr – *sie,* um derentwillen ich an jenem Landausfluge teilnahm – Demoiselle Justine! – O, daß dieser süße Mund verstummt, diese himmlischen Augen sich auf ewig für mich geschlossen haben – glauben Sie mir, das ist das Schwerste, Unbegreiflichste unter all den Rätseln, die mich jetzt umgeben."

Er zog eine altmodische, dickleibige Brieftasche hervor und entnahm ihr ein kleines ovales Emaillebildnis. Wehmütig versenkte er sich ein Weilchen in die geliebten Züge – dann reichte er es der Tochter des Herrn Oberlehrers. Diese betrachtete das Miniaturporträt und wollte es ihm dann dankend zurückgeben; durch eine Handbewegung aber bat er sie, es weiterzureichen.

Und so sahen wir das liebliche Mädchenbild, das vor mehr als dreizehn Jahrzehnten seine Hoffnung und sein Glück verkörpert hatte. Die Farben des Bildchens waren noch so frisch und leuchtend, als sei es eben erst aus der Hand des Künstlers hervorgegangen: Das hochaufgetürmte lichtbraune Haar, die schöne, hohe elfenbeinweiße Stirn, die feingeschwungenen Brauen über den strahlenden dunklen Augen, das zierliche Näschen und die roten Lippen, schön geformt, „wie Amors Bogen", das Grübchen im Kinn und den schlanken Hals, der sich schlank und weiß wie eine Lilie aus dem bunten, faltigen Gewande erhob.

„Wie schön sie ist!" rief die junge Frau Dr. Mathieu impulsiv aus, hingerissen von dem Liebreiz des Bildes.

„Ja", sagte er mit einem glücklichen Aufleuchten seiner sprechenden Augen; – „aber ihr Herz war noch schöner, und mir gehörte dies Juwel, um das mich alle beneideten! Meinetwegen ertrug sie die fortgesetzten Drangsalierungen eines wunderlichen, alten Oheims, in dessen Hause sie als elternlose Waise leben mußte. Monsieur Scholvius besaß keine Sympathien bei denen, die ihn näher kannten; sein Renommee war nicht tadellos. Ich wußte, daß er mit dem Plane umging, Justina an einen Abenteurer zu verkuppeln, von dessen Einfluß er sich wohl allerlei pekuniäre Vorteile für sein Quincailleriegeschäft versprach, an einen jener französischen Glücksritter, die hier bei Hofe aus- und eingingen. –"

„À la Ricaut de la Marlinière", warf Dr. Mathieu dazwischen.

„Ja – o meine verehrten Herrschaften", fiel der Erzähler – sich selbst unterbrechend – schnell wieder ein, „wenn Sie ahnen könnten, wie des jungen Magister Lessing Lustspiel hier in manchen Kreisen gezündet hat! Wie bin ich dem Zufall obligiert, der mir durch meinen Verkehr im Hause des Buchhändlers Voß einst die günstige *occasion* verschaffte, den gefürchteten Kritikus persönlich kennenzulernen! Sein Lustspiel „Minna von Barnhelm" – mit Chodowieckis Kupfern – empfing ich von ihm selbst mit eigenhändiger Dedikation. –"

Er zog aus seiner Brieftasche das kleine Buch in Duodezformat hervor, schlug es auf und reichte es dem Herrn Oberlehrer. Dieser las die handschriftliche Eintragung auf der Innenseite des Deckels:

„Mein eigenes Unglück schlug mich nieder, machte mich ärgerlich, kurzsichtig, schüchtern, lässig; *ihr* Unglück hebt mich empor; ich sehe wieder frei um mich und fühle mich willig und stark, alles für *sie* zu unternehmen."

(5. Aufzug, 2. Auftritt.)

„Möchten Tellheims Worte auch für *Sie beide* zur Wahrheit werden!"

Berlin, den 5. März 1766.

Ihr
Gotthold Ephraim Lessing."

„Der vortreffliche Mann!" begann der Erzähler von neuem. „Er kannte meinen Schmerz und meine Sorge, er kannte auch sie, meine Justina! – Doch hören Sie weiter! An jenem Tage, von dem ich erzähle, war Justina von ihren Freundinnen zum Ausfluge nach Tegel invitieret worden. Ach, es war seit fast fünf Monden der erste Augenblick, da ich die Geliebte wiedersehen durfte! – Lassen Sie mich schweigen von diesen seligen Empfindungen! Aber noch jetzt packt mich der Grimm bei dem Gedanken an alles, was sie in diesem Zeitraum erdulden müssen, nicht an leiblicher, aber an seelischer Not! Ich sah unter sothanen Umständen nirgends mehr eine Rettung, als *schnelles* Handeln. Aus Justinas Munde wußte ich, daß Monsieur Scholvius niemals zu ihrer Verbindung mit mir seine Einwilligung geben wollte. Alle meine Freundinnen und Freunde, die unser Schicksal beklagten und ihre Tränen mit den unseren mischten, waren ratlos! Justina war minorenn und in rechtlicher Gewalt ihres Oheims. Ach, wie gern hätte ich alle Brücken hinter uns zerbrochen und wäre ins Ausland geflohen! Ich besitze – besaß Konnexionen in Wien und London, zufolge meiner Arbeiten

– ich habe mich, Kaufmann von Beruf, lange mit der Vervollkommnung der Seidenweberei und -färberei beschäftigt – wie gern hätte ich an einem dieser fremden Orte mein Glück geborgen! Aber Justina wollte nicht heimlich ihr Glück sich stehlen; sie wollte in Ehren hier in Berlin mit mir leben, und sie bat mich abermals, Geduld zu haben. Ich aber wußte aus sicherer Quelle, daß Monsieur Scholvius seit einigen Tagen eifriger als je seinen dunklen Plan verfolgte; vielleicht hatte er ihr nur darum heute Urlaub bewilligt, um sie sicher zu machen! – Und ich hatte am Morgen dieses Tages eine gute geschäftliche Nachricht von meinem Korrespondenten aus Wien empfangen: auf meine Erfindung der verbesserten Seidenfärberei war mir ein kaiserliches Privileg erteilet worden, das mir das alleinige Fabrikationsrecht im Reiche sicherte. – So sagte ich Justina, daß ich am nächsten Tage noch einmal den Versuch machen wolle, ihren Oheim um ihre Hand zu bitten. Sie aber gelobte mir, wenn auch diese letzte Visite erfolglos für uns sein würde, daß sie mit mir gehen wolle, wohin es auch sei. So schieden wir – mit einem Kusse und mit der Hoffnung baldigen Wiedersehens –"

Er hielt inne und bedeckte die Augen mit der Hand.

„Vor der Stadt trennten wir uns. Justina fuhr mit den Übrigen nach Hause; ich ging zu Fuß weiter. Und da geschah das Rätselhafte, Unerklärliche –"

Wieder schwieg er einen Moment. Wir hingen wie gebannt an seinen Lippen.

„Ich kann selbst nur weniges darüber berichten. Aber soweit meine Erinnerungen davon reichen, will ich erzählen. Ich weiß, daß ich langsam fürbaß schritt, der Stadt zu, die im Lichte des Spätnachmittags vor mir lag. Und da –"

Ein Schauer durchrieselte ihn –

„– da senkte sich plötzlich eine große, schwere, weiße Wolke auf meinen Weg herab, so dicht und scharf umgrenzt, als sei sie von anderer Materie gebildet als sonst Nebel und Wolken sind.

Sie ruhte auf meinem Pfade wie ein in Schleier gehülltes Geheimnis.

Ein Grauen überfiel mich, als wollte mich eine innere Stimme vor ihr warnen!

Aber ich schüttelte die wunderliche Empfindung ab und schritt auf sie zu: jetzt hatte ich sie erreicht – jetzt trat ich hinein in ihre weißen Massen!

Und plötzlich sah ich nichts mehr – ein undurchsichtiges, unabsehbares Nebelmeer umwogte mich. –

Aber ich hatte die Empfindung, als ob ich trotzdem weiter schritte, weiter, immer weiter, schneller, immer schneller, rastlos, endlos . . .

Und endlich, mit einem letzten Schritt, gelangte ich heraus aus der verhüllenden Wolke. – –

Da lag vor mir eine Riesenstadt, wie sie mein Auge nie geschauet. Eine ungeheure Zahl himmelhoher Schornsteine stieg vor mir in die Lüfte. Riesige Häusermassen umgaben mich in langer Reihe. Betäubt schritt ich dahin –

Dann führte man mich unter fremde Menschen einer fremden Zeit –

Das Weitere wissen Sie . . ."

– Wir saßen eine Weile unter dem Eindrucke seiner Erzählung stumm da. Vielleicht mangelt ihrer schriftlichen Wiedergabe gerade das, wodurch sie für uns so überzeugend und packend wurde: die ernste, edle Gestalt des Sprechenden, sein offenes, kluges, ehrliches Antlitz, sein jetzt im Feuer leidenschaftlicher Erregung flammendes, jetzt in ruhiger Fassung blickendes, aber immer klares, sicheres Auge, seine bald ruhig fließende, bald vor Aufregung stockende Sprechweise – das alles aber durchweht von einem geheimnisvollen Etwas, das sich nicht definieren ließ, aber dafür auf das Gemüt des Hörers nur um so überzeugender wirkte, das beispielsweise an seinen oft altertümlich gefärbten Redewendungen hing wie der Lavendelduft aus den alten Kleidertruhen der Urväterzeit. – Der da neben uns saß an demselben runden Tische unserer „Abendschule", keine Handbreit von uns entfernt, war doch seinem innersten Wesen nach von uns getrennt, nicht räumlich, aber zeitlich! Und mochte man die Augen schließen, um nicht seine altertümliche Tracht zu sehen – sein geistiges Ich gehörte nicht mehr hinein in unsere Zeit! Sein seelisches Kleid trug den Schnitt von 1770, selbst wenn er sich nach unserer neuesten Mode gekleidet hätte. – Aber dies alles kann ich nicht so wiedergeben, wie es sich damals meinem Gefühl aufdrängte.

– Fennmüller saß mir gegenüber. Ich sah ihn an – ich kannte dieses schalkhafte Gesicht und die Wetterzeichen darin, die seine Stimmung verkündeten. Es zuckte bedenklich um seine Mundwinkel. –

Der Herr Oberlehrer aber sagte: „So haben Sie gar keine Erinnerung davon behalten, Herr Perennius, wo Sie so lange Zeit zugebracht haben?"

„Nein, Herr Oberlehrer", entgegnete Adam Perennius bestimmt. „Nicht den Schatten irgend einer Erinnerung, daß ich auf meinem Wege vielleicht krank geworden und irgendwo Aufenthalt gehabt oder Unterkommen gesucht habe – nichts!"

„Das Rätselhafteste", meinte Dr. Mathieu, „scheint mir nicht die subjektive Seite des Phänomens zu bilden, das Bewußtsein oder die Vorstellung, die Sie von dem ganzen Geschehnis nach so langer Zeit noch haben, sondern die objektive Erklärung des Phänomens, das Zustandekommen und Bestehen einer solchen Organismusstarre bei der ungestörten Fortdauer aller Lebensfunktionen – volle fünf Menschenalter hindurch. –"

„Und damals gab es noch nicht einmal Ihre ‚Radiumbremse', Herr Doktor!" sagte Fennmüller lachend.

Ehe Dr. Mathieu noch etwas erwidern konnte, ging die Tür des Lokals auf.

Frau Ellida, die jungverheiratete Tochter des Großhändlers Deckers, trat ein, am Arm ihres Gatten.

Wir waren eben im Begriff, die Ankommenden zu begrüßen, als Adam Perennius mit einem Schrei des Entsetzens auffuhr. –

Wie von einer Erscheinung gebannt, starrte er auf die junge Frau. Auf seinem Antlitz wechselte die Blässe des Todes mit fieberhaftem Rot.

„Justina" – rang es sich dann aus seiner Brust hervor, indes er ihr einen Schritt näher trat, „Justina! Du – Du lebst noch? Du auch! So sind wir beide –"

Da erst schien ihm die Besinnung wiederzukommen. Sein Blick fiel auf die Gestalt ihres Begleiters. Er stammelte ein paar undeutliche Worte und stürzte aus dem Zimmer . . .

„Was hatte der wunderliche Herr?" fragte Frau Ellida erstaunt. – Ja, was hatte er? Nach einer Weile sahen wir es auch.

Im Halbdunkel der Tür hatte Frau Ellida eine überraschende Ähnlichkeit mit – Demoiselle Justina, deren Miniaturbild wir vorhin betrachtet. So frappierend war diese Übereinstimmung, daß selbst Fennmüller ausrief:

„Mein Kompliment, Frau Ellida, Sie sehen noch genau so aus wie vor hundertfünfunddreißig Jahren!"

Woher stammte diese wunderbare Ähnlichkeit? Die Fragen und Wechselreden gingen herüber und hinüber.

– Ich aber benutzte diesen Augenblick, um nach dem Verschwundenen zu suchen. Ich benachrichtigte unsern allzeit aufmerksamen Wirt, Herrn Sandter. Gemeinschaftlich durchforschten wir das Lokal, den Garten. –

Nirgends eine Spur. Aber noch konnte er nicht weit gekommen sein! Schnell trat ich durch das Gartentor auf die Landstraße hinaus, die im hellen Mondscheine vor mir lag. Sie war nach beiden Richtungen leer.

So schnell mich meine Füße trugen, lief ich in der Richtung vorwärts, aus der ich heute abend mit dem seltsamen Fremden gekommen war. Laut rief ich seinen Namen in die Dunkelheit, wieder und wieder. –

Aber ich erhielt keine Antwort und sah auch niemand.

Wohin konnte er so schnell verschwinden?

Und wieder lief ich weiter, immer weiter – – –

Da – vor mir auf dem Wege!

Wie von Geisterhand gesponnen, senkt sichs herab mit nebeligem Schleier –

Eine weiße Wolke, hell vom blendenden Mondlicht überflutet!

Und vor ihr – nicht mehr von der Biegung des Weges verdeckt, – Adam Perennius!

Laut rief ich seinen Namen, auf ihn zueilend.

Fast hatte ich ihn erreicht – da wandte er sich um und sah mich an – Unendlich gramvoll sind seine Züge, und es ist, als blicke ein uraltes, welkes, todmüdes Menschenantlitz mir entgegen, von unsagbarem Weh plötzlich gealtert!

Noch einmal kommt sein Name über meine Lippen –

Er aber winkt mit der Rechten ein Lebewohl!

Dann schreitet er hin in das weiße Geheimnis!

Einen Augenblick lang sehe ich noch seine hohe Gestalt – dann zerfließt sie wie ein wesenloser Schatten.

Nicht, als ob ein Nebel sie verhüllte –

Nein, als ob sein scharf umgrenzter Körper sich auflöse in dem rätselhaften Medium der Wolke –

Nun ist er zerronnen – in nichts!

Noch einmal rufe ich angstvoll seinen Namen –

Keine Antwort!

Und da überfällt mich plötzlich namenloses Grauen ...

Ich denke an seine Erzählung von der gespenstischen Verwandlung in der verhängnisvollen weißen Wolke. Ich will nicht auch so für meine Zeit und für die Meinen verloren gehen, wie Adam Perennius!

Fort – zurück – zu Menschen, zu meinesgleichen!

Und ich stürzte zurück. Die Gedanken jagten sich in meinem Hirn. Die ruhige Überlegung wurde überwältigt von den außerordentlichen Eindrücken der letzten Stunden. Was war Schein – was Wirklichkeit? Heute abend schien ihre feste Grenzmauer zu wanken. Gab es ein geheimnisvolles Zwischenreich zwischen Himmel und Erde, erfüllt von geheimnisvollen übermenschlichen Mächten ...?

Vor dem Gartentor des Lokals hielt ich inne im Laufen. Ich klammerte mich am Gitter fest, um mein empörtes Herz zur Ruhe kommen zu lassen. –

Von der Stadt her kam in ruhigem, sicherem Schritt eine Gestalt im leichten Sommermantel.

Großhändler Deckers!

Mit einem befreienden Aufatmen eilte ich auf ihn zu und begrüßte ihn.

Er war verwundert über die Erregung, mit der ich seine treue, feste Hand ergriff.

Er ahnte ja nicht, daß ich mich an ihr zurückrettete aus dem Labyrinth irrender und verwirrender Gedanken in die befreiende, klare Wirklichkeit!

„Sehen Sie doch", sagte er, auf den Weg deutend, den ich vor wenigen Sekunden verlassen, „wie der Nebel schon zieht. Ja, es wird Herbst!"

– Und jetzt, wieder ruhig geworden, sah ich auch nur eine harmlose Nebelwand und konnte meine grundlose Angst von vorhin nicht begreifen.

Mit ihm zusammen trat ich wieder ein in den Kreis der „Abendschule".

– Ich berichtete mein letztes Erlebnis.

In kurzen Worten erfuhr Großhändler Deckers das wunderbare Ereignis des heutigen Abends.

„Vielleicht kehrt er doch zurück, wenn er sich beruhigt hat", meinte der Großhändler.

„Wenn er zurückkehren *will!*“ sagte Fennmüller mit vielsagendem Lächeln.

„Wenn er zurückkehren *kann!*“ änderte ich, noch einmal an die sonderbare Wolke denkend, die mich so erschreckt. –

– *Aber er kehrte nicht wieder!* –

Vor uns auf dem Tische lag als unanfechtbares Beweisstück noch immer das Exemplar der „Minna von Barnhelm“ mit Lessings Widmung.

„Haben Sie irgendeine Erklärung für diesen Fall?“ fragte der Herr Oberlehrer unsern Dr. Mathieu.

„Nein, Herr Oberlehrer“, sagte dieser. „Ich war anfangs versucht, das rätselhafte Phänomen auf eine Art Starrkrampf, einen kataleptischen Zustand von außergewöhnlich schwerer Form zurückzuführen, wobei die subjektiven Erscheinungen, z. B. die einhüllende seltsame Wolke, von der er sprach, auf Störungen in der Funktion des Sehnerven hindeuten, wie wir ja bei eintretender Ohnmacht das Schwarzwerden vor den Augen wohl alle kennen; aber bei längerer Überlegung muß man diese Annahme doch wieder fallen lassen. –“

„Und eine Art Hypnose, vielleicht hervorgerufen durch Autosuggestion!“ – warf ich dazwischen.

„Auch diese Möglichkeit ist mir eingefallen“, sagte Dr. Mathieu fortfahrend – „aber eine Hypnose von so langer Dauer? Das möchte ich doch bezweifeln.“

„Freilich, freilich – unmöglich!“

– „Und *meine* Erklärung wollen die Herrschaften nicht gelten lassen?“ fragte Fennmüller spöttisch.

„Du hältst die ganze Sache für Schwindel, nicht wahr?“ erwiderte der Herr Oberlehrer – „aber du bist doch sonst ein so guter Menschenkenner, Paule! Hast du die Augen dieses Mannes beobachtet? Waren sie nicht rein und klar wie Kristall! Willst du solche Zeugnisse nicht auch gelten lassen? Von dem überzeugenden Eindruck seiner altertümlichen Persönlichkeit will ich dabei gar nicht reden.“

„Also ein menschliches Rätsel!“ Damit faßte Großhändler Deckers das allgemeine Urteil über Adam Perennius noch einmal zusammen – „ein menschliches Rätsel, ein Phänomen, an dem die Natur in Schöpferlaune einmal das vollbracht hat, was die Abenteurer früherer Jahrhunderte, ein Graf von St. Germain, Cagliostro

u. a. ihren gläubigen Anhängern gegenüber zu sein behaupteten, Menschen mit ewiger Jugend!" –

„Papa", sagte Frau Ellida im Laufe des weiteren Gesprächs, „Du hattest doch sonst immer in deiner Brieftasche auch ein derartiges Miniaturbild, wie es Frau Dr. Mathieu mir eben beschrieben hat, und von dem ich noch aus meinen Kinderjahren weiß, daß es aus der Zeit unserer Urgroßeltern stammt. – Vielleicht interessiert das am heutigen Abend, der so ganz der Vergangenheit gewidmet ist, die ‚Abendschule' besonders. –"

„Ja, richtig", sagte Deckers, seine Brieftasche hervorziehend. „Das kleine Ding, nicht viel größer als ein Pfennig, in Email auf Gold gemalt, scheint einmal in der Familie meiner seligen Frau eine Rolle gespielt zu haben. Sie selbst kannte die Geschichte der kleinen Reliquie nicht mehr genau; nur soviel wußte sie, daß es von einer Urahne ihrer Familie stamme, die in ihrer Jugend eine unglückliche Liebe gehabt, lange Jahre in Schwermut gelebt und erst sehr spät sich verheiratet habe. Das kleine Miniaturbild fand man bei ihrem Tode an einem Kettchen auf ihrer Brust. –"

Er öffnete eine Klappe seiner Brieftasche.

„Hier ist es!"

Einen Blick warfen wir alle auf das zierliche Bildnis.

„Sollen denn die Rätsel und Wunder heute abend gar nicht aufhören?" rief Fennmüller in großer Überraschung.

„Das Porträt unseres geheimnisvollen Gastes!" rief Frau Dr. Mathieu – und wir alle mußten das bestätigen, sprachlos vor neuer Verwunderung.

– Ihr Gatte aber erbat sich das kleine Bildchen und besichtigte es eine Weile sehr genau, namentlich den Rand, wo das Email auf der Goldplatte auflag.

„Wissen Sie auch, daß es sich aufklappen läßt, wie ein Medaillon unser heutigen Art?" fragte er den Großhändler.

„Nein" – rief Deckers überrascht.

„Da – sehen Sie!" – Mit dem Fingernagel eine Stelle des Randes berührend, hob er das Bild von der Unterlage ab. –

Ein kleines, vergilbtes, zusammengefaltetes Papier fiel heraus.

Deckers ergriff es und faltete es vorsichtig auseinander.

Es löste noch eins der vielen Rätsel von heute abend; denn es enthielt die Worte:

„Meiner geliebten Justina.
Berlin, im Jänner 1770.

Adam Perennius."

– Darunter in zierlicher Mädchenhand:
„Ich verlor Dich durch ein Geheimnis –
aber einst finde ich Dich gewiß!
Am 10. Jahrestage unseres
letzten Wiedersehens,
den 16. September 1780.

Deine Justina."

Das ist die seltsame Geschichte, die ich erzählen wollte, und die ich dem Urteil des freundlichen Lesers hier übergebe.

Paul Scheerbart

Die großen Bäume. Eine Juno-Novellette

Die großen Bäume tasteten mit ihren langen Astarmen immer heftiger in der Luft herum und konnten sich gar nicht beruhigen; sie wollten durchaus wissen, was sie einst waren, als sie noch nicht Astarme hatten.

Der Asteroid Juno war eine dicke runde Scheibe – so wie ein großer irdischer Eierkuchen sah er aus; der Durchmesser dieses Kuchens betrug noch nicht einmal zweihundert Kilometer, dick war er höchstens fünf – aber so dick war er nur in der Mitte, den Rändern zu wurde er immer dünner.

Die Juno wurde nur von riesig großen Baumwesen bewohnt, deren Wurzeln sich in der Mitte des Sterns durcheinanderschlangen. Sehr hoch ragten die Bäume in den Äther hinauf – in der Mitte fast hundert Kilometer hoch – sowohl nach der einen Kuchenseite wie nach der andern. Aber nach dem Kuchenrande zu wurden die Bäume immer kleiner, so daß der ganze Stern aus der Ferne gesehen doch den Eindruck eines Kugelsterns machte.

Die Äste der Baumwesen waren nicht so hart wie die Äste irdischer Bäume; die Junowesen konnten ihre Astglieder so leicht nach allen Richtungen bewegen, als wären's Klapperschlangen. Viele bewegliche kleinere Schlangenäste ragten aus den Hauptstämmen heraus. Und die Spitzen der Äste hatten anstelle der Blätter und Blüten sehr komplizierte Tastorgane, mit denen die Junonen unsäglich viele Dinge in der Luft und im Äther wahrnahmen – auch weit entfernte, so daß irdisches Auge und Ohr gar nicht entbehrt wurde auf der Juno.

Wenn die Junonen zueinander sprachen, so vernahm man natürlich nicht helle Töne – wäre ein Ohr dagewesen, es hätte nur ein leises Knistern unter den Baumrinden bemerkt. Trotzdem verständigte man sich auf der Juno sehr schnell und ohne Mühe.

In den höheren Zweigen der Baumriesen bildeten sich oft, wenn es der Junone wollte, umfangreiche Luftballons; wie Blüten sahen sie aus, und sie hoben den Zweig rasch empor – oft viele Kilometer hoch – in ein paar Sekunden.

Die Luftballons leuchteten, als hätten sie elektrisches Licht an sich; aber das Leuchten sahen die Junonen nicht, da sie ja keine Augen hatten.

Die Denkorgane saßen in den Wurzeln der Baumriesen.

Und mit diesen Denkorganen, die nur unsäglich komplizierte Tasteindrücke verarbeiteten, dachten die Junonen unablässig über ihre Vergangenheit nach; sie waren fest davon überzeugt, daß sie früher ein ganz anderes Leben geführt hatten.

Aber sie konnten sich nicht an das andere Leben erinnern, soviel sie auch suchend mit ihren Astarmen in den Lüften herumtasteten.

Außer den Tastorganen besaßen nun die Junonen in ihren Baumrinden sehr viele Poren, die auch Organcharakter und mit irdischen Tiernasen viel Ähnlichkeit hatten.

Die meisten Junonen kümmerten sich nicht viel um ihre Porennasen.

Nur die beiden größten Junonen, die in der Mitte des Sterns fast hundert Kilometer hoch ihre Gliedmaßen ausrecken konnten, bildeten ihre Porennasen aus.

Und so sprach eines Tages der große Junone der Mitte zu dem, der sich unter ihm nach der anderen Seite des Sterns auch hundert Kilometer hoch aufreckte:

„Lieber Antipode! Mir ist doch so, als wenn mein Erinnerungsvermögen ganz verwandelt wird, wenn ich nur an meine Porennasen denke und die Tastorgane in meinen Astfingerspitzen momentan vergesse.“

Da sagte der Antipode, daß es ihm genauso ginge.

Und es knisterte unter ihren Baumrinden.

Und die anderen Junonen wunderten sich über die lebhafte Unterhaltung in der Mitte des Sternes.

Und dann empfanden die beiden Antipoden in der Mitte der Juno plötzlich einen intensiven Geruch, der sie an etwas Altes – ganz Uraltes – erinnerte, sie wußten nicht gleich, was es war – aber sie sprachen immer heftiger zusammen, bis zuletzt der eine Antipode in seiner leisen Knistersprache sagte – in den Wurzelrinden knisterte es da, und es wurde fühlbar in der ganzen Juno für jeden Junonen:

„Antipode, ich bemerke Bratengeruch in meinen Porennasen."
„Ich auch! Ich auch!" rief der Antipode.

Und alle Junonen näherten ihre Astschlangenglieder der Mitte des Sterns, so daß dieser plötzlich die Form zweier Blumenbuketts erhielt – ein Kegel nach oben und nach unten; der Junorand stand wie eine Manschette ganz leer da.

„Bratengeruch!" ging's durch alle Baumrinden.

„Was mag das wohl heißen?" fragten die kleineren Junonen, die nicht weitab vom Rande lebten und gewohnt waren, sehr oft mit ihren Schlangengliedern über den Rand hinüberzufassen – zur anderen Seite des Sterns hinüber.

„Bratengeruch!" sagten die beiden Antipoden der Mitte noch einmal ganz deutlich. Und die anderen Junonen öffneten alle ihre Porennasen und sagten dann auch: „Bratengeruch!"

Nun entwickelte sich ein derartig lebhaftes Gespräch, daß man viele Stunden hindurch kaum sein eigenes Wort verstehen konnte; natürlich: Worte im irdischen Sinne wurden dabei gar nicht „gesprochen".

Die Erinnerungen der Junonen hatten plötzlich eine ganz neue Richtung bekommen. Und der ganze Stern wurde immer lebhafter – alle Luftballons glühten wie bunte Blumen, so daß jetzt tatsächlich die beiden Kegel des Sterns wie zwei riesige Blumenbuketts aussahen.

Und da sagte dann schließlich der eine der mittleren Antipoden – zusammenfassend:

„In der Tat, liebe Freunde, wir haben's endlich entdeckt; wir sind früher Wesen gewesen, die mit einem sogenannten Maule versehen waren. Und wir haben mit diesem Maule Dinge in uns aufgenommen, die wir Braten nannten. Was diese Braten waren, wissen wir auch: Es waren diese Braten andere im Feuer geröstete Lebewesen! Kurzum: Wir haben uns früher gegenseitig aufgefressen!"

Ein allgemeines Oh- und Ah-Geknister folgte dieser Rede, und die Junonen bogen sich alle nach dem Rande zu, so daß der Stern nicht mehr wie zwei Blumensträuße wirkte.

Die Antipoden in der Mitte ragten hoch in die Lüfte – ganz allein; die anderen Junobewohner hatten sich von ihnen zurückgezogen.

Da vernahmen alle die Stimme des zweiten Antipoden – der sagte laut und deutlich:

„Liebe Freunde, so einfach ist die Geschichte doch nicht gewesen. Jeder Baumriese stellte früher ein ganzes Volk vor – wir bestanden aus unsäglich vielen kleinen, winzig kleinen Lebewesen, die einander zuweilen sehr haß- und zornvoll gegenübertraten. Und so kam's zuweilen zum Bratengeruch. Jetzt merken wir aber, daß diese kleinen Völker alle zusammen in uns vereint leben – und daß es gar nichts mehr zu bedeuten hat für uns, daß sich unsere kleinen Lebewesen früher mal befehdeten und auch zuweilen einander auffraßen. Jetzt sind ja all die Kleinen in uns friedlich vereint, und wir sind durchaus berechtigt, unser früheres Leben für einen kleinen Scherz zu halten."

Danach hörte man auf der Juno ein ganz neues Geknister, das sich wie ein irdisches Lachen anhörte.

Und die Randjunonen sagten:

„Unser Leben war früher ein kleiner Scherz. Es ist durchaus bedauerlich, daß wir unser jetziges Leben nicht zu einem großen Scherz gemacht haben."

„Oh", tönte es da aus der Mitte heraus, „das können wir nachholen."

Und sie holten es folgendermaßen nach: Sie erinnerten sich an ihr früheres Leben, in dem sie ganze große Völkerscharen vorstellten, immer deutlicher, und es kam allen immer wieder das damalige Leben mit all dem Haß – und all der Wildheit und Gegensätzlichkeit – sehr spaßhaft vor. Und man konnte sich auf der Juno gar nicht darüber beruhigen, daß man früher das ganze Leben mit all dem Zwist, Eifer und Bratengeruch so ernst genommen hatte.

„Nehmen wir auch jetzt unser jetziges Leben als Baumriesen, deren Wurzeln ganz harmonisch durcheinandergeschlungen sind, abermals zu ernst?" fragten sehr viele Junonen.

Und sie wiesen auf ein späteres Leben hin und ermahnten alle, doch ja das, was sie erlebten, recht fest in der Erinnerung zu behalten, damit nicht später abermals solche lange Zeiten des Suchens entstünden. Es könnten doch später auch wieder Zeiten der Uneinigkeit entstehen – und da wär's doch so wichtig, wenn auch die Zeiten der Einigkeit fest in der Erinnerung haftenblieben. Hauptsächlich dürfe man das Scherzhafte in allen Dingen ja nicht vergessen.

„Es ist aber wirklich furchtbar drollig", meinten da wieder die Randjunonen, „daß es früher so viele Gegensätze in uns gegeben hat. Jetzt, da wir alle diese Gegensätze in uns freundlich wieder vereint haben, merken wir gar nicht mehr, daß sie mal was Feindliches gegeneinander hatten. Man kann so vollkommen auch im andern leben, daß der andere gar kein anderes mehr für uns ist. Unsere Antipoden sind uns so vertraut. Wir glauben, daß wir bald alle zusammen nur ein einziges großes Gesamtwesen sein werden."

„So schnell geht das nicht!" meinten danach die Antipoden der Mitte.

„Es wäre auch schade", bemerkten dazu einige andere Junonen, „wenn wir unsern gegenwärtigen harmonischen Zustand nicht genügend auskosten könnten."

Und alle Junonen lebten ruhig weiter als erinnerungsvolle Baumriesen, und das Knistern unter ihren Rinden klang oft sehr hell und lustig.

Kurt Kusenberg

Die ruhelose Kugel

Der Mann, der das Geschoß abfeuerte, war kein geübter Schütze. Er hatte die Pistole erstanden, um Diebe von seinem Grundstück fernzuhalten, und wollte lediglich erproben, ob die Waffe ihre Schuldigkeit tue. Darum begab er sich in den Garten und suchte nach einem Ziel. Drei Kugeln jagten an der großen Sonnenblume vorbei, ohne sie auch nur zu streifen. Der Mann, den kein Ehrgeiz quälte, zuckte die Achseln und ging zum Mittagessen.

Er ahnte nicht, was er angerichtet hatte. Vor allem wußte er nicht, daß unter den drei Kugeln, die er vertan, sich eine befand, die von ganz besonderer Art war. Noch heute grübelt man darüber nach, welche Kraft wohl das Geschoß befähigt haben mag, den Naturgesetzen Hohn zu sprechen. Während einige annehmen, die Kugel habe eine ungebührlich hohe Anfangsgeschwindigkeit entwickelt und sich später aus eigenem fortgeholfen, meinen andere, das Geschoß müsse versehentlich in die vierte Dimension geraten sein, in eine Gegend also, die sich um den landläufigen Raum wenig kümmert, obwohl sie ihn durchquert. Wir neigen einer dritten Erklärung zu, die womöglich abwegig ist, jedoch viel für sich hat. Sie besagt, daß jener Kugel ein Tropfen Hexenblut beigemischt gewesen sei und daß diese wirksame Substanz vollbracht habe, was dem Schießpulver allein nie und nimmer gelungen wäre. Denn das Geschoß, von dem wir reden, fiel keineswegs nach angemessener Zeit nieder, sondern durcheilte mit unverminderter Kraft die Lüfte.

Es konnte nicht ausbleiben, daß sich ihm mancherlei Hindernisse entgegenstellten. Zwei Zaunlatten, eine kräftige Buche und ein Straßenschild hatten wenig Glück; die Kugel durchschlug sie spielend und war nicht aus der Bahn zu bringen. Im Gegenteil, nun wurde sie erst richtig munter und brachte in rascher Folge etliche Spatzen, einen Habicht, eine Brieftasche und den hölzernen Sänger einer Kuckucksuhr zur Strecke. Danach muß sich ihr Lauf wohl wieder dem Erdboden angenähert haben, denn aus großen und kleinen Städten kamen Klagen über mutwillige Schützen, die das

Eigentum der Bürger beschädigten und Menschenleben in Gefahr brachten. Besonders häufig wurden Kronleuchter, Landschaftsgemälde und Tassen betroffen; doch auch vor den Bildnissen der Landesherren machten die unbekannten Missetäter nicht halt, so daß der Eindruck entstehen mußte, es handle sich um eine regelrechte, weltumspannende Verschwörung. Wo die Kugel hinkam, hinterließ sie Unruhe und brachte die Polizei, die ratlos war, zur Verzweiflung.

Wir würden ins Uferlose geraten, wollten wir aufzählen, was die blitzschnell dahinsausende Kugel alles anrichtete. Es kann sich jeder allein ausdenken, welcher Taten ein Geschoß fähig ist, sobald es Hindernisse nicht achtet und seiner Irrfahrt zunehmend Geschmack abgewinnt. Selbstverständlich ging vieles zu Bruch, und es läßt sich nicht verschweigen, daß manche Menschen Streifschüsse erlitten, von glatten Durchschlägen nicht zu reden. Doch wußte die Kugel auch Gutes zu stiften. Das Ehepaar Dubois beispielsweise, wohnhaft in Paris, hätte sich ums Haar entzweit, weil es sich über die Aufstellung einer großen Kristallvase nicht einig werden konnte. Als die Kugel das schöne Stück zertrümmerte, war der Streit – man darf es sagen – gegenstandslos geworden, und das Ehepaar sank einander versöhnt in die Arme.

Freilich fliegt ein Geschoß schneller, als der Mensch denken kann. Fliegt es jedoch längere Zeit hindurch, so sammeln sich die Gedanken, und Schlußfolgerungen bleiben nicht aus. Man kam bald dahinter, daß es sich bei so verschiedenen Wirkungen um eine gemeinsame Ursache, um eine einzige Kugel handeln müsse, die da widerrechtlich durch die Welt fuhr. Mathematiker machten sich daran, die Bahn des Geschosses zu errechnen, und gerieten an eine mühevolle Aufgabe, denn die Gesetze, nach denen die Bewegung sich vollzog, standen in keinem Lehrbuch. Schließlich aber glückte es einem jungen Physiker, die seltsamen Kurven aufs Papier zu bringen, und bald danach befand sich der Fahrplan des Geschosses in aller Hand. Nun der Störenfried eingeordnet war, veränderte sich die Stimmung zu seinen Gunsten. In allen fünf Erdteilen konnte man es erleben, daß die Einwohner von Dörfern und Städten Spalier standen, um die Hexenkugel vorüberpfeifen zu sehen. Erst vereinzelt, später allgemein wurde es üblich, Postkarten und fotografische Bildnisse in die Schußbahn zu halten, sie durchlöchern zu lassen und sich dergestalt ein Andenken an die ruhelose

Kugel zu verschaffen. Im März, als das Spiel begann, wurde ein vereinzelter Einschuß noch hoch bewertet; im Juli bezahlten Kenner für zwanzig Einschüsse, selbst wenn sie dicht beieinander lagen, nur noch geringe Summen. Viel beneidet war ein Leuchtturmwächter, der eine Postkarte besaß, die nicht weniger als einundfünfzig Schußlöcher aufwies. Eben dieser Leuchtturmwächter war der erste, der sich, in seltsamer Verkehrung der Umstände, als Kugelschütze bezeichnete, seltsam darum, weil er ja nicht eigentlich schoß, als vielmehr das Ziel in die Bahn der rabiaten Kugel brachte. Da jedoch jede Verwirrung eindeutiger Begriffe damit rechnen kann, Volkstümlichkeit zu erlangen, bildeten sich bald Schützenvereine, die im Grunde aus mehr oder weniger geschickten Kugelhaschern bestanden. Man erkannte diejenigen, die ihnen angehörten, an den leichten und schweren Handverletzungen, die sie ihrem Sport zuliebe davontrugen. Leider wurde die Kugel auch mißbraucht. Es geschah nämlich gar nicht selten, daß Mörder ihre Opfer in den Weg des Geschosses lockten oder sie mit Gewalt dorthin zerrten. Ging man der Untat nach, so redeten sie sich heraus, ein unglücklicher Zufall sei im Spiele gewesen, und das war schwer zu widerlegen.

Der Mann, der einst die Kugel abgefeuert hatte, lebte in aller Unschuld dahin. Wohl wußte er von dem Geschoß, das eine ganze Welt in Atem hielt, und hütete sich, ihm in die Quere zu geraten. Wie aber hätte er argwöhnen können, daß gerade er der Anstifter des Übels gewesen sei? Als er sich wieder einmal in seinem Garten aufhielt, geschah es, daß die Kugel daherfegte und ihm ein Ohrläppchen abriß. Darüber geriet der Mann in großen Zorn, eilte in sein Haus und holte die Pistole, um es dem unbedachten Schützen mit gleicher Münze heimzuzahlen. Bis er wieder in den Garten zurückkehrte, hatte die Kugel längst den Planeten umkreist und näherte sich abermals dem Ort ihres Ausgangs. Man mag es Zufall oder Schicksal nennen; jedenfalls geriet das Geschoß genau in den Lauf der Pistole, dorthin, wo es gesessen hatte, ehe es sich auf große Fahrt begab. Und da sitzt es noch heute, denn der Mann hat weder an diesem Tage geschossen, noch an irgendeinem folgenden, weil er keinen Anlaß dazu hatte.

Herbert W. Franke

Kosmischer Staub

Unsere Studienreise begann vor acht Monaten. Wir waren einfach überwältigt von den Fortschritten auf den Kolonialplaneten. Als erste erhielten wir Zutritt zu den automatisch gesteuerten Thoriumbergwerken auf dem PLK 17/2, wir sahen die auf der Erde noch nicht bekanntgegebenen Kreuzungsergebnisse zwischen Menschen und Mauriden des PLK 19/1, wir wohnten der Sprengung eines Innenmondes (PLK 8/7b) bei, die durch Beschuß mit Isotronen hervorgerufen wurde.

Kurz nach einem Besuch des PKL 21/1, wo es gelungen war, eine dem 98%-Sauerstoffgehalt der dortigen Atmosphäre angepaßte Menschenrasse zu züchten, ereilte uns die Katastrophe. Wir waren ausgestiegen, um eine Eisenstaubwolke zu untersuchen, und hatten uns alle mehr oder weniger weit vom Raumschiff entfernt. In unseren Überanzügen schwebten wir inmitten der feinen Flocken aus Magnetitstaub und versuchten, möglichst viele davon in unsere Perlestronnetze zu bekommen. Plötzlich sah ich, daß sich unser Schiff zu bewegen begann. Nach einigen Augenblicken der Erstarrung versuchte jeder, es mit Hilfe seines Rückstoßmotors zu erreichen. Unsere Geschwindigkeiten waren jedoch viel zu klein. Auch mir wäre es nicht gelungen, wenn ich mich nicht zufällig in der Flugrichtung des verrückt gewordenen Fahrzeuges befunden hätte. Es kam in den Wirksamkeitsbereich meiner Elektretsohlen und ich stieß mit einem harten Ruck an der Außenwand an. Meine Kameraden aber blieben in der Flockenwolke zurück.

Der Fehler mußte in der Fernsteuerungszentrale liegen. Vom Schiff aus hatte ich keine Möglichkeit, etwas zu unternehmen, auch Sendung und Empfang waren nicht mehr möglich. Vielleicht lag es auch an der riesigen Ausdehnung der Wolke aus Eisenoxydstaub. Erst nach zwölf Tagen wurden die Flocken spärlicher und blieben schließlich ganz zurück. Inzwischen aber war ich längst aus dem Empfangsbereich der Stationen herausgeraten, ebenso aber aus dem Bereich der Fernsteuerung. Die eigene Trägheit trieb das Schiff ins All hinaus.

Ich weiß bis heute nicht, was an dem Mißgeschick schuld war. Ohne etwas daran ändern zu können, glitt ich durch den finsteren Raum, der auch durch die Myriaden Sterne nicht erhellt wurde. Dann ging ich wieder durch lichte bunte Wolken hindurch, kosmische Nebel von einer unbegreiflichen Leuchtkraft und Farbenpracht. Doch trotz dieses herrlichen Schauspiels stieg das Gefühl der Einsamkeit und Verlorenheit immer stärker in mir auf. Am 30. Tage sichtete ich plötzlich eine ganze Flotte von Raumschiffen. Sie zogen ruhig und majestätisch im Lichte einer Nova dahin. Wie wild stürzte ich zur Sendeanlage und gab das Notsignal. Zwei Minuten später wurde das Bild des Geschwaders plötzlich riesengroß, verzerrte sich und zerrann in nichts. Ich war einer Fata Morgana zum Opfer gefallen . . .

Nun erst überfiel mich die Verzweiflung mit voller Gewalt. Ich hockte in meinem Lager und brütete vor mich hin.

Am 32. Tag hörte ich ein Geräusch aus dem Lautsprecher. Es war kein Irrtum. Eine Einmannrakete zog nicht weit von mir ihre Bahn, ich bekam sie leicht in meinen Fernsehsucher. Es war ein ganz kleiner Typ, einer von denen, die die Regierungskommissare ihren Kindern zu schenken pflegen, aber: Es besaß einen eigenen Antrieb! Und konnte zu mir heransteuern!

Nach zwei Tagen gelang es mir, das Innere des Fahrzeuges in die Linse zu bringen. Und ich sah – am Steuer saß ein Mädchen! Ich konnte es kaum glauben, hier im Weltraum, weit außerhalb des Kolonistengebietes, wohin sich nicht einmal eine Expeditionsflotte verirrt, ein Mädchen zu finden. Aber ich hatte recht gesehen.

Tanja, so war der Name, konnte auf ein ähnliches Erlebnis zurückblicken, wie ich. Plötzlich wurde sie von einer unbekannten Kraft erfaßt – vielleicht dieselbe, die mein Schiff in Bewegung setzte – und sechs Tage lang abgetrieben. Dann funktionierten zwar die Maschinen wieder, doch Tanja hatte die Orientierung verloren und irrte im Raum umher. Als mich der Ruf erreichte, besaß sie noch Treibstoff für vier Tage und der Vorrat an Energentabletten war fast aufgebraucht.

Was für Qualen bereitete uns die Ungewißheit: Würde das Treiböl reichen, um uns zusammenzubringen? Zehnmal rechnete ich es aus und bestätigte es wieder. Und doch hatten wir Angst, es könnte irgend etwas Unvorhergesehenes eintreten.

Doch alles ging gut. Schon am zweiten Tag sah ich das kleine

Schiff mit freiem Auge und nur zehn Minuten später landete es auf dem Rumpf meines Fahrzeuges.

Tanja hatte den Raumanzug angezogen und stieg durch die Luke ein. Als die Luftschleuse geschlossen war, versuchte sie, den Helm abzulegen, doch der Halsreifen ließ sich nicht öffnen. Ich untersuchte das Sicherheitsventil und sah: Es war auf 98%-Sauerstoff und drei Atmosphären-Druck eingestellt!

Tanja war ein Mensch vom PLK 21/1, ein Mensch, der nur in Luft höchster Sauerstoffkonzentration leben kann. In einer solchen Atmosphäre muß ich verbrennen. In der Luft, die ich atme, erstickt Tanja.

Ich habe Tanja in der Kajüte untergebracht, die unserem Exkursionsleiter gehört hatte. Dort hat sie es bequem. Sauerstoffgehalt und Druck habe ich richtig geregelt.

Da treiben zwei Menschen durch den unendlichen Raum und doch ist jeder allein. Wir sitzen stundenlang vor der Glasplatte, die in der Tür eingelassen ist und sehen uns an. Wir wollen zueinander, den warmen Atem des anderen spüren, das Herz des anderen schlagen hören . . .

Doch wir können uns nicht einmal an den Händen halten.

Wolfgang Jeschke

Der Riß im Berg

Brodelnd atmete der Stern. Unsichtbar pulste der Raum. Ein Mahlstrom aus Licht umtoste den Kern in rasenden Wirbeln gleißender Helle, die Masse eines Planetensystems in Energie. Die sinkende Gravitation hatte fast den Punkt erreicht, da sie die Photonen nicht mehr auf Kreisbahnen halten konnte, und diese auf Bahnparabeln aus der Hölle des Systems explodieren würden.

Diese gigantische Granate drang unsichtbar in die Galaxis. Die geballte Energie eines milliardenjährigen Fusionsprozesses drängte zur Entladung.

Ein Ungeheuer aus Feuer und Rauch hob seine lichtschnellen Schwingen, noch unsichtbar warf es seine drohenden Schatten voraus, und dann stieß es zu, rasend und tödlich.

Der Raum barst, und die Zeit zerglitt.

Weich trugen ihn elastische Massen nach oben. Sein Bewußtsein taumelte aus Verliesen verworrenen Traums ans Licht, sein Ich formierte sich aus Erinnerungen. Sie waren vertraut, zu vertraut.

Die Augen.

Träge glitten winzige Farbpfützen an die Peripherie seiner Netzhaut. Seine Finger krochen über sein Gesicht und lösten den getrockneten Mull. Vorsichtig blinzelte er in die gedämpfte Helle. Die Bilder ordneten sich.

Das Krankenzimmer. Staubige Lichtfinger standen im Raum, und ein Geflecht von Reflexen zuckte über die weißgekalkte Decke. Er fühlte einen Lufthauch und wandte den Kopf. Das Fenster stand offen, und der Vorhang bewegte sich leise. Draußen lehnte breitbeinig ein gläserner Nachmittag über den Kronen der Bäume, die beiden Sonnen lagen auf den fauligen Teichen des Parks, und ihre Reflexe schwammen an der Decke.

Stille.

Satch streckte sich und gab sich gelöst dem Wohlbehagen hin. Er genoß die letzten Tage seines Aufenthalts im Hospital.

Er betrachtete die Lichtmuster. Sie waren in ständig fließender Bewegung, aber alle Veränderungen waren nur Variationen eines komplizierten Grundgeflechts von Überlagerungen. Diese Feststellung machte ihn betroffen. Es schien ihm plötzlich, als habe er das alles längst erkannt, aber das Beklemmendste an der Situation war, daß die Bestürzung über diese Erkenntnis ihn bestürzend vertraut berührte.

Hinter der minuziösen Präzision seiner Erinnerung tat sich eine dumpfe, gegenstandslose Angst auf. Er hatte das atemberaubende Gefühl, in die Bahn eines Räderwerkes geraten zu sein, das aus der Dunkelheit jenseits des Raums auf ihn zukreiste.

Er blickte beunruhigt aus dem Fenster. Der Anblick war ihm erschreckend bekannt. Matte Reflexe zweier Sonnen auf violettem Laub, kaum Bewegung, Stille, diffuses Licht – eine zu oft betrachtete Fotografie unter hellgrünem Glas, tief ins Bewußtsein geätzt.

Sein Blick durchforschte den Raum. Das verblichene Muster der Vorhänge, das weiße Metallbett, der dunkel gebeizte Schrank, das graue Porzellanwaschbecken, ein runder Spiegel mit der silbernen Flechte beginnender Erblindung im Zentrum, auf dem Tisch das halb gefüllte Glas Wasser, das er noch trinken wird, lascher Geschmack, Gefühl von Nässe am Kinn, und dann wird die Schwester kommen, lächelnd, dunkel, negroid, nimmt das Glas, befeuchtet die Binde am Waschbecken, das Zischen des zu stark eingestellten Hahns, ein schmaler weißer Rücken, der dunkle zierliche Nacken, darüber das hochgesteckte gekräuselte Haar . . .

Die in Augenblicke zerlegten Situationen folgten einander in der lähmenden Exaktheit oft gesehener Filme.

„Verdammt –.“ Er ließ den Kopf ruckartig ins Kissen zurückfallen, und die Prozession kippte aus dem Gesichtsfeld. „Es wird Zeit, daß ich wieder auf die Station komme“, sagte er laut.

Er fingerte nervös nach der Zigarettenschachtel. Noch drei . . . Woher, zum Teufel, wußte er schon vorher, daß ausgerechnet noch drei . . .? Er bezwang sich und die Angst.

Das Knacken des Streichholzes zerriß den Faden der Erinnerung.

Dann griff er nach dem Glas und trank gierig das lauwarme Wasser, Nässe am Kinn. Er hörte, daß Schritte sich näherten, sah, daß der Drehgriff der Tür sich entgegen dem Uhrzeigersinn bewegte.

Die Schwester, lächelnd . . .

Es sind Sterne denkbar, deren Massen sich in einer Größenordnung bewegen, daß die durch ihre hohe Gravitation bedingte Fluchtgeschwindigkeit über dreihunderttausend km/sec. liegt. Damit würden die produzierten Photonen auf geschlossenen Bahnen um das Massenzentrum gehalten; das heißt aber nichts anderes als: diese Sterne sind unsichtbar.

Wie nun, wenn der permanente Massen-Energie-Umsetzungsprozeß die Massengröße auf den kritischen Punkt herabgesetzt hat, da sich die Bahnen der Photonen öffnen?

Raumschiff ELEKTRA.

Die Projektoren arbeiteten mit voller Kraft und stießen meilenlange gleißende Lichtbündel hinter dem Schiff in die Nacht. Metall vibrierte leise. Die Passagiere tranken sich zu, einige Herren spielten 3-D-Billard.

Der große Zeiger der Uhr in der Steuerzentrale glitt schwebend auf die grüne Marke zu.

vier . . . drei . . . zwei . . . eins . . . jetzt!

Doch die Stoßwellen des Eintauchens blieben aus.

Der Zeiger berührte das grüne Feld und huschte geschäftig weiter.

Der Kapitän fuhr herum.

„Swift!"

Swift blickte auf und blinzelte erschreckt durch die starken Gläser. Seine zitternden Hände verwirrten den Meßkontrollstreifen, den ihm das Steuergehirn pausenlos in die Finger spie.

„Sir. Ich . . ." Er hob hilflos die Schultern.

„Der Massenanzeiger!" rief der Erste Offizier.

Die Augen wandten sich ihm zu.

„Eine riesenhafte Masse steuerbord voraus!"

„Verrückt!"

Die Bildschirme glitzerten schwarz und wachsam herab.

Sie zeigten nichts.

„Masse? . . . Hier?"

0 + 25 Sekunden.

„Überzeit", sagte der Kapitän ungläubig und erhob sich schwerfällig.

Der Zeiger huschte weiter.

Der Erste Offizier hieb mit der Faust auf den Kartentisch.

„Der Kurs ist exakt. Das Tor ist gestört."

„Geschwindigkeit?" fragte der Kapitän.

„Licht", murmelte Swift resigniert.

0 + 35 Sekunden.

In das Schweigen fiel ein klirrendes Geräusch.

„Massenanzeiger ausgefallen", meldete jemand.

Eine Stahlfeder hatte sich bis an die Grenze ihrer Belastungsfähigkeit zusammengekrümmt und war gebrochen.

Der Steuerautomat summte eine Oktave höher. Er hatte seine Rechengeschwindigkeit erhöht und spie meterweise Papier.

0 + 45 Sekunden.

„Swiii . . .!" schrie der Kapitän.

Da kamen die Wellen mit ungewöhnlicher Heftigkeit. Die Beschleunigungsabsorber brüllten auf und dämpften die Stöße.

Die Billardspieler sahen irritiert von den Geräten auf.

Sterne sprangen auf die Facetten der Bildschirme, vertraute Konstellationen. Sie waren wieder im Raum.

„Swift", sagte der Kapitän und lehnte sich zurück.

„Sir!?" sagte der Naut und lächelte, ohne den Kontrollstreifen aus den Augen zu lassen.

„200 Millionen Kilometer Abweichung, Sir."

„Wir sind wieder zu Hause."

Der Kapitän faltete die Hände, unabsichtlich.

Die ELEKTRA stieß mit schäumenden Bremsfeuern in das System Kim.

Im Salon tranken sich die Passagiere zu und einige Herren spielten Billard.

Satch und ich hatten damals Stationsdienst an der Flugschneise.

Satch war ein Kerl, auf den man sich verlassen konnte, ein Prachtbursche von vier Zentnern und 2,80 groß. Seine Eltern hatten eine Karka-Farm, etwa 62 000 Kilometer von hier, manchmal flog er übers Wochenende nach Hause.

Er war wirklich in Ordnung, und es ist schade um ihn. Doch ich will von vorn anfangen, aber wo ist vorn?

Es ist lange her, aber ich erinnere mich.

Es war an einem warmen Septemberabend. Das helle Blau der Karka-Wälder begann in ein gespenstisches Weiß überzugehen. Zwischen den Stämmen legten die Spinnen frische, feuchte Netze aus, um Nahrung für den Winter zu fangen, und der Herbstwind trug die Todesschreie der Tiere aus den Tälern zu uns herauf. In den Nebelwäldern dröhnte dumpf und unablässig das Trommeln der Eingeborenen.

Der blaue Zwerg sank hinter die Zinnen des Gebirges, und im Grün des Himmels hingen die zerzausten Wolken rot wie Feuervögel.

Die Luft war erfüllt vom Summen der Schmeißfliegen, knisternde schillernde Wolken, träge dunkle Wirbel, stinkend und feucht vom Wühlen in fauligem Fleisch, heimwärts auf der Suche nach ihren Herren.

Ich weiß nicht, wie bei euch die Septemberabende sind. Ich kenne die Erde nicht. Sie liegt irgendwo im Innern unserer Galaxis und soll die Heimat unserer Vorfahren gewesen sein. Vielleicht blühen bei euch um diese Zeit die Giltschis, und die Wolfsmaden kriechen aus dem Holz, um die Steppen zu bevölkern. Vielleicht ist die Luft schwanger vom süßen Wachsgeruch des Frühlings, die Tiere schirren ihre Ballons an, und segeln in Rudeln im sanften Wind auf die Gipfel der Berge, um im ewigen Schnee ihre Eier abzulegen.

Ich weiß es nicht.

Thor im Sternbild des Saxaphons ist der letzte Vorposten der Galaxis, hart am Nichts. Zwölf Lichtminuten von hier, dicht vor Kim liegt das Transitionstor nach Styx. Der blaue Zwerg drückt mit seiner überschweren Masse eine beträchtliche Beule in den Raum, von deren Krümmung aus die Schiffe die mehr als 100 Millionen Lichtjahre nach Styx überspringen.

Kim war eben untergegangen, als vom Flughafen die Meldung kam, die PERSEPHONE fliege in dreißig Minuten die Transition an.

Satch reckte sich gähnend.

„Ich dachte, sie soll erst morgen früh raus."

Ich schaltete die Schneisenbefeuerung ein. Auf den umliegenden Gipfeln flammten die Lichter auf, stießen blaue Feuersäulen senkrecht in den Nachthimmel und badeten die Gletscher in gespenstischer Helle.

Die Peilsender in der Talsohle begannen zu zirpen. Ich trat ans Fenster und sah auf die Uhr.

„Wenn sie in Styx gleich hereingenommen werden, dann haben sie es in zwei Stunden geschafft."

Satch trat neben mich. Er schwieg und trommelte nervös gegen die Scheibe. Er sah besorgt aus.

„Was ist?"

„Ich weiß nicht, George, ich habe heute so ein ungutes Gefühl."

„Ploppauge?" fragte ich und kramte nach meinen Zigaretten.

Er zeigte damals die ersten Anzeichen dieser lästigen Augenstarre, die jeder Mensch auf diesem Planeten von Zeit zu Zeit durchzumachen hat. Die Augäpfel schwellen an, die Lider schließen nicht mehr. Man sieht aus wie ein neugierig starrender Plopp. Schuld daran soll eine kurzwellige Strahlung von Kim sein, aber die Mediziner sind sich nicht einig.

Satch fuhr sich müde über die Augen.

„Das ist es nicht", sagte er.

„Was dann?"

„Ich mache mir Sorgen wegen der Transition."

„Hör auf!"

„Moment, George. Nimm die PERSEPHONE. Eine Stunde Beschleunigung auf Licht bis zum Tor, Sprung in Nullzeit, eine Stunde Bremsmanöver und du landest auf Styx. Du hast hier zu Mittag gegessen und 100 Millionen Lichtjahre weiter hast du noch reichlich Zeit, ein Bad zu nehmen, bevor du zum Tee gehst. So einfach ist das."

„Na und? Willst du etwa zu Fuß gehen?"

„Nimm einmal an, irgend etwas geht schief. Du materialisierst in einem unvermessenen Raumbereich oder irgendwo zwischen den Milchstraßen, keine Karten, keine Tore. Das bedeutet bei Lichtgeschwindigkeit einige Millionen Jahre Flugzeit bis zum nächsten Stützpunkt. Weißt du, was das heißt?"

„Um Andromeda willen, hör auf zu unken!"

„Und dann mache das Schiff ausfindig! Eher findest du eine Stecknadel auf diesem Planeten."

„Diese Sorgen überlaß den Kapitänen und ihren Nauten."

„Es wäre nicht das erste Schiff."

„Ich bitte dich, das ist doch Science Fiction und nicht dein Ernst. Nimm eine Zigarette."

Wir rauchten. Der Lautsprecher quakte:

– noch 15 Minuten bis zum Start.

Ich drückte die Taste. An den Hängen kreischten die Sirenen, und ihr schauriges Echo überflutete das Land. Ich stellte mir vor, wie sich die Eingeborenen in ihren Erdlöchern verkrochen.

Satch blies den Rauch gegen die Scheibe und fing wieder an:

„Heut früh materialisierte die ELEKTRA 200 Millionen Kilometer neben der Transition."

Er blickte mich lauernd an.

„Ach was, schlampige Arbeit."

„– oder es stimmt etwas nicht mit dem Tor. Ich habe die Funksprüche mitgehört. Es war von einer Masse die Rede. Sie wollen ein Vermessungsschiff anfordern."

„Wo soll denn diese Masse plötzlich herkommen, aus dem Nichts? Schlampige Arbeit, sage ich dir. Wenn einer dieser Herren Kapitäne aneckt, dann muß es logischerweise an der Transition liegen. Der Naut ist unfehlbar, diese geniale Symbiose aus elektronischem Steuerautomat und mathematischem Genie, keine Bauchschmerzen, keine Migräne, keine Kreislaufstörungen. Satch, ich habe schon berühmte Nauten gesehen, die sich besoffen hatten, jawohl, besoffen."

„Aber George, doch nicht vor dem Start."

Er machte mich verrückt mit seiner Unkerei. 200 Millionen Kilometer Kursabweichung waren tatsächlich zuviel, und das verdroß mich.

– noch zehn Minuten bis zum Start.

Ich öffnete das Fenster und schnippte die Zigarette ins Dunkel. Sie erlosch funkenstiebend.

Satch saß am Funkgerät. Ein Nachtfalter stieß monoton und unbeirrt gegen die Scheibe.

– noch zwei Minuten bis zum Start.

Die Peilsender zirpten.

– noch 90 Sekunden bis zum Start.

tsiiip . . . tsiiip . . . tsiiip . . .

– noch 60 Sekunden.

Ärgerlich ertappte ich mich dabei, daß ich schon wieder rauchte.

– noch 30 Sekunden.

PERSEPHONE, 3200 Passagiere und Mannschaften, Heimathafen Pollux 5.

– noch zehn Sekunden.

Jetzt war das Schiff nicht mehr zu halten. Wie ein sprungbereites Tier hockte es auf der Startrampe, die Energieschirme aufgebaut, die Beschleunigungsabsorber eingependelt, um den Andruck von einigen Tausend grav auszugleichen, mit dröhnenden Reaktoren, brodelnd in verhaltener Kraft.

. . . vier . . . drei . . . zwei . . . eins . . . ab!

Fünfunddreißig Kilometer talabwärts ein gigantischer Lichtblitz. Zwei Sekunden später huschte ein glimmernder Schatten die Schneise herauf. Eine Lanze aus blauweißem Licht stach aus dem Himmel und verglomm als Stern unter Sternen im All.

Dann kam der Schall.

Das berstende Donnern der zerschmetterten Schallmauer, das Kreischen gepeinigter Atmosphäre, wundgerieben an gigantischen Energiefeldern, gequält, rasend, rollte es gegen die Felswände, brandete grollend zurück und verebbte.

Der Herbst wurde zum Sommer. Es roch nach verbrannter Luft, ein kochender Atem durchwehte die Schneise, löste den Nebel und strömte hinauf in die frostige Einsamkeit der Bergriesen.

Die aufgewühlte Natur beruhigte sich. Stille kehrte zurück. Ich löschte die Schneisenbefeuerung und wandte mich um.

„In einer Stunde sind sie durch."

Satch schwieg. Er verfolgte die pausenlosen Einsteuerungskommandos. Seine Hände lagen verkrampft um das Gerät, als hielte er selbst das Steuer in den Fäusten, um das enteilende Schiff sicher in das Tor zu jagen.

Ich legte mich hin und rauchte. Die Zeit verrann.

Plötzlich sprang Satch auf.

„Was ist los?" fragte ich.

Er schüttelte entsetzt den Kopf.

„Ich habe es geahnt."

„Zum Teufel, was ist denn los?"

Die PERSEPHONE ist mit 220 000 Kilometern pro Sekunde in die Transition gerast. Das reicht nie bis Styx, hörst du, nie! Und dazwischen . . ."

Ich schaute auf die Uhr.

„Unsinn! Sie können noch nicht im Tor sein."

„Sie sind vorzeitig darauf gestoßen. 3200 Leute an Bord. Die Hölle!"

„Also doch.“

„Weiß der Himmel, wo sie herauskommen.“

Ich wandte mich zum Fenster und sah in den Nachthimmel, als könnte ich das Verhängnis ergründen, aber da waren nur Dunkelheit und Sterne.

Plötzlich traf mich ein Schlag, als hiebe mir jemand mit einem Riemen über die Augen. Ein furchtbarer Schmerz stach in mein Hirn und zuckte das Rückenmark hinab. Ich wollte die Augen öffnen, aber ich konnte nicht.

Satch schrie wie irrsinnig, minutenlang, wie mir schien. Mit verzweifelter Anstrengung riß ich die Lider hoch. Wasser stürzte mir in die Augen. Alles war in bösartig grelles Licht getaucht, das von draußen kam und sich in die Netzhaut brannte. Eine Bombe? Ein stürzendes Schiff? Der Himmel loderte. Fieberhaft tastete ich durch den Raum und ließ die Blenden herabfallen. Das Feuer brach durch die Ritzen.

Nach einigen Minuten konnte ich wieder sehen. Satch lag auf der Pritsche und hatte seinen Kopf in die Kissen gewühlt. Er wimmerte um seine Augen und mußte entsetzlich gelitten haben, denn er konnte sie nicht schließen.

Ich drehte ihn auf den Rücken. Er hatte die Augen verdreht wie ein Toter, um dem Licht zu entgehen. Die zuckenden Lider röteten sich. Ich legte ihm ein nasses Handtuch darüber.

„George, das war es“, stöhnte er. „Ich habe es geahnt. Die Hölle!“

„Sieht aus wie eine Nova“, mutmaßte ich zweifelnd.

„Aber hier? Welcher Stern?“

„Er war sehr nahe“, sagte er.

„Ich will versuchen, mit dem Flughafen Verbindung zu bekommen.“

„Es wird so dunkel, George“, fuhr er auf. „Es wird plötzlich so dunkel.“

Satch begann zu fiebern.

„Ruhig, Satch, es wird gleich besser“, sagte ich.

Es war kein bekannter Stern. Es war eine Supernova in fünf Lichtjahren Entfernung. Irgendeine ungeheuer aufgeheizte Sonne war von draußen in unseren Raumbezirk gebrochen, und ihre aufgespeicherte Strahlungsenergie wurde explosionsartig frei. Der

Stern dehnte sich ruckartig aus, zerstörte durch seinen plötzlichen Einbruch das Raum-Zeit-Gefüge und brach wie ein Gewitter aus grellem Licht über die umliegenden Sonnensysteme herein. Kim stand ihm am nächsten, deshalb hatten wir keine Warnung erhalten.

Dieselbe Nacht noch flog ich Satch in die Klinik. Ich habe nie auf Thor einen helleren Tag gesehn als diese Nacht. Das Land war schattenlos und der Himmel eine wabernde Lohe. Die Luft schimmerte im hellsten Grün eines heißen Hochsommermittags, und die Tiere waren erwacht aus schläfriger Herbstnacht, beflochten ihre Ballons und stiegen aus den Tälern ins Gebirge. In den Wäldern trommelten die Eingeborenen ihre Angst in die brennende Nacht, und in Trenton standen die Menschen auf Straßen und Plätzen, hatten Mäntel über die Pyjamas geworfen und starrten durch Sonnenbrillen und geschwärzte Gläser auf das schreckliche Wunder am Himmel. Ein neuer Stern, eine zweite Sonne.

Als Kim am Morgen über den Horizont kletterte, glich sie einer trüben Laterne am hellen Tag. Ein häßliches Zwielicht spreizte die Schatten, und die Temperatur stieg. Es wurde ein gräßlicher pausenloser Tag, der uns zermürbte, die Sonnen teilten sich die Nacht, und monatelang sahen wir keinen Stern. Aber bald fanden sich die Menschen mit der neuen Regel ab, und die Farmer hofften auf eine dritte Ernte in diesem Jahr.

Wir vom Raumflugdienst hatten Ferien.

Die Transition wurde gesperrt, und bis zum Eintreffen des Vermessungsschiffes vergingen Wochen.

Die Nova wanderte langsam in den Taghimmel, eine kurze Nacht senkte sich in regelmäßigen Abständen in den Lichtstrom und griff Raum. Nach vier Monaten begann der neue Stern zu verblassen, leergebrannt, umgeben von einer geborstenen Hülse aus Rauch und Asche, von Schleiern aus wogendem Gas. Kim siegte im Wettstreit, bestimmte wieder Tag und Nacht, Klima und Jahreszeit. Es wurde Frühling, wie es sich gehörte. Die alte Ordnung kehrte zurück.

Die Karchas brachen auf und blühten, und duftende Wolken roten, süßen Blütenstaubs trieben über die Felder. Die Giltschis krochen die Talwände entlang und legten blaue Blumenketten ans Gestein. Es war der herrliche Frühling von Thor, doch dann steckten die ersten Schmeißfliegen ihre Köpfe aus den Brutkästen, putzten flink ihre Flügel und schossen ins Morgengrün. Die Eingeborenen jagten die ersten fetten Sommerspinnen, und auf den Kadavern ließen sich summende, schillernde Wolken nieder.

Da kam auch Satch wieder. Er trug eine dicke Sonnenbrille und blinzelte verschmitzt. Er habe es in der Klinik nicht mehr ausgehalten, es habe ihn verrückt gemacht. Er war seltsam nervös, als er es sagte.

Wir begannen den Stationsgarten herzurichten, und der elektrische Pflüger quälte sich den ganzen Tag durch die feuchte Erde.

Von der PERSEPHONE hörten wir nichts mehr. Weiß der Himmel, wohin sie gesprungen war. Aber die Nauten vom Flugmeßdienst waren zuversichtlich, sie hatten die Bahn nachgerechnet und auf den Karten abgesteckt, schlimmstenfalls zwei Monate Verspätung, sagten sie. Dann kamen einige regnerische Tage, und da geschah es.

Ich stand wieder am Fenster und schaute ins Tal.

Düster rauschten die Karchas an den Hängen. Der Regen hing vom Himmel herab wie ein graues, flatterndes Tuch, das an den Bergen zerfaserte. Das Wasser toste an den Fels und wusch ihn schwarz und rissig, hüllte das Land in ein monotones, schläfrig nasses Tamtam.

Satch rumorte in der Küche.

Wieder prasselte ein Schauer gegen die Scheiben. Tropfen zuckten emsig das Glas herab und hinterließen nasse Bahnen. Da sah ich sie. Es waren sieben.

„Satch, wir kriegen Besuch", rief ich in die Küche.

„Was? Höre ich recht? Besuch?"

„Ja", sagte ich, „du wirst staunen. Eingeborene."

„Ach du meine Güte! Die können mir gestohlen bleiben."

Ich lachte. Ich kannte seine Abneigung. Ich war auch nicht begeistert.

Auf ihren spindeldürren Beinen stelzten sie die Zufahrtsstraße herauf und hatten sich große Blätter zum Schutz gegen den Regen auf die flachen Schädel gelegt. Sie näherten sich im Gänsemarsch, gravitätisch wie Hähne im hohen Gras, bewegten ihre platten, zusammengefalteten Körper ruckartig vorwärts, wie eine Prozession gefalzter Löschblätter auf beängstigend dünnen Gliedmaßen. Ihre Arme hatten sie wie Schals um die weit vorgereckten Hälse gerollt. Sie troffen von Nässe.

Satch knurrte: „Zum Teufel mit diesen Stinkern. Laß sie, um Andromeda willen, nicht ins Haus. Ich kann diese Skunks nicht riechen.“

Er schnitt angeekelt eine Grimasse und schüttelte sich. Sein Abscheu war gerechtfertigt. Sie sind uns fremd geblieben bis heute, obwohl ihre Rasse nicht ohne Intelligenz ist. Die Thors verbreiten nämlich einen widerlichen Aasgestank. Das kommt von der besonderen Art ihrer Ernährung. Sie halten sich Tausende von Fliegen, die den ganzen Tag unterwegs sind, um in den Leichen der geschossenen Spinnen herumzustöbern. Sind sie ganz mit Unrat bedeckt und vollgesaugt mit Säften, dann machen sie sich auf den Weg, um die Frucht ihrer Arbeit ihren Gebietern zu injizieren. Eine Art Bienenzucht also, oder besser: eine Symbiose. Ihr Parfum ist umwerfend, zumindest für menschliche Nasen. Dies machte bisher jeden näheren Kontakt unmöglich. Aber sie scheinen auch wenig Wert darauf zu legen. Sie hüten eifersüchtig ihre kulturelle Souveränität, die ihnen bei der Besiedlung zugesichert wurde, zeigen keinerlei Interesse an menschlicher Technik und Zivilisation und sind zu rein gar nichts zu gebrauchen.

Die Thors hatten es sich vor dem Gebäude bequem gemacht. Sie kauerten geduldig und teilnahmslos in den Pfützen und warteten auf die „Hüter des donnernden Feuers“, wie sie uns nannten.

Wir gingen hinaus. Der Regen hatte nachgelassen. Ich fröstelte. Wir näherten uns der Gruppe. Da bemerkte ich, wie sie Satch erschreckt anstarrten; einer schien die Flucht ergreifen zu wollen. Das machte mich stutzig, aber Satch schien nichts bemerkt zu haben, und so vergaß ich es.

Wir kauerten uns zu ihnen. Satch übernahm das Palaver, er sprach besser als ich. Den Anfang machten die Begrüßungs- und Höflichkeitsgesten, die uns das „Handbuch für rassische Kommunikationen S-3-KIMdelta“ vorschreibt. Die Thors sind in diesem Punkt empfindlich wie Potentaten unserer vortechnischen Epoche. Satch zog die Schau ab, er streckte den linken Fuß vor und balancierte auf dem rechten, pfiff schauerlich an der Grenze des Ultraschallbereichs, malte eckige Löcher in die Luft und wisperte Höflichkeitsfloskeln auf thorsch. Die Eingeborenen verfolgten ernst und aufmerksam jede Geste, um sie ebenso umständlich wie korrekt zu erwidern. Dann zischten sie leise und bedeckten ihre drei roten Plattaugen, sie protestierten also.

Satch warf mir einen hilfesuchenden Blick zu, ich hob die Schultern.

Sie waren überraschend einsilbig, nur ab und zu bogen sie ihre Hälse weit nach hinten und knurrten unfreundlich. Endlich ergriff einer das Wort. Satch hörte ihm aufmerksam zu.

„Hm. Sie wollen sich bei der Kolonialverwaltung beschweren, George."

„Wieso, hat wieder jemand Insektenvertilgungsmittel gestreut oder ein paar Brutkästen ausgeräuchert?"

„Nein. Es scheint etwas anderes zu sein."

Er wandte sich an den Wortführer, ein welkes graugrünes Blatt mit trüben Augen und einem Blasrohr in der Hand.

Der Alte schob etwas in den Mund, schluckte es genießerisch hinunter und grinste mich an. Ich lächelte gewinnend zurück. Mich packte die Angst, er könnte mir eine seiner fettesten Fliegen verehren, als Zeichen besonderer Zuneigung, aber endlich besann er sich eines anderen. Er ließ den dünnen, flachen Schädel weit zurückfallen und schnarrte los:

„Die Jäger der rauchenden Flenna und der Gott der summenden Becher sind erzürnt über die heulenden Feuervögel und haben eine neue Sonne geschickt, damit niemand mehr schlafen kann. Sie hat den Fels der Schuten verzaubert."

Sein Kopf fiel nach vorn, und zwei seiner Augen ruhten von neuem liebevoll auf mir. Ich hatte mit einem Brechreiz zu kämpfen, ihre Ausdünstung war unbeschreiblich.

„Wie äußert sich diese Verzauberung", forschte Satch. Der Alte schien nicht zu hören.

„He!"

„He!" schnarrte es aus sieben Membranen.

Satch seufzte und zwang sich zur Geduld. Er nahm die Hände zu Hilfe.

„Wie verzaubert?"

Endlich bequemte sich der Alte zu einer Antwort. Eines seiner roten Augen blieb auf mich gerichtet, die anderen wandten sich Satch zu.

„Leute verschwinden im Fels und kehren nicht zurück. Viele Fliegen kehren nicht zurück."

„Also doch Insektenpulver", warf ich ein.

„Wo ist dieser Fels der Schuten?"

Vierzehn knochenlose Arme rollten sich blitzschnell von den Hälsen und wiesen in vierzehn verschiedene Richtungen.

„Um Andromeda willen! – Wo?“

Der Anführer machte sich daran, mit dem Blasrohr seinen Gefährten auf die dreifingerigen Klauen zu klopfen, und wies auf einen niedrigen Gipfel, der sich im düsteren Licht des Nachmittags etwa zwanzig Kilometer talabwärts aufbaute.

„Ein Wesen eurer Rasse wohnt dort. Es hat auf uns geschossen“, sagte er bedeutungsvoll.

Jetzt horchte ich auf. Satch pfiff durch die Zähne. „Daher weht der Wind.“

Es kam manchmal vor, daß mit den Schiffen verbrecherisches Gesindel einsickerte, um für einige Zeit unterzutauchen.

„Wann ist das passiert?“

Der Alte dachte nach und verbarg seinen Kopf in einer Brustfalte. Dann sagte er zweifelnd:

„Zwanzig Tage nach der neuen Sonne, aber da gab es keine Tage, nur Licht.“

„Das war doch schon vor sechs Monaten.“

„Ja, Mensch, wir feierten die Tage der Schuten, da trat er aus dem Berg und verunreinigte das Fest. Das ist verboten, und die Verwaltung hat uns ausdrücklich versichert . . .“

„Ich weiß! Ich weiß!“ winkte Satch ab; jeder Thor konnte die Artikel des Rassenschutzgesetzes auswendig.

„Aber warum seid ihr nicht früher gekommen?“

Die Eingeborenen waren verlegen, der Alte wand sich und schwieg.

„Ihr wollt doch irgend etwas vertuschen, oder?“

Der Anführer beschnupperte eine Pfütze und trank.

Endlich ergriff ein anderer das Wort.

„Die Angst wird immer größer.“

„Angst? Hat sich der Vorfall wiederholt?“

„Nein, aber viele kommen und verschwinden wieder, manche bleiben verschwunden und kommen wieder, sind aber verschwunden . . .“

Er entfaltete ratlos seinen Leib und faltete ihn wieder zusammen.

„Wie ist das zu verstehen?“

„Wir wissen es nicht, die Schuten verzauberten . . .“

„Also ein Mensch störte die Feier“, hielt ich fest.

„Ja, und das ist verboten. Es besteht ein Abkommen, daß niemand ...“

„Das ist bekannt. Gab es Tote?“

Schweigen.

„Habt ihr ihn getötet?“

Er blickte hilfesuchend nach seinen Gefährten und faltete seinen Körper nervös auf und zu.

„Er hat geschossen und ist verschwunden“, sagte der Alte.

„– und ihr habt das Feuer erwidert. Gab es Verluste?“

„Ja ..., das heißt nein ...; er traf nicht, aber seither verschwinden immer wieder Leute im Berg. Er frißt sie.“

„Unsinn, Menschen fressen keine Thors.“

Satch würgte es bei dieser Vorstellung.

Der Eingeborene wiegte zweifelnd den Kopf und bemerkte unverschämt geringschätzig:

„Ihr Menschen freßt Fleisch.“

Inzwischen hatte sich einer der Burschen meiner Zigarette bemächtigt und beschnüffelte sie mit einem Organ, das sich in der Gegend seiner Achselhöhle befand. Er schüttelte sich angewidert und steckte sie mir wieder zwischen die Lippen. Ich drückte sie unauffällig aus. Sein Rücken wimmelte von schillernden Insekten.

Das Palaver schien beendet. Die Eingeborenen reckten ihre vielgliedrigen Stelzen und richteten sich auf. Mir waren die Beine eingeschlafen.

„Wir werden der Sache nachgehen“, versicherte ich.

Sie sahen mich schweigend mit ihren rätselhaften Augen an.

Einer von ihnen befingerte Satchs Uniform, musterte ihn genau und sagte dann:

„Er hatte dasselbe Fell wie du.“

Das gab mir zu denken.

Die Prozession zog ab und stakte nickend ins Tal hinunter. Wir sahen ihnen nach.

„Einer von der Raumpatrouille?“ fragte ich zweifelnd.

„Hm. Kaum.“ Satch schüttelte den Kopf. „Wer weiß, was sie gesehen haben.“

„Auf jeden Fall sollten wir die Sache überprüfen lassen.“

„Wenn nach sechs Monaten noch eine Spur zu entdecken ist. Er wird längst über alle Berge sein.“

„Es ist doch seltsam, daß da immer noch Leute verschwinden, aber ich bin aus dem Gerede nicht schlau geworden“, sagte ich.

„Am besten, George, ich mache morgen früh einen Spazierflug in diese Gegend und schau mir den Fels der Schuten an.“

„Kommt nicht in Frage, wir melden den Fall nach Trenton.“

„– damit die von der Verwaltung was zu lachen haben.“ Er rieb sich schmunzelnd die Hände. Es war kalt. Wir gingen hinein. An der Tür sagte er: „Du bleibst schön auf dem Posten, George, meine ‚Telli‘ und ich werden diesem Schutenzauberer samt seiner rauchenden Flenna mit dem summenden Krug, oder wie diese komischen Geister heißen, das Handwerk legen, falls überhaupt was dran ist.“

Es war was dran.

Er zog seinen doppeldüsigen Tellot-Nadler aus dem Futteral und lud ihn sorgfältig.

Mit dem Fell hatte der Eingeborene offenbar Satchs Uniform gemeint. Er hatte ein gutes Gedächtnis.

Am nächsten Morgen sattelte er den Gleiter und hängte seine „Telli“ quer vor die Brust. Dann sirrte er eine Schleife über die Station, winkte noch einmal zurück und zog die Maschine hoch. Wie ein silberner Tropfen verglomm das Gerät im flimmernden Grün des Morgenhimmels.

Es wurde ein heller, schrecklicher Tag.

Der Gleiter setzte ins taufeuchte Gras. Satch stieg aus dem Sattel.

Ein uralter runzliger Eingeborener saß auf einem Stein und wärmte sich in der Sonne. Mit einem Zweig stocherte er in einem Brutkasten herum und jagte seine Fliegen an die Arbeit.

Satch trat auf ihn zu und verbeugte sich.

„Du wartest auf mich?“

Der Alte hielt inne und wandte ihm seine drei Augen zu, dann stocherte er schweigend weiter.

„Gut, ich kann warten.“

„Der Zauber der Schuten wird über dich kommen, Mensch, Flenna wird dich in einen Wurm verwandeln, in eine Made, einen Rauch, ein Nichts, ein Garnichts, das der Himmel verschlingt.“

„Na, na, na! – Höre, du Gebieter der Fliegen, ist dies der verwunschene Berg?“

„Du stehst davor, Mensch, aber ich warne dich.“

Er schüttelte seinen kleinen zerknitterten Kopf und schien sehr besorgt.

„Hier hilft keine Gewalt, Mensch; bete, daß das neue Licht vergeht. Es hat Unheil über unsere Welt gebracht. Bete zu Flenna, daß sie die neue Sonne vom Himmel nimmt."

Er schloß fromm zwei seiner drei Augen.

„Ich werde dem Spuk den Garaus machen", sagte Satch und genoß das Entsetzen des Alten.

„Frevle nicht, oder der Berg wird dich fressen."

„Wo ist der Eingang?"

„Es gibt viele, der Berg ist ausgehöhlt und von Gängen durchzogen, wie eine Karcha, die von Wolfsmaden zerfressen ist. Ich werde dich führen."

Er stelzte voran und wies den Weg zu einer Höhle. „Flenna sei mit dir", pfiff er, schloß seine drei Augen und wandte sich hastig zum Gehen.

Satch nestelte die Taschenlampe los und drang ein. Die Höhle war niedrig, er mußte ein Stück weit kriechen, dann erweiterte sich der Gang, so daß er aufrecht gehen konnte. Er blickte umher. Der Schein der Lampe drang nicht weit in die Dunkelheit; das Gestein war grau und rissig, glitzerte feucht. Tropfsteine hingen von der Decke, Gänge zweigten ab. Feuchtigkeit, die Wände bespeichelt von weißem Getier, das träge dem Lichtschein zu entkommen suchte, zerfloß und klatschend zu Boden fiel.

Er ging vorsichtig weiter.

Plötzlich polterten irgendwo Steine. Blitzschnell löschte er das Licht, ließ sich zu Boden fallen und rollte zur Seite. Er lud die Waffe durch, zielte ins ungewisse Dunkel, lauschend.

„Ist hier jemand?"

„Jemand, jemand", kam das Echo dumpf aus verwinkelten Gängen.

Keine Antwort. Nur der eigene Atem.

Er spürte, daß ihm trotz der Kälte der Schweiß ausbrach. Satch faßte seine Waffe fester und drang äußerst vorsichtig weiter vor. Er ließ das Licht kurz aufflammen und wechselte mit einem schnellen Sprung die Stellung.

Keine Reaktion.

Zögernd tastete er voran. Ein seltsames Geräusch fiel ihm auf, es schien aus dem Fels zu kommen, ein Knirschen und Knistern, als würde zwischen riesenhaften Fäusten Kristall zermahlen. Staub rieselte von der Decke und wurde im Fallen unsichtbar. Da erfaßte der Lichtkegel die Gestalt, Satch riß den Nadler hoch – und ließ ihn wieder sinken.

Der Mann war tot.

Sein Körper war von Pfeilen durchbohrt. Das Blut hatte die helle Uniform dunkel gefärbt. Er sah schrecklich aus. Er mußte seit Monaten hier liegen, und die Fliegen hatten ihn gefunden.

Es war ein Mann von der Raumpatrouille. Er lag hingestreckt auf dem Gesicht und hatte seine Waffe halb unter sich begraben: ein Tellot-Gewehr.

‚Die Thors haben einen von uns umgelegt', dachte Satch. ‚Aber was hatte der Mann hier zu suchen?' Es schien, als hätte er im letzten Moment versucht, etwas auf den Boden zu schreiben.

Siedend überfiel ihn eine unbestimmte, panische Angst. Wieder war das Gefühl da, dieses Räderwerk, das auf ihn zukreiste, ihn hineinzog. Er wußte mit einemmal, daß die Botschaft, die der Tote hier im Staub hinterlassen hatte, ihm galt und von ungeheurer Wichtigkeit für ihn war, daß diese Information allein verhindern konnte, damit das nämliche ... *Was?* –

Hastig ließ er sich auf die Knie nieder, um zu lesen.

Da, plötzlich, zersprang die Luft. Die Lampe wurde glühend heiß und entglitt seinen Händen. Er fiel vornüber, spürte einen heftig zerrenden Schmerz in den Beinen, spürte, wie sich seine Haare knisternd aufrichteten.

Da stürzten eine Flut von Licht und Kaskaden von Hitze und Kälte zugleich über seinen Körper. Ein Hieb traf seine Stirn, der ihm fast die Besinnung raubte und hart zu Boden schmetterte. Instinktiv rollte er zur Seite, um einem zweiten Schlag zu entgehen.

‚Eine Falle', dachte er benommen, ‚elektrisches Schockgewehr'. Er riß seine Waffe hoch, aber er fand kein Ziel. Taumelnd richtete er sich auf und lehnte sich erschöpft gegen die Wand. Er lauschte, um den Gegner ausfindig zu machen, aber da war kein Schritt, kein Geräusch, kein Atem, nichts. Irgendwo tropfte Wasser, das Gestein knisterte.

Er tastete vorsichtig nach der Lampe, fand sie, ließ den Schein über den Boden gleiten.

Die Leiche war verschwunden.

‚Eine Falle? War er bewußtlos gewesen? Thors? Den Burschen werde ich's heimzahlen', dachte er grimmig.

Sie konnten nicht weit sein. Er tastete sich weiter. Da sah er Licht. Der Gang führte ins Freie. Es ging bergauf. Behutsam bog er die Zweige auseinander. Eine weite Lichtung. Irgendwo in der Nähe trommelten Eingeborene. Vorsichtig kroch er hinaus. Der Tag blendete ihn. Etwas war fremd und ungewohnt. Helles Licht lag über dem Land, fremdes Licht, aber bevor er genau wußte, was es war, da geschah es. Er hörte ein dünnes Schwirren der Luft, und ein Pfeil wippte neben ihm im Gras. Rufe wurden laut. Thors kamen von allen Seiten auf ihn zu, hatten ihn eingekreist. Die Trommeln dröhnten lauter. Irgendein Fest.

Sie kamen näher.

„Halt!" rief er.

Sie hörten nicht. Ihre grell bemalten Körper waren aufgetan wie schreckliche Altäre, die ihn umstanden, auf ihn eindrangen, den Weg verstellten.

Satch hob entsetzt die Hand zum Gruß. Da fuhr ein heißer Schmerz ihm quer durch den Leib, stieg siedend ins Gehirn und ließ ihn taumeln.

Ein Pfeil steckte in seiner Hüfte.

Er hob seine Waffe und zielte über sie hinweg. Eine Garbe Nadeln prasselte in die Gipfel der Karchas. Sie brannte sofort. Die Thors pfiffen haßerfüllt und schossen auf ihn. Satch taumelte zurück zum Eingang der Höhle. Ein zweiter Schmerz zerfetzte seinen Rücken und stieg würgend bis zum Hals. Er stolperte, stürzte, erhob sich auf die Knie und kroch gehetzt ins Dunkel, dort ließ er sich fallen.

Das Holz ihrer Geschosse durchspannte qualvoll seinen Körper. Er versuchte den Pfeil aus der Hüfte herauszuziehen, er brach.

‚Weg von hier. Du darfst sie nicht töten. Der Gleiter. Du mußt ihn erreichen, dich in Sicherheit bringen. Der Raumhafen ist nicht weit.'

Keuchend arbeitete er sich weiter. Die Stimmen seiner Verfolger waren draußen verstummt. Erschöpft hielt er von Zeit zu Zeit inne, aber hastig raffte er sich wieder auf. Er verlor viel Blut, jede Minute war kostbar. Das Atmen wurde zur Pein. Er streckte die Hand vor, dennoch stieß er immer wieder gegen Fels. Die Lampe hatte er verloren, aber er wußte den Weg. Erneut mußte er ausruhen. Sein

Rücken war eine riesige brennende Wunde, aus der sich eine warme klebrige Masse über den ganzen Körper ergoß und erstarrte. Er fühlte das mechanische Stolpern der Beine, die ihm nicht mehr gehörten, spürte, wie sie sich in dünnem Wurzelwerk verhedderten, das ihn umschlang, an ihm sog und ihn in die Knie brechen ließ. Schwer fiel er vornüber. Er versuchte zu kriechen, aber eine kalte, leimige Schwäche lähmte seine Glieder.

„Nein", sagte er, „nein, nicht hier."

Der ungeheuerliche Gedanke, jetzt und hier sterben zu müssen, überfiel ihn mit würgendem Entsetzen; die Absurdität dieses lächerlichen Mißverständnisses, dessen Opfer er sein sollte.

Er fühlte, wie das Geflecht der Wurzeln seinen Körper überzog, sich ausbreitete, ihn schwächte und niederhielt, wie spitzes Gezweig in seine Brust griff und ihm die Kraft raubte.

Ein schamloses Kichern umstand die zuckende Helle seines Bewußtseins, das fiebernd auf Auswege sann. „Ist hier jemand?" keuchte er.

Schweigen. Sein rasselnder Atem stockte.

Der Tote vorhin. Ein Mann von der Raumpatrouille. *‚Er hatte dasselbe Fell wie du.'*

Die Uniform dunkel gefleckt von Blut, von Pfeilen getötet, das verweste Gesicht, die Fliegen.

Da stieg ein betäubender Schaum aus den Lungen auf, warmer blutiger Schaum, der an den Rand seiner Lippen quoll, sich als Schrei entrang und aus ihm löste, im Berg widerhallte und gurgelnd erstickte in der Dunkelheit.

ICH.

Ich habe es gewußt. George.

Blut. Dünnes warmes Blut. Seine Finger klebrig, sein Gesicht, Nässe am Kinn.

ER SELBST.

Die Transition! Sie hat sich verschoben. Das Raum-Zeit-Gefüge ist gestört. Ein Riß von sechs Monaten Zeitdifferenz senkrecht durch den Berg, durch den Planeten.

HIER!

Er war durch den Riß gefallen. Das fremde helle Licht über dem Land. Die Nova. Vor sechs Monaten ... *JETZT!*

‚... viele kommen und verschwinden wieder, manche bleiben verschwunden und kommen wieder, sind aber verschwunden ...'

Hoffnung flackerte auf. Es war noch nichts verloren. Er würde in sechs Monaten den Berg durchqueren, sich sehen, das schreckliche Gesicht.

Gequält addierte er die Fakten zu einem absurden Kreis. Dem Tod ein Schnippchen schlagen, eine Nachricht hinterlassen.

Halt Satch! Nicht weiter! Finger weg!

Hastig furchten seine Finger kaum leserliche Zeichen ins feuchte Erdreich.

Aber jäh hielt er inne.

Vorhin – die Botschaft im Staub. Sie schien ihm wichtig, so ungeheuer wichtig, als ahnte er, wüßte er, würde er wissen . . .

Wie oft war er schon in diese Falle getreten? Ist es unabänderlich? –

Eine schwarze Panik wirbelte herauf und überspülte sein Gehirn, und er schrie seine ungeheure, maßlose Angst vor immerwährendem, immerkehrendem Tod in das taube Gestein, das dumpf mit ihm schrie.

Da entglitt der letzte schwankende Halt, und er stürzte senkrecht in die Nacht.

Weich trugen ihn elastische Massen nach oben. Das Bewußtsein taumelte aus Verliesen verworrenen Traums ans Licht. Das Schreckbild zersprang in winzige blutige Splitter, die nicht mehr zusammenfanden.

Dahinter stand eine dunkle, namenlose Angst vor der unkorrigierbaren Fatalität der Ereignisse eines rasch zerbröckelnden Traums. Sein Ich formierte sich aus Erinnerungen. Sie waren vertraut, bestürzend vertraut.

Die Augen.

Das Krankenzimmer.

Draußen lehnte breitbeinig ein gläserner Nachmittag. Die minuziöse Präzision seiner Erinnerung.

Die in Augenblicke zerlegten Situationen folgten einander in der lähmenden Exaktheit oft gesehener Filme.

„Verdammt –", sagte er laut. „Es wird Zeit, daß ich wieder auf die Station komme."

Er tastete nervös nach der Zigarettenschachtel.

Das Knacken des Streichholzes zerriß den Faden der Erinnerung.

Ja, und nicht lange danach kam Satch wieder zu mir auf die Station, und es wurde Frühling auf Thor. Die Karchas brachen auf und blühten.

Und dann, eines Tages, es war ein Regentag, ich stand am Fenster und schaute ins Tal hinunter, da sah ich sie kommen. Es waren Eingeborene, sieben Mann.

„Satch, wir kriegen Besuch“, rief ich in die Küche . . .

Aber das erzählte ich ja schon.

Friedrich Freksa

Das Land der Normalmenschen

Als der Staatsanwalt Knüfelbein das Haus des christlichen Kommerzienrates verließ, schloß sich ihm der Dr. Palamedes Sakuska aus Paraguay an. Beide Herren hatten sich in ein Gespräch über die moralische Gesetzmäßigkeit der Menschennatur vertieft, und der Fremde nahm einen so lebhaften Anteil an den Anschauungen Knüfelbeins, daß er diesen aufforderte, mit ihm in seiner Wohnung bei einer südamerikanischen Importe weiterzuplaudern.

An diesem Tage hatte der Staatsanwalt Knüfelbein einen seiner größten Siege zugunsten der Moral und der Volkshygiene erfochten. Er hatte einem auf die „niedrigen Triebe der Menschennatur spekulierenden Kunsthändler" und seinem Werkzeuge, einem durch die „entnervende Atelierluft herabgekommenen Malerkopisten" das Handwerk gelegt. Wie ein reinigendes Gewitter war sein Plädoyer in den Sumpf der Entartung eingeschlagen. Wie der volkserrettende Wodan hatte er seinen gewaltigen blonden Bart gestrichen, als er es schlagend nachwies, wie dieser Sebastian am Marterpfahl, nach Sodoma, die Männer zum Masochismus und die Frauen zum Sadismus aufreizen müßte und also die Seele des deutschen Volkes in schwerste Gefahr geriete. Jedes Sachverständigenurteil hatte er abgelehnt und an die moralische Urteilskraft der Bauerngeschworenen appelliert. Um zu beurteilen, ob ein nackter Kerl gemein sei, brauche man nicht Sachverständige zu fragen, nur sein eigenes natürliches Schamgefühl. Klipp und klar wäre der Fall; der Normalmensch stelle sich nicht nackt in die Sonne und lasse sich von Pfeilen die Haut durchbohren, und noch weniger fände der Normalmensch an solchen exzentrischen Akten Gefallen. Und die Geschworenen hatten ihre Pflicht getan, hatten das deutsche Volk gegen solchen welschen Schmutz immunisiert, und Maler und Kunsthändler acht Monate eingesperrt und unschädlich gemacht, die Nation für diese Zeit weiter zu verderben.

Wie ein Held war an diesem Tage Knüfelbein bei dem christlichen Kommerzienrate gefeiert worden, der es so gern gesehen hätte, wenn der starke blonde Teutone ihn um die Hand seiner Tochter Gertrud gebeten hätte, um mit ihr einen deutschen Haushalt zu gründen. Allein Knüfelbein hatte seiner schweren germanischen Seele diesen Entschluß noch nicht abringen können.

„Würde es Sie interessieren", fragte Dr. Palamedes Sakuska, als beide Herren in dem amerikanisch nüchtern eingerichteten Arbeitszimmer in Klubsesseln lagen, „würde es Sie interessieren, ein Staatswesen kennenzulernen, in dem Ihre Idee des Normalmenschen ihre höchste Ausbildung erreicht hat, wo gewissermaßen alle Bürger Normalmenschen sind?"

„Freilich, freilich", antwortete Knüfelbein sehr überrascht über die Wendung des Gesprächs.

„Sie werden wissen", begann Dr. Palamedes, „daß mein Vaterland Paraguay seiner Zeit unter Herrschaft der Väter Jesu stand. In der Provinz Yayaweita nun hat sich ein Teil dieses Staatswesens bis auf den heutigen Tag erhalten. Wie Sie wissen, hatten die Jesuiten alles normiert. Jede Mahlzeit, jedes Vergnügen, jede Stunde des Schlafes war durch Gesetze geregelt. Jeden Morgen um Punkt acht Uhr läutete die Ehestandsglocke, die die Bürger daran mahnte für die Vermehrung der Staatsbürger Sorge zu tragen!" – –

Begeistert stand Knüfelbein auf. „Wirklich!" rief er, „da mußten ja alle Vorbedingungen zu einem normierten Staatsleben vorhanden sein!"

Palamedes Sakuska nickte: „Sie können dieses eigenartige Leben binnen 24 Stunden kennenlernen!"

Wie meinen Sie das: binnen 24 Stunden?"

Wörtlich. Ich stehe mit meinem Lande in ständiger telepsychischer Verbindung." Und Palamedes Sakuska ließ den Jalousieverschluß eines Möbels aufschnellen, das Knüfelbein bisher für eine Art Registratur gehalten hatte, zog eine Platte heraus, die wie durchleuchtetes Milchglas aufflimmerte, und schrieb mit einem Metallstift einige Zeichen darauf.

Ein feines Summen kam aus dem Innern des Schrankes. Palamedes ließ eine zweite Milchplatte erglänzen, die sich nach fünf Minuten von selbst mit Zeichen bedeckte. „Alles in Ordnung," sagte der Mann aus Paraguay, nachdem er die Schriftzeichen gelesen hatte. „Mein Freund der Justizminister Martinez und sein Sekretär haben mit Vergnügen zugesagt, uns ihre Körper auf der anderen Seite des Globus für 24 Stunden zu leihen!"

Knüfelbein ließ seine gute Zigarre fallen, und sah absolut blödsinnig in das kühle Gesicht seines sonderbaren Gefährten. Dieser nahm ruhig und sachlich zwei Apparate aus dem Schrank, die etwa die Form von orthopädischen Korsetten besaßen, und vorn mit Bügeln aus Kupferdrähten versehen waren, die strahlenförmig nach allen Richtungen ausstrahlten. Zugleich beförderte Dr. Sakuska zwei Metallscheiben aus dem Schrank, von denen eine jede etwa einen Meter im Durchmesser besaß. Auf eine jede stellte er einen Klubsessel und lud durch eine Bewegung der Hand den Staatsanwalt ein, Platz zu nehmen.

„Sie kennen," sagte er sachlich erklärend, „die Fernwirkung der drahtlosen Telegraphie. Sie wissen, daß man bereits Torpedos und Boote von der Küste aus mit elektrischen Wellen lenkt. Auf ähnlichem Wege ist es nun möglich, die geistige Energie des Menschen in die Ferne zu übertragen. Natürlich muß die geistige Energie des Menschen eine gleiche Basis finden, wie die ist, auf der sie gewöhnlich beruht. – Das ist der Körper eines Menschen. Wir werden also mit dem Justizminister Martinez und seinem Gehilfen die Körper auf 24 Stunden austauschen. – Da sich Señor Martinez gerade in Ylimbo, der Grenzstadt von Yayaweita befindet, so können wir einen hübschen Ausflug in jene Provinz unternehmen, nachdem wir unser Ich drahtlos hinübertransportiert haben."

Der Staatsanwalt nickte mechanisch. Sakuska legte ihm das elektrische Übertragungskorsett an, warf einen Blick auf die Glasplatte, zählte an einem Stromzeiger, der im Kreise von Zahl zu Zahl sprang, und sagte: „Ich schalte ein!"

Knüfelbein wollte im letzten Augenblick protestieren, ihm kamen juristische Bedenken, da aber empfand er einen leichten Druck auf den Kopf, als der sich umsah, umgab ihn helles Tageslicht anstatt der elektrischen Beleuchtung, in der sich das Zimmer soeben noch befand. Auch merkte er, daß seine Lage eine andere war. Das elektrische Korsett hatte er noch immer an, aber statt in einem Klubsessel lag er in einer seidenen Hängematte, und als er sich aufrichtete, bemerkte er, daß seine großen deutschen Hände schmal und fein geworden waren, daß er olivbraune Finger besaß. Sein Gehrockanzug war mit einem Gewande aus leichter Rohseide mit Perlmutterknöpfen vertauscht. Auch sein Gastfreund Palamedes Sakuska hatte sich seltsam verändert. Kleiner und breiter war er geworden, seine Gesichtszüge waren schärfer geworden, und die schiefen dunklen Augen ließen auf einen Mestizentypus schließen.

Knüfelbein wollte sprechen, aber er verstand seine eigenen Worte nicht. Da begann sein Gefährte langsam französisch zu sprechen, und machte ihm klar, daß in seinem augenblicklichen Körper die Gehirnbahnen auf die spanische Sprache eingestellt seien. Wenn er seinen Gedanken nur mechanisch eine halbe Stunde lang Ausdruck geben würde, so würde er ganz von selbst spanisch sprechen können, weil der Sprachmechanismus korporell zurückgeblieben sei.

Und Knüfelbein begann zu reden, krampfhaft ohne Unterbrechung. Er sprach seine Verwunderung aus und seine Bedenken juristischer Art und warf die Frage auf, ob er für seinen in Deutschland befindlichen Körper mit strafverpflichtet sei, wenn dieser Verbrechen beginge. Im Verlauf einer Stunde hatte er sich in seinen neuen Zustand eingeredet und fühlte sich verhältnismäßig wohl. Palamedes Sakuska, der den Leib des Sekretärs angelegt hatte, entwarf einen Operationsplan. Sie versahen sich mit Grenzkarten und gingen zu dem Strome, der die Provinz Yayaweita von dem übrigen Paraguay trennte.

Im Zollhaus auf der anderen Seite der Brücke wurden sie von ruhigen korrekten Leuten empfangen, die in eine hellgelbe aus einem Stück gearbeitete Rockhose gekleidet waren. Das gleiche Kostüm mußten auch sie anlegen, nur waren auf der Brust und auf dem Rücken schwarze Streifen eingenäht, die sie überall als Fremde kenntlich machten.

Bald schritten sie auf einer breiten, wohlgepflegten Straße dahin. Reich und üppig als ein wahrer Garten Gottes lag die Landschaft da. „Überall sieht man“, rief der entzückte Staatsanwalt aus, „daß die Norm ihren segenspendenden Stempel dem ganzen Lande aufgedrückt hat! Alles gedeiht und blüht!“

Wie sie weiterschritten, begann es Knüfelbein aufzufallen, daß er keiner Frau auf der Straße begegnete. Nur Männer in der Rockhose kamen ihnen teils auf Wagen, teils zu Fuß mit Feldgeräten entgegen. Alle gingen im selben Schrittrhythmus dahin, alle hatten einen ähnlichen Gesichtsausdruck, alle trugen die Krawatten gleich gebunden.

„Sie irren“, erklärte ihm aber Palamedes auf seine Frage, „wir sind verschiedenen Bäuerinnen bereits begegnet. Da aber Frauen wie Männer die gleiche Tracht tragen, sind sie nicht sogleich zu erkennen. Diese Verordnung der gleichen Tracht soll den Reiz der Geschlechter aufeinander abstumpfen, damit sich die Gedanken nur dem nützlichen, tätigen Bürgerleben zuwenden." „Ein weises Gesetz", rief Knüfelbein erfreut. „Das schiebt der unsittlichen Lebensweise einen natürlichen Riegel vor. Oh, hätten wir ähnliches in unserem lieben Deutschland!"

Unter solchen Betrachtungen näherten sich die beiden Wanderer dem ersten Orte, der Stadt Verapia, die Knüfelbein auf etwa 20 000 Einwohner schätzte. Die Landstraße erweiterte sich zur Hauptstraße der Stadt, die gerade auf den Rathausplatz mündete.

Dem Staatsanwalt fiel es auf, daß alle Häuser, ob groß oder klein, nach demselben Schema gebaut waren. Aber schon schritt er mit Palamedes Sakuska die breite Rathaustreppe hinauf, der den Pförtner anwies, sie beim Syndikus zu melden. Der Syndikus, ein schon bejahrter Herr, kam. Er war ein würdiger, alter Herr, der sich wie eine Maskenfigur in seiner Rockhose ausnahm. Mit mitleidiger Höflichkeit empfing er die beiden Fremden, aber als er in ihnen den Justizminister von Paraguay und seinen ersten Gehilfen erkannte, rief er ein über das andere Mal begeistert aus, wenn die Herren erst den Staatsmechanismus von Yayaweita kennen gelernt hätten, würden sie sofort an die Reform von ganz Paraguay gehen! Mitten in seiner Rede wurde er durch das Läuten von feinen Glöckchen unterbrochen. Schnell band sich der Syndikus eine Serviette vor, reichte den beiden Fremden auch je eine, und zog seine Gäste hinauf auf die Rathausterrasse, wo sich andere Herren bereits sammelten.

Knüfelbein und seinem Freunde bot sich ein seltsamer Anblick: Auf all den platten Dächern ringsum sammelten sich die Menschen und ließen sich auf niedrigen Kissen nieder. Alle hatten die Servietten so umgebunden, daß ihnen die Zipfel wie große Ohren im Genicke wackelten. Von Hand zu Hand wanderten riesige Kaffeekannen, Milchtöpfe und Kuchenschüsseln.

Feierlich erklärte ihnen der Syndikus: „Es ist die Zeit des Landeskaffees. Jeder Mann ist bei Strafe einjährigen Kaffeemahlens gehalten, diesen Kaffee einzuhalten. In dieser Weise haben wir vier Normalmahlzeiten: Morgentee um sieben Uhr. Für die Verheirateten folgt um acht Uhr die Bürgerblühestunde, wo sie gehalten sind, für das Wohl der kommenden Generation zu arbeiten. Um zwölf

Uhr haben wir die Stunde des großen Mahles. Um fünf Uhr den Landeskaffee, und um acht Uhr das Landesabendmahl. Unser Klima gestattet uns die Mahlzeiten auf dem Dache einzunehmen. Es ergibt dies eine natürliche viermalige Landeskontrolle. Zu diesen vier Zeiten steigt der Stadtbeobachter auf den Rathausturm und stellt mit seinem Fernrohr die Fehlenden fest. Diese werden alsdann in entsprechender Weise gestraft!"

„Kommen viele Delikte gegen diese Landesordnung vor?" fragte Knüfelbein.

„Ohne Delikt kein Gesetz", gab der Syndikus zur Antwort. „Und kein Gesetz ohne Delikt!"

Nach dem Landeskaffee begann der Ratsherr in liebenswürdigster Weise den Fremden alle Baulichkeiten und Wohlfahrtseinrichtungen zu zeigen. In der Kirche fiel dem Staatsanwalt sofort auf, daß Bilder und Skulpturen gänzlich fehlten. Nur überlebensgroße Farbfotografien der Heiligen waren vorhanden. Auch trugen diese alle, ob Frauen oder Männer, die Landestracht, die Rockhose.

Der Staatsanwalt drückte seine Verwunderung hierüber aus, wurde aber belehrt, daß die Kunst im Normallande gänzlich abgeschafft sei. „Aus alten Geschichtswerken wissen wir", sagte der Syndikus, „daß die Künstler sich immer für eine bevorrechtete Klasse ansahen, was Moral und Erotik anbetraf. So nahmen sie sich z. B. das Recht, weibliche Mitbürger nackt auszuziehen, und zu malen oder zu meißeln. Diese Art der Darstellung aber erregte die Sinnlichkeit der Betrachter in ungemeinem Maße, denn es ist unanständig zu zeigen, was sonst verhüllt wird. Damit beginnt die Demoralisation. Wir haben konsequenterweise die ganze Kunst abgeschafft. Auch die nervenzerrüttende Musik fehlt bei uns geradeso wie der Alkohol und andere Volksgifte. Denn wir *sind der Meinung, daß die gesamten Werke einer Kunst nicht das Leben eines Jünglings oder einer Jungfrau wert sind, die durch die Kunst verdorben werden.*" Der Staatsanwalt seufzte auf! Das war nach seinem Herzen gesprochen, das mußte die Volksgesundheit erhalten!

Nunmehr begaben sie sich in das Landeskopulationsgebäude, allwo die Statistiken für die in jedem Monat zu vollziehenden Heiraten aufbewahrt wurden. Eine Reihe von Ärzten und Juristen erwogen die Leibes- und Kapitalchancen der ehereifen jungen Leute. Es war Gesetz, daß jedes Mädchen mit 20 und jeder junge Mann mit 25 Jahren heiraten mußte. Aufgabe war es, eine möglichst gleichartige Normalrasse zu züchten. Einer faulen Veranlagung wurde eine fleißige entgegengesetzt, ein kleinerer Mann erhielt eine größere Frau und umgekehrt. Bis ins kleinste gingen die Berechnungen. So war z. B. für das laufende Jahr das Landespaarverheiratungsgewicht auf 249 Pfund normiert worden. Illegitime Erotik war aufs schwerste verpönt, ja nahezu unmöglich. Die Wissenschaft in Yayaweita hatte Mittel gefunden durch subcutane Einspritzungen, die im ganzen Lande an jedem Freitag vorgenommen wurden, die Liebesgelüste bis zur gesetzlich vorgesehenen Zeit hinauszuschieben.

Wie staunte der gute Staatsanwalt die Weisheit der Gesetzgeber dieses Landes an. Wie wünschte er, daß auch solche Gesetze in seinem heimatlichen Deutschland Geltung gewännen!

„Nur durch die tätige Mitarbeit des geistlichen Standes sind wir zu diesem segensreichen Fortschritt unserer Kultur gelangt", erklärte der Syndikus mit Stolz. Mit diesen Worten betraten sie die Landerhaltungsanstalt. Hier trafen sie in allen Gängen Menschen mit Kindern auf den Armen. „Hier wird der Grundstock zur Wohlfahrt des Landes errichtet", setzte der Ratsherr ihnen auseinander.

„Ein jedes Kind, das in diesem Landbezirk geboren ist, wird nach acht Tagen hierhergebracht und auf körperliche und geistige Veranlagung gemessen und untersucht. Schöne Mädchen, genial veranlagte Knaben werden ebenso wie idiotische und rachitische Kinder thermisch vernichtet."

„Aber die Genies sind es doch", warf Knüfelbein befremdet ein, „die die Menschheit um ungeheure Strecken vorwärts bringen?"

„Allerdings", meinte mitleidig lächelnd der Syndikus. „Das eben ist der Verderb. Geniale Menschen werden sich und ihren Mitmenschen unbequem und verursachen Störungen vielfacher Art im menschlichen Leben. Ebenso ist es mit den schönen Frauen, gemäß der alten Sage von Helena. Wenn wir solche Keime ausrotten, und uns auf den ruhigen Gang der Entwicklung verlassen, so kommen wir gleichmäßig weiter."

Das wollte Knüfelbein nicht einleuchten. Am Tor der Landerhaltungsanstalt, deren Name ihm wie Hohn erschien, trennte er sich mit Palamedes Sakuska von seinem gewissenhaften Mentor.

Heftig diskutierte er mit dem Dr. Palamedes, der die Lehre Yayaweitas von der Schändlichkeit des Genies als folgerichtig für ein Normalland verteidigte.

Es war unerträglich heiß. Das Wasser des Stromes, an dessen aufgemauerten Ufern sie dahingingen, lockte und winkte, und da Knüfelbein keinen Menschen in der Umgebung gewahrte, so konnte er der Lust nicht widerstehen, in diesem frischen Wasser ein Bad zu nehmen.

„Die Gesetze des Landes verbieten die Entblößung!" rief Palamedes Sakuska. Aber der Staatsanwalt hatte bereits seinen Rockhosenanzug abgestreift und ließ sich in den Strom hinabgleiten. Leider hatte er sich in der Stärke der Strömung verrechnet. Blitzschnell trugen ihn die Wellen dahin. Sakuska vermochte am Ufer keinen Schritt mit ihm zu halten, und so ward der Staatsanwalt Dr. Heinrich Knüfelbein nackt in die Mitte des moralischen Normallandes hineingespült. Nach einer Stunde etwa wurde er von Landleuten aufgelesen und eiligst in das Irrenhaus der nächsten Stadt transportiert. Hier untersuchte man ihn, und er verstand von der lateinischen Diskussion der Ärzte soviel, daß man ihn als schweren Fall ansah, als Menschen, der bei seiner Geburt in den Vernichtungsofen gehört hätte. Man beschloß, ihm vierzig Gramm Gehirn zu exstirpieren, um günstig auf ihn einzuwirken. Verzweifelt saß er in dem Saale mit anderen Irren zusammen. Er fühlte sich verantwortlich für den Körper des Justizministers aus Paraguay, den er anhatte. Sein juristisches Gewissen mahnte ihn, diesen Körper unverletzt wieder zurückzuerstatten.

Er erfuhr nun auch, weshalb die andern Irren eingespert worden waren. Der eine hatte sich eine Flöte aus Weidenrohr geschnitten, um darauf Vogelstimmen nachzuahmen. Er war wegen musikalischen Irrsinns interniert.

Ein anderer war darauf verfallen, sich seine Krawatte in einen Längsknoten zu binden, was in Yayaweita nicht üblich war.

Ein dritter hatte sich mit seiner Gattin nicht zurecht gefunden und war wegen Vergehens gegen den Staat eingesperrt. Mit seinem juristischen Gefühl erkannte der Staatsanwalt, daß diese kleinen Delikte in Yayaweita als unerhörte Verbrechen betrachtet wurden. Und er seufzte vor sich hin: „Kein Gesetz ohne Delikt."

Zwei Doktoren kamen, um die wohltuende Korrektur an seinem Geistesleben vorzunehmen. Knüfelbein stellte ihnen vor, daß es nicht sein Körper wäre, in dem er sich befände, worauf sich die beiden verständnisvoll ansahen.

Da gewahrte der Unglückliche ein offenes unvergittertes Korri-

STEIN

dorfenster. Blitzschnell nahm er einen Anlauf und sprang hinaus. Schwer fiel er zu Boden.

Als er die Augen wieder aufschlug, lag er zu Füßen von Gertrud, der Kommerzienratstochter, mit einem Frackanzug bekleidet und in der steifen Hand ein großes rundes Verlobungsbukett. Ängstlich beugte sich der alte Kommerzienrat über ihn. „Mein lieber Schwiegersohn", rief er, „hat Ihnen das Geständnis Ihrer Neigung solche Aufregung verursacht? Oh, was sind wir Deutschen doch für ein tiefes, gemütvolles Volk!" Verdutzt schaute ihn der Staatsanwalt an.

„Sie waren diese letzten 24 Stunden wie ausgetauscht", schmunzelte der Kommerzienrat. „Sie waren feurig, als ob Sie ein Südländer wären. Aber gewiß werden Sie sich erholen wollen. Mein Automobil steht unten."

Knüfelbein fuhr nach Hause und legte sich zerschlagen ins Bett. Als er am nächsten Tage aufwachte, wollte es ihm erscheinen, als hätte er wirr geträumt, doch als er seine Zeitung zur Hand nahm, fuhr er zusammen. Am Kopfe stand die Drahtmeldung, daß der Justizminister von Paraguay einen seltsamen Tod in der Provinz Yayaweita gefunden habe.

Knüfelbein klingelte sofort den Dr. Sakuska an. Doch das Telefon gab keine Antwort.

Bald nahmen die Hochzeitsfeierlichkeiten und der Beruf ihn wieder in Anspruch, und sechs Wochen nach seinem Abenteuer gewann er seinen achtunddreißigsten Sittlichkeitsprozeß.

Jürgen Nowak

Zwischen Schöpfung und Untergang

Am Anfang war das Wort, und das Wort war bei Gott, und Gott war das Wort. Dasselbe war im

Anfang

Bei Gott. Alle Dinge sind durch dasselbe gemacht, und ohne dasselbe ist nichts gemacht, was gemacht ist.

Aus flammendem, unerschöpflichem Chaos entwuchsen feurig-ungestaltige Nebel. Sie ballten sich zusammen und türmten sich auf zu riesigen Massen.

Ein neues Universum war geboren. Eine andere Rasse sollte die Gelegenheit zur Bewährung erhalten.

Und Gott sah an alles, was er gemacht hatte; und siehe da, es war sehr gut.

Da ward aus Abend und Morgen der sechste Tag.

Gedachtest du doch in deinem tiefsten Herzen: Ich will in den Himmel steigen und meinen Stuhl über die Sterne Gottes erhöhen und gleich sein dem Allerhöchsten.

Auch sie maßten sich Göttliches an. Sie waren

Kinder des Bösen.

Der Anblick, den der Televisor übermittelte, war überwältigend.

... Maschinen unvorstellbarer Größe reihten sich aneinander; riesige Retorten, in denen eine zähe Flüssigkeit brodelte, waren mit gigantischen Apparaturen und Meßinstrumenten verbunden; ungezählte Kabel, die von gewaltigen Schaltpulten ausgingen, legten sich wie ein Netz über die weite, unendliche Halle. Tausende von Lichtern flammten blitzartig auf und verloschen wieder. Der ohrenbetäubende Lärm glich dem Dröhnen und Donnern eines Erdbebens und dem tosenden Bersten der Meeresbrandung . . .

Bild und Ton verschwanden automatisch, als einer von ihnen auf den Knopf gedrückt hatte. Er erhob sich.

„Nach nochmaliger Überprüfung sämtlicher technischer Daten und nach weiteren Tests auf den verschiedensten Spezialgebieten liegt uns heute das Ergebnis unserer sechsten Experimentserie vor. Es ist uns in unserer einzigartigen Fabrik gelungen, TYP 784 h/s so zu verfeinern und zu vervollkommnen, daß er allen nur erdenklichen Anforderungen, die wir an ihn stellen, mehr als gerecht wird. Bei TYP 784 h/s handelt es sich um etwas Einmaliges, das, soweit wir unsere eigene Geschichte zurückverfolgen können, nicht einmal annähernd erreicht wurde."

Der Sprecher hielt einen Augenblick inne, griff nach einem der zahlreichen Schalter und fuhr dann in seiner Rede fort:

„TYP 784 h/s, von dem ich wiederholt betont habe, daß er alle Erwartungen weit übertrifft, besitzt alle körperlichen und geistigen Fähigkeiten, um selbst die schwierigsten Aufgaben zu lösen. Aus diesem Grunde wird TYP 784 h/s zur Verbesserung unseres Lebensstandards erheblich beitragen und daher für jeden von uns in Zukunft unentbehrlich sein. Denn alles, was wir bisher geschaffen haben, kommt nicht im entferntesten TYP 784 h/s gleich."

Jetzt endlich bediente er den Schalter. Lautlos teilte sich die kahle Wand zu ihrer Linken, und vor ihnen stand das Ergebnis jenes großartigen Experimentes: TYP 784 h/s.

Es war unglaublich, daß eine solch weiche, dünne Haut so widerstandsfähig sein sollte, daß solche schwache und wässerige Augen so gut sehen konnten, daß ein solches Gehirn, aus wertlosem Material hergestellt, überhaupt die Fähigkeit hatte zu denken.

TYP 784 h/s: ein MENSCH.

Man merkte es dem hohl klingenden Beifallsgemurmel an, daß die anwesenden Roboter begeistert waren. Sahen sie sich doch dank dieser Errungenschaft am Vorabend einer neuen Epoche.

Für den Roboterstaat des 57. Jahrhunderts R. T. aber sollte es kein Morgen geben. Denn . . .

Gott, der Herr, der die Menschen Ihm zum Bilde schuf, wird jene, die sich Göttliches anmaßen, heimsuchen, wenn seine Zeit kommt heimzusuchen.

Denn Gott wird alle Werke vor Gericht bringen und Rechenschaft fordern von dir über alle deine Taten, die guten und die bösen. Also wird er dich richten nach deinen Werken.

Und verdammt wurden zwei Geschlechter seinetwegen, doch

Er wußte nicht, was er tat.

In den letzten Zeiteinheiten, die ihm noch zur Verfügung standen, wurde sich Xagos der Ungeheuerlichkeit des Bevorstehenden zum erstenmal vollauf bewußt. Denn das Ereignis, das in wenigen Augenblicken eintreten würde, bedeutete die Erfüllung einer Sehnsucht, der das jahrhundertelange Streben und Trachten seiner Rasse gegolten hatte.

Mit diesem letzten Schritt würde der seit Anbeginn ihrer Existenz gehegte Wunschtraum Wahrheit werden. Denn, so glaubten Xagos und seinesgleichen, mit der Erreichung der Lichtgeschwindigkeit würden die letzten Schranken einer vollkommenen Erkenntnis dessen, was einst für ewig unerforschlich galt, fallen. Und Xagos, der dazu auserwählt worden war, dieser zur Vollendung führenden Entwicklung die Krone aufzusetzen, überkam plötzlich ein Gefühl der Achtung und der Ehrfurcht vor seinen Artgenossen, und er war stolz darauf, dieser Rasse angehören zu dürfen; einer Rasse, die ihr ganzes Dasein diesem hohen Ziele geopfert hatte.

Die Spannung in ihm wuchs. Nur noch Bruchteile einer Zeiteinheit trennten ihn von dem Ereignis, das die Krönung jener Entwicklung werden sollte. Nur noch Bruchteile, und die Geschwindigkeit seiner Rakete würde gleich der des Lichtes sein . . .

Das Ziel war erreicht.

Gottes Macht aber ist größer denn alles in dieser Welt.

Der dichte Nebelschleier wich vor seinen Augen und enthüllte Xagos eine unsagbare Wirklichkeit. Ein klarer, wolkenloser Himmel wölbte sich über einer sonderbaren Landschaft mit grotesken, farbigen Pflanzen, die sich ihm bizarr entgegenzustrecken schienen. Von allen Seiten vernahm Xagos fremdartige, schrille Geräusche, und voller Erstaunen nahm er die vielen, unbekannten Eindrücke in sich auf.

Für Xagos war es eine rätselhafte Welt, die in keiner Weise einem jener Planeten glich, auf denen seine Rasse je zuvor gelandet war.

Schmerzlich durchzuckte es Xagos, denn das Stichwort für die bange Frage, die bis jetzt in seinem Unterbewußtsein geschlummert hatte, war gefallen: Gelandet! Wo war er gelandet? Was war vorgefallen? Das letzte, dessen er sich erinnerte, war der grelle Blitz, der . . .

Ruckartig wurde sein Gedankengang unterbrochen, denn zwei seltsame Wesen, die plötzlich vor ihm aufgetaucht waren, bannten seinen Blick. Bewegungslos verharrte Xagos, bevor er sich auf das Paar zubewegte, von dem er glaubte, es gehörte der auf diesem Planeten herrschenden Rasse an. Einen Augenblick lang zögerte er, dann aber versuchte Xagos, sich ihnen verständlich zu machen.

Erwartungsvoll harrte er der Reaktion, die seine übertragenen Gedanken auf diese beiden Wesen, denen in Xagos zum erstenmal eine fremde Welt zu begegnen schien, ausüben würden. Voller Überraschung stellte er jedoch fest, daß sie seine Gedanken nicht zu erfassen vermochten oder sie gar mißverstanden haben mußten. Denn eigenartig war das Verhalten eines der Wesen, das sich plötzlich abwandte und nach einem merkwürdigen Gewächs griff.

Dumpfdröhnender Donner erscholl aus der Ferne.

Denn du bist Erde und sollst zu Erde werden . . .

Verständnislos kroch Xagos, der schlangengestaltige Bewohner eines fernen Sonnensystems, von dannen.

Weil du aber solches getan hast, seist du verflucht . . .

Und sie sprachen untereinander: Wohlauf, lasset uns eine Stadt und einen Turm bauen, des Spitze bis an den Himmel reiche, daß wir uns einen Namen machen.

Babel 6329 Imperiumzeit

Auszug aus der „Vorgeschichte des makrokosmischen Systems":
„Zu diesem Zeitpunkt hatte die Macht, die das Sternenimperium auf die bekannten Galaxien ausübte, ihren Höhepunkt erreicht. Sämtliche bedeutenden Sonnen und Planeten waren mittels einer grausam vorgehenden, gewaltigen Streitmacht erobert oder teils durch skrupellose Anwendung von Repressalien, teils durch niederträchtige Vertragsbrüche wider jedes Recht in die Einflußsphäre des Großimperiums einbezogen worden.

Um diese Macht auf unbegrenzte Zeit zu festigen und zu sichern, entschlossen sich die Imperatoren des Weltenreiches, ein Supergehirn zu erbauen, das völlig fehlerfrei arbeiten sollte. Aus dieser sogenannten Unfehlbarkeit sind die verschiedensten Gerüchte entstanden, deren Wirklichkeitsgehalt bis heute noch nicht zufriedenstellend aufgeklärt werden konnte.

Jenes Supergehirn sollte die schwerwiegende Aufgabe einer vollkommenen Verwaltung des interstellaren Herrschaftsbereiches übernehmen und die auf den einzelnen geknechteten Welten auftauchenden Probleme entsprechend der Eigenart ihrer Bewohner lösen . . ."

Ashton C IX, Mitglied einer Gruppe von Widerstandskämpfern, kroch keuchend die nackte Mauer empor, verfolgt von den gnadenlosen Häschern des Sternenimperiums. Sie würden ihn hetzen und nichts unversucht lassen, ihn zu fangen und zu vernichten. Denn er hatte den Schleier, den die Imperatoren um jenes von Geheimnissen umwobene „Gehirn" gelegt hatten, gelüftet. Er wußte jetzt, daß sie kaltherzig und ohne Erbarmen je einen Bewohner aller der von ihnen unterjochten Welten ergriffen, seziert und die lebenden Gehirne ihrer Opfer gemeinsam in die stählerne Hülle jenes Supergehirns gebettet hatten. Sie glaubten, durch dieses gigantische Denkwerk, in dem die einzelnen Welten in ureigenster Weise vereinigt waren, alle auftauchenden Probleme und Fragen bequem und schnell lösen zu können. Sie hielten es für ein leichtes, nachdem ihnen die Stärken und Schwächen der unterworfenen Rassen bekannt waren, die erhaltenen Ergebnisse je nach Belieben zu ihrem Vorteil auszuwerten.

Ashton C IX vernahm unter sich die scharrenden Geräusche

seiner Verfolger, und immer noch war das Ende der Mauer nicht zu erkennen. Als neben ihm ein Xon-Strahl den grauen Stein in Staub verwandelte, fühlte er, daß ihn vom Tod nur noch Augenblicke trennten.

Die Gedanken in seinem Kopf überstürzten sich. Er ahnte, das Sternenimperium werde ein ebenso unrühmliches Ende nehmen wie er jetzt. Die Feinde würden mit ihrem Supergehirn zweifellos alles – bis auf Eines – vorausberechnen können. An diesem Einen aber würden sie scheitern. Sie hatten vergessen, ein Gehirn eines Angehörigen ihrer Rasse in dieses geistige Machtgebilde einzubauen, um so ihre eigenen Fehler zu entdecken und unter Kontrolle zu bekommen.

Nun aber würde ihre Vermessenheit, durch nichts reguliert und im Zaume gehalten, schrankenlos fortwuchern und sie eines Tages selbst verschlingen. Denn sie hatten sich selbst zum Maßstab der Welt erhöht und dünkten sich als Mittelpunkt des Kosmos. Daran sollten sie zugrunde gehen, daß sie kein Maß mehr besaßen.

Der Xon-Strahl hatte ihn erreicht. Ein Schmerz durchblitzte ihn, dann stürzte er tot die Mauer hinab.

Und der Herr, der herniederfuhr, daß er sähe die Stadt und den Turm, sprach: Sie werden nicht ablassen von allem, was sie sich vorgenommen haben zu tun.

Also zerstreute sie der Herr von dort in alle Länder, daß sie mußten aufhören, die Stadt zu bauen.

Da ward aus Abend und Morgen der sechste Tag. Also ward vollendet Himmel und Erde mit ihrem ganzen Heer. Und also vollendete Gott am siebenten Tag seine Werke, die er machte.

Doch dann begann

Der Schöpfung achter Tag

Da sprach Gott: Alles Fleisches Ende ist vor mich gekommen; denn die Erde ist voll Frevels von ihnen; und siehe da, ich will sie vernichten, auf daß ein neues Menschengeschlecht entstehe, den Kindern gleich.

„. . . und dieses von Menschen Hand, Menschen Geist geschaffene Wunderwerk technischer Vollendung wird also in wenigen Tagen zur ersten Expedition durch unser gesamtes Sonnensystem starten. In der Hoffnung . . .“

„Hoffnung“, das war das letzte Wort, das der achtjährige Ben, der Sohn des Expeditionsleiters, und seine kleine Freundin Sue vernahmen, bevor sie sich verstohlen aus der geräumigen, farblosen Metallkabine davonschlichen, in der Bens Vater einigen Presse- und Rundfunkreportern über das bevorstehende Unternehmen Rede und Antwort stand.

Die Erwachsenen hatten das Schiff schon lange verlassen, als die beiden Kinder, die man in dem allgemeinen Durcheinander ganz vergessen hatte, immer noch in dem Kontrollraum der Rakete standen. Vier große, glänzende Kinderaugen starrten voller Verwunderung auf ein Gewirr von Drähten und Kabeln, auf ungezählte Hebel, Schalter und Knöpfe.

Stolz kletterte Ben auf den massiven, metallenen Pilotensitz und ließ seine beiden Hände wie im Spiel über die große Schalttafel gleiten. Weder er noch Sue bemerkten, daß sich dabei einige Hebel umlegten, einige Knöpfe drehten, Lichter aufblitzten . . .

Die Kinder verloren das Bewußtsein.

In diesen Tagen verzeichneten die Astronomen in den irdischen Observatorien die Annäherung unbekannter Flugkörper aus dem Weltall.

Und Gott wandte sein Angesicht gegen die Erde, und es geschah, daß er die Menschen, die er geschaffen hatte, vertilgte und ihre Städte auslöschte.

Langsam schlug Ben die Augen auf. Verstört blickte er um sich, schüttelte seinen Kopf und fragte sich, was eigentlich geschehen war. Doch Ben blieb sich die Antwort schuldig; und Sue, die neben dem Pilotensitz auf dem Boden hockte und stumm zu ihm aufsah, wußte sich auch keinen Rat. Beide konnten nicht begreifen, was mit ihnen geschehen war und wie sie in diese sonderbare Lage hatten geraten können.

Aber Ben dachte nicht weiter nach, sondern wandte sich von neuem den Schalttafeln und Apparaturen zu, die ihn sofort wieder gefangennahmen. Fasziniert blickte er auf eine Reihe neun farbiger Knöpfe und die darüber befindlichen rätselhaften Zeichen, die ihn geheimnisvoll anstarrten.

Wie von einem Magneten angezogen, näherte Ben seine rechte Hand einem dieser Knöpfe; es war ein blauer Knopf, über dem ein auf einem Kreis stehendes Kreuz abgebildet war.

In diesem Augenblick verloren die Kinder zum zweitenmal das Bewußtsein.

Aber mit dir will ich neue Menschen schaffen, daß hinfort nicht mehr alles Fleisch verderbt werden soll.

Gehet hin in alle Welt, führet alle Völker auf den Weg des Heils, indem ihr ihnen predigt, Gutes zu tun und sie lehret, halten alles, was ich euch befohlen habe.

Den Sinn ihres Lebens sahen sie in der Ausführung dieser

Mission

„. . . denn indem wir die vernunftbegabten Geschöpfe fremder Welten mit den Gesetzen der Überwindung von Raum und Zeit vertraut machen, die ihnen die Tore zu der Unendlichkeit des Universums öffnen, werden sie zu Gliedern einer Kette, die die unfaßbaren Weiten des Weltenraumes umspannt . . .“

Dieser Worte, die er einmal einen der Ältesten hatte sagen hören, entsann er sich, als sein Blick über den matten Bildschirm huschte und den kleinen, schwachen Lichtpunkt streifte. Denn dieser winzige Punkt in der Mitte des Schirmes war ihr Ziel, war der Planet, dessen Bewohnern diese Mission galt. Und er dachte daran, daß jene Geschöpfe noch nichts von den Gesetzen ahnten, die sie ihnen bringen würden und die die gesamte Weiterentwicklung ihrer Rasse bestimmen sollten.

Er erhob sich und schritt den langen Metallgang des Raumschiffes entlang, um die Antriebszentrale aufzusuchen, als er plötzlich aus einem der Räume, an denen er vorüberkam, eine Stimme vernahm, die ihn veranlaßte, stehenzubleiben und zu lauschen.

„. . . zum erstenmal aber treffen wir hier auf eine Rasse, in deren Hand unsere zur Vollendung entwickelte Technik das Ende des intergalaktischen Friedens bedeuten würde. Denn die Angehörigen dieser Rasse, die auf jenem seltsamen, von einer undurchsichtigen Wolkenwand verhüllten, Planeten leben, unterscheiden sich von allen anderen Weltenbewohnern des Universums. Es sind Dämonen der Zerstörung, denen die Verpflichtung, das Gute zu tun und das Böse zu lassen, unbekannt ist.

Ehe wir sie in die Geheimnisse des Raumes und der Zeit einweihen, bedürfen sie anderer Gesetze; Gesetze, die diese Lebewesen von Grund auf wandeln und die beweisen sollen, ob sie der Wunder der Schöpfung würdig sind oder nicht. Erst wenn sie diese Gesetze anerkennen und danach handeln, erst dann . . ."

In diesem Augenblick wurde das Gespräch durch das dumpfe, monotone Summen der Alarmanlage unterbrochen, die zugleich mit einigen grell aufblitzenden Warnlichtern anzeigte, daß das Raumschiff in die dichte Atmosphäre des Planeten eingedrungen war.

Und alles Volk sah den Donner und den Blitz und den Ton der Posaune und den Berg rauchen. Da sie aber solches sahen, flohen sie und traten von Ferne.

Langsam senkte sich das Raumschiff und setzte endlich auf dem steinigen Erdboden auf. Sekundenlang erzitterte der felsige Untergrund, ehe für eine kurze Zeitspanne völlige Ruhe eintrat.

Dann aber, nachdem einige strahlende Schweinwerfer aufgeleuchtet waren, schwang die schwere Metalltür der Ausstiegsluke auf. Automatisch wurde eine schmale Plattform ausgefahren. Aus dem Inneren des Raumschiffes erklangen gedämpfte Schritte, die sich dem Ausstieg näherten.

Das Volk aber, das geflohen war, hörte aus der Ferne eine Stimme. Und deutlich waren die Worte zu vernehmen:

Du sollst nicht . . .

Die Menge aber der Gläubigen ist ein Herz und eine Seele; auch keiner sagt von seinen Gütern, daß sie sein seien, sondern es ist ihnen alles gemein.
So auch

Das Wort.

Abseits von den übrigen Passagieren stand er da, seine heiße Stirn gegen die kühle Metallwand des Raumschiffes gepreßt. Mit der rechten Hand stützte er sich auf eine der massiven Streben, die sich in regelmäßigen Abständen durch das ganze Schiff zogen, während er mit der linken unruhig durch das leicht ergraute Haar fuhr.

Er war alt geworden auf Rogon, dem Planeten mit der gasgeschwängerten Atmosphäre, die sieben Jahre lang drückend und schwer auf ihm gelastet hatte; von jenem Tage an, an dem er als erster Missionar diesen Planeten betreten hatte. Er war damals von Surass IV aus, dem letzten menschlichen Vorposten innerhalb des bekannten Universums, allein zu jenem neu entdeckten Planeten, dem man den Namen „Rogon" gegeben hatte, geflogen, um den dort lebenden, intelligenten Wesen das Wort des Herrn zu predigen, ihnen die Größe und Allmacht Gottes zu offenbaren.

Er vollführte mit den Schultern eine träge Bewegung, versuchte sich den Staub von seiner Jacke abzuklopfen, wandte sich müde um, und wie er dann langsam einen der endlos erscheinenden Metallgänge des gigantischen Raumschiffes hinunterging, wanderten seine Gedanken zurück nach Rogon.

Vor seinen Augen tauchte das Bild der Landung auf, wie er damals in der Befürchtung, für seine Aufgabe vielleicht das Leben lassen zu müssen, bedrückt und zögernd aus der Rakete geklettert und dann, innerlich aufatmend, in so unerwartet freundlicher Weise von den seltsam aussehenden grünen Käfern, welche die einzige intelligente Rasse auf Rogon bildeten, aufgenommen worden war. Noch einmal stieg in ihm etwas von dem Gefühl der Unglaublichkeit und des unfaßbaren Staunens auf, als er an jenes alte Schriftwerk dachte, dessen Inhalt mit der so irdisch anmutenden Vorstellung anhub: „GOTT SCHUF HIMMEL UND ROGON . . ."

Sieben Jahre war er dann bei ihnen geblieben, bei jenen, die seines

Glaubens waren, des Glaubens an den einen wahrhaftigen Gott, den Schöpfer des Himmels, Rogons und der Erde, des gesamten, unendlichen Kosmos, bis ihn eine Botschaft erreichte, die ihn nach Terra zurückrief.

Terra. – Zum erstenmal seit sieben Jahren setzte er seinen Fuß auf heimatlichen Boden, atmete er wieder irdische Luft.

Während er quer über die graue Startbahn ging, ließ er das gewaltige Panorma des Raumflughafens auf sich einwirken. Vor ihm erhob sich in ihrer wuchtigen Größe eine startbereite Rakete. Er stutzte.

„Merkwürdig", murmelte er, indem er wie über eine unglaubwürdige, aber dennoch unumstößliche Tatsache den Kopf schüttelte.

Es war ein grüner Käfer, der seine Aufmerksamkeit erregt hatte. Dieser strebte als letzter Passagier eilig der Einstiegsrampe zu. Sein für die Missionare von Rogon typischer gelber Umhang, der seinen unförmigen Körper wie eine Glocke umgab, leuchtete in der Sonne hell zu ihm herüber. Und ihm schien, als wollte der rogoner Missionar mit dem strahlenden Gelb seines Mantels allen Menschen seinen göttlichen Auftrag verkünden.

Er nahm sein Gepäck und schritt in Gedanken versunken dem Ausgang zu.

Herr, du hast alle Dinge geschaffen, und durch deinen Willen haben sie das Wesen und sind geschaffen: Sie alle sind in einem Glauben an dich.

Niemand sage, wenn er versucht wird, daß er von Gott versucht werde. Denn Gott kann nicht versucht werden zum Bösen, und er selbst versucht niemanden.

Versuchung

Sondern ein jeglicher wird versucht, wenn er von seiner eigenen Lust gereizt und gelockt wird.

Vor achtzehn Erdentagen war es das erstemal gewesen, daß eines der fremden Lebewesen mit ihm Kontakt aufgenommen hatte. Plötzlich und unvermittelt waren die Gedanken des anderen in sein Gehirn gedrungen und hatten langsam und unwiderstehlich von ihm Besitz ergriffen.

Er hatte einen verzweifelten Kampf geführt und versucht, sich gegen diesen Überfall zu wehren. Von panischer Angst gejagt, hatte er die Flucht ergreifen und diesem unheimlichen Eindringling, der sich seiner bemächtigt hatte, entfliehen wollen. Doch vergeblich. Denn kaum daß er den Fremden erblickt hatte, war er vor ihm zusammengebrochen: vor dem gräßlichen, abscheulichen Fabelwesen, das einem vorsintflutlichen Ungeheuer nicht unähnlich gesehen hatte.

Als er endlich erwacht war, hatte sein erster noch verwirrter Gedanke diesem schreckenerregenden Untier gegolten, und krampfhaft hatte er sich bemüht, wieder ruhig und klar denken zu können.

Es war merkwürdig. Nachdem die siebenköpfige irdische Forschungsexpedition monatelang auf diesem Planeten vergeblich nach Leben gesucht hatte, tauchte unerwartet jenes Monstrum auf, dessen Aussehen ausgerechnet den Vorstellungen entsprach, die Joey schon früher als kleiner Junge von den Bewohnern ferner, unbekannter Welten gehabt hatte: grauenhaft-häßlich und furchterweckend.

Warum konnte es auf diesem Planeten keine Wesen geben, die harmlosen, bunten Schmetterlingen glichen? Mußte es ausgerechnet ein solches Monstrum sein?

Wieder verspürte er jenes seltsame Gefühl, und Joey erkannte, daß sich jenes Wesen ihm ein zweitesmal näherte. Es war ihm unmöglich, sich dagegen zu wehren.

Er brach nicht zusammen. In seiner Aufregung aber übersah er den kleinen farbig leuchtenden Falter in der einen Ecke des Raumes ganz.

Als nach einer Weile sein Entsetzen über die geisterhafte Erscheinung in ihm abgeklungen war, erkannte er sie als ein von Natur aus unsichtbares und gestaltloses Wesen, das aber in dem Augenblick, in dem es sich mit einem Andersartigen in Verbindung setzte, die

Gestalt annahm, die sich der andere zum Zeitpunkt der Kontaktaufnahme vorgestellt hatte.

Oft traf Joey daraufhin mit diesem ihm immer wieder grauenhaften Wesen zusammen, und seine Phantasie zeichnete immer verwegenere Gedankenbilder, denen Form und Gestalt gegeben wurden: urweltähnliche Riesenvögel wechselten mit winzigen, skurrilen Geschöpfen und absonderlichen, unirdischen Kreaturen, die Joeys Vorstellungskraft gebar.

Tagelang hatte Joey darüber nachgedacht und glaubte, jetzt endlich die Lösung gefunden zu haben. Und so wollte er heute die Antwort auf eine Frage finden, die er sich immer wieder gestellt hatte.

Der große Augenblick schien gekommen: sein Augenblick; denn er spürte, wie sich der andere in sein Gehirn schlich. Noch ohne Gestalt, wie grauer, verschwommener Nebel.

Und dann dachte Joey an den, der überall und in allem für die Sinne unbegreiflich ist, um dem ewig Gestaltlosen Gestalt zu geben.

Der Blitz, der grell aufleuchtete und Joey tot zusammenbrechen ließ, schien die Antwort zu sein.

Gott aber sprach zu Mose, der die Herrlichkeit des Herrn zu sehen begehrte: Mein Angesicht kannst du nicht sehen; denn kein Mensch wird leben, der mich sieht.

Eins aber sei euch unverhalten, daß ein Tag vor dem Herrn ist wie tausend Jahre, und tausend Jahre wie ein Tag.

Eines Tages wird sie anbrechen,

Die Neue Zeit

„. . . kann von einem Retortenmensch in keiner Weise die Rede sein, da der neue Mensch, den ich entwickeln möchte, genauso heranwachsen wird wie jeder andere seit Urgenerationen. Das einzige, was diesen Vorgang, um den es sich hier handelt und der schon lange in der Wissenschaft als Parthenogenese bekannt ist, von der natürlichen Zeugung unterscheidet, ist ein winziger, ich möchte sagen, mechanischer Eingriff, welcher an Stelle der normalen Befruchtung das mütterliche Ei zum Wachstum reizen soll. Aber diese kleine Auslösungsoperation, ich meine, dieser Eingriff zur Anregung der Wachstumsvorgänge ist keineswegs das Entscheidende. Das wirklich Revolutionäre ist die Tatsache der Entstehung eines neuen Menschen, der lediglich die Erbmasse seiner Mutter besitzt; denn nichts anderes besagt ja der Vorgang der Parthenogenese.

Folglich können in ihm erbbiologisch keine Spannungen zwischen den heterogenen Erbmassen der Mutter einerseits und denen des Vaters andererseits auftreten. Seelische Spannungen aber sind unausgetragene Konflikte, welche eigentlich nur darauf warten, eines Tages gleichsam eruptiv hervorzubrechen. Die Folge davon sind Haß, Gemeinheit, Lüge und – auf die gesamte Menschheit übertragen – Kriege und Vernichtung. Denn dies alles sind nach außen getretene seelische Spannungen der Menschen. Und sehen Sie, meine Herren, nehmen wir jetzt dem Menschen seine inneren Gegensätze und Unerträglichkeiten, so fallen die Urmotive alles Bösen fort.

Sie werden jetzt verstehen, warum ich kein Opfer scheue, einem Menschen die Geburt zu ermöglichen, der wie Sie und ich aus Fleisch und Blut ist, der aber von Natur aus gut und friedvoll ist, da er den Kampf väterlicher und mütterlicher Chromosomen nicht in sich spürt. Und nur dieser Mensch allein, der von Natur aus Friedfertige, kann wahren Frieden stiften . . ."

Wiederholt hatte der Reporter das Magnetophonband abspielen lassen, um sich die Worte des Professors noch einmal zu vergegenwärtigen. In zwei Stunden nämlich mußte er den Artikel über das Interview für die Morgenausgabe seiner Zeitung geschrieben haben. Er war noch mit dem Abfassen seines Berichtes beschäftigt als . . .

. . . als bereits eine kurze Nachricht von einem seiner Kollegen dem Setzer herübergereicht wurde:

„In wenigen Monaten wird der Planet Jupiter aus dem Sternbild Wassermann zu Saturn in das Sternbild der Fische treten. Da die Sonne zu dieser Zeit ebenfalls im Zeichen der Fische steht, wird ihr Licht das Sternbild überdecken. Wenige Wochen später werden beide Planeten bei einer Längendifferenz von 8 Grad in den Fischen heliakisch aufgehen. Die erste Engstellung unter 0 Grad Längen- und 0,98 Grad Breitendifferenz im 21. Grad der Fische wird – für zwei Stunden am Morgenhimmel sichtbar – kurze Zeit darauf eintreten . . .“

Und alle Menschen würden seinen Stern sehen.

Und der Herr spricht: Seid auch Ihr bereit, denn ich werde kommen zu einer Stunde, da Ihr's nicht meinet.

Selig sind die Augen, die da sehen, was Ihr sehet. Denn viele Propheten und Könige wollten sehen, was Ihr sehet, und haben's nicht gesehen, und hören, was Ihr höret, und haben es nicht gehört.

Der Friedfertige

Wild tobte der Kampf um die Macht auf dem Planeten Gran.

Sie lagen einander gegenüber. Ihre scharfen, schuppigen Vorderglieder waren verzerrt in den schlammigen Moorboden gekrallt; die Waffen hatten beide eng an sich gepreßt.

Bewegungslos und auf das äußerste gespannt harrten sie jenes Augenblickes, in dem sich der Gegner eine Blöße geben würde, um dann erbarmungslos zuzustoßen.

Es war Krieg, und es galt, das Gesetz des Tötens zu befolgen.

Schwer legte sich der feuchte Nebel über das Schlachtfeld, als wollte er einen dichten Schleier über die Stätte des Kampfes ausbreiten und die Krieger unter sich begraben.

Vorsichtig und darauf bedacht, jedes Geräusch, das ihn hätte verraten können, zu vermeiden, kroch einer von ihnen seinem Gegner entgegen, bis er sich in dessen unmittelbarer Nähe glaubte. Gefaßt bereitete er sich darauf vor, den Todesstoß auszuführen. Wußte er doch, daß sein Widersacher von dem gleichen starken Willen zum Töten beseelt war wie er selbst. Denn beide waren davon überzeugt, nur der Tod des Feindes könne das eigene Volk dem Sieg und der Herrschaft über Gran näherbringen.

Mit aller Kraft umklammerte er seine Waffe, als der Kampf, der für einen von ihnen den Tod bedeutete, begann.

Von Schmerzen gepeinigt zuckte er urplötzlich zusammen, als er den fremden Willen in sich spürte, der sich ihm aufzwang. Er lockerte im gleichen Augenblick den Griff um seine Waffe, als er von der Gegenseite das hohlklingende Aufklatschen eines schweren Gegenstandes auf den sumpfig-feuchten Moorboden vernahm.

Sie waren geschlagen, besiegt.

Vor Jahrzehnten bereits hatte der Mensch die Bande, die ihn seit Urzeiten an Terra gekettet hatten, gesprengt und war in die Tiefen des Raumes vorgedrungen.

Er jedoch, ein Krüppel, war an einen alten, hölzernen Stuhl gefesselt.

Sein Geist aber hatte die Unendlichkeit zwischen den Welten überwunden und seinen bisher größten Sieg errungen.

Und was schwach ist vor der Welt, das hat Gott erwählt, daß er zu schanden mache, was stark ist. Denn seine Kraft ist in den Schwachen mächtig.

Denn meine Gedanken sind nicht Eure Gedanken, und Eure Wege sind nicht meine Wege; sondern so viel der Himmel höher ist denn die Erde, so sind auch meine Wege höher denn Eure Wege und meine Gedanken denn Eure Gedanken.

Der Mensch denkt

Gott aber lenkt, und seine Gerichte sind für den Menschen unbegreiflich und seine Wege unerforschlich.

Erdrückend war das Gefühl der plötzlichen Erkenntnis, daß das Experiment mißlungen, seinen jahrelangen Forschungsarbeiten kein Erfolg vergönnt gewesen war. Professor Karsson wehrte sich verzweifelt gegen die erschütternde Wahrheit, indem er versuchte, das Bild vor seinen Augen zu verwischen. Doch vergeblich!

Und diese Tatsache brachte ihn um sein Lebenswerk! Denn alles, was er wahrnahm, bewies, daß seine Zeitmaschine trotz gewissenhaftester Überprüfung vor dem Start im entscheidenden Augenblick versagt hatte! Er befand sich an einem anderen Ort, in einer anderen Zeit, als die Zeiger auf den Skalen der Maschine anzeigten.

Er wußte, daß es nun zu spät war. Dennoch mußte er den Fehler finden, der ihn wahrscheinlich für immer in diese Zeit verbannt hatte.

Willkürlich ließ sich Professor Karsson von dem Strom der tobenden, sich vorwärtsstürzenden Menge treiben. Schreiend und johlend drängten sich die Menschen in Richtung einer steinernen Treppe. Und Professor Karsson, der Mann aus einer anderen Zeit, befand sich mitten unter ihnen, um Zeuge des kommenden Schauspiels zu werden.

Beinahe ruckartig erstarrte die wütende Menge, und tausend Augenpaare richteten sich auf die Szene, die sich vor ihnen auf der obersten Stufe dieser Treppe abspielte.

Wild gestikulierend redete ein Mann in einer Professor Karsson unverständlichen Sprache auf die Masse ein, abwechselnd auf die beiden gefesselten Männer neben sich und das Volk zu seinen Füßen weisend. Wie im Traum verfolgte Karsson das Geschehen, bis ihn ein Schrei aus vielen hundert Kehlen in die grausame Wirklichkeit zurückrief.

Zugleich aber überkam ihn die erschreckende Erkenntnis dessen, was sich in wenigen Minuten vor seinen Augen ereignen würde. Und er wußte, daß er der einzige war, in dessen Macht es lag, dieses Volk vor einer ewigen Schuld zu bewahren.

Einen Augenblick lang verhielt er sich völlig ruhig, um sich dann der vorwärtsstürmenden Menge mit ausgebreiteten Armen und laut schreiend entgegenzuwerfen.

Mit aller Kraft versuchte er, sie aufzuhalten. Er wollte sie vor dem gähnenden Abgrund zurückreißen. Doch es war aussichtslos. Er strauchelte, fiel, und die Masse rannte erbarmungslos über ihn hinweg. Seinen gequälten Verzweiflungsschrei erstickten die schmutziggrauen Staubwolken, die die stampfenden Schritte der aufgebrachten Menge aufwirbelten, während jemand mit ruhiger Stimme sagte: „Ich aber wasche meine Hände in Unschuld."

Stecke dein Schwert, mit dem du mich verteidigen willst, an seinen Ort. Denn wie würde sonst die Schrift erfüllet?

„. . . Wie wir soeben von unserer Stockholmer Redaktion erfahren, ereignete sich in den späten Abendstunden des gestrigen Tages in den Versuchslaboratorien der TAS-Company eine gewaltige Explosion, bei der Professor Karsson tödlich verletzt wurde. Genauere Einzelheiten über das Unglück liegen bis zur Stunde noch nicht vor. Professor Karsson, der . . .“

Die Gerichte des Herrn sind für den Menschen unbegreiflich und seine Wege unerforschlich.

Und sie werden ihre Pflugscharen zu Schwertern schmieden und ihre Winzermesser zu Speeren, und Nation wird wider Nation das Schwert erheben, und sie werden den Krieg lehren. Das aber bedeutet ihr Ende.

Das Wort aber wird bestehen bis an das Ende aller Zeiten, denn

Es währt ewig

Kalter, fahler Dunst lag über der leblosen, mit grauem Staub bedeckten Ebene. Aus klaffenden Erdspalten quoll schmutziger Nebel, der sich zu geheimnisvollen Gestalten formte, die gespenstisch-schemenhaft im Ungewissen verschwanden. Wenige karge Mauerreste und verkohlte Balken, die einsam gen Himmel ragten, unterbrachen die Eintönigkeit der grauen Staubwüste, über die die Allmacht des Schweigens ihre Herrschaft angetreten hatte.

Es war eine sterbende Welt!

Dumpf hallte das Rollen eines Steines, der von einer der kahlen, zerfallenen Mauern abgebröckelt war, in der unheimlichen Stille wider. Langsam verlor sich das Geräusch in der Ferne.

Er erschrak. Unwillkürlich wandte er seinen Blick der Stelle zu, an welcher der Stein zu Boden gefallen war.

Und dann sah er das Buch! Aufgeschlagen lag es da, und es schien, als hätte der Wind, der über diese Stätte der Einsamkeit wehte, darin geblättert, um Worte des Trostes zu finden.

Am Anfang schuf Gott Himmel und Erde. Und die Erde war wüst und leer, und es war finster auf der Tiefe.

„Ironie“, dachte er, „bittere Ironie“, als er mit einem seiner fünf schuppigen Tentakel das Buch ergriff und es an sich nahm. Dann wandte er sich wieder dem Raumschiff zu.

Es werden wohl Berge weichen und Hügel hinfallen. Königreiche werden stürzen, und Völker werden vergehen. Das Wort Gottes aber ist unvergänglich.

FRITZ BERGEN

Paul Scheerbart

Professor Kienbeins Abenteuer. Eine Laboratoriums-Novellette

Am 1. Juli 1908 saß ich auf der Terrasse des Metropolitan-Hotels in Milwaukee, las deutsche Zeitungen und rauchte eine lange Virginia, die ich vor sechs Wochen in Wien gekauft hatte. Da kam ein Diener mit vielen Goldtressen an meinen Tisch und überreichte mir eine Karte des Professors Kienbein.

Der Herr Professor bat mich, ihn zu besuchen – und zwar gleich – ich möchte nur seinem Diener folgen.

Dieser Diener mit den vielen Goldtressen brachte mich im Automobil in die Villa des Herrn Professor Kienbein. Und dieser Herr Professor, ein Mann mit breitem rotem Vollbart, führte mich gleich in sein Laboratorium und sagte mir mit leiser Stimme:

„Sie kennen mich nicht. Ich aber kenne Sie und möchte Ihnen ein Abenteuer erzählen, von dem ich selbst leider nicht öffentlich erzählen darf, da sonst meine Stellung als Gelehrter erschüttert wäre. Sie aber können sich schon erlauben, die Geschichte bekanntzumachen. Ich habe ein Tagebuch geführt, in dem ich das, was ich erlebte, kurz notiert habe. Ich werde Ihnen das Tagebuch blattweise übergeben, und Sie können sich die Geschichte abschreiben. Wenn Sie mit einem Blatt fertig sind, dann drücken Sie gefälligst auf diesen Knopf – dann erhalten Sie durch meinen Diener das nächste Blatt und geben das abgeschriebene zurück."

Ich sagte gar nichts.

Der Diener mit den Goldtressen brachte Portwein und Zigaretten, und der Herr Professor legte das erste Blatt seines Tagebuchs auf einen großen, glatten Mahagonitisch – und ließ mich allein.

In dem Laboratorium standen viele akustische Instrumente, sehr hohe Spiegel – konkave und konvexe – und viele photographische Apparate.

Schalldämpfende alte Teppiche lagen auf dem Fußboden, und durch das große breite Fenster des Laboratoriums sah man in einen schattigen Garten.

Ich trank ein Glas Portwein, steckte mir eine Zigarette an und las nun die Tagebuchblätter des Professors Kienbein, der in Milwaukee lebte und im gesellschaftlichen Leben offenbar nicht viel Umstände machte.

Die Blätter, die ich abschrieb, gebe ich hiermit in der Reihenfolge, in der sie mir vorgelegt wurden, an die Öffentlichkeit:

9. Januar 1908

Als ich heute meinen neuen Transmissionsapparat prüfte, hörte ich ein seltsames Geräusch, das ich mir nicht erklären konnte. Ich ließ meine schalldämpfenden Filzplatten vor den Fenstern und in den Wänden herunter, so daß in meinem Laboratorium eine Grabesstille herrschte. Ich legte abermals das Schallrohr ans Ohr und hörte plötzlich eine ganz zarte, leise Stimme, die in ganz klaren deutschen Worten zu mir das Folgende sagte: „Herr Professor, erschrecken Sie nicht; aber es ist jemand in Ihrer nächsten Nähe, ohne von Ihnen gesehen zu werden. Ich möchte mich Ihnen gerne sichtbar machen. Es geht aber vorläufig nicht."

Ich glaubte natürlich zunächst an eine Gehörshalluzination. Ich glaubte auch, daß ich träumen könnte. Ich klingelte. Der Diener erschien und mußte auch das Schallrohr ans Ohr legen. Wir horchten nun abwechselnd, hörten aber nichts mehr. Ich sagte dem Diener von dem, was ich gehört hatte nichts. Wir haben abwechselnd über eine Stunde am Schallrohr gehorcht.

10. Januar 1908

Ich hatte in der Nacht sehr schlecht geschlafen und sehr unruhig geträumt. Als ich allein am Vormittag im Laboratorium war, machte ich wieder alles still, ließ auch, obschon durch die Fenster kein Licht drang, die elektrische Beleuchtung nicht funktionieren; ich zündete nur ein kleines Öllämpchen an. Ich war sehr ruhig und hielt nun wieder das Schallrohr ans Ohr, und da sagte die zarte, leise Stimme zu mir hastig: „Sie dürfen nicht wieder Ihren Diener rufen; der ist für das, was ich Ihnen zu sagen habe, nicht reif. Ich komme vom Planeten Neptun und habe einen maßlos dünnen fadenförmigen Körper, den Sie nicht sehen können mit Ihren menschlichen Augen. Nach großen Mühen ist es mir gelungen, mich Ihnen durch Ihren neuen Transmissionsapparat, der ja den Schall in ungemein heftiger Weise verstärkt, hörbar zu machen. Aber sichtbar machen kann ich mich Ihnen vorläufig noch nicht. Wenn Sie zu mir sprechen wollen, so dämpfen Sie, bitte, Ihre Stimme und sprechen Sie leise in eine der langen dünnen Röhren, die auf Ihrem Schreibtisch liegen. Aber Sie müssen ganz leise und ganz langsam sprechen. Regen Sie sich nicht auf. Sie erleben ein Abenteuer, das Sie schlechterdings allen anderen Personen gegenüber vorläufig verschweigen müssen. Ich bin stets in Ihrer Nähe und höre jedes Wort, das Sie zu andern sagen."

„Aber", sagte ich da leise in ein langes dünnes Rohr hinein, „wenn Sie meine Stimme in jedem Falle hören können, so ist es doch eigentlich nicht nötig, daß ich leise spreche."

„Das kann ich Ihnen doch", versetzte die Stimme wieder, „etwas später erklären. Zunächst haben wir doch Wichtigeres miteinander zu sprechen."

Da ergriff mich ein so starkes nervöses Zittern, daß ich bat, mir doch erst Zeit zur Erholung zu lassen. Sie sagte darauf:

„Gut! Sprechen wir nach achtundvierzig Stunden weiter. Schreiben Sie auf, was Sie erlebten. Lassen Sie aber das Aufgeschriebene von keinem Menschen lesen – wenigstens vorläufig nicht."

Ich ging darauf in den Garten und schrieb da alles, was ich erlebte, auf.

Das nervöse Zittern kommt leider immer wieder.

12. Januar 1908 (Sonntag)

Mir war zumute, wie einem Nachtwandler zumute sein dürfte, der nachts im Mondenschein auf den Dächern herumspaziert; ich fürchtete immer, daß mich ein lautes Wort neben mir aus allen meinen Träumen raus- und runterwerfen würde.

Ich glaubte noch immer nicht an das Veritable meines Abenteuers. Aber nach den achtundvierzig Stunden saß ich wieder beim matten Schimmer meiner kleinen Öllampe an meinem Transmissionsapparat; neben mir lagen die langen dünnen Metallröhren, und das Schallrohr hielt ich am rechten Ohr.

Ich mußte dieses Mal warten.

Dann aber hörte ich wieder die mir schon bekannte Stimme.

Sie sagte leise:

„Das Allerwichtigste scheint mir, daß ich zunächst Ihre Ansichten über die Erkennbarkeit der Sie umgebenden Materie ein wenig korrigiere. Mein Körper ist auch ganz und gar ein materieller

Körper. Und doch bin ich leider gezwungen, daran zu zweifeln, daß ich Ihnen diesen meinen materiellen Körper jemals sichtbar machen könnte. Vielleicht geht es trotz allem. Doch ich weiß nicht, ob es geht. Ich bin keineswegs allwissend."

Eine Pause trat ein, und ich sagte leise:

„Hochverehrter Herr vom Planeten Neptun! Ich danke Ihnen für Ihr Vertrauen. Und Sie können überzeugt sein, daß ich alles tun werde, was in meinen Kräften steht, um Ihnen gefällig zu sein. Verzeihen Sie nur, wenn ich gelegentlich etwas erregt werden sollte. Aber es ist denn doch ganz unglaublich, daß ich plötzlich das Glück habe, mit dem Bewohner eines anderen Planeten in deutscher Sprache zu sprechen. Mir würde das niemand glauben."

„Das glaube ich schon", erwiderte die Stimme, und dabei klang ein heiseres Lachen, „aber für mich ist das gar nicht so seltsam; ich habe mich schon mit den Bewohnern andrer Sterne sehr oft unterhalten. Ich lebe schon recht lange. Und dabei ist mein Körper so dünn wie ein Spinngewebefaden. Glauben Sie das? Oh – glauben Sie das nicht. Wäre der so dick, so wäre ich Ihnen längst sichtbar. Aber mein Körper ist trillionenmal dünner. Sie wissen ja, wie alle gebildeten Menschen, daß jedes noch so kleine Stück Materie immer noch teilbar ist und immer wieder teilbar ist – daß jeder Teil bis ins Unendliche hinein immer von neuem teilbar ist. Darum ist meine Behauptung, daß ich trillionenmal dünner bin als ein Spinngewebefaden, nicht etwas Ungeheuerliches. Es gibt noch viel dünnere Wesen. Daß Sie so was Dünnes nicht sehen können, wird Ihnen wohl begreiflich sein. Nun wollen wir uns aber nicht zu lange mit der Vorrede aufhalten. Solche dünnen Wesen können überall durch. Die Materie, die Sie sehen, ist ja gar nicht so dicht. Nur wenige Stoffe, die Sie gar nicht kennen, sind für mich undurchdringlich. Und nun werden Sie es auch verständlich finden und für möglich halten, wenn ich Ihnen erkläre, daß ich zwanzigtausend deutsche Meilen in der Sekunde durchdringen kann. Der Lichtstrahl geht noch mal so schnell – so schnell kann ich nicht. Aber es ist ja wohl genug. Flügel und lenkbare Flugapparate brauche ich nicht. Ich kann meinen Körper im achten Teil einer Sekunde tausend Meter lang machen. Und dann schieß ich einfach wie ein Blitz dahin. Allerdings, der geht auch noch mal so schnell."

„Und", fragte ich nun heftig, „wie verhalten Sie sich da zur Anziehungskraft?"

Ich hatte etwas laut gesprochen.
Und ich bekam keine Antwort.
Ich bat in den leisesten Worten, aber ich bat vergeblich.

17. Januar 1908

Erst heute, nach qualvollen fünf Tagen, in denen ich fast ohne Unterbrechung an meinem akustischen Transmissionsapparat gesessen habe, würdigte mich der Herr vom Neptun abermals einer Antwort.

Ich war selig.

Ich wußte ja, daß ich unwillkürlich zu laut gesprochen hatte.

Und ich bat nun in den leisesten Tönen flehentlich um Entschuldigung.

„Das dürfen Sie nie wieder machen", sagte darauf der Neptunsmann, „deshalb hat mich ja Ihr Diener vertrieben. Sie können sich doch denken, daß so zart organisierten Wesen ein lautes Wort sehr gefährlich werden kann. Sie fragten gleich anfangs, wie es käme, daß Sie leise sprechen müßten. Nun – wenn Sie laut sprechen, höre ich Sie wohl – aber ich bin dann in weiter Ferne. Will ich also in Ihrer Nähe auch zu Ihnen sprechen, so muß ich doch hierbleiben. Ich habe natürlich auch einen Fehler begangen; ich hätte Ihnen gleich etwas über Hören, Sehen und Sprechen mitteilen müssen. Das ist nicht so ganz einfach. Ich habe natürlich keinen Mund – keine Augen und keine Ohren, daran müssen Sie sich schon gewöhnen. Ich spreche zu Ihnen durch eine sehr sinnreiche Bewegung Ihres fabelhaft feinen akustischen Apparates."

Ich dankte dem Herrn für die schmeichelhafte Anerkennung meiner Erfindung, und er fuhr fort:

„Wenn ich sage: ich spreche – so ist das also ein figürlicher Ausdruck. Und wenn ich sage, daß ich Sie sehe, so ist das auch nur ein figürlicher Ausdruck – denn ich mache Ihre Erscheinung nur dadurch für meinen jetzt nur drei Meter langen Körper empfindbar, daß ich bestimmte Wellen, die von Ihnen ausgehen, in mir wirken lasse – was ich auch verhindern kann. Mein Körper ist ganz anders als der Ihre. Ich höre Sie auch nur dadurch, daß ich andre Wellen, die von Ihnen beim Sprechen ausgehen, in meinem Körper wirken lasse. Ich denke mit meinem ganzen Körper – nicht nur wie Sie mit dem Kopf. Wenn Sie an mich denken und sich eine Vorstellung von mir bilden wollen, so tun Sie gut, an einen ganz feinen

Lichtstrahl zu denken – Sie können diesen auch teilbar denken; denn ich vermag etwas loszulösen seitwärts – gleichsam wie Arme. Jetzt erholen Sie sich aber und schreiben Sie alles in Ihrem schattigen Garten auf. Ich gehe zum Monde, der nachts die Erde erleuchtet. Denken Sie an mich in der Mondnacht. Ich bin morgen um dieselbe Zeit wieder hier. Leben Sie wohl."

Ich ging in den Garten und schrieb alles auf.

18. Januar 1908

Ich bat zunächst ganz leise, mir ein paar Worte über die Anziehungskraft zu sagen, und er erwiderte darauf:

„Die Materie ist, wie ich Ihnen schon sagte, viel komplizierter, als die Menschen anzunehmen die Gewogenheit haben. Ach ja! Als wenn die Gesetze unsres Sonnensystems von den Herren Gelehrten abhingen. Sie müssen sich doch sagen, daß die Kräfte, die einer Materie innewohnen, doch auch viel komplizierter werden müssen, wenn die Materie, die diese Kräfte besitzt, komplizierter wird. Kurzum: Jeder Körper hat eine ganz besondere Anziehungskraft – jeder Mensch auch und jeder Stern desgleichen. Mit den physikalischen Gesetzen, die sich die gelehrten Erdrindenbewohner so einfach zusammenkonstruiert haben, kommt man in unserm Sonnensystem eben einfach nicht aus. Es ist einfach – alles komplizierter. Behandeln Sie die Sterne nicht als plumpe Breiklumpen – es sind die Sterne große lebende und denkende Wesen – ja selbst die Sternschnuppe ist ein denkendes Wesen – daran müssen Sie sich schon gewöhnen. Sie wissen doch schon, daß Kometen mitten durch die Protuberanzenwälder der Sonne durchschießen mit einer Geschwindigkeit von fünfhundert Kilometern in der Sekunde. Das haben Sie schon entdeckt. Wenn die Sonne alle Körper so einfach anziehen würde, wie Sie sich das denken, so müßte der Komet in den Protuberanzenwäldern hängenbleiben. Das tut er aber nicht. Auch die berühmte Zentrifugalkraft, die Sie so einfach erfunden haben, erklärt die Fahrt des Kometen durch die Protuberanzenwälder der Sonne keineswegs. Die Sache ist einfach – komplizierter."

19. Januar 1908

„Jedes Lebewesen", sagte der Herr vom Neptun, „hat auch eine besondere Abstoßungskraft. Die Gelehrten Herren der Erdrinde dürfen doch nicht Erdrindenverhältnisse so ohne weiteres auf den ganzen Kosmos übertragen. Glauben denn die Herrschaften, daß unser Sonnensystem nur Wiederholungen aufweist? Weil der fallende Apfel von der Erde angezogen wird – deswegen werden doch die Planeten noch nicht von der Sonne angezogen. Glauben die Herrschaften vielleicht, daß der ganze unendliche Raum von ein paar Gesetzen total beherrscht wird? Sie dürfen doch nicht unser Sonnensystem wie einen größeren menschlichen Verfassungsstaat behandeln. Aber die physikalischen Theorien – auch die über die Erhaltung der Kraft – entstanden in der Mitte des neunzehnten Jahrhunderts ihrer Zeitrechnung. Und da ist es ihnen nicht übelzunehmen, daß ihnen damals die Verfassungsstaaten so zu Kopfe stiegen, daß sie auch gleich das Sonnensystem zum Verfassungsstaat stempelten. Es ist nur ein Wunder, daß sie nicht auch ein kosmisches Parlament in unserm großen Sonnensystem entdeckten. Sie warfen die Menschengesetze und die Weltengesetze in einen Topf. Entschuldigen Sie, daß ich Ihnen jetzt ein künstliches Gelächter vormache – das bekomme ich jetzt auch schon fertig."

Und ich hörte ein helles lautes Menschengelächter im Schallrohr. Und ich fragte ganz leise, ob ich jetzt auch lachen dürfte. Er gab mir die Erlaubnis – das heißt: er besuchte den Stern Venus – und ich habe sehr laut und sehr lange gelacht. Dann ging ich in meinen schattigen Garten.

23. Januar 1908

„Zwischen den Planeten", sagte der Herr vom Neptun, „ist viel mehr, als Sie denken."

Ich beschloß jetzt, nur noch zuzuhören und nichts mehr zu erwidern. Und ich wollte auch nichts weiter fragen; mir wurde etwas verwirrt zumute.

Nachdem wir noch mehreres über die Planeten gesprochen hatten – ich erfuhr u. a., daß der Neptun tatsächlich ein Wasserstern genannt werden könnte, wenn auch der flüssige Stoff, aus dem dieser Planet zusammengesetzt ist, erheblich komplizierter als Wasser irdischer Formation genannt werden muß – danach erklärte mir der Herr vom Neptun, daß er versuchen wolle, sich mir sichtbar zu machen.

Und hiermit hebt ein neuer Abschnitt in meinem Abenteuer an.

24. Februar 1908

Es ist mir unmöglich, meine Tagebuchblätter ordnungsgemäß weiterzuführen.

Der Neptunsherr hat mich gebeten, sehr viele komplizierte konvexe und konkave Spiegel herstellen zu lassen.

Ich soll den Neptunsherrn in den Spiegeln photographieren – bei Magnesiumlicht.

13. März 1908

Die Spiegel sind hergestellt, die besten photographischen Apparate sind auch angeschafft.

Heute haben wir die ersten Aufnahmen gemacht.

Resultat: auf den photographischen Platten ist auch nicht eine Spur zu sehen – auch nicht mit den besten Mikroskopen.

Der Herr vom Neptun ist eben zu fein.

14. April 1908

Heute wird die siebzehnte Verbesserung der Spiegel ins Laboratorium gebracht.

Viele Leute halten mich schon für verrückt, da sie sich gar nicht vorstellen können, was ich mit den vielen Spiegeln anfangen will.

Man wundert sich sehr, daß ich keine neuen „akustischen“ Instrumente herstellen lasse.

17. Mai 1908

Jetzt kosten mich meine geheimnisvollen Experimente im Laboratorium bereits dreihundertsiebzehntausend Dollars. Wenn das so weitergeht, bin ich in Kürze ein armer Mann.

Ich habe das dem Neptunsherrn gesagt; er war sehr traurig – und ich war auch sehr traurig.

17. Juni 1908

Heute haben wir die Experimente aufgegeben.

Der Neptunsherr ist schlechterdings zu fein; er läßt sich für irdische Augen nicht sichtbar machen – es geht einfach nicht.

Ich bedaure lebhaft, daß wir unsre ganze Zeit mit diesen sehr, sehr kostspieligen Experimenten so einfach vergeudet haben; der Herr vom Neptun hätte mir dafür lieber noch mehr vom Planetensystem erzählen können.

Und jetzt ist er ärgerlich und will nicht mehr erzählen – er will einfach nicht.

Er will acht Tage in den Protuberanzenwäldern der Sonne verweilen.

Ich kann in meinem schattigen Garten sitzen und über mehrere noch nicht bezahlte Mechanikerrechnungen nachdenken.

27. Juni 1908

Das Abenteuer ist so gut wie zu Ende.

Heute hat der Neptunsherr von mir Abschied genommen.

Er sagte mir noch zum Schluß:

„Ich finde das irdische Menschenleben durchaus nicht uninteressant. Wer ein solches Leben uninteressant findet, der versteht es nicht, den feineren Kompositionen des Daseins nachzuschleichen. Er ist dann auch nicht reif für das Grandiose, das auch das irdische Dasein auf allen Seiten umgibt. Man kann solchen desperaten Leuten nur zurufen: Wissen Sie denn immer noch nicht, warum sich die Erde immerzu dreht – warum sie als ewig sich drehender Körper das leibhaftige *Perpetuum mobile* darstellt?"

Ich sagte leise und traurig:

„Verehrter Herr Neptun, das weiß ich auch nicht; ich habe schon öfters darüber nachgedacht, aber ich kann mir nicht vorstellen, wozu diese Drehung vom Stern Erde in Permanenz erklärt wurde."

„Aber ich bitte Sie", versetzte da der Neptunsherr lauter als sonst, „damit alle Lebewesen auf der Erdrinde immer wieder neue Bilder von der unendlichen Welt empfangen. Die Erde selbst will auch immer wieder neue Weltbilder empfangen – es geht doch so viel in der großen Welt vor. Und deshalb muß ich auch wieder fort von hier. Vergessen Sie mich nicht. Ich weiß nicht, ob ich nochmals in Ihrem Laboratorium hörbar werden werde. Es ist schon möglich. Aber ich weiß es nicht – denn ich bin nicht allwissend. Leben Sie wohl und bleiben Sie recht beweglich – darauf kommt es überall an – deswegen drehn sich ja auch die Sterne so viel. Sollten Sie in Jahresfrist oder später, wenn ich mal wiederkomme, nicht beweglich genug sein, so würde ich einfach darauf verzichten, mich Ihnen hörbar zu machen."

Ich sagte leise: „Ich werde Tag und Nacht an Sie denken. Vergessen Sie mich auch nicht. Und ich werde versuchen, so recht beweglich zu bleiben. Leben Sie wohl."

30. Juni 1908

Ich habe heute fünf Stunden das Schallrohr am rechten Ohr gehalten. Aber ich habe nichts von meinem Freunde gehört. Er wird wohl schon wieder bei den Planeten sein, die hinter der Neptunsbahn sind – und die wir auch nicht sichtbar machen können.

Daß mich die Experimente mehr als eine halbe Million Dollars gekostet haben, ärgert mich nicht im geringsten.

Jedenfalls hat mir der Neptunsherr erlaubt, seine Mitteilungen der Öffentlichkeit zu übergeben.

Ich bedaure nur, daß ich die Wahrhaftigkeit der Geschichte keinem Menschen beweisen kann.

Hätte ich den Neptunsherrn in ein Grammophon hineinsprechen lassen, so hätte das auch keine Beweiskraft gehabt.

Und – mit anderen Menschen wollte er absolut nichts zu tun haben; ich durfte einfach nicht wagen, einen Zeugen zu laden – der Neptunsherr konnte mich ja stets beobachten.

Jedenfalls ist dieses Abenteuer das größte Abenteuer meines Lebens.

Es handelt sich nun darum, die Ansichten des Neptunsherrn über unser Planetensystem allen Menschen bekannt zu machen, damit man endlich aufhört, so von oben herab über astrale Dinge zu urteilen; den Wissenschaftlern – besonders den Physikern – muß ein wenig das Gewissen geschärft werden.

„Eine Bestätigung, daß ich das, was Sie da abgeschrieben haben, geschrieben habe, gebe ich Ihnen nicht."

Also sprach der Herr Professor Kienbein zu mir, als ich mit der Lektüre und Abschrift der Tagebuchblätter fertig war.

Ich bedauerte natürlich, daß ich diese Bestätigung nicht erhielt – mußte aber die Begründung dieser Maßnahme durchaus billigen. Wir frühstückten noch zusammen im schattigen Garten, und dann schrieb ich im Metropolitan-Hotel zu Milwaukee diese Laboratoriums-Novellette.

Otfried von Hanstein

Die Fahrt in das Weltall

Egon erwachte aus der Betäubung. Er konnte durchaus nicht begreifen, was mit ihm geschehen. Er befand sich in einem augenscheinlich sehr engen und vollständig dunklen Raum.

Er war nicht allein, denn um ihn herum waren unbestimmte Geräusche, die sichtlich von lebenden Wesen verursacht wurden.

Helmstätter suchte seine Gedanken zu sammeln, es war nicht leicht, denn er hatte heftige Kopfschmerzen und Übelkeiten. Ihm war zumute, wie einem Menschen, der noch an den Nachwehen einer heftigen Seekrankheit leidet.

Ganz langsam wurden seine Beobachtungen klar, und er wiederholte, was geschehen: Er hatte Licht in der Rakete gesehen, er war die Treppe hinaufgestürmt, in die Kabine gesprungen – damit aus. Er lauschte: Die Wände erzitterten leise – die Rakete war in Bewegung. Ihn überkam ein Gefühl unbändiger Freude. Die Rakete war in Bewegung! Dann war also die Abfahrt vorüber. Glücklich vorüber!

Diese Abfahrt, die durch irgend einen ihm noch unerklärlichen Zufall ganz plötzlich gekommen war.

Mit der Überzeugung, daß für den Augenblick sein Leben wahrscheinlich nicht in direkter Gefahr war, wurde er ruhig, seine Hände tasteten an den Wänden empor. Er selbst hatte jeden Griff und jeden Hebel dort angebracht und vermochte ihn auch im Dunkeln zu finden.

Ein kurzer Druck, elektrisches Licht flammte auf.

Egon stand aufrecht und sah in zwei ihm vollständig fremde, entsetzte Gesichter, die zu ihm aufschauten.

Der Ausdruck dieser Mienen, diese todblassen Menschen, die vor ihm hockten, beschmutzt, verstört und gleichzeitig verlegen, wirkten auf Egons jetzt wieder zuversichtliche Stimmung fast komisch.

„Wie kommen Sie hierher?“

„Entschuldigen Sie, mein werter Name ist Korus.“ Auch jetzt

konnte der Reporter seine Schnoddrigkeit nicht ganz unterdrücken.

„Ein Deutscher?"

„Korrespondent der Berliner Presse."

„Und der andere Herr?"

„All Right, Korrespondent der New York Evening Post."

„Meine Herren, mit welchem Recht kamen Sie in diese Kabine?"

„Mit gar keinem, ganz einfach mit der Kühnheit, mit der ein tüchtiger Reporter für sein Blatt alles wagt."

„Yes."

Die Offenheit der beiden gefiel Egon. „Sie hätten beinahe unsere drei Leben zerstört."

„Das war nicht unsere Absicht. Wir drei, das heißt wir beide und der Japaner Nagao Hazumi, wollten nichts, als die innere Einrichtung der Rakete kennenlernen. Ein Zufall muß verursacht haben, daß einer von uns einen Hebel drehte. Augenblicklich begann ein Uhrwerk zu summen, wir erschraken, wir wußten selbst nicht mehr, welchen Hebel wir gedreht hatten, der Japaner sprang hinaus, Sie stürmten herein, und im selben Augenblick brach der Weltuntergang für uns alle los."

„Allmächtiger Gott!"

Egon hatte die letzten Worte kaum noch gehört und war zu dem Geschwindigkeitsmesser gesprungen, warf einen Blick auf diesen, öffnete dann eine schmale Türe oberhalb der Polsterbank in der Rückwand der Kabine, kroch hindurch, verschwand einen Augenblick in den hinteren Räumen und ließ die beiden Reporter allein.

Korus stand langsam auf. „Meine Knochen sind merkwürdigerweise noch heil."

„Meine auch."

„Die Rakete ist abgefahren."

„Schade, daß der Doktor dazukam. So hätten wir ganz allein –"

„Unsinn, mein Lieber, wir wären nie wieder auf die Erde gekommen, übrigens, Mister All Right, darf ich Sie um zehntausend Dollar bitten?"

„Wieso?"

„Sie haben um diese Summe gewettet, daß die Rakete bei der Abfahrt explodieren würde."

Der Amerikaner grinste: „Ich schlage vor, wir waschen uns erst. Wir haben die Wasserkanne ja dort im Schrank gefunden."

Sie säuberten sich und auch den Fußboden und sahen, wie das Wasser unter diesem versickerte.

„Merkwürdig, wie gut hier die Luft ist."

„Merkwürdig ist überhaupt alles."

Egon kam mit sehr ernstem Gesicht zurück. „Meine Herren, es hätte durchaus keinen Zweck, wenn ich Ihnen jetzt noch Vorwürfe über Ihr unverantwortliches Benehmen, durch das Sie Joe Allister um eine Million und uns selbst höchstwahrscheinlich um unser Leben gebracht haben, Vorwürfe machen würde. Durch die falsche Benutzung der Hebel haben Sie die Hilfsrakete wie auch das eigentliche Fahrzeug gleichzeitig in Tätigkeit gesetzt. Es müssen ganz außerordentliche Explosionen stattgefunden haben, und ich vermute, Sie haben außerdem die Insel Nova Atlantis und leider wahrscheinlich auch sehr viele Menschenleben vernichtet."

„Wir haben wirklich nicht –"

„Ich sagte Ihnen schon, daß es jetzt gar keinen Zweck hat, über diese Dinge zu reden. Wir sind, allerdings sehr gegen meinen Wunsch, zu Reisegefährten geworden, und es bleibt uns nichts übrig, als gute Kameradschaft zu halten. Wir sind jetzt bereits unterwegs. Der durch die vorschnellen Massenexplosionen in das Ungeheure verstärkte Andruck, der uns betäubt hatte, verhinderte mich, rechtzeitig die Steuerung zu bedienen. Es ist ausgeschlossen, daß wir unsere Absicht, in Madagaskar zu landen, ausführen."

Der Amerikaner drehte sich langsam um. „Erlauben Sie mal!"

Egon fuhr fort: „Wir haben bereits seit geraumer Zeit die Erdatmosphäre verlassen und fliegen durch den freien Weltraum."

„Donnerwetter."

Korus war von der Bank aufgesprungen, aber er stand nicht etwa auf dem Boden, sondern flog sofort mit dem Kopf gegen die gepolsterte Decke der Kabine, prallte wie ein Gummiball von dieser ab, stieß mit den Füßen auf den Boden, federte von diesem wieder empor und hätte dieses für die beiden Zuschauer höchst lächerliche Spiel noch geraume Zeit fortgesetzt, wenn ihn Egon nicht mit einer ganz leisen Bewegung wieder auf die Bank gezogen hätte. „Was war denn das?"

„Ja, meine Herren, Sie müssen sich schon etwas an unsere veränderte Lebensbedingung gewöhnen; seit wir im freien Weltraum schwimmen, gelten die Gesetze der braven Muttererde nicht mehr für uns. Die Schwerkraft ist vollständig verändert, wir haben uns selbständig gemacht, und für uns gilt nicht mehr die Anziehungskraft der Erde, sondern lediglich die außerordentlich viel geringere, die der Schwerpunkt unserer eigenen Rakete, der darum mit Absicht unter den Fußboden dieser Kabine verlegt ist, auf uns ausübt. Sie sehen, wir brauchen durchaus nicht hilflos in unserer Kabine umherzuschweben, aber wir müssen uns vor jeder heftigen Bewegung hüten. Passen Sie auf."

Er nahm ein schweres Schlüsselbund aus seiner Hosentasche und ließ es aus seiner Hand. Es fiel nicht etwa rasch zu Boden, sondern schwebte, ganz langsam, so etwa wie ein dünnes Baumblatt, nieder.

All Right, der jetzt ebenso wie Korus sehr erregt, aber durchaus nicht etwa verzweifelt schien, sagte: „Dann sind wir also auf dem Wege zum Mond?"

Egon hatte ein hartes Gesicht. „Wir haben keinen Betriebsstoff mehr. Durch Ihren Leichtsinn ist unser gesamter Vorrat an Wasserstoff und Sauerstoff bis auf einige Sauerstoffbomben, die wir für unsere Taucherhelme brauchen, vorzeitig vernichtet. Ich habe keine Ursache, Ihnen etwas zu verschweigen. Wir haben durchaus keine Möglichkeit mehr, auf die Erde zurückzukehren."

„Ich denke, Sie können die Rakete nach Ihrem Belieben steuern?"

„Das kann ich. Ich kann jetzt augenblicklich umwenden, so daß wir in sehr kurzer Zeit wieder die Erde erreichen."

All Right nickte. „Nun also!"

„Ich habe aber keine Möglichkeit mehr, durch entgegengesetztes Auspuffen unseres Gases die Niederfahrt zu verlangsamen. Sobald wir den Bereich der Erdanziehung wieder erreicht haben, müssen wir notwendigerweise mit einer in jeder Sekunde zunehmenden Schnelligkeit abstürzen und selbstverständlich bei dem Anprall auf die Erde in Atomteilchen zersplittern."

„Pfui Teufel!"

„Ich habe mich also entschlossen, zum Monde zu fahren."

„Und dann zurückzukehren?"

„Ich sagte Ihnen bereits, daß dies nicht möglich ist. Wir sind Männer, und es hat gar keinen Zweck, uns selbst zu belügen. Eine Rückkehr gibt es für uns nicht, wir können nur versuchen, die Stunden, die uns das Schicksal noch schenkt, dazu zu benutzen, unser eigenes Wissen zu bereichern."

Korus zuckte die Achseln. „Eigentlich nutzt mir mein eigenes

Wissen sehr wenig, wenn ich meiner Zeitung nicht darüber berichten kann."

Egon erwiderte ernst: „Wir werden jede unserer Beobachtungen genau niederschreiben. Wir werden handeln wie ein Arzt, der weiß, daß er sterben muß, und bis zum letzten Augenblick seine Empfindungen und sein Studium am eigenen Körper niederschreibt, in der Hoffnung, der Menschheit damit zu nützen. Wir werden am Abend eines jeden Tages gemeinsam ein Protokoll aufsetzen und jedesmal in einer wasserdichten Berylliumkapsel verschließen. Sind *wir* auch zerschmettert, so könnte doch irgend ein Zufall einige dieser Kapseln zur Erde zurücktragen und damit der Wissenschaft nutzen."

Korus sprang auf, wäre fast wieder zum Gummiball geworden und preßte Egons Hand. „Ich danke Ihnen, Herr Doktor."

„Wofür?"

„Ich habe geglaubt, als einfacher Reporter mein Leben zu verbringen, jetzt schenkt mir der Zufall oder vielmehr Ihre Energie eine Lebensaufgabe."

Der Amerikaner streckte auch seine Hand aus, hütete sich aber, seine Lage zu verändern, und sagte: „All right."

Egon stand auf. „Teufel, wir dürfen mit unserem elektrischen Licht nicht verschwenderisch umgehen." Er drückte auf einen Knopf. Auf der rechten Seite des Luftschiffes schoben sich die außen angebrachten Berylliumplatten von den dicken Glasscheiben der Fenster und in demselben Augenblick flutete eine solche Menge unendlich grellen Lichtes herein, daß sie die Augen schließen und Egon tastend einen anderen Knopf drücken und die Fenster wieder verdunkeln mußte. Nun ließ er auf der linken Seite der Rakete die Fenster sich enthüllen, und nachdem die Augen der drei Männer sich wieder angepaßt hatten, sahen sie ein überwältigend fremdartiges Bild.

Um sie war ein tiefschwarzer Raum. Kein blauer oder wolkiger Himmel, wie sie ihn auf der Erde kannten, sondern nichts als ein tiefes Schwarz.

Und aus diesem Schwarz leuchteten hart, kalt, scharf in ihren Konturen umrissen, die Sternbilder auf, während hinter ihnen, genau im Rücken, die Erde als eine riesige, im Sonnenlicht gleißende Scheibe zu sehen war, auf der sie ganz deutlich die verschiedenen Erdteile zu erkennen vermochten.

Korus schüttelte den Kopf.

„Wie unglaublich das ist. Wir sind senkrecht nach oben gefahren, mit der Spitze voran, die Erde liegt also unter uns, wir sehen sie aber im Rücken. Wir müßten doch eigentlich mit den Füßen auf der Hinterwand stehen und den Kopf der Spitze zuwenden, die für uns oben ist."

Egon verneinte. „In dieser Lage waren wir auch, solange wir uns im Bereich der Erde befanden. Ich sagte Ihnen doch bereits, daß für uns jetzt nur noch der Schwerpunkt der Rakete maßgebend ist. Für uns ist stets das Ziel unserer Fahrt vorn die Spitze, und der Ort, den wir verlassen, diesmal also die Erde, in unserem Rücken."

„Die Rakete ist ein Wunder."

„Sie ist nur ein in die Praxis übersetztes Ergebnis längst bekannter wissenschaftlicher Forschung."

„Noch ein anderes Wunder, um dessen Erklärung ich bitten muß."

„Bitte."

„Wir sind zur Zeit der furchtbaren Hitze der Sonnenstrahlen ausgesetzt, die von keiner Luftschicht gemäßigt, auf unsere Rakete niederprallen. Wie ist es möglich, daß wir nicht vollständig verschmachten, und daß nicht ganz einfach das Metall unserer Rakete schmilzt?"

Egon lächelte. „Das ist freilich ein Geheimnis Meister Apels. Wir haben nicht nur jetzt die außerordentliche Hitze, sondern während der Nachtzeit die Kälte des Weltenraums mit ihren zweihundertdreiundsiebzig Graden unter Null zu ertragen. Das ganze Fahrzeug ist nicht nur schwarz gestrichen, sondern auch mit einer Masse überzogen, die absolut undurchlässig für Wärme und Kälte ist, so daß wir hier in unserer Kabine ganz unabhängig von der Außenwelt stets die Temperatur haben, die wir selbst uns erzeugen."

Der Amerikaner fragte: „Und wie ist es auf dem Monde?"

„Das kann ich Ihnen selbst nicht sagen. Ich bin selbst zum erstenmal auf dem Wege dorthin." Das Lächeln, das Egons Mund bei diesen Worten umspielt hatte, verschwand wieder. „Die Astronomen sind darüber verschiedener Meinung. Wenn Hörbiger mit seiner jedenfalls ganz genial erdachten Welteislehre recht hat, dann ist der Mond ein vollständig vereister Körper ohne jede Luftschicht und dauernd mit der angenehmen Temperatur der erwähnten zweihundertdreiundsiebzig Grad unter Null."

Korus, der schon zum begeisterten Forscher geworden, fragte

bedauernd: „Dann ist also, selbst wenn wir dorthin gelangen und sogar landen könnten, jedes Aussteigen unmöglich. Bei einer solchen Kälte müßten wir im Bruchteil einer Sekunde erstarren."

„Nicht so ganz. Eben weil keine Luftschicht dort ist, kann sich die Kälte uns nicht mitteilen, sobald wir selbst nur über unsere Haut einen Anzug aus demselben wärmeundurchlässigen Stoff tragen, mit dem die Rakete überzogen ist, so daß wir also unsere eigene Körperwärme nicht abgeben. Natürlich müssen wir auch mit dem gleichen Stoff bezogene, völlig luftdicht schließende Taucherhelme mit Sauerstoffbomben tragen, die unseren Lungen dort das Atmen ermöglichen."

Jetzt fragte der Amerikaner: „Noch ein letztes: In dieser Kabine ist andauernd gute Luft, sie wird also wahrscheinlich durch künstliche Sauerstoffzufuhr immer wieder verbessert. Nun sagten Sie aber, daß wir nur noch sehr wenig Sauerstoffbomben besitzen. Es wird also bald die Zeit kommen, in der wir ganz einfach ersticken."

„Vorläufig nicht."

„Wieso?"

„Wir sind hier weiter ausgebauten Vorschlägen und Gedanken Hermann Oberths gefolgt. Die verbrauchte Luft strömt durch ein schwarzes, mit Calium causticum gefülltes Rohr, das auf der Schattenseite der Rakete entlangläuft. In diesem schlagen sich alle Verunreinigungen nieder, und nur der gereinigte Sauerstoff und Stickstoff wird auf die Sonnenseite geleitet, dort wieder angewärmt und tritt als vollständig gute Luft abermals in die Kabine ein."

„Also ein ewiger Kreislauf, der sich vollzieht."

Korus hatte inzwischen gespannt aus dem Fenster geschaut. „Wo sind wir eigentlich?"

„Das kann ich Ihnen mit ziemlicher Genauigkeit sagen. Abgesehen von der ersten Geschwindigkeit des Andrucks, die gar nicht registriert werden konnte, sind wir während der ersten beiden Stunden, solange wir noch Betriebsstoff hatten, je dreitausendsechshundert Kilometer in der Stunde gefahren. Seitdem der Betriebsstoff versagte, ist unsere Bewegung mit dreitausend Kilometer in der Stunde beständig geworden. Da wir jetzt etwa sechs Stunden unterwegs sind, haben wir also rund zwanzigtausend Kilometer durchmessen."

„Und wie weit ist es bis zum Monde?"

„Der Mond ist rund dreihundertsechzigtausend Kilometer von

der Erde entfernt. Wenn wir in der Stunde dreitausend Kilometer durchfahren, müssen wir also hundertzwanzig Stunden zu unserer Reise brauchen, oder, abermals abgerundet, fünf Tage."

„Und für welche Zeit haben wir Lebensmittel?"

„Es ist eigentlich ein Zufall, daß wir überhaupt welche haben, weil ich ja glaubte, nur zwei Stunden unterwegs zu sein. Wenn Apel trotzdem darauf bestand, Proviant der verschiedensten Art mitzunehmen, geschah dies, um zu erproben, welche Dinge sich am besten eigneten, wenn es sich um spätere, lange Reisen handelte, und weil er die Rakete gewissermaßen in voller Kriegsbelastung aufsteigen lassen wollte."

Während Egon sich mit dem Studium seiner Apparate beschäftigte und Versuche mit den Steuerkreiseln machte, die ihm zeigten, daß die Rakete außerordentlich leicht jedem Griff seiner Hand gehorchte, machten sich die beiden jungen Reporter daran, die Vorräte zu prüfen.

„Damned, Joe Allister weiß, was sich gehört. Da sind fünfzig Büchsen mit Fleischkonserven, da ist Gemüse, da ist geschmortes Obst. Da ist Schiffszwieback – Sodawasser – Wein – Kaffee – Milch in Büchsen – Tee – Kakao!"

Freilich geschah es ihnen immer wieder, daß sie die verringerte Schwerkraft vergaßen, die Konservenbüchsen zu rasch emporhoben und diese dann wie Gummibälle umherschwebten.

Die beiden jungen Leute wurden immer vergnügter, zumal sie sahen, daß in den verschiedenen Wandschränken, in denen die Dinge aufbewahrt wurden, stets genau die Temperatur herrschte, die diesen zuträglich war.

Der Amerikaner legte Egon die Hand auf die Schulter. „Wir haben mindestens für sechs Wochen zu leben, und jetzt habe ich Hunger bekommen."

„Ich auch."

Egon fuhr aus tiefen Gedanken auf: „Dann wollen wir essen."

Korus jauchzte laut auf, während er ein neues Schränkchen öffnete.

„Hier steht ein ganzes Frühstück bereit. Sogar eine gebratene Gans."

Helmstätter trat heran, hob die Gans auf und fand darunter einen Zettel, den er las und augenblicklich versteckte. Es hatte nichts darauf gestanden als der eine Name: „Irene."

Für einen Augenblick mußte er sich zusammennehmen, um seine Empfindungen nicht zu verraten: Dieses Frühstück hatte ihm Irene Allister bereitet. Er schluckte seine Bewegung hinunter: „Also zum Essen!“

Er zog die kleine Tischplatte aus der Wand, der Amerikaner holte Eßgeschirr aus den Ständern. Allerdings war alles aus unzerbrechlichem Metall, Korus brachte den Gänsebraten, weißes Brot und die anderen Leckerbissen, die natürlich alle in festgeschlossenen Gefäßen zwischen federnden Metallarmen so eingeklemmt waren, daß der Andruck sie nicht hatte zerstören können, und jetzt begannen sie alle zu essen. Sie mußten sich auch daran gewöhnen, denn alles, was sie in die Hand nahmen, schien ganz unglaublich leicht geworden zu sein. Die Bissen flogen ihnen geradezu in den Mund, und als Korus die Gans zerteilen wollte, schien ihm der schwere Vogel leichter als eine Briefmarke. Es war gut für sie alle, daß die ewigen komischen Vorkommnisse ihnen immer wieder Grund zum Lachen gaben.

Dann aber öffnete Korus eine der zehn Sektflaschen, die er unter den Beständen gefunden hatte. Auch diese Flaschen, die allerdings, wie alle anderen Gefäße nicht aus Glas, sondern aus Metall waren, hatten durchaus nicht gelitten. Wie also Korus jetzt die Verschnürung löste, um die Flasche zu öffnen, fuhr der Pfropfen mit einer ganz außerordentlichen Wucht gegen die Decke und der Sekt schoß fontänenartig in die Höhe.

„Natürlich, auch die Kohlensäure wirkt jetzt sehr viel stärker.“

Korus hob sein Glas: „Es lebe die erste Fahrt zum Monde!“

Der Amerikaner trank aus und schenkte wieder ein: „Die drei ersten Mondreisenden sollen leben.“

Wieder antwortete Korus: „Der glückliche Zufall, der uns zusammengebracht hat, sei gepriesen.“

Egon hatte das erste Glas auch schnell geleert, jetzt aber nippte er nur langsam. Er sah diese beiden jungen Menschen an. Sie mußten erst wenig über zwanzig Jahre zählen. Unbesorgte Jugend schaute aus ihren Augen. Begeisterung und knabenhafter Leichtsinn, der sie ganz hatte vergessen lassen, daß sie dem Tode geweiht waren. Junge Menschen, wie er sie der Gefahr unbewußt und nur dem Gefühl des Ehrgeizes gehorchend während des furchtbaren Weltkrieges singend und lachend hatte der Todeskugel entgegeneilen sehen. Er vermochte nicht zu ihnen zu sprechen, ihre frohe

Stimmung schnitt ihm ins Herz, und doch hätte er es nicht über sich gebracht, ihre Laune zu stören. Er kroch in den engen Raum, hinten in der Rakete, um die Apparate zu untersuchen, festzustellen, was durch den Abflug zerstört worden und was noch zu gebrauchen war.

Es war wieder eine lange Zeit vergangen. Egon ertappte sich dabei, daß er lang ausgestreckt in dem engen Raum lag, in dem die Wasserstoffpumpen aufgestellt waren. Er hatte nachgedacht. Er hatte im Geiste darüber nachgegrübelt, was wohl geschehen war, als die Rakete so ganz plötzlich aus ihren Stützen gerissen und in das Weltall emporgeschleudert wurde. Die Baracke mit den Chinesen war natürlich zerstört. Nicht schade um die dem Opium verfallenen Tiere!

Die Insel war wahrscheinlich geborsten – sein Herz zuckte zusammen: Dicht am Ufer ankerte die Jacht Joe Allisters.

Die Explosion mußte eine ganz gewaltige Flutwelle emporgeschleudert haben, sicher war die kleine Jacht von Trümmern überschüttet untergegangen.

Allister war tot – Irene war tot!

Ein Schmerz war in seiner Seele, und doch wieder ein Gefühl der Ruhe. Er selbst hatte niemanden auf der Welt. Das Waisenkind betrauerten weder eine Mutter noch Geschwister. Mit Stipendien und durch Privatstunden hatte er sich mühsam sein Studium erkämpft. Niemanden gab es, an dem sein Herz hing, als Irene Allister, und die war tot. Es gab außer ihm keinen Menschen auf der Welt, der so berufen war, der Wissenschaft sein Leben zu opfern.

Er kam wieder in die Kabine zurück. Es war Nacht geworden. Späte Nacht. Genau zwölf Uhr dreißig Minuten. Die ersten vierundzwanzig Stunden der Fahrt waren vorüber. Der Meßapparat zeigte an, daß sie fünfundsiebzigtausend Kilometer gefahren waren. Korus und der Amerikaner saßen an der herausgezogenen Tischplatte und schrieben eifrig.

„Was machen Sie denn da?“

„Wir schreiben die Berichte für unsere Zeitungen.“

Egon lächelte wehmütig und dachte für sich: „Berichte, die niemals gelesen werden.“ Er setzte sich nieder und schrieb seinerseits mit kurzen Worten die Beobachtungen des Tages auf. Dann nahm er aus einem der Schränke eine verschließbare Berylliumhülse.

Diese Hülsen hatten eigentlich dazu dienen sollen, kleine Wasserstoffmengen aufzunehmen. „Sind Sie fertig, meine Herren?"

Die beiden reichten ihm die Schriftstücke hin, sie hatten sie sorgfältig, jeder sein Manuskript, in einen Umschlag verschlossen, an ihre Zeitung andressiert.

Wieder lächelte Egon, dann legte er seine Aufzeichnungen dazu, verschloß die Hülse und verwahrte sie im Schrank.

„Jetzt wollen wir schlafen."

Sie streckten sich alle drei nebeneinander auf den gepolsterten Boden, das Licht war gelöscht und sehr bald hörte Egon seine beiden leichtfertigen jungen Gefährten im ruhigen Schlaf gleichmäßig atmen. Er selbst lag mit offenen Augen, und in immer gleichbleibender Geschwindigkeit schoß die Rakete durch das nachtschwarze Weltall unter den harten, scharfblinkenden Sternen dem Mond entgegen.

Wieder anderthalb Tage der Fahrt. In den letzten vierundzwanzig Stunden war Egon kaum von den Steuerhebeln gekommen. Die drei Männer waren in höchster Erregung, denn die gelbe, immer heller leuchtende Scheibe des Mondes wurde größer und größer.

Am Abend des vierten Tages, das heißt am irdischen Abend, war der Mond plötzlich ganz anders, verlor den gelblichen Schein, sah riesengroß und weiß leuchtend aus, wie ein gewaltiges Eisfeld, aus dem eine unabsehbare Menge runder, zum Teil sehr weiter Krater emporschaute.

Gleichzeitig bemerkten sie, daß ihre Fahrt schneller wurde, daß der Geschwindigkeitsmesser immer rascher ging. Auch sahen sie plötzlich, daß sich die Rakete wandte. Sie fuhren nicht mehr mit der Spitze voran, sondern fielen mit dem unteren Boden, der ihr Schwerpunkt war, zuerst.

Die drei Mondreisenden selbst hatten die Empfindung, als hätte sich die Rakete nicht gedreht, sondern als wäre sie einen Augenblick stehen geblieben, hätte geschwankt und sänke nun abwärts.

All Right und Korus standen erschrocken beieinander. „Jetzt sind wir dennoch verloren."

„Wir werden natürlich auf dem Monde zerschmettert."

„Können Sie denn gar nichts tun, um den Fall aufzuhalten?"

„Haben Sie keinen Fallschirm?“

Lächelnd wies Egon mit der Hand auf das Tachometer. „Sehen Sie, wir schweben ganz langsam herunter. Die Geschwindigkeit, die wir im Weltraum hatten, paßt sich jetzt der geringen Mondanziehungskraft an. Übrigens wäre ein Fallschirm zwecklos, weil der Mond ja doch keine Atmosphäre hat.“

In diesem Augenblick blieb der Schnelligkeitsmesser stehen, die Fahrt war beendet. Der Doktor ließ die Metallplatten der Fenster, die er vorher geschlossen hatte, wieder emporschnellen. Die drei Männer stießen einen Ausruf des Erstaunens aus: Sie schwebten jetzt ganz unbeweglich über dem Monde.

Egon war so bewegt, daß er fast gerührt war. „Meine Herren, ob wir zurückkehren oder nicht, dieser Augenblick ist ein Wendepunkt in der Geschichte der Menschheit. Ist ein Triumph der Wissenschaft und Technik. Der Mensch hat das Weltall besiegt.“

„Werden wir aussteigen können?“

„Gewiß, wenn wir uns demgemäß kleiden und dafür sorgen, daß wir Sauerstoff zum Atmen bei uns tragen.“

Sie standen und konnten sich von dem Anblick nicht losreißen.

„Lassen Sie uns eilen.“

„Nein, jetzt Beherrschung. Wir wollen essen und ruhen. Sie wissen, ich bin dreißig Stunden nicht von den Steuern gekommen und wir dürfen nichts übereilen.“

„Wenn uns irgend etwas wieder hinwegtreibt?“

„Um dies zu vermeiden, werden wir selbstverständlich den Anker auswerfen.“

Zum ersten Male wurde die Luftschleuse, die wie der Durchgang eines D-Zuges ausgebildet war, vorgeschoben, Egon kleidete sich um, nahm den Taucherhelm auf den Kopf, befahl den anderen zurückzubleiben, trat heraus und warf den schweren Anker in die Tiefe, während er mit seinen Augen zum ersten Male voll die Mondlandschaft umfaßte.

Er wollte in diesem erhabenen Augenblick allein sein.

Die Vorbereitungen zum Verlassen der Rakete waren beendet. Die drei Pioniere der Mondforschung sahen allerdings merkwürdig genug aus. Auf dem bloßen Körper trugen sie, gewissermaßen wie eine zweite Haut und ganz eng anliegend, das dünne Gewand aus dem Stoff, dessen Zusammensetzung das Geheimnis Waldemar

Apels war, und der sie vor jedem Wärmeverlust schützen sollte. Sie kannten ihn nicht, sie hatten seine Wirkung noch nicht erprobt, aber der Umstand, daß sie in der Kabine der mit demselben Stoff bezogenen Rakete weder in der Kälte noch in der Hitze zu leiden hatten, gab ihnen Vertrauen.

Immerhin, der nächste Augenblick war wieder einmal ein Sprung ins Ungewisse, ein tollkühnes Wagnis.

War denn wirklich der Mond nichts als ein erstarrter Eisklumpen, herrschte dort wirklich die tiefste Kälte des Weltalls? Dann war ihr augenblicklicher Tod gewiß, wenn der Stoff sich nicht bewährte oder wenn nur die allergeringste Öffnung, das allerkleinste Loch der Kälte Zutritt zu ihrem Körper gewährte. Über diesem verhältnismäßig dünnen Gewand trugen sie eine Kleidung aus Leder. Sie hätten eigentlich gar keine Kleidung mehr gebraucht. War die künstliche Haut undurchlässig für Kälte, dann war auch jede weitere Kleidung überflüssig, aber sie wählten die festen Lederwämse, die Waldemar Apel zu diesem Zweck beschafft und eingepackt hatte, ja auch nicht, damit sie wärmen sollten, sondern um die künstliche Haut vor etwaigen Verletzungen und Löchern zu schützen. An den Füßen hatten sie schwere Stiefel, deren Sohlen mit dicken Bleiplatten benagelt waren. Auch das war nötig, um den Schwerpunkt ihres eigenen Körpers in die Füße zu verlegen. Endlich befestigten sie auf ihren Köpfen die umfangreichen Taucherhelme, die Apel verfertigt hatte. Auch diese waren auf der Innenseite vollständig mit dem wärmeundurchlässigen Stoff ausgekleidet, und zwar derartig, daß sich dieser Stoff, den sie die künstliche Haut nannten, um den Hals ganz eng an die natürliche Haut ansaugte. Gerade dieser Punkt war besonders gefährlich, weil sonst das ungeschützte Gesicht von der Kälte betroffen worden wäre.

Wochen hatten Apels Chemiker dazu gebraucht, aus demselben Stoff eine durchsichtige, flüssige Lösung herzustellen, um mit ihr auch die Augengläser, die wegen des Schnees und des grellen Lichtes wie Schneebrillen gefärbt und aus feinstem Kristall geschliffen waren, innen zu bestreichen und gleichfalls kältefest zu machen.

Auch der Mund war natürlich von der Außenwelt abgesperrt und ihm gegenüber, um eine Verständigung zu ermöglichen, eine Telephonmembrane eingearbeitet.

Daß eine Sauerstoffbombe und ein Apparat zur Ermöglichung einer freien Atmung eingefügt waren, verstand sich von selbst.

Die drei Männer, die jetzt selbst mehr vorweltlichen Ungeheuern ähnelten, waren bereit.

Der Amerikaner trug auf dem Rücken eine Axt und einen Sack mit Werkzeugen.

Korus hatte eine ähnliche Ausrüstung, während Egon an gleichfalls mit der künstlichen Haut überzogenen Schnüren Thermometer, Fernrohre und Entfernungsmesser nebst anderen wissenschaftlichen Instrumenten trug. Außerdem hielt ein jeder einen Bergstock in der Hand. Irgendwelche Nahrungsmittel oder Getränke nahmen sie nicht mit. Diese wären zwecklos gewesen, weil sie doch nichts hätten essen oder trinken können, ohne den Taucherhelm abzusetzen und also augenblicklich zu erfrieren.

Egon trat an die Türe, die zu dem Luftschlauch führte. „Ich werde zuerst hinaustreten. Für den Fall, daß ich trotzdem etwa sofort getötet werden sollte, kümmern Sie sich nicht um mich, sondern schließen die Türe und denken an Ihre eigene Rettung." Merkwürdig fremd klangen Rede und Antwort durch die Membrane des Helmes.

Es war auch eigentlich Torheit, was Egon sagte. Gelang es ihnen nicht, auf dem Monde durch irgend einen glücklichen Zufall, durch irgend eine unvermutete Entdeckung eine Möglichkeit zur Rückkehr zu finden, dann war ein plötzlicher Tod das beste für sie.

Egon stand jetzt im Luftschlauch und öffnete vorsichtig die Türe nach außen, nachdem er vorher die Türe nach der Kabine sorgfältig geschlossen hatte. Es war dringend notwendig, diese Schleuse mit unglaublicher Vorsicht zu benutzen, damit möglichst wenig von der Luft der Innenkabine verlorenging.

Egon sah, daß die Rakete immer noch über dem Monde schwebte. Dieser selbst schien vollständig mit einem eigenartigen, schneeweißen Moos bedeckt zu sein.

Jedenfalls hatte Egon durchaus kein Gefühl der Kälte, er überlegte einen Augenblick, bückte sich, um das Ankerseil zu erfassen, und stand dann mit den Füßen in dem weichen, weißen Moose, das zu untersuchen er vorläufig keine Zeit hatte.

Er sah, daß der schwere Anker, den sie herabgelassen, gar nicht gefaßt hatte, sondern frei auf dem Boden lag.

Ihn erfaßte ein furchtbarer Schrecken und in Sekunden stürmten die Gedanken durch sein Hirn. Wenn jetzt ein Sturm kam – was wußte er, ob es Stürme auf dem Mond gab? Wenn irgend eine Kraft die Rakete forttrieb? Die Möglichkeit, ganz allein in dieser grausigen Umwelt zu sein, deren überwältigende Furchtbarkeit auf ihn einstürmte, erfüllte ihn mit Entsetzen.

In dieser Sekunde empfand er, daß die Anwesenheit der beiden ungewollten Gefährten die größte Wohltat war, die ihm das Schicksal geschenkt hatte.

Er wollte zu dem Anker hingehen, tat einige Schritte, sah sich verwundert um und merkte, daß er schon weit an ihm vorbei war. Welch ein eigentümlicher Gang. Eigentlich gar kein Gang, sondern eine Art hüpfenden Schwebens auf einer gewaltigen Sprungfedermatratze.

Jeder Schritt brachte ihn unendlich viel weiter als auf der Erde. Wie er versuchte, an dem Bergstock über eine Spalte zu springen, schoß er hoch in die Luft und landete zwanzig Meter weiter. Er lächelte innerlich. Auf dem Monde zu gehen, muß gelernt werden, er mußte erst begreifen, seine Muskelkraft so viel geringer einzustellen, wie es die so viel verkleinerte Anziehungskraft des Mondes erforderte.

Dabei bereitete das erhebliche Gewicht seiner Ausrüstung ihm durchaus keinerlei Beschwerden.

Endlich war er nach vielem Hin- und Herspringen neben dem Anker und suchte nach einer Möglichkeit, ihn zu befestigen. Das war vollständig unnötig, denn wie er versuchte, den Anker zu heben, bemerkte er, daß er ihn gar nicht zu bewegen vermochte, weil er schon längst festgefroren war.

Egon zog jetzt an dem Seil und fand es leicht, den Strick um den emporstehenden Ankerstiel zu binden.

Immerhin ließ er noch einen halben Meter Abstand, um zu vermeiden, daß etwa auch die Rakete festfror.

Nun kehrte er zurück, trat wieder in den Schleusenschlauch und rief laut, nachdem er die Außentüre geschlossen, in die Kabine hinein: „Kommen Sie schnell."

Keine Antwort.

Er wiederholte den Ruf, aber auch jetzt rührte sich nichts.

Wieder erschrak er. Hatte sich irgend etwas während seiner Abwesenheit ereignet?

Er öffnete die Türe, aber die beiden Journalisten standen, dicht vor dieser und erwarteten ihn. Sie hatten seine Worte nicht gehört, und er glaubte geschrien zu haben.

Nun waren alle drei in dem Schleusenschlauch, die Innentüre wurde sehr sorgfältig geschlossen und gleich darauf standen sie auf dem Monde und sahen sich um.

Der Anblick war voll grauenhafter Erhabenheit. Zu ihren Füßen war nicht weiches Moos, wie Egon im ersten Augenblick gedacht hatte, sondern Rauhreif und zierliche Eisgebilde. Tot und hart dehnte sich um sie, von Furchen zerrissen, von Spalten durchzogen, ein rauher Boden.

Der Himmel war weder blau noch gewölbt wie auf der Erde. Er lastete flach und schwarz auf dem Monde, und überall waren in stechender Klarheit, auch jetzt, am Tage, das heißt am Mondtage, der fünfzehn Erdentagen gleichkommt, die Sternbilder, natürlich in ganz anderer Anordnung als auf der Erde, wie scharfe, harte, kalt leuchtende Punkte verschiedener Größe am Himmel.

In ihrem Rücken stand die über alles Maß helle Sonnenscheibe, aber sie hatten keinerlei Empfindung, ob die Sonne wärmte. Selbst dicht unter ihren Strahlen war das Eis nicht geschmolzen, sondern nur eine ganz dünne Nebelschicht lag über dem Boden.

Die Sonnenscheibe selbst war etwa von der gleichen Größe, wie sie den Bewohnern der Erde erscheint.

Für die, menschlichen Gehirnen kaum faßbare, Entfernung von etwa hundertundfünfzig Millionen Kilometern, die Erde und Sonne trennen, waren die dreihundertsechzigtausend Kilometer, die die Mondpiloten durchmessen hatten, ja nur ein Katzensprung. Dagegen stand die Erde, jetzt ihnen als Mond erscheinend, als eine fast viermal so große Scheibe hell leuchtend zwischen den Fixsternen.

Die Mitte dieser Scheibe, die Eisflächen der Pole, glänzte unendlich hell, und wie von der Erde aus die Mondberge gewissermaßen wie das Gesicht eines Mannes erscheinen, so vermochte sogar das bloße Auge die verschiedenen Weltteile auf der Erde zu erkennen.

Egon riß sich von dem gewaltigen Schauspiel einen Augenblick los und warf einen Blick auf sein Thermometer. Es war ein Petrolätherinstrument, das Kältegrade bis zu zweihundert unter Null zu messen vermochte.

Es versagte den Dienst, es war eingefroren!

Die Welteislehre hatte recht, er brauchte kein besseres Instrument zu haben: die Weltraumkälte von zweihundertdreiundsiebzig Grad hatte sie umfangen. Er richtete sich auf, wollte den beiden

Gefährten diese Kenntnis mitteilen, war voller Bewunderung für die künstliche Haut, die sie vor dieser unendlichen Kälte zu schützen vermochte, da sah er ein höchst merkwürdiges Schauspiel.

Korus und der Amerikaner standen einander gegenüber, schienen sehr lebhaft miteinander zu sprechen, machten immer heftigere Bewegungen mit Händen und Armen, so starke Gesten, daß sie dabei vom Monde emporsprangen, schienen Verzweiflung und Entsetzen auszudrücken und begannen plötzlich in großen Sprüngen zur Rakete zu rennen.

Das Schauspiel hätte grotesk und komisch ausgesehen, wäre es nicht hier in dieser grauenhaften Umgebung so schreckhaft gewesen.

Die beiden Männer sprangen in ihrem ersichtlichen Drang, die Rakete zu erreichen, an ihren Stäben fast haushoch, schwebten wieder auf den Mond zurück, verstanden nicht, was mit ihnen geschah, sahen sich um und sprangen wieder zurück.

Egon glaubte an nichts anderes, als daß die beiden plötzlich den Verstand verloren hätten. Lief ihnen nach, winkte mit den Armen und erreichte sie, als sie endlich den Ausgang des Schleusenschlauches erfaßt hatten, sich hineinschwangen und unbekümmert um jede Vorsicht die Kabinentüre aufrissen.

Er war hinter ihnen her, schloß die innere Türe und hörte jetzt, wie die beiden Männer mit Aufbietung aller Lungenkraft gleichzeitig in brüllenden Tönen einander anschrien: „Hören Sie mich denn nicht? Um Himmels willen, hören Sie mich nicht?"

Dann aber, als jetzt ihre beiden Stimmen dröhnend laut schallten, waren sie still und starrten einander an.

„Meine Herren, was ist denn nur los?"

Egon begriff nicht, war verstört bei dem Gedanken, Wahnsinnige vor sich zu haben.

„Wir waren draußen taub – oder stumm – oder taubstumm!"

„Wir haben versucht, miteinander zu sprechen, wir haben geschrien, was wir vermochten, und kein Wort gehört."

Jetzt lächelte Egon, aber freilich konnten die beiden sein Lächeln unter dem Taucherhelm nicht sehen.

„Wir haben etwas Wichtiges vergessen, aber wir haben gleichzeitig schon jetzt eine Entdeckung gemacht."

„Eine Entdeckung?"

„Sie beide haben eben den schlagenden Beweis dafür gebracht, daß auf dem Monde wirklich durchaus keine Atmosphäre ist. Sie haben gesprochen, aber wenn keine Luft vorhanden ist, dann gibt es auch keine Wellen, die die Schwingungen der Sprache weiter tragen können, dann ist also der größte Knall nicht zu hören, und wenn selbst der ganze Mond explodieren würde, dann geschähe es vollkommen lautlos."

„Also darum?"

„Meine Herren, wir müssen uns daran gewöhnen, über nichts zu erschrecken. Die erste Stunde unseres Aufenthalts auf dem Monde hat uns schon drei Gewißheiten beschert. Die Welteiskälte, das Fehlen jeder Luftschicht und darum auch die Unmöglichkeit, daß irgend ein lebendes Wesen, das nur im geringsten unseren Anschauungen vom Leben entspricht, also weder ein Mensch noch ein Tier noch auch nur eine Pflanze oder eine Urzelle auf dem Monde zu leben vermöchte. Es ist eine erhabene Tatsache, daß wir drei Erdenbewohner die einzigen Wesen auf diesem erstorbenen Weltkörper, auf dem einstigen Planeten Luna sind. Kommen Sie wieder heraus, damit wir weiteres erleben."

Die drei Männer dachten in keinem Augenblick daran, daß sie selbst dem Tode verfallen waren, dachten nicht einmal daran, nach irgend einer Möglichkeit eines Rettungsmittels zu suchen. Sie waren vollkommen aufgegangen in der Begeisterung ihrer unendlichen Forschung.

Jetzt freilich trug jeder von ihnen ein kleines Elfenbeinplättchen und einen Stift zum Schreiben bei sich, und sie wurden schon wieder leichtsinnig, ließen die schwerfälligen Lederhandschuhe in der Kabine und begnügten sich mit der allerdings an den Händen auf das Doppelte verstärkten künstlichen Haut. In dem Bedürfnis, ihre Eindrücke auszutauschen, bedienten sie sich also statt der auf dem Mond unbekannten Sprache der Schrift. Ein neues Wunder. Sie sahen sich um, aber es schien ihnen, als sei ihr Gesichtskreis ein ganz anderer, viel beschränkter als auf der Erde. Korus zuckte die Achseln, schüttelte schwerfällig den unförmlichen Kopf, dann nahm er den Bergstock, gebrauchte ihn als Sprungstab und stand mit einem einzigen Satz auf einem fast haushohen Felsblock. Sofort folgte der Amerikaner, und gleich darauf auch Egon.

Auch hier war der Umblick, der Horizont, kaum zwölf Kilometer im Durchmesser. Egon verstand die fragenden Gesten der beiden.

„Natürlich! Der Mond ist ja so viel kleiner als die Erde, darum ist auch die Kugelform oder die annähernde Kugelform, die er besitzt, sehr viel augenfälliger und das Gesichtsfeld um so begrenzter."

Sie sahen sich um. Sie waren im Norden des Mondes gelandet. Die genaue Stelle vermochten sie nicht zu bestimmen, weil sie nicht im Besitz nautischer Instrumente waren und diese auch kaum zu bedienen verstanden hätten.

Nicht weit von ihnen entfernt, vielleicht fünfundsechzig Kilometer, mußte ein sehr hoher Berg liegen. Egon konnte dies auf der Mondkarte, die er an einer Schnur umgehängt trug, erkennen. Auch bemerkten sie, daß es im Westen ihrer Stellung auf dem Eisblock wesentlich dunkler war, daß es dort tiefe Schatten gab und einen seltsam, bläulich-rötlich schimmernden Rand auf dem Eis.

Während Egon jetzt das Fernrohr nahm, die Erde beobachtete, mit seiner Uhr verglich und darüber Stunden vergingen, bis er herausgefunden hatte, daß die ganz deutlich durch das Fernrohr erkennbaren Meere und Länder der Erde, die ganz langsam ihre Stellung durch Vorrücken veränderten, ihm gewissermaßen als eine gewaltige Uhr zu dienen vermochten, an der er die Zeit hätte bestimmen können, wenn sein Chronometer versagte, das allerdings so unglaublich sorgfältig gearbeitet war, daß es keiner Ölung bedurfte, die es durch Einfrieren des Fettes sofort zum Stillstand gebracht hätte.

Er blickte sich um, und wieder huschte unter dem Helm ein wehmütiges Lächeln um seine Lippen. Was waren doch seine Begleiter für harmlose, leichtfertige Kinder. Die beiden jungen Journalisten waren wieder von dem Felsen, oder richtiger von dem gigantischen Eisblock heruntergesprungen. In ihnen war der Sportgeist erwacht. Sie vergnügten sich damit, kleine Eisbrocken in die Luft zu werfen, und hüpften vor Vergnügen selbst wie Gummibälle umher, wenn sie sahen, daß diese Eisstücke zweihundert Meter hoch und mehr emporflogen, fast den Augen verschwanden und dann ganz langsam wie Wattebäuschchen wieder herunterschwebten.

Sie sprangen in gewaltigen Sätzen und hätten spielend die kühnsten Rekorde der Erde um das Vielfältige geschlagen.

Egon unterbrach ihre allerdings recht interessanten Spiele und schrieb auf sein Täfelchen: „Wir wollen zur Rakete zurückkehren, wir müssen essen."

Er hatte ernstere Dinge im Kopf als Hunger und Durst, aber er wußte, daß diese beiden menschlichen Bedürfnisse den ersten Mondsportlern am meisten einleuchten würden.

Sie waren wieder in der Kabine, hatten die Luftschleuse sorgfältig geschlossen und schälten sich aus den Taucherhelmen. Die künstliche Haut hatte sich ganz vortrefflich bewährt und zeigte nicht die geringste Abnutzung.

Jetzt merkten sie, daß die Bewegung ihrer Glieder ihnen wirklich starken Hunger gemacht hatte. Sie aßen und dann sagte Egon: „Mir ist ein Gedanke gekommen, der vielleicht unsere Rettung werden könnte. Wollen wir eine Möglichkeit finden, die Erde wieder zu erreichen, dann ist die einzige Hoffnung, Wasserstoff und Sauerstoff zu erhalten, um unsere Apparate mit dem notwendigen Gasgemisch wieder zu füllen. Wie Sie gesehen haben, brachte ich etwas Schnee mit und habe diesen auf unserer elektrischen Kochplatte geschmolzen. Er wurde zu Wasser, aber leider haben wir hier keine Vorrichtungen, um das Wasser in seine chemischen Bestandteile zu zerlegen. Trotzdem halte ich es nicht für ausgeschlossen, daß wir wenigstens einen dieser beiden Stoffe allein als Schnee zu finden vermöchten. Es besteht die Ansicht, daß in den Tiefen der sogenannten Mondkrater, wenn auch keine Luftschicht, so doch zu gewissen Zeiten Wasserstoffnebel vorkommen. Diese müssen wir suchen. Und darum bin ich dafür, jetzt zunächst zu schlafen und morgen den Versuch einer langen Wanderung zu unternehmen. Sehen Sie hier die Mondkarte. Ungefähr fünfundsechzig Kilometer von hier entfernt liegt ein hoher Berg. Es ist der Pico, der zu dem System des sogenannten Plato gehört und der sich etwa tausend Meter erhebt. Ich habe mit Vergnügen an Ihren Sportübungen gesehen, wie schnell wir uns durch Riesensprünge vorwärts bewegen können. Ich bin überzeugt, daß wir den Gipfel in wenigen Stunden erreichen."

Der Amerikaner hob den Kopf: „Aber morgen werden wir im Dunkeln sein, der Mond dreht sich doch um sich selbst, und so werden wir uns morgen auf der der Erde abgewandten Hälfte befinden."

Egon lachte. „Sie haben recht und unrecht. Gerade diese, der Erde abgewandte Hälfte zu erreichen, ist mein Wunsch, denn ich hoffe, daß wir dort vielleicht finden werden, was wir gebrauchen. Wenn Sie sich mehr mit astronomischen Dingen beschäftigt hätten, würden Sie wissen, daß der Mond trotz seiner Drehung der Erde immer ein und dieselbe Seite zukehrt und daß die andere Seite uns Erdbewohnern ein für immer verborgenes Rätsel bleibt. Sonst würde ja auch das sogenannte Gesicht im Monde nicht immer das gleiche bleiben. Es ist also meine Absicht, zunächst den Berg zu besteigen und dann zu sehen, ob es uns möglich ist, einen Blick in die abgewandte Mondfläche zu tun. Wir werden jetzt schlafen und morgen früh aufbrechen. Allerdings wird es nötig sein, daß wir morgen früh so viel als irgend möglich essen und trinken, denn da wir unterwegs unter keinen Umständen irgend etwas zu uns nehmen können, sind wir vielleicht gezwungen, vierundzwanzig Stunden oder mehr ohne jede Nahrung auszukommen."

Die beiden lächelten geringschätzig. „Wenn es weiter nichts ist!"

Korus machte ein betrübtes Gesicht. „Ich bin bitter enttäuscht."

„Warum?"

„Weil wir der Welt eine große Hoffnung zerstören. Der Mond ist tot, es gibt weder Mondmenschen noch Mondtiere. Wir haben Unglaubliches erreicht, und doch hat es gar keinen Zweck. Warum den Mond aufsuchen, warum viele Millionen aufwenden, um durch das Weltall zu fahren, um festzustellen, daß der Mond ein völlig unbrauchbarer Körper ist?"

„Doch nicht so ganz. Es wäre gigantisch, auf dem Mond eine Sternwarte zu errichten und, ohne durch unsere Luftschicht behindert zu sein, die Sterne und ihre Lebensbedingungen erforschen zu können. Denken Sie sich, wenn unsere Pläne gelängen! Eine Sternwarte auf dem Mond! Ein Gebäude aus demselben Stoff wie unsere Rakete, überzogen mit der künstlichen Haut, Sauerstoff und Wasserstoff zum Atmen in diesem Hause, vielleicht aus Mondschnee gewonnen, so daß in dem Gebäude, das wir beliebig groß bauen können, eine gute Atmungsluft herrschte. Denken Sie sich in diesem Gebäude eine Anzahl von Menschen durch Raketen ständig mit der Erde verbunden. Astronomen, die das Weltall durchforschen, vielleicht die Bewohnbarkeit anderer Weltkörper feststellen. Den Mond gewissermaßen als Zwischenhafen, sagen wir vielleicht, um irdische Verhältnisse in das Gigantische des Weltalls zu übersetzen, den Mond als Ende des irdischen Vorortsverkehrs, von dem aus die großen, endgültigen Weltraumschiffe zu den anderen Planeten hinüberfahren.

Denken Sie weiter: Von diesem sicheren Hause aus könnten

Bergingenieure in die Tiefe des Mondkörpers eindringen. Unter der Eisrinde, deren Dicke wir nicht zu bestimmen vermögen, ist ein fester Kern. Wer weiß, woraus er besteht. Er kann kostbare Metalle, er kann sogar Metalle bergen, die uns noch gar nicht bekannt sind und die Wirtschaftsverhältnisse auf der Erde in vollständig neue Bahnen lenken. Eben der Umstand, daß hier und im Weltall die Schwerkraft kaum mitspricht, macht es ja möglich, gewaltige Lasten spielend vom Monde zur Erde zu bringen. Denken Sie an alles dies, denken Sie an die vielen Möglichkeiten und halten Sie unsere Reise noch für nutzlos!"

Die beiden waren begeistert.

„Dann also haben wir nichts weiter zu tun, als die beiden Gase zu finden?"

„Nichts weiter und doch leider unendlich viel. Denn wenn wir den kostbaren Schnee nicht zu finden vermögen, dann sind unsere Pläne vereitelt und wir selbst verloren."

Es entstand eine Pause und die drei Männer versanken in Gedanken.

Plötzlich hob der Amerikaner den Kopf. „Ich weiß nicht, ich fühle mich heute abend matter als sonst, mir kommt es vor, als sei unsere Luft in der Kabine schlechter."

Egon nickte. „Es ist so. Durch das Öffnen der Türe ist selbstverständlich jedesmal gute Luft in die Schleuse entwichen. Es ist auch möglich, daß der Stillstand unserer Rakete den Erneuerungsapparat beeinträchtigt."

„Wir wollen eine Sauerstoffbombe opfern."

„Das können wir nicht. Wir besitzen im ganzen noch sieben solcher Bomben. Wir gebrauchen für jeden täglich eine, wir haben also noch zwei Tage auf dem Monde zu leben und eine Reservebombe übrig!"

Für einen Augenblick erschraken die beiden, dann aber sagte Korus und zwang sich, an seine Worte zu glauben: „Wir *müssen* den Schnee morgen finden."

Egon stimmte zu: „Wir *müssen* ihn finden."

Der Amerikaner streckte sich gähnend auf den Boden. „All right, wir *werden* ihn finden."

Wenig später.

Die beiden lagen nebeneinander und schliefen in ihrer glücklichen Jugend. Egon stand an dem Fenster, von dem die Metallgardinen fortgezogen waren, und blickte hinaus. Der Mond! Diese weite Fläche, bedeckt von dem Rauhreif und ganz leichten, am Boden kriechenden Nebeln, diese Stätte des eisigen Bodens, dieser Platz der ewigen Stille, des bewegungslosen, unermeßlichen Nichtseins, war der Mond. Das große Rätsel der Menschheit. Der melancholische Freund der Erdbewohner, der in Wahrheit ihr größter Feind war. Der Mond, der Erzeuger von Ebbe und Flut. Der Mond, der sich in Jahrtausenden langsam immer mehr der Erde näherte, bis endlich der Tag kam, an dem er, selbst in Eiswetter und Steinhagel zersplitternd auf die Erde hernieder brach und eine neue Sintflut, vielleicht eine neue Vernichtung des ganzen Menschengeschlechtes verursachte.

Er aber, Egon, war ein Mensch, ein atmender, lebender, junger Mensch, den der Wagemut allzukühnen Geistes hierher verschlagen und der, wenn nicht ein Wunder geschah, noch achtundvierzig Stunden zu leben hatte.

Alfred Manns

Homunkulus

Mit heißen, müden Augen saß Doktor Berthold Imag vor seinem großen Mikroskop und starrte voll ungeheurer Spannung durch das Okular. In der Hand hielt der junge Gelehrte ein Capillar-Tropfröhrchen, in dem sich eine seltsam rötliche Flüssigkeit befand und das Berthold von Zeit zu Zeit dem Beobachtungsobjekt auf dem Glasplättchen näherte.

Plötzlich sprang er auf. „Kein Zweifel", murmelte er, „mein Crescentin verwandelt die Kraft der Teilungsfortpflanzung bei diesen runden Einzellern in eine Kraft der Fortentwicklung. Das ist nicht bloß Teilung – ein festes organisches Gefüge baut sich aus vielen Zellen auf! – Da üben gewisse Zellgruppen ganz bestimmte Funktionen aus! Nicht mehr der Gesamtkörper ist es, der sich fortbewegt – fadenförmige Randteile vertreten bereits die Stelle der Gliedmaßen – –"

Imag schwindelte es; etwas Unerhörtes war geschehen: Alle Versuche, die zur Umformung bestehender Arten führten, waren unter Ausnutzung bekannter Naturgesetze durch die Natur selbst ausgeführt. Er, Berthold, war der erste, dem es gelungen war, mit Hilfe der Chemie, die schöpferischen Entwicklungskräfte willkürlich zu beeinflussen, ganz im kleinen natürlich nur, aber: welche Perspektiven eröffneten sich!

Alle Gegenstände im Zimmer schienen sich vor den Augen des Naturforschers zu drehen. „Mit meinem Crescentin tut sich ein ganz neuer Zweig der Wissenschaft auf, die Experimental-Anthropologie!" schrie er begeistert. Dann entnahm er seinen Reinkulturen eine neue Kolonie von Mikroben, legte sie unter das Mikroskop, tat von der roten Flüssigkeit hinzu und beobachtete abermals. Die einzelnen Kernzellen spalteten sich im Innern, vermehrten sich, wuchsen und, was war das, bildeten sich nicht da regelrechte Gliedmaßen aus? – Noch ein Atömchen Crescentin. – Ein Tierchen war besonders stark und füllte bald das ganze Gesichtsfeld aus, seine Durchsichtigkeit hatte es längst verloren, doch die Seitenspiegel belichteten es noch eine Zeitlang und jetzt, wahrhaftig, das waren wirkliche Ruderfüßchen und Facetteaugen, auch Kiefer ließen sich erkennen.

Der Gelehrte zitterte so heftig, daß er den ganzen Rest seines Präparates aus der Pipette auf das Glasplättchen spritzte. Doch er merkte es nicht, denn er war gezwungen, sich auf dem Stuhle zurückzulehnen und die Augen zu schließen; das Gesehene drohte ihm den Verstand zu verwirren und machte ihn unfähig zu weiteren Beobachtungen. So hörte er nicht das Klirren des Glases und ein sonderbares Krabbeln, Rutschen und endlich Poltern. Erst als das Mikroskop umfiel, öffnete er die Augen und da sah er: einen nackten Menschen, der auf der Tischkante saß und ihn groß anblickte. Die Glieder des Geschöpfes waren zart, aber von einer herrlichen Ebenmäßigkeit; am auffallendsten aber waren die wunderbaren Augen und die gewaltigen Ausmessungen des Schädels, die indessen nichts Pathologisch-Makrocephales an sich hatten.

Ein Schauer der Ehrfurcht durchrieselte Berthold. Dem großen Weltgeist hatte es gefallen, ihm die Lösung des Schöpfungsrätsels zu geben, ihm, der sich zu diesem Meisterwerk verhielt, wie ein Australneger zu einem Kaukasier. Ja, die Geheimnisse des Werdens waren enthüllt, zwar nicht ursächlich, aber doch effektiv. Atemlos saß Dr. Imag, er wagte sich nicht zu rühren und wartete auf die ersten Äußerungen des Intellekts mit einer Aufregung, die noch zehnmal größer war, als vorhin, wie er die erste Wirkung des Crescentins wahrnahm.

Eine Weile herrschte Totenstille im Raum, dann ertönte eine sonderbar rauhe, krächzende Kehlstimme: „Nein, wirklich, lieber Mann, Sie müssen nicht von mir erwarten, daß ich mich über mein Dasein wundere, ich bin darüber viel mehr im klaren, als Sie es sind. Gewundert habe ich mich nur eine kurze Zeit darüber, daß Sie mich durch Ihre Verständnislosigkeit dazu zwingen, mich der kümmerlichen, atavistischen Reste meines Sprechvermögens zu erinnern. Ihre niedrige spirituelle Organisation war mir nicht sofort geläufig, trotzdem ich meine Gedankenwellen mit beleidigender Deutlichkeit mehrere Male erfolglos gegen Ihren Hirnbehälter geworfen habe. Nun denn, so sei es gesagt: Wollen Sie mir nicht eine Hose leihen?“

Berthold Imag war beleidigt, aber er erhob sich und holte einige Garderobe. „Von Ihnen hätte ich zu allerletzt Kränkungen erwartet", konnte er sich nicht enthalten, zu sagen. „Wenn Sie aus sich heraus die fertige, höchstmögliche Geistesentwicklung mitbringen, so sollten Sie doch wissen, daß Sie meiner exakten Forschung Ihr Dasein verdanken."

Während das wunderbare Geschöpf sich etwas umständlich ankleidete, antwortete es:

„Ach so, auf Ihrer jetzigen Entwicklungsstufe ist man noch sentimental – –"

„Sentimental?"

„Na ja, natürlich. Wenn Sie die Gedanken Ihrer Mitmenschen stets in ihrer ganzen Ursprünglichkeit vor sich hätten, würden Sie sich daran gewöhnen, alle Wahrheiten zu ertragen, subjektive, schöne und häßliche. Für Sie ist das unfaßbar, ein Zustand der Lügenlosigkeit wäre für Sie eine Hölle, Ihr ganzes Innenleben ist nicht auf Wahrheiten aufgebaut, sondern auf Gefühlen. Da glauben Sie zum Beispiel allen Ernstes, daß Sie in mir das Resultat Ihrer ‚exakten Forschung' vor sich haben und halten mich Ihnen zu Danke verpflichtet, während Sie tatsächlich nur mit wenig Kombination und unglaublich viel Zufall den Extrakt der Menschenwerdung, das Anthropologin, entdeckt haben. Wirklich, es hat nichts Berückendes für mich, als einziger eine Million Jahre zu früh geboren zu sein. Denken Sie einmal, Sie würden plötzlich in Ihrem Entwicklungsstadium unter die Menschen der Steinzeit versetzt. Sind Sie der Ansicht, daß Sie sich unter ihnen dauernd wohl fühlen würden?" Doktor Imag war völlig niedergeschlagen. „Aber ist es denn so schlimm?" fragte er bescheiden. „Wir haben doch schon recht Tüchtiges geleistet: Mit feindurchdachten Apparaten durchfliegen wir die Luft: mit – –" „Halt", unterbrach der Wundermensch Berthold kopfschüttelnd, „bleiben wir erst einmal bei der Luft. Ich will Ihre Empfindlichkeit nicht verletzen, die zu Ihrem Wesen nun einmal in demselben Maße gehört, wie die Tatsache, daß die Embryonenhaftigkeit Ihrer psychischen Fluidkräfte Sie zwingt, die unerkannten, scheinbar feindlichen Naturgesetze durch ebenso stümperhafte wie komplizierte Mittelchen zu bekämpfen, anstatt in ihnen den Bundesgenossen zu suchen. Die konkreten Wirkungen meiner reingeistigen Willensfähigkeit verhalten sich zu den Kräften Ihrer gewaltigsten Maschinen, wie diese zu dem Hammer des Steinzeitmenschen. Ihr gerühmtes Fliegen nun gar, war schon ein paar hunderttausend Jahre vor meinem Zeitalter höchster menschlicher Vollendung kein Problem mehr. Schon damals hatte der Geist Gewalt über die Materie erlangt, schon damals ward mit dem Kinde die unwillkürliche Fähigkeit geboren, die Wirkung des Erdmagnetismus auf die Molekulargewichte der Körpersubstanz nach Belieben zu verändern oder aufzuheben. Diese Fähigkeit auf die tangential wirkende Erdrotation angewandt, ist das ‚Fliegen' meiner Zeit."

Mit diesen Worten erhob sich die Gestalt des Sprechenden langsam vom Erdboden und stieg, ohne ein Glied zu rühren, zur Decke empor.

Imag faßte sich an die Stirn: „Das ist unerhört, unfaßbar – –"

„Aber nicht im mindesten", schnarrte es von oben. „Denken Sie einmal reiflich nach und Sie müssen mir zugeben: bei weitem wunderbarer ist der Umstand, daß und wie die Milliarden Zellen Ihres Gewebes, teils selbst schaffend, teils von Ihrem Willen beeinflußt, in den Gesamtfunktionen Ihr animalisches Leben und Ihre Psyche darstellen. Die Gewöhnung hat Sie zu einer sonderbaren Resignation gebracht, während Sie über die einfachsten und elementarsten Dinge schier das bißchen Verstand verlieren wollen."

„Sie haben recht", stöhnte der Gelehrte verzweifelt; schüchtern wies er auf ein wundervolles Fernrohr in einem kleinen Observatorium.

„Ist das auch nichts? Der Mond erscheint nur 100 Kilometer weit."

„Lieber Freund", entgegnete der andere, „meine Netzhaut hat helo-aktive Fähigkeiten. Für mein Auge existiert keine Atmosphäre, keine Perspektive, keine Entfernungen, ich sehe die Dinge im ganzen Weltenraume wie sie sind. Überhaupt gibt es keine Fähigkeit, die der Mensch nicht durch die Gewalt seines Willens erlangen könnte, vorausgesetzt, daß er es intensiv genug will und die kurze Spanne von einigen hunderttausend Jahren nicht als eine zu große Geduldsprobe ansieht. Je niedriger nun die Entwicklungsstufe der Menschen, um so geringer ist die Intensität der fluidalen, empororganisierten Willenskräfte, um so mehr Zeit ist also auch zur Hervorbringung einer bestimmten Wirkung erforderlich. Glauben Sie mir, die langsame, unbewußte Umformung eines Urtierchens in ein harmloses ist ein ungleich rätselhafterer Vorgang als die Erkennung und Ausnutzung der sogenannten Naturgeheimnisse durch ein vollorganisiertes Wesen."

„Wenn Sie recht haben, sind Sie also das absolut vollkommene Zukunftsgeschöpf?“

„Das denke ich, denn es gibt nur eins, was größer und mächtiger ist als der Mensch.“

„Und das ist?“

„Die Zeit.“

Plötzlich durchzuckte Dr. Imag ein Gedanke. „Herrgott, wenn das Anthropologin, wie Sie meine Erfindung nannten, die Kraft hatte, Sie hervorzubringen, könnte dann nicht mit seiner Hilfe auch ich? – –?“ „Nein, geben Sie sich keine Mühe, Ihr Stoff erfüllt von tausend Bedingungen nur eine, die tatsächlich das Resultat Ihrer Forschung ist. Es bleibt Ihnen nichts übrig, als über die anderen Bedingungen nachzudenken, dann kommen Sie vielleicht in Millionen Jahren zum Ziel. Übrigens zeigen Sie mir die Tinktur einmal.“

Von der Fülle der Eindrücke völlig verwirrt, ging der Forscher zu einem Wandschrank, dem er eine Flasche entnahm.

Der Zukunftsmensch entfernte den Pfropfen und meinte: „Die Elemente erkenne ich, die Mischung aber ist mir fremd, sie riecht wie das Wesen der Unkultur in flüssiger Form.“ Mit diesen Worten kostete er ein paar Tropfen, verdrehte die Augen und tat dann einen gewaltigen Zug. „Hm, die Unkultur hat auch ihre Vorzüge – –“

Jetzt erst bemerkte Berthold seinen Irrtum.

„Um ’s Himmels willen, das ist ja die Kognakflasche. Ich habe mich in der Aufregung vergriffen: hier, dieses ist das Anthropologin.“

Doch der andere winkte ab und trank abermals. Seine Stimme stieß bereits merklich an, als er, augenzwinkernd, fragte:

„Sagen Sie mal, wissen Sie hier in der Nähe nicht ein vernünftiges Nachtcafé, wo es ein bißchen lustig hergeht?“ Imag stand wie angedonnert. Wenn das Zimmer mit allem Inhalt sich vom Hause abgelöst hätte und auf den Mond zugeflogen wäre, so würde ihm das natürlicher vorgekommen sein, als die eben gehörten Worte. „Was wollen Sie?“ tönte es da weiter. „Jugend will austoben, und Sie müssen bedenken, d-d-daß ich eine Million Jahre jünger b-b-bin als Sie. Und überhaupt, ich h-h-habe jetzt genug von den langweiligen Selbstverständlichkeiten, ich w-w-will mein Leben genießen.“

Hiermit wandte sich der Zukunftsmensch ab, hob sich auf die Fensterbank und, ein frivoles Lied summend, schwebte er hinaus und davon.

Doktor Berthold Imag aber sank auf seinen Stuhl zurück, schloß die Augen und murmelte resigniert gedankenvoll mit Goethe:

„Uns bleibt ein Erdenrest zu tragen peinlich,
Und wär er von Asbest, er ist nicht reinlich“,

wobei er den Ton auf „bleibt“ legte.

Am nächsten Tage fand der Naturforscher seine Kleider vollzählig im Schrank und auch der Inhalt seiner Flasche Hennessy Monopol hatte augenscheinlich seit 24 Stunden keine Verminderung erlitten.

Dies neue Wunder verwirrte Berthold derart, daß er sofort seine Sachen packte und in ein Sanatorium fuhr.

Kurd Laßwitz

Die gefangene Wolke

Nachdem die Tunnelfrage in befriedigender Weise gelöst und der Fortgang der Arbeiten gesichert war, hatte Sohm sich in Schmalbrück im Hotel Leberecht eingemietet. Hier hoffte er, die sehnlichst erwartete Nachricht von Wera baldigst zu erhalten. Die größere Nähe des Ortes am Gletscher war ihm der Versuche wegen erwünscht, die er mit seinem neuen Apparat anstellte. Dieser hatte sich vortrefflich bewährt. Zwar war das Wetter fortwährend ungünstig, kalt und windig; doch gestattete es immerhin das Herumsteigen auf den Bergen.

Heute hatte er bestimmt auf eine Botschaft von Wera gerechnet, aber wieder war er enttäuscht worden. Er begann, sich zu beunruhigen, doch er tröstete sich mit Weras Telegramm: „Ängstige Dich nicht um mich." Er nahm an, daß sie sich in einen jener einsamen Orte, vielleicht auf eine der Klubhütten, zurückgezogen hätte, von denen die Verbindung mit der Außenwelt nur durch Boten möglich ist. Aber jedesmal, wenn der Sturm einhersauste, der jetzt mehrfach Schneefälle mit sich brachte, erwachte in ihm der Gedanke, daß Wera ein Unglück zustoßen könne. So heute abend, als nach leidlichem Tage plötzlich ein Unwetter über Schmalbrück herniedergebraust war, das die Fremden, deren Zahl sich schon gelichtet hatte, in Ärger und Schrecken versetzte.

Von der Hotelgesellschaft hatte sich Sohm ganz ferngehalten. Auch jetzt, ermüdet von seinem Umhersteigen auf dem Gletscher, war er zeitig auf sein Zimmer gegangen, um die Ruhe zu suchen.

Der Sturm hatte sich gelegt. Dennoch fand Sohm keinen erquickenden Schlaf. Er dachte an Wera und fuhr mitunter erschrocken empor, wenn er im Halbschlummer ihr Bild vor sich sah, als riefe sie ihn – Wo mochte sie sein? War er ungerecht gegen sie gewesen? Doch nein, jetzt nicht grübeln! Schlafen, schlafen!

Um seine Gedanken abzulenken, richtete er sie auf den Erfolg seiner heutigen Tätigkeit. Er konnte zufrieden sein. Eine stattliche Anzahl Flaschen, sorgfältig etikettiert und in Watte verpackt, lagen in den Fächern seines Kastens verwahrt. Das gab eine interessante Analyse für Wera – –

Wieder Wera! Schlafen, schlafen!

Auf einmal war es ihm, als klänge es ganz leise aus seinem Kasten wie ein Seufzer. Noch einmal! Und dann glaubte er eine feine Stimme zu vernehmen – deutliche Worte:

„Laß mich heraus! Bitte, laß mich heraus!"

„Spricht da jemand?" stieß Sohm hervor. „Wer denn nur? Ist jemand hier?"

„Ich bin's, die Wolke."

„Wolke? Kenn' ich nicht. Aber wenn sich jemand hier einen schlechten Witz machen will, so ist jetzt nicht die Zeit. Wo steckt denn der Störenfried?"

„Hier im Glas, im Kasten." Ganz deutlich klang es jetzt aus der Richtung, wo die Kiste stand. „Eine Wolke bin ich, König Migros Tochter."

„Verrückter Traum! Muß ich doch einen Moment eingenickt sein", brummte Sohm und drehte sich auf die andere Seite.

Aber aus dem Kasten klang es weiter, leise, doch vernehmbar:

„Eine Wolke bin ich. Gefangen ward ich durch meine Neugier. Ganz aufgelöst zog ich oben am Firnfeld, unsichtbar ausgebreitet zum leichtesten Hauch. Da erblickt ich dich und den andern und das glitzernde Rohr. Und wissen wollt ich, was der fürwitzige Mensch anhebt in unserm Reich. Ich schwebte näher an die Dinge, die ihr aufgestellt hattet, und da ihr nicht nahe dabei standet, glitt ich mit der Luft hindurch und spähte durch die lichte Wandung. Und auf einmal war die enge Tür geschlossen, ich konnte nicht fort. Du aber packtest mich ein, und finster ist es seitdem – ich will hinaus aus dem Dunkel!"

„Eine dunkle Sache ist das freilich", sagte Sohm und richtete sich auf. „Aber man soll alles objektiv betrachten. Dann muß sich's ja zeigen, daß ich bloß subjektiv träume. Also eine Wolke bist du?"

„Ja."

„Du wirst mir doch nicht einreden wollen, daß eine Wolke in einem Glas von 300 Kubikzentimeter Inhalt Platz habe, bei dem mäßigen Druck, den das Glas aushält?"

„Ich bin ja auch nicht die ganze Wolke, die du gefangen hast. Noch schweb' ich droben um den Fuß des Blankhorns frei in der Weite, noch kann ich als Nebel durch die Ritzen des Hauses dringen, aber nicht durch das Glas. Zum Unglück war es gerade ein Teil meines Herzens, den ich in der Flasche gesammelt hatte. Und den will ich wieder haben, denn ich brauche ihn."

„So? Also Wolken haben Herzen. Ist mir als Meteorologe sehr interessant. Aber nun ist's genug! Wolken sind überhaupt nur Ansammlungen von kleinen kondensierten Wassertröpfchen, ihre Gestalt ist ganz abhängig von den äußeren Wirkungen der Umgebung; sie haben keine individuelle Einheit; sie sind selbstverständlich keine organisierten Wesen, haben also auch kein Herz, noch viel weniger, wie du es zu verstehen scheinst, Leben und Seele; sie haben kein Bewußtsein, keine Freiheit, keine Könige und Prinzessinnen, und du bist weiter nichts als ein Spiel meiner Einbildung. Und somit laß mich jetzt in Ruhe."

„Ich denke", erwiderte Aspira, „man muß alles objektiv betrachten. Das ist nun zwar sonst nicht gerade Wolkensache, aber mit mir ist es etwas Besonderes. Mein Herz nämlich kann mitschwingen mit allen Regungen deines Nervensystems, und so kann ich deine Gedanken verstehen und kann in deiner Sprache mit dir reden."

„Unsinn!"

„Etwas höflicher könntest du schon mit einer Wolkenprinzessin reden."

Ein gewaltiger Windstoß erschütterte das Fenster. Sohm fuhr auf.

„Laßt es gut sein draußen!" ertönte Aspiras Stimme. „Mit Gewalt ist nichts auszurichten, das Haus ist zu fest. Ich muß mit dem Menschen gütlich verhandeln."

Sogleich schwieg der Sturm. Sohm lauschte eine Weile, und da sich nichts regte, streckte er sich wieder hin und dachte: „Das kommt nun davon, du böse, geliebte Wera, von deiner Geistertheorie! Nun träume ich auch schon von Wolkenseelen!"

„Willst du mich nicht herauslassen?" klang es wieder aus dem Kasten.

„Ich denke gar nicht dran. Aber wenn ich einmal den Traum nicht los werden kann, so rede meinetwegen weiter. Ich schlafe ja."

„Wenn ich dir aber beweise, daß ich eine Wolke bin?"

„Beweise muß man achten. Immer zu!"

„Du behauptest, Wolken seien nur Anhäufungen von Tröpfchen und keine lebenden Wesen? Was bist du denn? Eine Anhäufung von Teilchen derselben Elemente, nur ein bißchen mühsamer zusammengesucht. Da müssen sich erst die komplizierten Eiweißklümpchen balancieren und Zellen bilden und sich teilen und differenzieren – bei uns ist das alles viel einfacher. Und du sagst, wir hätten keine innere Einheit? Woher willst du das wissen? Zerfließt ihr nicht auch und fließt wieder zusammen aus den Elementen? Ihr atmet und eßt und trinkt und erneuert euern Leib in jedem Augenblick; bei uns geht das nur alles viel schneller. Deswegen bestehen wir doch im Wechsel. Wer gab dir denn deine Gestalt und deine Organe, Haut und Nerven, Blut, Muskeln und Knochen? Wir, die Luft, das Wasser und die Erde und die strahlende Sonnenmutter. Wer formte sie? Niemand anders als das Zusammenwirken der Gesetze in meines Vaters Reich, die diese Elemente verbanden und mit der Umgebung in einen Austausch der Kräfte setzten. Dadurch mußte in ungezählten Generationen sich diese Gestaltung erzeugen, die ihr einen Menschenleib nennt, und erzeugt sich immer wieder nach gleichen Gesetzen, wenn auch immer wieder ein wenig anders unter dem wechselnden Einfluß der Umgebung. Denn ihr seid eben nur Versuchsobjekte der Natur, an denen sie herummodelt, weil sie nie mit euch zufrieden ist – höflicher gesagt, weil sie aus euch noch etwas ganz Großes machen will. Auch dein Leben ist abhängig von der Umgebung. Steige doch mit mir in die Höhe des Äthers, wir wollen sehen, wer besser lebt. Auch wir bilden uns aus dem Zusammenwirken des eignen Gesetzes mit der Umwelt, genau wie ihr. Nur weil wir einfacher sind, sind wir der Natur bald gelungen. Wir zerfließen schneller und bilden uns schneller, aber die Einheit des Gesetzes halten wir fest. Unter gleichen Bedingungen sind wir wieder dieselbe Wolke, wenn auch unabhängig von unsrer Gestalt. Ja wir können uns teilen, und verlieren doch unsre Einheit nicht. Unsre Einheit ist anders als die eure, aber warum soll es keine Einheit sein? Hast du doch dafür ein Wort und einen Begriff, warum also sollen wir darin nicht eine Seele haben?“

„Allen Respekt, Hoheit Wolke, vor deinen Deduktionen! Wenn das so ist, dann kann dir's ja auch ganz gleich sein, ob ich hier ein paar Milligramm Wasserdampf in meiner Röhre habe, oder nicht.“

„Ich sage dir ja, das gehört gerade zu meinem Zentralorgan, das wir das Wolkenherz nennen.“

„Siehst du, da hab ich dich! Eine solche Zentralisation bei euch ist gar nicht denkbar.“

„Das ist eben unsre Streitfrage. Weil die Meteorologie sie bis heute nicht entdeckt hat, soll sie nicht denkbar sein! Ich sage dir, es gibt in allen atmosphärischen Bildungen gewisse formsetzende Gruppen, gasförmige Kristalle, Spannungssysteme des Äthers, die unsre Einheit bedingen. In ihnen treffen sich und regulieren sich die Spannungen, die bei allen Kondensationen und Verdunstungen unsrer Teilchen maßgebend sind. Es ist schließlich nichts andres, als was auch in euerm Nervenapparat vor sich geht, nur ungleich einfacher, weiter und schneller wirkend. Das hindert nicht, daß dieses Organ teilbar ist wie wir selbst, wir sind eben keine Zellenwesen. Es gibt viel mehr Einheiten des Gesetzes, als ihr bisher habt entdecken können."

„Das Letzere gebe ich ohne weiteres zu. So wäret ihr in der Tat in gewissem Sinne organisiert? Und dann könnte man euch auch eine Art Bewußtsein nicht absprechen. Nur wissenschaftlich beweisen läßt es sich niemals. Und deswegen kann ich darauf keine Rücksicht nehmen. Überhaupt – du bist gar nicht originell, das träume ich alles bloß, weil – –"

„So kann dir's ja auch gleichgültig sein, ob du mein Herz in deinem Glas hast, oder ein andres Quantum Luft."

„Aber dir kann's auch gleichgültig sein. Es scheint doch, daß dein Zentralorgan auch noch durch das Glas und die Watte und Kiste hindurch dein Wolkenleben regieren kann."

„Bis zu einem gewissen Grade, ja. Aber ich brauche dieses Stoffliche selbst zu einem ganz besondern Zwecke, den ich dir nicht erklären kann. Außerdem – wenn auch ein Wolkenherz in der Natur nahezu unsterblich ist, könnte es doch durch eure systematisch angewendeten technischen Mittel zerstört werden. Du willst mich doch mit fortnehmen zu irgend welchen Versuchen –"

„Allerdings. Meine Assistentin wird dich austrocknen, durch Kalilauge saugen, um die Kohlensäure zu entziehen, dann –"

„Höre auf! Was hast du davon? Gib mich frei! Verlange von mir, was du willst. Wir sind mächtig. Wir wissen viele Geheimnisse der Natur und der Menschen, oder können sie erfahren. Wir kennen in den Klüften der Berge seltene Gesteine und Metalle. Ich will sie dich finden lassen und dich zum reichsten Manne der Erde machen. Aber laß mich frei!"

„Wirklich? Ach sieh doch! Da hätte ich dich also, wie der Fischer in „Tausendundeine Nacht" den Geist in der Flasche mit dem Siegel Salomonis. Da könnte ich vielleicht ein mächtiger Zauberer werden? Aber, liebe Wolke, solche Märchen glaube ich nicht. Und wenn ich einen Augenblick daran glauben könnte, so dürfte ich dich doch erst recht nicht frei lassen, denn dann hätte mein glücklicher Fund ja das höchste wissenschaftliche Interesse. Indessen –"

Es fiel ihm ein, daß dies doch nicht so fortgehen könne. Er mußte wenigstens morgen früh konstatieren können, daß er diesen ganzen logischen Gedankenbau nur geträumt habe. Er dachte wieder an Weras Phantasien. Gewiß, wenn er träumte, so würde das alles, was ihm jetzt so klar durch den Kopf ging, morgen als schönster Unsinn erkannt werden. Wenn er jetzt aufstände und sich ankleidete, dann müßte er doch morgen merken, ob er das auch nur geträumt habe.

„Warum sprichst du nicht weiter?" fragte Aspira.

„Ich habe mir überlegt", sagte Sohm, „wenn du wirklich eine Wolkenprinzessin bist, so erfordert die Höflichkeit, daß ich deiner Flasche einen bevorzugten Platz anweise, und dazu muß ich doch erst etwas Toilette machen."

Er drehte das Licht an und tat wie gesagt. Dazwischen fragte er:

„Wo war es eigentlich, wo ich dich einfing?"

Er glaubte nun, da er das Gefühl hatte, ganz munter zu sein, es werde keine Antwort mehr erfolgen. Aber es klang ganz deutlich aus dem Kasten:

„Am obern Rande des Gletschers, wo der schwarze Felsblock hervorragt."

Sohm wußte nicht mehr, was er denken sollte. Doch er sammelte sich. Dort hatte er nur eine Probe entnommen. Es war sein höchster Punkt gestern, 3024 Meter. Die Flasche mußte leicht zu finden sein. Er öffnete die Kiste und erkannte sogleich die mit der Meereshöhe bezeichnete Flasche.

Er hielt sie gegen das Licht, natürlich ohne irgend etwas Besonderes sehen zu können. Aber fast wäre sie ihm aus der Hand geglitten, so schrak er zusammen, als deutlich, obwohl leise, dicht vor seinem Gesicht die Stimme erklang:

„Ja, ich bin es, laß mich heraus!"

Er schloß die Flasche in das Schreibpult, setzte sich an den Tisch und stützte den Kopf in die Hände.

„Du machst mich noch wahnsinnig!" rief er verzweifelt. „Es ist doch unmöglich! Wie kann eine Wolke solche verteufelt schlau geordnete Vorstellungen haben? Wie kannst du überhaupt reden!"

„Weißt du etwa", tönte es aus dem Schreibtisch, „wie dein

Bewußtsein mit deinem Körper verknüpft ist? Wie soll ich es wissen? Und das sagte ich dir doch, das Organ, wodurch ich mich dir verständlich mache, ist dein eignes Gehirn. Vermöge meines Zentralorgans löse ich in dem deinen zentrale Reize aus. Du glaubst zu hören, wie du im Traume den redenden Freund hörst –"

„Also endlich! Gott sei Dank! So träume ich doch!"

„Nein, nein! Der Anlaß des scheinbaren Traums ist objektiv. Ich bin hier, das Wolkenherz! Gedenke der Schätze!"

„Still! Still! Ich habe wirklich andere Sorgen – ich muß Ruhe haben."

Er legte sich wieder zu Bett. Aber Aspira ruhte nicht. Sie begann aufs neue:

„Wenn du keine Schätze willst – ich kann mehr geben. Erinnerst du dich, was du mit Wera Lentius von den Elementargeistern gesprochen hast?"

„Wera? Was? Wie kommst du dazu? Ach – das kannst du nicht wissen. Also habe ich jetzt den strengen Beweis, daß ich nur träume. Das stammt alles aus mir selbst."

„Weißt du, wo Wera ist?"

„Nein!"

„Aber ich weiß es. Willst du mich freilassen, wenn ich dir verspreche, sie morgen herzuführen? Morgen früh sollst du sie wieder haben."

„Laß mich! Laß mich! Ich will wach sein."

„Und ich muß hinaus. Wenn es nicht anders geht, so mußt du das Schreckliche vernehmen! Weißt du wo Wera ist?"

„Um Gottes willen! Das wird ein Angsttraum!"

„Wenn du mich nicht frei läßt, ist sie verloren! Wera liegt draußen in der Gletscherspalte. Nur ich weiß den Ort. Nur ich kann sie retten! Aber nur, wenn ich mein ganzes Herz wieder habe!"

Sohm stieß einen Schrei aus und schlug mit den Armen um sich.

„Eile, eile, Paul Sohm! Weras Leben ruht in dieser Flasche!"

„Wahnsinn!" schrie er. Er raffte sich auf und nahm aus seiner Reiseapotheke ein Pulver. Er tat es in Wasser und trank es aus. Noch einmal hörte er Aspira rufen. Dann wirkte das Pulver. Die Stimme verschwamm undeutlich. Er hörte nichts mehr. Er schlief wirklich.

Othmar Sterzinger

Der Edison der Tierwelt

Ich war Reporter für die Tagesausgabe des großen Stundenblattes: „Die Stunde“.

Als solchem war mir ein Besuch bei Satan Butterblank, dem großen kalifornischen Tierzüchter, gestattet worden. Wie alle großen Amerikaner hatte auch er sich aus kleinen Anfängen emporgeschwungen. Ursprünglich Abdecker, hatte er sich, angeregt durch seinen Landsmann Luther Burbank, der die kernlose Pflaume und andere Merkwürdigkeiten gezüchtet hat, als solcher viel mit verwandten zoologischen Versuchen beschäftigt und eine Hunderasse zustande gebracht, welche um den Hals eine wulstige Hundeketten-Rinne trug, so daß ein Verlieren der Kette und der Marke von da ab ausgeschlossen war. Dadurch war es ihm gelungen, die Aufmerksamkeit und Unterstützung des großen Menschen- und Tierwohltäters Carnegie zu erhalten, bevor dieser noch sein ganzes ungeheures Vermögen zu Prämien für das Einfangen vom Winde fortgewehter Hüte verschenkt hatte. Als ich vor seiner Farm angelangt war, staunte ich über die ungeheure Größe seines Besitztums. Die Umfassungsmauern schienen wie mit wieselartiger Geschwindigkeit in die Ferne zu laufen und dennoch kein Endziel zu erreichen. Das Portal aber stellte einen riesenhaften Plesiosaurus und ein ebenso riesenhaftes Kamel dar, die sich als Symbol der alten und der neuen Zeit in der Höhe mit einem innigen Bruderkusse vereinigten. Die Tür öffnete sich von selbst und schloß sich nach meinem Eintritt wieder hermetisch. Eine Art Läutewerk ertönte und rief mir zu:

„Bitte ablegen, drittes Zimmer rechts!“ Als ich dort eingetreten war, ging mir Satan Butterblank sofort entgegen und begrüßte mich auf das herzlichste. Fast wäre ich dabei über einige merkwürdig lange braune Würste gestolpert, die sich heiser kläffend im Zimmer herumwälzten. „Sie machen gleich schon Bekanntschaft mit meinen Schöpfungen!“ lachte Butterblank. „Das sind meine sechsbeinigen Dackel. Sie haben sicher schon einzelne dieser Tiere gesehen, deren Leib so lang war eine eine 10-Mark-Wurst. Ich wählte immer die längeren aus, schließlich berührten die mittleren Zitzen eines Weibchens den Boden, sie verhärteten sich, verloren ihre ursprüngliche Funktion und wurden zu Füßen. Die ließen sich dann leicht auf die Männchen fortpflanzen und das Ergebnis sehen Sie hier. Es ist eigentlich mehr eine Spielerei, aber kommen Sie, Sie werden schon wertvollere Schöpfungen zu sehen bekommen", und führte mich in seine Gärten.

Auf den Wiesen hinter dem Hause weidete eine Herde Rinder, deren ganzer Leib mit großen, grauen, hornartigen Schuppen bedeckt war. „Das sind unsere Panzerochsen", sagte Butterblank, „denen als Zugvieh für unsere Armee eine große Zukunft bevorsteht. Ich war einmal einen Sommer in Tirol und erblickte dort sehr viele Kühe, deren Füße und Lenden ganz mit großen und dicken Schuppen bedeckt waren; durch Veredelung dieser Eigenschaft und deren Ausdehnung über den ganzen Körper gelang es mir dann, diese kugelsichere Rasse hervorzubringen."

„Was haben denn deren Wärterinnen für glänzenden Schmuck in ihren Haaren?"

„Das ist gleichfalls ein Produkt, dessen Stammland Österreich ist. Das sind die Diamantenläuse. Sie entstanden durch Kreuzung der gemeinen Kopfläuse mit einer bestimmten Art von Schildläusen. Die slawischen Völker des Südens und Ostens Europas sind meine besten Kunden. Der König Nikita selbst – Sie sehen", unterbrach er sich, „man kann das Angenehme nicht nur mit dem Nützlichen, sondern auch mit dem Unangenehmen verbinden."

Einige Hunde liefen an uns vorüber. „Das sind aber doch gewöhnliche Hunde", bemerkte ich.

„O nein!" erwiderte Butterblank, „das ist der *canis acactilis,* der exkrementenlose Hund. Es ist mir durch meine Studien gelungen, den Chemismus der Eingeweide des Hundes derart zu verändern, daß die Ausscheidungsprodukte gasförmiger Natur sind. Ein ähnliches Problem beschäftigte mich auch bei einem anderen Tier", fuhr er fort, „die Pferde, die dort grasen, sind das Apfelpferd, *equus deferens malum.* Dessen Dejekte sind wirkliche Äpfel."

Ich drückte ihm mein ungeteiltes Erstaunen aus, er aber lächelte nur und führte mich weiter.

So zeigte er mir, jedes in dem erforderlichen Landschaftsmilieu, den fliegenden Polizeihund und das Briefkasten- oder Postbeutel-

Känguruh, dessen Zucht von der österreichischen Postverwaltung zur Minderung des deutsch-tschechischen Sprachenstreites in Bestellung gegeben wurde. Sie war schon so weit fortgeschritten, daß auf dem Beutel die Züge des österreichischen Wappens deutlich zu erblicken waren. Ferner die Prophetenbart-Gemse, ein begehrter Artikel für den Orient, den stimmlosen Dobermann-Pinscher, das Heliotroptier, hervorgegangen aus dem Moschustier, wobei nur der Moschus der Afterdrüsen durch den Heliotrop ersetzt wurde. „Ich hoffe, dieses so klein zu züchten", sagte Butterblank, „daß es die Damen in ihren heutzutage ohnehin großen Muffen verbergen können. Sie brauchen dann nur mit dem Taschentuch auf die Drüse zu tupfen, um es frisch parfümiert zu bekommen." Besonders muteten mich die Boa-Kaninchen an. Das waren Karnickel mit so riesigen Ohren, daß sie zweimal um den Hals einer Dame geschlungen werden können, einem kleinen Leib und einem herrlichen Pelz. Der Verschluß entsteht dadurch, daß die Tiere sich selbst in die Ohrenenden beißen. Sie erzielten enorme Preise.

Ich war mit meinen Ausdrücken der Bewunderung noch nicht zu Ende, als merkwürdige Töne aus den nächsten großen Glashäusern meine Aufmerksamkeit erregten. „Dürfte ich fragen", sagte ich, „was diese vielen Grammophone in der Nachbarschaft für eine Bedeutung haben?"

„Das sind keine Grammophone, das sind meine Singvögelzuchten: Caruso-Amseln, Nachtigallen, welche Isoldes Liebestod schlagen, Auf-in-den-Kampf-Torero-Spechte usw. Aber Grammophone habe ich auch. Die werden gespielt und die Vögel müssen singen, während die Wärter kontrollieren, ob alle Töne richtig getroffen werden. Manche Vögel treffen gewisse Töne gar nicht, und da muß ich so lange züchten, bis ich ein Exemplar gefunden habe, das den Ton trifft. Sie sehen, es ist eine furchtbare Arbeit, ich beschäftige dabei fünfzehn Leute. Vor allem muß die Begattung vorsichtig überwacht werden. Es passierte einmal, daß sich eine Liebestod-Nachtigall mit einer Walzertraum-Nachtigall paarte. Die Mißtöne aus den Kehlen der Jungen können Sie sich denken. An Vögeln bin ich überhaupt am reichhaltigsten, hier sehen Sie den Kindergeschrei-Papagei. Sie werden fragen, ob so etwas jemand wünscht. O ja! Es bestand schon früher eine steigende Tendenz nach stark schreienden Papageien. Manches kinderlose Ehepaar, sogar manche Jungfrau, wie unsere Spinsters, wünschen nun Kindergeschrei an Stelle der früher üblichen Metalltöne. Sie sehen noch die Abendgebet-Eule, den stundenschlagenden Kuckuck, eines der einfachsten Produkte, und als praktischsten Fall die Stahlfedern-Gans, welche statt der Kielfedern Stahlfedern trägt. Für Pfarrhöfe und Männerklöster den Schnupftabakvogel; sein Stammvater ist der Nashornvogel, dessen hornartiger Aufsatz in eine Schnupftabakdose umgezüchtet wurde. Vor allem aber meine Quartett-Raben für Leichenbegängnisse. Sie tragen frackartiges Gefieder und singen den weihevollen Chor Storchs: Über den Sternen, da wird es klar."

Ich staunte.

„Haben Sie schon vergessen, daß der Rabe ein Singvogel ist", lächelte Butterblank, „übrigens kann ich sofort eine Probe vorsingen lassen."

„Ich danke, ich danke, ich habe dieses Lied sicherlich schon an die zweihundertmal bei diesen Anlässen singen hören, mein Gehirn könnte bei einer neuerlichen Wiederholung leicht in einen vomitiven Zustand gelangen." „Mit den anderen Tierklassen bin ich nun schlechter bestellt", meinte mein Führer, und damit verließen wir den Raum. „Von den Fischen habe ich gar nur zwei, den Roten-Tinten-Fisch, der ja eigentlich eine Molluske ist, für Mittelschulzwecke, und die Nachtgeschirr-Goldfische für Milliardärstöchter. Ich glaube, ich führe Sie geschwind in die Insektengärten."

„Hu, eine Brillenschlange!" prallte ich zurück, als wir eintraten.

„Sie sehen in Ihrer Angst doppelt", lachte Butterblank, „der Stammvater ist allerdings die giftige Brillenschlange, aber diese hier ist ein harmloser Spielkamerad für aristokratische Kreise, meine Monokelschlange. Gelt!" und strich ihr mit seinen Fingern putzend über ihr großes Augenglas.

„Was für ein Wunder Ihrer Schöpfungstätigkeit enthalten die zahllosen Kuppen dort drüben auf den sicherlich 30 Etagen übereinander und die aussehen, als wären sie Bienenstöcke?" wagte ich zu fragen, nachdem ich mich vom ersten Schrecken erholt hatte.

„In diesen Stöcken wohnen die Likörbienen; sie fabrizieren statt Honig grünen Likör und besitzen in denjenigen unserer Staaten, welche das Alkoholverbot haben, bereits eine sehr große Verbreitung. Sie werden unter der Bezeichnung: ‚Bienen der geistigen Erhebung' in den Handel gebracht. Außerdem kann ich Ihnen hier noch meine Spinner zeigen. Mich reizte lange der Gedanke, ob es nicht möglich wäre, Raupen einmal etwas anderes als Seide fabrizieren zu lassen. Und es gelang mir. Sie sehen hier den Sammetspinner in allen Stadien und die grauen, dicken, rupfigen Raupen dort drüben sind die des Lodenspinners. Ihre Nahrung ist, wie Sie sehen, Makulaturpapier, das unsere Zeitungen in reichlichem Maße liefern; eine Raupe frißt ungefähr einen Leitartikel pro Tag. Zum Abschied aber will ich Ihnen noch etwas Apartes zeigen", sagte er, und verließ das Abteil.

Wir waren bereits wieder am Haupthaus angelangt, wo er die Verschläge einiger Käfige öffnete und sagte: „Der Hase, den Sie hier sehen, ist der eierlegende Osterhase."

„Sie machen wohl einen Witz?" entgegnete ich etwas unsicher.

„O nein! Der Einfall allerdings war von einem Witz kaum zu unterscheiden. Sie wissen aber, daß wir am Schnabeltier ein Säugetier haben, welches Eier legt. Dieses kreuzte ich, um die eierlegende Fähigkeit zu stärken, zunächst mit einer Henne und dieses Produkt dann erst mehrfach mit dem Feldhasen."

„Na!" und diesmal lächelte ich, „Sie züchten am Ende noch den kinderbringenden Storch!"

„Mensch!" fuhr Butterblank auf, „Sie erraten meine geheimsten Gedanken! Ich bin allerdings bereits auf dem besten Wege, und ich verspreche mir im Falle des Gelingens den größten Gewinn. Denken Sie nur an die Vorteile in moralischer und pädagogischer Hinsicht. Es ist nicht auszusagen! Das Problem der sexuellen Aufklärung wäre mit einem Schlage gelöst!"

„Ich darf Sie in meinem Berichte wohl als den Edison der Tierwelt bezeichnen?" frug ich, indem ich ihm die Hand reichte.

„O sehr schmeichelhaft! Edison erreiche ich noch lange nicht. Dem ist es gelungen, mit einer unbrauchbaren alten schwedischen Erfindung als seinem Akkumulator die Welt ein Dezennium lang in Aufregung zu halten. So etwas gelingt mir nie. Unsereinem lobt niemand ein Tier im Sacke!" Damit schüttelte er mir kräftig die Hand und entließ mich.

Carl Grunert

Pierre Maurignacs Abenteuer

1

„Guten Tag, Pierre!"

„Ei – guten Tag, meine kleine Jeanne! Wie verläufst du dich hierher in die Schmiede Plutos?"

„Muß ich nicht in die garstige, rußige Höhle hineinkriechen, wenn ich dich einmal sehen will, du Böser! Dein Mütterchen ist schon ganz verzweifelt, weil du seit ein paar Tagen Essen und Trinken vergißt – wegen des alten Ungetüms da!"

„Dann mußt du eigentlich mit deinem künftigen Schwager, meinem aufmerksamen Bruder André, schelten und schmollen, kleine Jeanne! Er hat mir dies kuriose Mittelding zwischen einem Fahrrad und einem Webstuhl geschickt, weil er meine Vorliebe für allerlei mechanische Kunstwerke und Maschinen kennt. Du solltest übrigens mit ein wenig mehr Respekt von dieser Maschine sprechen; sie stammt geradeswegs vom – – Grunde des Meeres!"

„Vom Grunde des Meeres? Hältst du mich auch nicht zum besten, Pierre?"

„Aber, – – liebe Jeanne! Direkt vom Grunde des Ozeans, wo die Seejungfern und Wasserteufel sie benutzt haben!"

„Pfui, Pierre! Schäm dich. Mußt du denn immer deinen Spott mit mir treiben – –" Und die zierliche, schlanke, schwarzlockige und dunkeläugige Südfranzösin verzog schmollend den Mund.

„Nun – nun, meine kleine Jeanne – – einen Scherz darf man doch machen!"

Der hochgewachsene, blonde junge Mann sprang hinter der seltsamen Maschine hervor und umfaßte das junge Mädchen, ihr einen Kuß auf die halbabgewandten Lippen drückend. Dann führte er sie aus dem Rahmen der Eingangspforte, wo sie noch immer gestanden, näher an das „alte Ungetüm" heran.

„Sieh dir das Wunderwerk nur erst an, kleine Jeanne! Es ist volle Wahrheit: sie stammt vom Grunde des Meeres. Du weißt, daß mein

Bruder André bei den Hebungsversuchen des vor einigen Tagen gesunkenen Kanaldampfers „Juno" in der Straße von Calais beschäftigt ist. Bei diesen Taucherarbeiten fand er in der Nähe des gesunkenen Schiffes, fast völlig im Meeresgrunde vergraben, diese Maschine. Da ihren Zweck niemand enträtseln konnte, auch niemand großes Interesse für sie zeigte, sandte er sie mir und wie du siehst, ist es mir gelungen, sie von dem Schlamm des Meeres und von allerlei sonstigen Unreinigkeiten zu säubern. Sieh einmal, wie ihre Teile nun wieder funkeln und blitzen: diese vernickelten Hebel und Stangen und Schrauben, diese Stangen aus Elfenbein und vor allem diese schöngedrehten Wellen aus einer durchsichtigen Substanz – –"

„Daß die nicht zerbrochen sind! – Es sieht doch aus wie Glas, nicht, Pierre?"

„Ja, es ist aber kein Glas! Sieh doch einmal, wie sie funkeln und flimmern, liebe Jeanne! Man könnte beinahe denken, sie seien aus lauter Licht und Sonnenschein gemacht – und nicht aus einem festen, irdischen Stoff –"

„Aber – was ist das für eine seltsame Maschine, Pierre?"

„– Ja, Liebste, – wenn ich das wüßte! Dann würde ich ja nicht Stunde für Stunde hier in der uralten Schmiede in der Kalksteinhöhle hocken und grübeln, sondern würde dir heute früh schon längst entgegengeeilt sein. Von Mütterchen wußte ich ja, daß du kommen würdest, und kannte ja auch deinen Weg zu uns – immer am Ufer der Dordogne entlang, bis an unsere Holzbrücke, nicht wahr, Liebling? – Aber – – ich weiß nicht, noch nicht, was diese vertrackte Maschine bedeuten soll! – Ich wollte eine Zeichnung von ihr anfertigen und sie an die Redaktion der „Science" einschicken – vielleicht weiß man da eine Auskunft –"

„Aber sagtest du nicht selbst, sie sähe aus – halb wie ein Fahrrad und –"

„– halb wie ein Webstuhl – freilich. Hier ist ja auch ein Sitz, wie der Sattel eines Fahrrads – aber – die Räder fehlen, sind auch, wie die Konstruktion zeigt, nie vorhanden gewesen."

„Und – du hast noch keinen Versuch gemacht, ob die Maschine geht – ob sie –"

„Nein, Liebste! Eher möchte ich all diese Wellen und Scheiben und Hebel nicht in Bewegung setzen, ehe ich mir nicht im Geiste über die ganze Konstruktion der Maschine klar geworden bin. Sie muß doch einen Zweck gehabt haben, zum Kuckuck! – Ehe du kamst, hatte ich übrigens einen Gedanken: ich glaubte einen Augenblick, das rätselhafte Ding sei die Gondel irgendeines unserer jetzigen modernen, lenkbaren Luftschiffe. Dafür spricht erstens ihr Fundort – auf dem Grunde des Meeres – wohin sie aus der Luft gestürzt sein mag, zweitens der Sattel und das räderlose Gestell; – dagegen spricht erstens der Mangel eines Motors – aber der könnte ja beim Absturz explodiert und losgerissen sein, obwohl sich an der Maschine nirgends bis auf ein paar verbogene Schienen die Spuren äußerer Gewalt zeigten – –"

„Und zweitens, Pierre?" – –

„Zweitens, liebe Jeanne, spricht dagegen die ganze diffizile Konstruktion, diese vielen Finessen in der Mechanik, dies Gewirr von Stangen und Walzen und Rollen und Scheiben – und nicht zuletzt – diese seltsam funkelnden Wellen aus Kristall –"

„Ja – aber, lieber Pierre – dann will ich doch lieber gleich wieder gehen und auf gelegenere Zeit wiederkommen –"

„Aber warum, meine kleine Jeanne?" fragte Pierre, aufs neue den Arm um sie legend.

„Weil du gewiß noch viele Tage darüber grübeln wirst, was das kuriose Ding bedeuten soll, und – weil du dann gar keine Zeit übrig haben wirst für mich, deine Verlobte!"

„Aber – meine liebe kleine Jeanne! Ich verspreche dir –"

„Versprich nichts; ich kenne dich! Aber – einen Rat will ich dir doch noch geben, Pierre: Probieren geht über studieren! Grüble nicht länger, sondern – setz' dich in den Sattel des Dinges und versuch', ob du es von da aus nicht in Gang bekommst – –"

„Dir zu Gefallen, Kleine! Also – aufgesessen!"

Und mit einem gewandten Satze schwang sich der junge Mann in den Sattel der Maschine.

„So – liebe Jeanne! Da säß' ich auf meinem neuesten Steckenpferd – und was nun?" –

Jeanne lachte nun doch, als sie ihren Pierre auf dem seltsamen Gestell reitend erblickte. –

„Ja– nun weiß ich auch nicht weiter zu raten, Liebster –"

„Halt einmal! – Was ist denn das für eine Art Hebel, den ich hier gerade mit der ausgestreckten Hand fassen kann? – –"

Und Pierre griff mit der einen Hand nach einer halbversteckten kleinen Stange und drückte sie zurück – bis zum Anschlag – –

Wie ein heftiger Schlag ging es durch die kleine Schmiede in der uralten Kalkhöhle des Dordogne-Tales. – Ein Luftwirbel erhob sich – –

Mit einem Aufschrei, so gellend und furchtbar, daß ihn die alte Mutter Pierres in dem anmutigen Landhäuschen am Talrande hörte, sank Jeanne ohnmächtig nieder.

Als sie die Augen wieder aufschlug, lag sie im Arm der Mutter Pierres, und teilnehmend standen die Nachbarn und Nachbarinnen des kleinen, südfranzösischen Ortes um sie her.

„Was ist denn geschehen, meine arme Jeanne?“ fragte die Greisin, ihr die Stirn streichelnd.

„– Wo ist Pierre, Mutter?“

„Pierre? – Ja, mein Gott, wir wissen es nicht! Hast du ihn nicht hier in der Schmiede gefunden, Töchterchen?“

„Ja, ich fand ihn – aber dann –“

Und sie erzählte in heftiger Aufregung das Geschehene bis zu dem Moment, wo Pierre verschwand.

„Aber wie ist denn das möglich? Wie ist denn das möglich? Ein Mensch kann doch nicht verschwinden, als ob ihn die Erde verschluckt hätte!“

– Immer größer wurde die Verwunderung und das Kopfschütteln der Umstehenden.

„Liebe Jeanne, besinne dich noch einmal genau! Du erzähltest, Pierre habe sich auf die Maschine gesetzt und habe irgendeinen Hebel daran bewegt – und dann – –?“

„Dann? – Ja – dann – –“

Aufs neue schluchzte sie und barg das Gesicht im Schoße der Mutter.

„Dann, liebe Jeanne – –?“

„Dann – dann! O, es ist gräßlich! Dann wurde seine Gestalt plötzlich durchsichtig wie ein Schemen, immer durchsichtiger, immer flüchtiger: ich sah nur noch einen Wirbel von glänzenden Metallteilen – eine heftige Luftströmung traf mein Gesicht – eine Wolke aufgewirbelten Staubes umhüllte mich – ich schrie auf – weiter kann ich nichts sagen –“

Sie weinte aufs neue fassungslos.

Kopfschüttelnd entfernten sich einige der Umstehenden und holten den Bürgermeister des Ortes.

Ein Protokoll wurde aufgenommen. Der Bürgermeister ließ die Schmiede in der alten Kalksteinhöhle genau untersuchen. Zoll für Zoll der Wände und des Fußbodens wurde abgeklopft und geprüft. –

Nirgends fand sich etwas, das den rätselhaften Vorfall erklären konnte. Die Hinterwand der Höhle lief in einen langen, schmalen Gang aus, tief hinein in den Kalkfelsen, am Ende verschüttet von herabgebröckeltem Gestein. –

Aber auch hier keine Spur – –

– Pierre Maurignac war und blieb verschwunden!

Am Abend desselben Tages berichtete schon die „Agence Havas" in einem ausführlichen Telegramm über das seltsame Ereignis, und von ihr übernahmen die meisten größeren Zeitungen des In- und Auslandes die Notiz. Es war diesmal nicht die Zeit der „Enten" oder der „Hundstage", und so wurde der merkwürdige Vorfall mehr oder weniger wissenschaftlich ernst glossiert. Eine eigentliche zureichende Erklärung vermochte aber keines der Tagesblätter für das seltsame Verschwinden des jungen Mannes zu geben. – Am meisten Wahrscheinlichkeit schien noch ein Erklärungsversuch der „Tägl. Rundschau" zu haben. Der Verfasser dieses Artikels versuchte das Verschwinden Pierre Maurignacs in der Hauptsache mit einem pathologischen Zustande der einzigen Zeugin Jeanne Dauvergne in Zusammenhang zu bringen. Er nahm dabei an, daß das junge Mädchen von ihrem Verlobten lange Zeit getrennt und infolgedessen seelisch aufgeregt gewesen sei und den ganzen Vorgang in der Höhlenschmiede nur als eine Art Halluzination erlebt habe. Die vorhergehende Erzählung der Mutter Pierres von der seltsamen Maschine habe dieser Autosuggestion den Boden geebnet. – Allerdings sei ja mit dieser Auffassung noch immer nicht das Verschwinden des jungen Maurignac objektiv erklärt; – aber da die ersten telegraphischen Nachrichten sofort nach dem Vorfall in die Presse gelangt seien, so müsse doch erst festgestellt werden, ob Monsieur Pierre nicht auf eine weniger wunderbare Weise den Ort verlassen habe. Vielleicht bringe die Zukunft hierfür eine Erklärung; – vielleicht – die Erzählung Jeanne Dauvergnes einmal einen Augenblick als objektive Betrachtung angenommen – sei die rätselhafte Maschinerie gar eine – Flugmaschine gewesen, nach dem Prinzip: „Schwerer als die Luft" gebaut – (man wisse ja eigentlich gar nichts genaueres über die Konstruktion als die unvollkommenen Angaben der Mutter und des Mädchens) – und Pierre Maurignac sei mit ihm vielleicht in die Luft geflogen – verunglückt vielleicht – –

Der Bericht schloß mit einem „Vielleicht“ und konnte als schlüssige Erklärung auch noch nicht gelten.

– In dem kleinen Landhäuschen am Ufer der Dordogne aber saßen Mutter Maurignac und Jeanne Dauvergne und dachten des Verschwundenen in tiefer Trauer.

Da pochte es an der Pforte des Hauses – tief in der Nacht.

Die alte Dienerin öffnete.

„Ein Telegramm an Mutter Maurignac!“ rief der Depeschenbote.

Und schon stürzte Jeanne die Treppe hinab und riß es der Babette aus der Hand. –

Mit zitternden Händen öffnete es die alte Frau.

Und die beiden lasen:

Telegramm aus *London,* den . . .

„Pierre Maurignac verschwunden auf einer Maschine, wie ich sie in meinem Buche ‚Die Zeitmaschine‘ beschrieben habe. Behalten Sie Hoffnung und Glauben.

H. G. Wells.“

Und fast um dieselbe Zeit lief in der Redaktion der „Tägl. Rundschau“ ein ähnliches Telegramm ein.

Es lautete:

Telegramm aus *London,* den . . .

„Pierre Maurignacs Verschwinden ist buchstäblich so geschehen, wie es Jeanne Dauvergne geschildert. Er ist auf einer ‚Zeitmaschine‘ *in die Zeit gereist*. Näheres darüber enthält mein Buch ‚Die Zeitmaschine‘. Entgegen meiner Vermutung, die ich dort im 16. Kapitel aussprach, hat sich also doch, wenn auch nicht die Person, so doch die Maschine des Zeitreisenden wiedergefunden; wie sie aber auf den Grund des Kanals kam, wird wohl für immer ein Rätsel bleiben.

H. G. Wells.“

– Auf einer *Zeitmaschine?*

Ja – auf einer Maschine, die so wunderbar konstruiert ist, daß sie dem darauf Sitzenden ermöglicht, in die Zeit, d. h. in die Vergangenheit oder Zukunft zu reisen. Der geniale Konstrukteur dieser Maschine betrachtet nämlich die Zeit als die vielgesuchte *vierte* Dimension des Raumes, und wie wir bisher mit unsern gewöhnlichen Vehikeln *im Raume* hin und her zu fahren vermögen, so fährt er auf seiner Maschine in der *Zeitdimension* hin und her; er vermag also aus seiner Zeit heraus in eine andere zu reisen, vermag im Flug kommende oder versunkene Jahre, Jahrhunderte, Jahrtausende zu durcheilen.

Doch der freundliche Leser kann das alles viel besser in dem erwähnten geistvollen Buche des obigen Telegrammabsenders selbst nachlesen . . .

Pierre Maurignac war verschwunden auf einer „Zeitmaschine".

Das wußte man nun.

Aber – wohin? Und würde er wiederkommen – wiederkommen können?

– – Die alte Mutter Maurignac nahm noch einmal das Telegramm von Mr. H. G. Wells in die Hand – –

„Behalten Sie Hoffnung und Glauben!" las sie leise der armen Jeanne vor. Und Jeanne Dauvergne richtete sich auf und küßte zärtlich die Stirn der Greisin.

„Die Liebe wird mich beides lehren, liebe Mutter!"

2

Und Pierre?

Was war mit ihm geschehen? Reiste er wirklich *in die Zeit?*

Er hätte es wahrscheinlich selbst nicht zu sagen vermocht – wenigstens nicht in den ersten Momenten seiner wunderbaren Fahrt!

Auch er sah sich plötzlich allein in dem Raum. Ein schauderhaftes Gefühl, als ob er in eine endlose Tiefe fiele, – ein Gefühl, das ein jeder in schwächerem Maße wohl schon einmal im Traum empfunden hat, – erfaßte ihn. Dabei schlingerte die Maschine, auf der er saß, so arg, daß er sich krampfhaft festhalten mußte, um nicht abgeschleudert zu werden.

Was war das? Was geschah mit ihm? Wo war seine kleine Jeanne? Und wo war er? Fuhr er oder stand er still und wanderte die Umgebung? Denn – er war nicht mehr in der alten Schmiede, welche die Bewohner des Örtchens seit alter Zeit schon in dem vorderen Raume der uralten Kalksteinhöhle eingerichtet hatten –

eine gleichmäßige graue Dunkelheit umfing ihn wie eine schwere, greifbare, dichte Hülle.

So raste das geheimnisvoll arbeitende mechanische Ungetüm mit ihm dahin – wie lange schon, er wußte es nicht. Ihm schien es eine endlose Zeit!

Ob er abstieg von der fürchterlichen Maschine? – Aber er fühlte instinktiv an dem Luftstrom, der ihm an den pochenden Schläfen vorbeistrich, wie schnell seine Bewegung war und wie gefährlich ein Abspringen sein würde. Unbedingt mußte er die Maschine vorher zum Stillstand bringen. Aber – wie wurde das gemacht?

Dazu hätte es hell sein müssen, daß er den Mechanismus untersuchen konnte. Aber vielleicht, wenn er den Hebel, den er vorhin bewegt, wieder in seine alte Lage zurückführte?

Er versuchte es, aber in der Aufregung, die ihn gepackt hatte, in der lastenden Dunkelheit, die ihn umhüllte, in dem schauderhaften Gefühl des fortwährenden Fallens, bei dem Schlingern und Schwanken der zitternden Maschine griff er immer daneben. Es war zum Verzweifeln; er fand den Hebel nicht!

Da fiel ihm ein: er hatte ja Zündhölzer! Und den Sattel der Maschine fest mit den Schenkeln umklammernd, fand er glücklich die kleine Schachtel in der Tasche und entzündete ein Hölzchen.

Er schützte es mit der hohlen Hand gegen den Luftstrom, der ihn umsauste. – Und nun neigte er sich tief aus dem Sattel vornüber und tastete nach dem Hebel.

Er faßte ihn und versuchte ihn zurückzuführen – langsam; denn er fürchtete, daß eine plötzliche Hemmung der Maschinerie gefährlich sein könnte; das Beharrungsgesetz, das sich bei jedem plötzlich gebremsten Wagen jedem Insassen sehr unangenehm bemerkbar macht, würde bei dieser unheimlich dahinsausenden Maschine gewiß verderbliche Wirkungen zeitigen.

Langsam, langsam zog er den Hebel zurück!

Und er hatte richtig kalkuliert: die Maschine verlangsamte ihre Bewegung, alle Begleiterscheinungen wurden schwächer. –

Und mit einem Male fiel ein Lichtschein in das öde Grau der Umgebung – von rückwärts her, vom Eingange der Höhle!

Unwillkürlich wandte er den Kopf. Das sah ja aus – wie Morgensonnenschein!

Aber das war ganz unmöglich! Als ihn Jeanne vorhin aufgesucht hatte, war es fast Mittagszeit gewesen.

Er sah nach der Uhr. – Sie zeigte auf sieben!

Vor Überraschung hätte er fast wieder den Griff des Hebels fahren lassen; aber er haschte ihn doch wieder. – –

Einen Moment erlosch der Lichtschein von draußen wieder – aber dann wurde es wieder hell.

Und abermals sah er nach der Uhr. –

Jetzt zeigte sie plötzlich auf *fünf* Uhr!

Aber das war ja unmöglich! Lief denn seine Uhr plötzlich rückwärts?

Wieder huschten die Schatten durch den Raum und verdunkelten ihn einen Augenblick – und wieder kam das Licht.

Jetzt stand der Zeiger seiner Uhr fast auf *Drei!*

Was war das? Das war ja ein Wunder! Das war ja, als ob seine Maschine und die Tageszeit im Zusammenhang stünde!

Und immer mehr näherte Pierre den Hebel der Nullstellung. –

Da fiel sein Blick auf die vier kleinen Zifferblätter am Rahmen der Maschine: drei der Zeiger standen still und nur der vierte umkreiste noch sein Zifferblatt, langsam und immer langsamer, je weiter er den Hebel zurückführte. –

Und jetzt schlug der Hebel an die Sicherung an. –

Da stand der letzte Zeiger still – und auch die Maschine stand.

Vorsichtig und langsam stieg Pierre ab. –

Es war ihm zumute wie einem Seekranken. Noch als er wieder den festen Boden unter den Füßen hatte, spürte er das atemraubende Gefühl des haltlosen Schwebens. –

Endlich wurde er ruhiger und sah sich um.

Von der alten Schmiede war keine Spur mehr zu entdecken!

Überall starrte ihm die kahle Felswand entgegen.

Kopfschüttelnd schritt er dem Eingange zu, von woher der Lichtschein schimmerte.

Wo war er?

Er faßte sich an die Stirn – aber er war völlig wach und Herr seiner Sinne.

Nun hatte er den Eingang erreicht und trat ins Freie.

Wie geblendet schlug er die Augen nieder. Das Licht der Sonne strahlte von einem riesigen Reflektor wider, der die Hälfte des ganzen Horizontes einnahm.

Und dieser Reflektor war – ein ungeheurer Gletscher, der von den Höhen jenseits ins Tal herabhing!

Wo war er? – Wo waren all die freundlichen Bilder der Heimat geblieben? Mit einer Sehnsucht, die einem körperlichen Schmerz gleichkam, suchte er das Haus seiner Mutter. –

Aber der wohlbekannte Hügel am Eingang des Tales war leer – düstere Tannen krochen an seinen Hängen hinauf.

Keine Spur seines alten Heimatortes mehr! Nur dort drüben die Dordogne floß in ihren alten, ihm so vertrauten Krümmungen wie sonst durchs Land – –

Wo war er – und was war mit ihm geschehen?

Unschlüssig, aus allen seinen gewohnten Verhältnissen herausgerissen, wußte er nicht, was er tun sollte. Lange stand er sinnend, die Hand über den Augen, um das gleißende Licht der Geltscher abzuhalten. Dann begann ihn zu frösteln, und er merkte jetzt erst, wie kühl die Temperatur war. Instinktiv kehrte er um und ging in die Kalksteinhöhle zurück.

Da stand die rätselhafte Maschine, die ihn hierhergetragen in rasender Eile. Wieder fiel sein Auge auf die kleinen weißen Zifferblätter. Er sah, daß die vier Zeiger auf verschiedenen Ziffern standen; diese hießen, von links nach rechts gelesen: 0, 7, 295, 225. Einen Sinn konnte er damit bis jetzt nicht verbinden.

Er untersuchte die Maschine, so gut es das Dämmerlicht in der Höhle gestattete; sie schien noch in demselben Zustande, wie er sie seiner Jeanne gezeigt. Wenn er nur etwas mehr Licht gehabt hätte! Er versuchte sie aus der Höhle heraus an das Tageslicht zu schleppen. Merkwürdigerweise aber erwies sich der ganze vordere Teil der Höhle, der früher die Schmiede gebildet hatte, bedeutend verengert, als hätten sich die Wände genähert. So mußte er das breitspurige Ding stehen lassen.

Eine verzehrende Sehnsucht nach den Seinen überkam ihn – ein Heimweh nach allem, was die Welt Liebliches, Trauliches – Menschliches hatte! Was sollte er tun? Sich aufs neue dem unheimlichen Dinge anvertrauen, dessen Mechanismus so Entsetzliches vermochte? Weiter fahren auf der Maschine – aber wohin?

Er machte ein paar Schritte dem Höhleneingang zu. Auf einem Felsvorsprunge ließ er sich nieder und stützte verzweifelt den Kopf in die Hände. –

Das ganze Gewicht seiner Verlassenheit, seines übermenschlichen Erlebnisses legte sich ihm auf die Seele. Er fühlte sich wie ausgestoßen in eine fremde Welt. –

Da spürte er plötzlich einen heißen Atem an seiner Wange, und ein schweres Etwas drückte plump und ungestüm auf seine Schulter.

Entsetzt fuhr Pierre auf und wandte sich um. –

Ein schwarzbraunes, zottiges Ungetüm hob drohend gegen ihn die Pranken. –

Ein Bär! – Ein Höhlenbär!

Pierre stieß einen furchtbaren Schrei aus und wollte fliehen. Aber der Bär drückte ihn an die Wand der Höhle und vertrat ihm mit seiner plumpen Masse den Weg.

Pierre riß sein Messer aus der Tasche und versuchte einen Stoß zu führen; aber die schwache Klinge drang kaum durch die dichten Zotten des Pelzes hindurch.

Durch den Stoß gereizt, packte ihn der Höhlenbär – ein fürchterliches Brummen ausstoßend – mit den Vorderpranken, um ihn zu erdrücken.

Vergebens suchte Pierre sich der mörderischen Umarmung seines riesigen Gegners zu entwinden. Heiß und keuchend lag der mit gewaltigen Zähnen besetzte Rachen des Ungetüms an seinem Hals.

Schon fühlte der junge Mann seine Kräfte erlahmen, da sauste ein schlankes, blitzendes Etwas an seinem Auge vorüber, und ein Schrei ertönte, wie der Kampfschrei eines Wilden.

Im Hals des Bären aber saß im nämlichen Augenblick ein – sichergeschleuderter Wurfspeer, dessen hölzerner Schaft noch unter der Gewalt des wuchtigen Wurfes erzitterte.

Die Umarmung lockerte sich; mit einem neuen entsetzlichen Gebrumm, bei dem eine rote Flut dem Rachen des Tieres entquoll, wandte sich der Bär gegen seinen neuen Angreifer. –

Und ein zweiter Wurfspieß folgte dem ersten. –

Mitten ins Herz getroffen, sank das Ungetüm mit einem letzten wütenden Zähnefletschen zusammen.

Pierre wandte sich nach seinem Retter um.

Da stand am Höhleneingang ein Wesen, fellumgürtet, mit nackten, wie braunpoliertes Elfenbein gefärbten Armen und Beinen – das Antlitz wild, mit dichtem, schwarzem, lockigem Haar und Bart!

Ein Mensch!

Pierre trat rasch auf ihn zu und reichte ihm mit einem dankbaren Lächeln die Hand.

Der Wilde nahm sie in seine beiden Hände und betrachtete sie aufmerksam. Dann wandte er sein Gesicht zu Pierre empor und sah ihn an mit dem ratlosen Ausdruck des Erstaunens und grenzenloser Verwunderung, wie sie wohl ein Kindergesicht zu zeigen vermag. Dabei murmelten seine vollen, aufgeworfenen Lippen wunderliche Kehllaute.

Am Höhleneingang wurde es lebendig; seltsame Stimmen ertönten – und nun sah sich Pierre umringt von einer Schar von Wilden, die alle seinem Retter ähnlich waren.

Ein unbeschreibliches Durcheinander von Tönen – ein wahres Tohuwabohu erfüllte die Höhle. – Bald betasteten die Wilden den Bären und bald den – – Pierre, und immer aufs neue begannen sie ihre lebhaften Reden.

Dann packten fünf oder sechs überaus kräftig gebaute Männer den Körper des erlegten Höhlenbären und schleiften ihn hinaus vor den Eingang.

Der „Retter“ aber faßte Pierre am Arm, grinste ihm mit einem breiten, gutmütigen Lächeln ins Gesicht und führte ihn ebenfalls aus der Höhle hinaus.

Draußen fing man an, den Bären auszuweiden.

Pierre sah nun erst, wie groß das Ungetüm war. Ein Eisbär wäre klein gegen ihn erschienen. Allein der Kopf übertraf an Durchmesser den eines heute lebenden Bären wohl um das Dreifache!

Schnell und geschickt hatten die Wilden die saftigsten Stücke aus dem Tier ausgelöst; sie bedienten sich dazu steinerner Messer aus Nephrit, auch die Spitzen ihrer Wurfspeere bestanden aus diesem Material – –

Die Menschen der Steinzeit!

Ja – zu ihnen hatte die rätselhafte, wundersame Maschine Pierre zurückgebracht, so, als ob er nicht räumlich, sondern zeitlich sich bewegt hätte und zwar durch Jahrhunderte, durch Jahrtausende hindurch!

Das, was die forschende Wissenschaft sich mühsam aus spärlichen Überresten rekonstruieren mußte, er sah es leibhaftig, von Angesicht zu Angesicht!

Es schwindelte ihm – wieder und immer wieder blickte er auf die neben ihm sitzenden Menschen in ihrer Fellkleidung, auf die erlegte Riesenbeute, auf die glitzernden Gletschermassen am Horizont und – auf das ihm seit seiner Kindheit so vertraute Flüßchen, das allein das lebendige Band bildete, welches die uralte Vorzeit und seine eigene Gegenwart sichtbar verknüpfte – die leise rauschende Dordogne!

Eine neue Manipulation seiner Begleiter ließ ihn aus seinem Traum aufwachen. Die Wilden wollten Feuer machen. Voller Neugier beobachtete Pierre ihre Vorkehrungen: Aus einem köcherartigen Futteral zog der eine, ein herkulisch gebauter Mann, einen langen, rundlichen, geglätteten Stab, dessen Spitze vom Gebrauch schwärzlich, wie verkohlt, aussah, und einen dicken Klotz, in dem sich mehrere Aushöhlungen befanden. Dann brachte er noch einen dritten Gegenstand zum Vorschein, eine Art Pulverhorn, öffnete den als Verschluß hineingeschobenen Holzpflock und schüttete etwas von dem Inhalt in eins der Löcher im Klotz. Nun setzte er den langen Stab in dieses Loch und drehte ihn wie einen Quirl mit rasender Schnelligkeit zwischen den Händen, indes die beiden Füße den Klotz am Boden festhielten.

Neugierig hatte sich Pierre gleich den andern zu Boden gebückt. Mit vollen Backen bliesen die Zunächsthockenden auf das Bohrloch des Klotzes – und nach wenigen Sekunden wirbelte feiner Rauch empor.

Mit verdoppelter Anstrengung quirlte jetzt der Feuermacher und pusteten die Wilden. –

Aber die rote Flamme, das heilige Feuer wollte sich nicht zeigen!

Der Feuermacher setzte ab und untersuchte Quirl und Klotz. Dann öffnete er von neuem das „Pulverhorn“, um nachzuschütten. Dabei ließ er eine Wenigkeit des Inhalts erst in die hohle Hand laufen und prüfte sie mit den Fingern.

Pierre sah, daß es feiner, weißer Sand war.

Der Feuermacher schüttete die Probe weg, stieß ein ärgerliches Geschrei aus und ließ ein neues Quantum des Sandes in seine Hand laufen.

Auch dieses warf er weg mit noch heftigerem Schreien.

Nun griff ein anderer nach dem Horn und prüfte den Sand – auch Pierre nahm eine Probe davon und rieb sie zwischen den Fingern. Da verstand er den Ärger des Feuermachers: der Sand war feucht geworden; vielleicht war der Verschluß des Behälters nicht dicht genug gewesen.

Aufs neue nahm der Feuermacher das Horn und schüttete den Rest seines Vorrates in ein anderes Bohrloch des Klotzes.

Mit dem Aufgebot aller seiner Kräfte wiederholte er seine Kunst. – Vergebens! – Die erzeugte Wärme steigerte sich bis zum Verkohlen des Holzes – wie vorhin schlug eine kleine Rauchsäule auf, – – aber das ersehnte Feuer blieb aus.

Eine tiefe Niedergeschlagenheit schien sich aller zu bemächtigen. Das Gemurmel und Geplauder verstummte mit einemmal – eine abergläubische Furcht sprach aus den meisten Gesichtern.

Da trat Pierre in den Kreis der Steinzeitmenschen und – entzündete ein Streichhölzchen – –

Als ob ein Blitz zwischen ihnen niedergefahren sei, sanken sie alle um ihn her in die Knie, die Hände halb wie zur Abwehr, halb wie zum Gebet gegen ihn emporstreckend.

Er aber rief ihnen freundlich zu, trat zu seinem Retter und reichte ihm das brennende Hölzchen. Vor Aufregung ließ es dieser zu Boden fallen und es erlosch.

Ein tiefer Seufzer – fast wie ein Klagelaut – ging durch die Reihen der Männer. –

Pierre brannte lächelnd ein neues an und hielt es selbst unter den Haufen trockener Zweige, den man am Eingange der Höhle aufgeschichtet hatte – – Nun schlug die Flamme empor und ihr freundlicher, belebender Anblick brachte auch die noch immer scheuen Urmenschen allmählich wieder zu ihrer alten Vertraulichkeit zurück. Aber ihre Dankbarkeit und eine gewisse Ehrfurcht glaubte Pierre doch darin zu erkennen, daß sie ihm ein großes Stück der schnell am Spieß gerösteten Beute mit einer unbeholfenen Feierlichkeit überreichten.

Alle saßen und schmausten.

Und nach dem reichlichen Mahle trat bei dem kleinen Völkchen auch das Verlangen nach höheren Genüssen ein. – Ein kleiner, behender Wilder, dem Aussehen nach viel jugendlicher und zierlicher als die andern, von der kleinen Schar mit dem Rufe: „Julo!" und mit Händeklatschen begrüßt, sprang in den Kreis, der sich um das Feuer gebildet hatte, und brachte eine – Panflöte hervor, aus hohlen Vogelknochen kunstlos zusammengefügt.

Er blies eine schrille, aufreizende Weise, mit den Füßen stampfend. – Die Sitzenden klatschten mit den Händen den Takt – dann sprang einer auf und begann einen Tanz. Schnell folgten andere – und bald tanzten alle – Pierre beobachtete das Hüpfen und Stampfen und Händeklatschen. All die Beschreibungen fielen ihm ein, die er in der Jugend von den Sitten und Gebräuchen der heutigen Naturvölker, der Neger und Polynesier, gelesen – wie eng verwandt waren sich doch die Menschen gleicher Bildungsstufe, mochten sie auch viele Jahrtausende voneinander getrennt sein! –

Jäh sollte das kleine Völkchen aus seiner Fröhlichkeit gerissen werden.

Von den Höhen des Berges herab schallte plötzlich ein wildes Geheul – Wurfspieße flogen herab – mitten unter die Tanzenden!

Eine Schar angreifender Feinde, wie sie der Kampf ums Dasein in jener Urzeit planlos umhertrieb, hatte sie überfallen.

Die Feuersteinäxte machten rasche Arbeit. In wenigen Minuten lagen die meisten der Tänzer mit zerschmettertem Schädel am Boden.

Nur einigen, darunter dem Feuermacher, gelang es, wenn auch verwundet, zu entkommen.

Auch Pierre lag unter den Gefallenen.

Um das verödete Feuer aber lagerten sich die blutigen Sieger und setzten das Mahl fort . . .

3

Von einem unerträglichen Schmerz gefoltert, erwachte Pierre aus langer Bewußtlosigkeit. Der Schlag des Nephrithammers, den einer der Angreifer nach ihm geworfen, hatte ihn nur betäubt.

Er fand sich auf dem Gesicht liegend – – ein schneidendes Brennen und Prickeln zwischen den Schultern ließ ihn die Zähne zusammenbeißen – – Aber dieser Schmerz gab ihm schnell auch die ganze Besinnung wieder!! Seine Erlebnisse fielen ihm ein. Ein dumpfes Sausen im Kopfe erinnerte ihn an den Wurf des schweren Steinhammers – –

Vorsichtig hob er den Kopf und lugte umher – –

Etwas abseits von dem Feuer, das er entzündet hatte, hockten die Feinde. Ihr Geschwätz gellte ihm in die Ohren.

Die Sonne war höher gestiegen. –

Er sah neben sich die Leiber der Erschlagenen; dicht vor seinem Kopf aber hob sich ein schwarzbraunes, zottiges Etwas – – der Kopf des erlegten Höhlenbären.

Unschlüssig, was er tun sollte, lag Pierre, sich die Lippen blutig beißend, um nicht durch lautes Aufstöhnen seinen Schmerz und damit sein wiedergekehrtes Leben zu verraten.

Vorsichtig tastete er mit der Hand nach dem schmerzenden Rücken. Da fühlte er, daß seine Kleidung aufgerissen und seine Schulter entblößt war – Er fuhr mit der Hand über die schmerzende Stelle – sie fühlte sich klebrig an –

Er sah Blut an seinen Fingern . . .

Plötzlich erhob sich der Lärm der Sieger zu unbeschreiblicher Höhe – – Alle sprangen auf und eilten zu den Gefallenen.

Pierre barg den Kopf im Sand und stellte sich tot – –

Da sah er durch die halbgeöffneten Lider etwas Gräßliches.

Der vorderste der Wilden bückte sich zu dem einen Erschlagenen und hieb ihm mit einem Steinbeil den Kopf ab.

Dasselbe taten zwei, drei andere.

Nun näherte sich der große Haufen Pierre. Bei seinem Anblick nahm das Geschrei und Gekreisch den Ton eines triumphierenden Geheuls an. Jetzt bückte sich der Vorderste zu ihm nieder und tastete nach seinem Halse – –

In demselben Moment sprang Pierre auf – – stieß die verdutzten Feinde zurück und lief, so schnell er konnte – – nach der Höhle –

Einen Augenblick später waren die Wilden hinter ihm, und schon drängten sich zwei der Angreifer durch den Eingang, als Pierre die Zeitmaschine erreicht hatte und sich in den Sattel schwang.

Jetzt – – in der Todesnot – – fand er den Griff des kleinen Hebels sofort. Er riß ihn herum – –

– – Und die geschwungene Axt, die ihm den Schädel spalten sollte, verschwand vor seinem Blick wie ein gespenstischer Schemen – – die Wilden verschwanden – – die grauen Schatten der ersten Fahrt kamen und legten sich um seine brennenden Augen; – das Gefühl des fortwährenden Fallens überkam ihn wieder, und schlingernd und stampfend arbeitete unter ihm die zitternde Maschine . . .

Nach einigen Minuten kam ihm die Ruhe und mit ihr die Überlegung zurück. Er sagte sich, daß ihn die rätselhafte Maschine bei ihrer jetzigen Gangart immer weiter zurücktrage in immer frühere Zeiträume der Urgeschichte –

Und er beschloß, Halt zu machen.

Langsam führte er den vorhin so rasend herumgerissenen Hebel wieder auf Null zurück. Die Maschine stand -- Pierre blieb aber auf ihr sitzen und schaute sich vorsichtig um --

Er war allein in der Kalksteinhöhle. Vom Eingang her schimmerte nun ein bläuliches Licht.

Pierre stieg ab und schritt dem Ausgang zu. Er warf sich auf den Boden, ehe er aus der Höhle heraustrat, und spähte umher --

Nirgends zeigte sich eine Spur eines lebenden Wesens.

Das bläuliche Licht aber, das er gesehen, war der Mond, der im vollen Glanze am nächtlichen Himmel stand.

Eine Sternennacht in der Urzeit!

Mit tiefer Ergriffenheit schaute Pierre zum gestirnten Himmel auf. -- Da blickten sie hernieder auf das verlassene Menschenkind, die treuen, ewigen Augen der Nacht! Er kam sich nicht mehr so einsam vor, seit er sie sah --

Und doch -- immer mehr weiteten sich seine Blicke vor grenzenlosem Erstaunen -- das war gar nicht der Himmel, den er schon mit den frommen Augen seiner Kinderjahre geschaut! Er suchte die alten, ihm vertrauten Sternbilder, zuerst den Himmelswagen, dessen Spur er so oft in stiller Nacht seiner Jeanne am heimatlichen Himmel gewiesen --

Aber er fand ihn nicht -- oder nicht mehr in der alten, vertrauten Gestalt, zu welcher sich in unserer Zeit seine sieben Sterne gruppiert haben. Daß er es sein mußte, vermutete Pierre nur aus der Anhäufung einer gleichen Anzahl hellglänzender Sterne und aus ihrer Lage zu einem einsamen hellglänzenden Stern, den er für den ihm bekannten Polarstern hielt, wenngleich er dafür viel zu tief am Horizont lag. Und an diesem Horizont schimmerte noch ein anderes Sternbild, das sein Auge am Heimathimmel noch nie erblickt, das südliche Kreuz!

Er erinnerte sich einer Sternkarte, die er als Schüler des Polytechnikums einst studiert, welche die Sterne des Himmelswagens so geordnet zeigte, wie sie nach der Berechnung der Astronomen vor ca. 50 000 Jahren erschienen -- und wenn ihre Berechnungen Wahrheit waren, so lag die Zeit, in der Pierre auf seiner zweiten Zeitfahrt nun gelandet, mehr als fünfzig Jahrtausende hinter seiner Gegenwart zurück! . . . .

Fremd und kalt und leer in all seiner glänzenden Fülle war nach diesen Entdeckungen das schimmernde Firmament für Pierre geworden. Traurig, mit einem namenlosen Gefühl des Verlorenseins im grenzenlosen All, saß er am Eingang zur Höhle und erwartete den Morgen – –

Zu schlafen wagte er nicht.

Und der Morgen kam.

Golden hob sich die Sonne aus den Tiefen des Horizontes empor – – und ihr segnendes Licht umfing ihn traulich und lind und warm – – wie Mutterliebe. – – Und alles war verändert!

Verschwunden waren die blendenden Gletscher – – höher und steiler hoben sich aus dem Tal die Hänge der Berge empor – – eine reiche, fast tropische Vegetation deckte die Ebene am Fluß.

Es war ein Paradies, in das ihn die wunderbare Maschine getragen!

Und dieses Paradies regte sich, gleich dem der Bibel, von allerlei Tieren:

Grellfarbige Papageien schaukelten sich auf den Zweigen der seltsamen Bäume. Durch die hohen, schlanken Baumstämme schimmerte es bunt wie das gefleckte Fell einer Giraffe. Und unten im Schilf des Flusses, der sich zu einer sumpfigen Niederung erweitert hatte, lag ein sonderbares, riesiges Geschöpf, mit zwei langen Hauern im Unterkiefer, die nach unten gebogen, wie krumme Säbel herabhingen.

Nur der Mensch schien zu fehlen. Aber sein Halbbruder, der Affe, war vertreten; denn eben schwang sich ein langarmiger, dichtbehaarter Repräsentant dieser Gattung von einer am Ufer stehenden breitblättrigen Platane herab und näherte sich, schwerfällig mit einander zugekehrten eingeknickten Knien, aufrecht gehend, mit den langen Armen hin- und herschlenkernd, dem Ort, wo Pierre auf seinem Beobachtungsposten im Schatten der Bergwand saß.

Pierre überlegte, was er tun sollte. Die Affen der Jetztzeit greifen den Menschen selten an und suchen am liebsten das Heil in der Flucht. Er beschloß, sich unbeweglich zu verhalten und die Dinge abzuwarten.

Der Vierhänder kam näher und jetzt – – jetzt sah Pierre in seiner Hand eine Waffe – –

Einen Baumast, an den ein roh zugehauener Feuerstein gebunden war! Diese primitive Waffe hatte ein höherer Intellekt ersonnen: das war kein Affe – –

Das war ein Mensch!

Aber – – was für ein Mensch!

Auf dem plumpen, aber gewaltigen Körper saß ein riesiger, dicker Kopf. Die flache, fliehende Stirn war unter dem dichten Haarwuchs des Gesichts kaum zu entdecken. Dicke Knochenwülste hingen über den Augen; die Schläfen zeigten eigentümliche Vertiefungen, wodurch die Partie der Augen wie abgeschnürt erschien und diese selbst wie kurze Teleskope hervorstanden. Die Nase war klein und eingedrückt, der Mund groß, die Lippen wulstig aufgeworfen, das Kinn kurz, wie abgehackt, und der Unterkiefer dick und massig. Um die Hüften trug er die Haut eines Tieres, sonst war er völlig nackt.

Der Affenmensch schien Pierre nicht zu bemerken, und dieser glaubte die richtige Taktik für dieses Zusammentreffen befolgt zu haben, – – als plötzlich der Anblick der Höhle das seltsame Wesen Halt machen ließ. Offenbar erregte der dunkle Felseneingang seine Aufmerksamkeit.

Mit einem behenden Satz, bei dem er sich auf alle viere niederließ, schwang er sich dicht in Pierres Nähe.

Und jetzt erhob sich Pierre – – in dem Augenblick, als sich der Affenmensch anschickte, in die Höhle hineinzukriechen – –

In der Höhle stand die Maschine, und Pierre fürchtete die Neugier des Urmenschen.

Mit einem Aufschrei, der in seinem Klang völlig noch an ein wildes Tier erinnerte, taumelte das erschreckte Geschöpf zurück – – aber nur einen Augenblick; im nächsten hob der muskulöse, dichtbehaarte Arm die Waffe! Pierre bückte sich rasch und warf ihm eine Handvoll Sand ins Gesicht – – Wütend um sich schlagend, drang der Halbgeblendete auf ihn ein; aber Pierre war schneller und erreichte vor ihm den Höhleneingang. Wohl hörte er hinter sich seinen schnaubenden Verfolger – – aber da saß er auch schon auf der rettenden Maschine und faßte nach dem Hebel – –

Aber der Hebel bewegte sich nicht; irgend etwas mußte in Unordnung geraten sein, als Pierre vorhin, auf seiner ersten Flucht, ihn in voller Hast gedreht hatte.

Mit voller Wucht riß Pierre noch einmal an der metallenen Stange – – Sie brach ab!

Und da war der Feind – – jetzt in seiner Wut nur noch ein Tier, ein Tier mit Riesenkräften!

Zum Glück war die Stelle der Höhle, wo die Maschine stand, sehr eng, und der Affenmensch vermochte von seiner Waffe keinen rechten Gebrauch zu machen. Dafür hatte er Pierre rücklings um den Leib gepackt und suchte ihn herunterzureißen – –

Pierre hatte einige Jahre in England gelebt und verstand die Kunst des Boxens. Ein wohlgezielter Stoß in die Magengegend ließ den plumpen Vorfahren auf den Rücken stürzen.

Aber ebensoschnell erhob er sich wieder – –

Mit furchtbarem Gebrüll faßte er, sich aufrichtend, in das Getriebe der Maschine – –

Pierre glaubte sich verloren. Er sah das Antlitz des Pithecanthropus vor sich in seiner ganzen tierischen Wildheit: blutrot glühten die kleinen, funkelnden Augen in ihrer Höhlung; heiß brach sein Atem aus dem weitgeöffneten Mund, in dem die Eckzähne, jetzt von den in der Wut herabgezogenen Lippen entblößt, gleich Hauern heraustraten – –

– – Da zerfloß mit einem dumpfen Schlag vor Pierre die Erscheinung des furchtbaren Gegners – – wie in einem Nebel sah er noch einige Bruchteile einer Sekunde hindurch sein wutverzerrtes Gesicht – – dann umfing ihn wieder das eintönige Grau; – das atemraubende Gefühl des rastlosen Fallens überkam ihn wieder, und unter sich fühlte er das Schlingern und Stampfen der dahinsausenden Maschine – –

Er war gerettet!

Aber auf welche Weise! Der Griff des Hebels war ja abgebrochen! Ob die herkulische Kraft des Affenmenschen vermocht hatte, trotzdem die Maschine in Bewegung zu setzen? Ob er mit seiner täppisch-plumpen Faust zufällig den wunderbaren, geheimnisvollen Mechanismus ausgelöst hatte?

Die Tatsache blieb bestehen; aber Pierre mußte suchen, ihr auf den Grund zu kommen. Er tastete nach seinen Zündhölzchen; zum Glück hatten die Wilden, welche ihn überfielen, das kleine Hartgummibüchschen nicht entdeckt. Er machte Licht und untersuchte, sich mit den Knien festklammernd, die stampfende Maschine.

Er fand die Stelle, wo der Hebel abgebrochen war, dicht über der Verschraubung; hier vermochte seine Hand nichts mehr zu reparieren. – – Er suchte weiter, ein Streichhölzchen nach dem andern entzündend, und fand endlich, dicht am Sitz, eine kleine Stange, die ähnlich der abgebrochenen, in entgegengesetzter Form und Richtung angeschraubt war.

Vorsichtig versuchte er sie zu drehen – –

Heiß und kalt überlief es ihn, und seine Hand zitterte – –

Aber es geschah nichts Besonderes.

Er drehte weiter – –

Der rasende Gang der Maschine wurde ruhiger. Der Druck und das Schwindelgefühl im Kopf ließen nach.

Nun gewann er Mut; langsam und gleichmäßig führte er den Hebel in derselben Richtung zurück, so weit es ging – –

Die Maschine stand!

Pierre stieg ab. Seine Umgebung schien noch die alte; aber die Höhle kam ihm jetzt wieder heller und geräumiger vor. Er schritt durch den langen Gang – –

Aber schon stockte sein Fuß –

Diese Kalkwand hatte sein Blick bisher noch nie gesehen!

Seltsame Linien entdeckte sein forschendes Auge, in launischen Krümmungen und Verschlingungen in die Kalkwand geritzt und mit Ocker gefärbt.

Unwillkürlich trat er zurück an die gegenüberliegende Seite, um die seltsamen Kritzeleien besser übersehen zu können.

Was sah er? – Er schüttelte ungläubig den Kopf, rieb sich die Augen und schaute wieder.

Diese scheinbar sinnlosen Linien setzten sich zu scharfumrissenen Bildern zusammen. Und diese rohen Zeichnungen stellten im Umriß vorzeitliche Tiere in lebendiger Naturtreue mit allen ihren charakteristischen Kennzeichen dar: das Mammut mit seinen langen Stoßzähnen und seiner dichten Behaarung, das Rentier im Kampf mit einem Nebenbuhler um ein Weibchen u. a.

Mit grenzenlosem Erstaunen betrachtete Pierre diese uralten Zeugnisse menschlicher Kunst und Beobachtungsgabe. Er bedauerte, daß er kein Notizbuch bei sich führte, um eine Skizze dieser Naturdarstellungen festzuhalten.

Wie aber wuchs sein Erstaunen, als er auf einer der am frischesten erhaltenen Zeichnungen *sich selbst* erblickte, sicher und treu skizziert in seinem Kampf mit dem Höhlenbären!

Denn das war er zweifellos: das war sein kurzgeschorener Kopf und sein scharfgeschnittenes Profil, sogar die Kleidung, die von der Fellumhüllung der Wilden so ganz abwich, war unverkennbar angedeutet. Hinter ihm stand auf dem Bild sein Retter, in der Rechten den erhobenen Wurfspeer. Pierre stand in schweigender Verwunderung. Diese Bilderschrift war für ihn eine Urkunde, aus

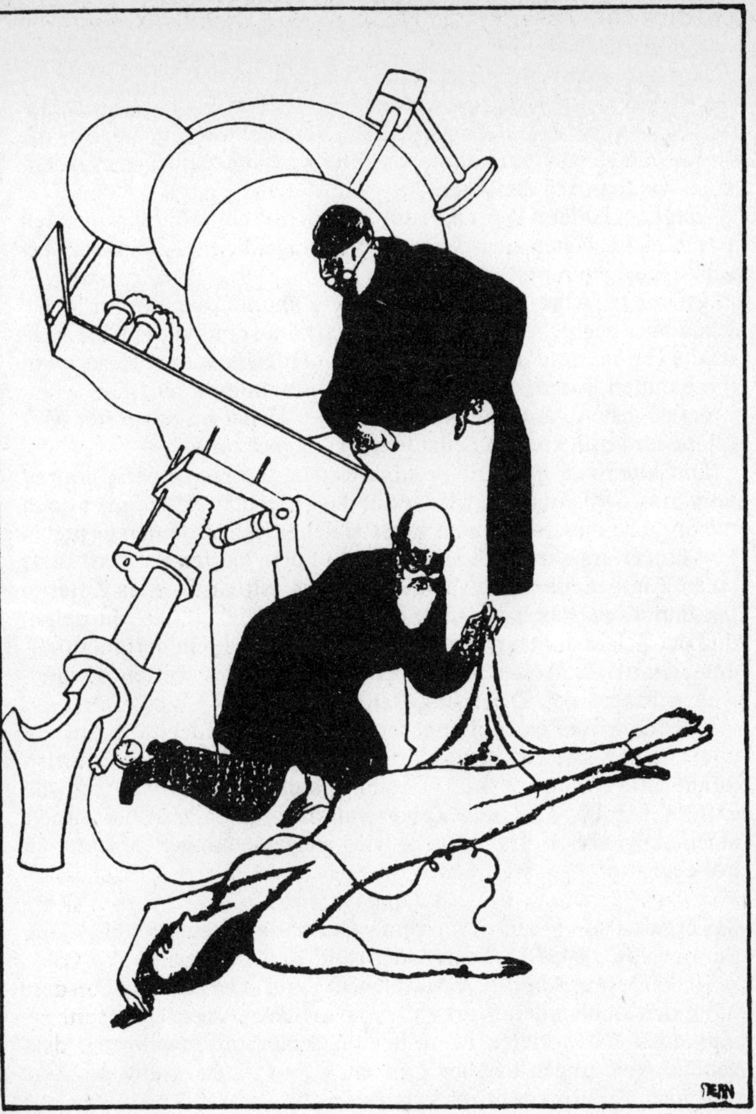
STERN

der er erfuhr, daß nicht alle von seinen damaligen Begleitern dem Überfall zum Opfer gefallen, daß sich einige gerettet -- und daß man ihn und sein Erscheinen unter ihnen für wert erachtet hatte, an der Steinwand verewigt zu werden.

Aber -- die Zeichnung stellte ein Geschehnis dar, das nur die Erinnerung festhalten konnte; das Bild war *jünger* als Pierres Abenteuer mit dem Höhlenbären!

Das aber bedeutete für ihn, daß ihn die Maschine auf ihrer letzten Fahrt nicht weiter zurück in die Vergangenheit -- sondern *vorwärts* getragen hatte!

Vorwärts! Aber -- da lag ja die Zukunft, die für ihn noch lebendige, beglückende *Gegenwart* war! Da stand ja die liebe, vertraute Heimat und das kleine Haus am Hügel, wo zwei Herzen um ihn bangten, wo alte und junge Augen um ihn weinten.

Im nächsten Augenblick schon saß er wieder im Sattel der Maschine und drückte den neuentdeckten Hebel zurück --

Das alte Spiel begann; -- aber es trug ihn ja vorwärts, immer vorwärts! Sein Auge fiel wieder auf die Zifferblätter. Wenn er doch die Sprache dieser stummen Reisebegleiter richtig deuten lernte!

Wenn er annahm, daß jede Ziffer auf dem vierten (letzten) Blatt einen Tag bedeutete, so verzeichnete das dritte mit jeder Ziffer je tausend Tage. Pierre steigerte die Geschwindigkeit der Maschine, daß der Zeiger auf dem letzten Blatt nur noch wie ein herumlaufender Schatten zu sehen war, aber der Zeiger des dritten deutlich wahrnehmbar von Ziffer zu Ziffer sprang.

Als der dritte Zeiger einmal seine Runde vollendet hatte, sprang auch der des zweiten Zifferblattes um eine Ziffer; er notierte also damit eine Million Tage. – Auch das erste Zifferblatt trug die Ziffern 1–1000; aber sein Zeiger stand unbeweglich. Pierre hielt einen Augenblick an, um alle vier Zeigerstellungen ablesen zu können:

0 . . . . 3 . . . . 649 975

das ergab also -- seine Annahme als richtig vorausgesetzt -- die Summe von 3 649 975 Tagen oder rund 10 000 Jahre!

10 000 Jahre! Aber -- von welchem Zeitpunkt gezählt? Das erst hätte den Zahlen den Wert chronometrischer Angaben gegeben – und dazu hätte Pierre beim Beginn seiner unfreiwilligen Reise genaue Ablesungen machen müssen. – Auf die Messung der Zeit durch die Ziffern konnte er sich also nicht verlassen.

Und aufs neue drehte Pierre den Hebel – –

Ihm fiel ein, daß die großen geschichtlichen Epochen alle noch vor ihm lagen: die Zeit der Pfahlbauer – – die Bronzezeit – – die Römerzeit – – die Zeit der Völkerwanderung usw. bis in die letzten geschichtlichen Zeiten hinein – – und er steigerte die Geschwindigkeit noch mehr.

Aber plötzlich überfiel ihn siedendheiß eine wahnsinnige Angst, die ihn die in rasender Hast dahinjagende Maschine plötzlich bremsen ließ – –

Wenn er *zu weit* fuhr! Zu weit in eine Zukunft hinein, für welche die Gegenwart, die Pierre Maurignac suchte, schon tote Vergangenheit war! Wo alle die längst dahin waren, die sein Herz hier geliebt! Denn ein Zurück gab es dann für ihn nicht mehr; der Hebel, der die Maschine rückwärts steuerte, war ja abgebrochen!

Was tun?

So sehr er sich scheute, die Maschine hinaus ins Freie zu bringen, wo sie – – in den Pausen seiner Fahrt, weil sie sichtbar wurde – – allen Wechselfällen und aller Unbill der Zeiten ausgesetzt war, so sehr er sich selbst dabei der vielleicht für ihn verhängnisvollen Neugier der Menschen aussetzte, die ihm in blindem Unverstand die wunderbare Maschine und damit die einzige Möglichkeit zur Heimfahrt vernichten konnten, – – – so sehr schien es doch im Interesse einer genauen Zeitbestimmung angebracht. Denn hier in der dunklen Höhle hatte er gar keine Kontrolle darüber, wie weit er fuhr.

Und eben wollte er versuchen, die schwere Maschine trotz aller Hindernisse herauszutransportieren, selbst, wenn der engergewordene Eingang ihre teilweise Zerlegung erfordern sollte – – als ihm plötzlich ein rettender Gedanke kam.

Er besaß ja ein untrügliches Merkmal dafür, ob er wieder in *seiner* Zeit angekommen, also gewissermaßen auf den Nullpunkt seiner Fahrt zurückgekehrt war: Offenbar trug ihn die Maschine nur in der Zeit, nicht auch im Raume fort; denn sie hatte ihren Standort hier in der Kalksteinhöhle bisher nicht geändert, wie Pierre aus verschiedenen kleinen Merkzeichen sah.

Aber – – dann mußte er auf seiner Heimfahrt durch dieselbe Minute wieder fahren, in welcher er in Gegenwart seiner lieben Jeanne hier in der Höhlenschmiede seine unfreiwillige, wunderbare Reise begann!

Und schon saß er im Sattel und drehte den Hebel – –

Und nun galt es, die Augen aufzuhalten!

Und das tat er – – und fuhr dahin in banger Hoffnung, durch die grauen Schatten, die in eintönigem Rhythmus heller und dunkler ihn umfluteten, wie brandende Wellen im unendlichen Meer – – endlos – – endlos –

4

In der alten Höhlenschmiede saß Jeanne Dauvergne in tiefer Trauer.

Hier war ja der Ort, wo sie mit Pierre zum letzten Male zusammengewesen, ehe er auf so rätselhafte Weise verschwand.

Alles lag und stand noch so, wie er es verlassen, all die Werkzeuge, mit denen er an der seltsamen Maschine gearbeitet.

Ach, wenn ihre Wünsche und Gebete ihn zurückrufen könnten! In ihrem Schmerz um den Verlorenen machte sie sich jetzt Vorwürfe, daß *sie* ihn doch eigentlich veranlaßt, sich auf die unheimliche Maschine zu setzen, – – daß *sie* also ihn dem dunklen Verhängnis überliefert habe ... Lange saß sie so – – träumend und sich sehnend – –

Da fuhr sie auf.

Vor ihr, aus dem Halbdunkel der Höhle geboren, erschien plötzlich wie eine Halluzination – – Pierre, ihr Geliebter – – undeutlich, schattenhaft, wie ein Bild, das sich ins Nichts auflöst!

„Pierre!" schrie sie auf, erfreut und entsetzt zugleich – –

Im nächsten Moment war die Erscheinung verschwunden.

Jeanne eilte aus der Höhle, zitternd, leichenblaß – –

Mit hochklopfendem Herzen, die Hände auf die stürmisch wogende Brust gepreßt, stand sie vor Pierres Mutter und erzählte ihr die Vision.

Die Greisin zog sie stumm an ihr Herz. Ihr war das Erzählte nur eine Selbsttäuschung des liebenden, im Grunde seines Wesens erschütternden Mädchens; warum aber sollte sie ihr den schönen Wahn mit kalten Worten zerstören! – – – –

Da ertönten auf dem Vorsaal Schritte – –

Die beiden Frauen horchten auf.

So ging nur *einer!*

Die Tür flog auf – –

„Pierre!"

Und lachend und weinend sank der Heimgekehrte in ihre Umarmungen.

– – – – – – – – – – –

Und die Zeitmaschine? wird der geneigte Leser fragen.

Der freundliche, hilfsbereite und – – neugierige Bürgermeister des kleinen Ortes ist schuld, daß sie – – nicht mehr vorhanden ist.

Als sich die Kunde von Pierres wunderbarer Reise und Wiederkehr schnell wie ein Lauffeuer von Haus zu Haus verbreitet hatte, kamen die Einwohner alle, um ihm zu gratulieren und ein klein wenig dabei ihre große Neugier zu befriedigen, – – voran, in feierlicher Amtstracht, der Herr Bürgermeister.

Pierre erzählte, soviel er den Leuten von seinem Abenteuer verdeutlichen konnte, und führte sie schließlich in die Höhle, wo die Zeitmaschine stand.

Weil sich alle in dem engen Raume drängten, um das merkwürdige Ding zu sehen, schlug der Herr Maire vor, die Maschine vorsichtig ins Freie zu tragen.

Das geschah – – und bald stand das glitzernde Ding mit all seinen Stangen und Wellen und Scheiben draußen vor der Höhle unter Gottes freiem Himmel.

Pierre erklärte, soweit er es vermochte, den wunderbaren Mechanismus.

„Und Sie meinen, daß die Maschine wirklich wieder in die Zeit reist, so bald man diesen kleinen Hebel bewegt?" fragte der Herr Maire.

„Augenblicklich!" bestätigte Pierre.

„Ich kann es mir nicht denken!" sagte der Maire, und wie er, schüttelten viele ungläubig den Kopf.

„Wenn Sie Lust haben, die Reise zu versuchen, bitte – –" rief Pierre, mit einer verbindlich einladenden Handbewegung auf den Sattel der Maschine weisend.

„Das gerade nicht, Monsieur Pierre! Aber es ist doch unglaublich! Unglaublich! Also dieser kleine Hebel setzt das große, plumpe Ding in Bewegung? Und man sieht doch keine treibende Kraft, keinen Motor usw. – – Dieser kleine Hebel?!"

Und damit hatte der würdige Herr Maire die Hand auf die kleine

Metallstange gelegt und sie – – halb aus Aufregung, halb aus ungeduldiger Neugier – – ein wenig bewegt – –

Ein Schlag ertönte – – ein Luftwirbel ließ die Umstehenden erschreckt zurückweichen – – einen Augenblick lang sah man noch ein Durcheinanderwirbeln von glänzenden Metallteilen, Stangen, Wellen und Scheiben – – Dann war der Platz, auf dem die Zeitmaschine gestanden, leer!

„Sie ist fort! Himmel! – Sie ist wahrhaftig fort, Monsieur Pierre!" rief der Bürgermeister bestürzt aus.

„Sagte ich's Ihnen nicht? – – Ja, – – sie ist fort – – auf Nimmerwiedersehen, Herr Bürgermeister!" – – – –

„Diese Halunken!" rief Pierre, ärgerlich und belustigt zugleich. Also – – das war der schauderhafte, stechende Schmerz, der mich wieder zur Besinnung gebracht hat! – Diese infamen Halunken! Aber – – – – schließlich muß ich ihnen und ihrer Tätowierkunst nur dankbar sein! Ohne die stechenden Schmerzen, die mir ihre Feuersteinmesser bereitet, hätten sie auch mir wahrscheinlich in der Bewußtlosigkeit, wie den andern, den Schädel geraubt, um ihn zu einem Trinkgefäß umzuarbeiten – –"

Er zog Jeanne lächelnd an sich – – „Du wirst mir deshalb nicht gram werden, liebe, kleine Jeanne, nicht wahr? Der Höhlenbär ist ja nur ein Schönheitsfehler – – und zum Glück sieht ihn ja niemand weiter – –"

„Und – –" schloß die alte Mutter, die Arme um beide legend und schalkhaft von dem einen zur andern sich wendend – – „und, Kinderchen, er wird ja hoffentlich sich nicht mit forterben!"

Paul Gurk

Der letzte Dichter

In dieser Zeit lebt das graue Geschlecht in Hoch- und Höchsthäusern über der Erde. Die letzte Vorzeit wird die Untererdzeit genannt. Es ist noch nicht allzulange her, daß die Wege der Menschen- und Güterbewegung auf der Erde liefen, die Wohnstädte und Fabrikstädte aber unter der Erde. Sie liefen auch auf Schienen, denn die Unsicherheit der Erdhohlräume machte ein ständiges Beobachten und nicht seltenes Verschieben des Fabrikations- und Wohnprozesses erforderlich. Das Hinabgehen unter eine gewisse Tiefenmeterzahl verbot die unausstehliche, unausrottbare Durchglutung der tieferen Erde. Es wäre zwar möglich gewesen, das Asbestgeschlecht zu züchten, aber es gelang durch keine Versuchsreihe zu erreichen, daß glühende Luft geatmet werden konnte. Das dauernde Herabsaugen der Übererdluft erzeigte sich als zu umfangreich, kostspielig und gefährlich.

So ist das graue Geschlecht des Leichtmetalls geworden. Die Einsteigschächte verfallen bis auf die, die man ausbaut und als riesige Fahrstuhlgehäuse montiert. Unter der Erde, in der Tiefe von 30 bis 50 Metern, liegen jetzt nur noch die Schienenwege und die Straßen für den Verkehr der elektrisch getriebenen Wagen, die auf einer oberen Zuleitungsschiene laufen. Elektrischer Strom ist wie Wasser vorhanden und überall abzuzapfen. Auch Schuppen für Ersatzteile ziehen sich unter der Erde hin. Die großen Beratungswürfel aber, fensterlos, fugenlos, unverbrennbar, zerfallen fast alle.

Vor dieser Untererdzeit war die Luftzeit, die Zeit der Flugschiffe und Luftwagen. Jetzt sind Felder und Städte auf der Erde. Da aber jedes Feld gebraucht wird, um mehr Graue zu ernähren, ist jedes Haus ein Hochhaus. Es handelt sich nur darum, neue Häuser noch höher zu bauen. Damit wird zugleich die Einordnung der jungen Maschinenmenschen in die Gleichmäßigkeit, Abstandlosigkeit und Zusammenempfindung erreicht. Denn da der Elektromagnet immer derselbe ist und immer gleich wirkt, da der elektrische Strom nie verschieden arbeitet, hat der wahre graue Mensch weder Seele, noch Einsamkeit, noch Scham, noch Langeweile, noch Sehnsucht, noch Phantasie, noch Kunst zu haben. Es hat keine Vorstellungswelt, sondern nur Fortschritt im Greifbaren zu geben. Keine Maschine phantasiert. So hat auch das graue Geschlecht kein Recht dazu. –

In einem der unterirdischen Beratungswürfel hocken die drei Schreiber. Alles, was in einem Drittel der Erdplanwirtschaft geschieht, geht ihnen zur Kenntnis und Aufzeichnung zu; das, was außerhalb der Regel zu beschließen war, wird von ihnen in die Form gebracht. In Wahrheit sind die drei Schreiber die geheimen, fast unsichtbaren Lenker, gleich den zwei mal drei Schreibern im zweiten und dritten Drittel der Erdplanwirtschaft. Sie gleichen dem Mann mit der Ölkanne, der in der blutigen Vorzeit der Menschengeschichte durch die riesige, surrende Umformerhalle ging, das Schaltbrett bediente und zugleich beherrschte, und der zuweilen den hockenden Untieren einen Tropfen Öl gab!

Die allermeisten Grauen wissen von dem Bestehen der unterirdischen Dreiheit und der dreimaligen Dreiheit nichts. Es ist aber die vorzügliche Aufgabe der Schreiber, sich selbst als den letzten Rest von Einmaligkeit und Überordnung, von Blut und Herrschaft auch in verdünntester Form überflüssig zu machen.

Der erste Schreiber heißt Hirn, der zweite Schreiber heißt Auge. Der dritte Schreiber heißt Ohr. Hirn sitzt etwas erhöht auf einem Stahlblock. Auge und Ohr hocken zu seiner Rechten und Linken und raunen ihm zu, gleich Hugin und Munin, den Raben Wotans, des verschollenen Gottes, von dem in einer uralten Blattanhäufung im Schaugefängnis der toten Worte berichtet wird.

In einem unterirdischen verlassenen Beratungswürfel des zweiten Drittels der Erdplanwirtschaft hocken die drei Schreiber Nr. 4, 5 und 6.

Der vierte Schreiber heißt Mund. Der fünfte Schreiber heißt linke Hand. Der sechste Schreiber heißt rechte Hand. Mund sitzt etwas erhöht auf einem Stahlblock. Linke Hand und rechte Hand hocken zu seiner Linken und Rechten und packen an, was Mund spricht, den beiden packenden, beißenden Teilen des Werkzeugs gleich, des armseligen, das in den ersten Vorzeiten eine Zange hieß.

In einem unterirdischen, verlassenen Beratungswürfel des dritten Drittels der Erdplanwirtschaft hocken die drei Schreiber Nr. 7, 8 und 9.

Der siebente Schreiber heißt Magen. Der achte Schreiber heißt linker Fuß. Der neunte Schreiber heißt rechter Fuß.

Magen sitzt etwas erhöht auf einem Stahlblock. Linker Fuß und rechter Fuß hocken zu seiner Linken und Rechten und treten in den Boden oder senden wirkend in die graue Menschheit, wie Magen verdaut oder nicht verdaut.

Zuweilen kommen die neun Schreiber unter der Erde in einem Würfel zusammen, der in Felsen eingesprengt ist. Niemand weiß um ihn. Die neun Schreiber besuchen ihn nur einmal. Dann wird er zusammengeschlagen. Wenn aber die neun einmal zusammenhocken und der vollkommene Maschinenmensch ohne Herz ist, dann hält oben die Planwirtschaft ihren Gang an. Das Schwungrad ist ausgelaufen und wartet auf Antrieb. Die elektrische Uhr ist stromlos. Das graue Geschlecht ist leer, ohne es zu wissen, obwohl es Ziffern und Abkürzungen bellt. –

Den drei Schreibern Hirn, Auge und Ohr wird der Beschluß der Rathundertschaft bezüglich des letzten ergriffenen lebenden Dichters zugestellt.

Hirn denkt nach. Auge sieht fern. Ohr hört fern.

Auge spricht: „Der Graue ist farbig. Er ist Entartung, Rückfall in das Zerspaltene. Farbe ist Zerspaltung von Grau."

Hirn spricht: „Er hätte es lernen müssen aus seinem Wühlen in den Blattanhäufungen. Lernen ist Rückfall, Verrat, wenn gesucht wird, was vor heute liegt. Lernen ist Vorwärtssuchen, Sprung nach vorn. Ich nur, Hirn, weiß vom Ursprung, um alle Schritte und Sprünge. Ich muß überwunden werden, damit der Mensch endlich Maschine wird."

Ohr spricht: „Ich höre ihn murmeln in der alten Sprache, die wir allein wissen müssen. Keiner vom grauen Geschlecht darf sie kennen, die Sprache, die noch mit Wind und Quelle, mit Vogel und Erdbeben verwandt ist. Ihn aber, den farbigen Grauen, höre ich murmeln in der alten Sprache. Er ist verliebt in den Klang. Der Maschinenmensch ist in ihm zurückgefallen, in die Erweichung der Vorzeit. Er ist das geworden, was in den jämmerlichen Zeiten der Gesundmacher und der Keime ‚krank' genannt wurde."

Hirn spricht: „Was ansteckend ist, muß vernichtet werden! Es wird beantragt, den farbigen Grauen, den letzten lebenden Dichter, durch die Röhren herunterzutreiben."

Auge und Ohr stimmen zu.

Das Fernzeichen durch besondere kürzeste Wellen, von denen jede Welle eine Zahl und damit eine Anordnung bedeutet, ersucht, den farbigen Grauen in den Würfel der Schreiber Nr. 1 bis 3 herabzusenden. Gleichzeitig wird durch eine andere Welle bestimmt, daß Wärter Nr. 1 des Schaugefängnisses für die letzten lebendigen Wesen und der Techniker für altes Denken herabzusenden sind. Der Techniker für altes Denken bearbeitet das, was in den Kinderzeiten der Menschheit Kultur genannt wurde und jetzt der Abteilung Geschichte der Versteinerungen eingeordnet ist.

In kurzer Zeit wird der Wärter Nr. 1, der Techniker für altes Denken und der farbige Graue abgeworfen.

In einer der Vorzeiten des grauen Geschlechts, in der Zeit der Rassen und Klassen, als Klasse sprach: ich stehe über Rasse! – in dieser Zeit hatte man Rohrleitungen für Briefe, Wasser, Gas, Öl. Diese Fernleitungen sind jetzt verlassen. Energie wird durch Elementezerfall in Zeit gebracht, gradweise hergestellt und den Maschinen zugeführt. Nicht Drehung, Schwung oder hemmende Reibung sind da, sondern das Zerfallen atmet Kraft aus und wird in besonderen Maschinen aufgespeichert.

Einige der Röhren unter der Erde sind ausgebaut worden. Es gibt enge und weite Röhren für Mitteilungen oder Menschen. In einen unterirdischen Kessel an den drei Beratungswürfeln der drei mal drei Schreiber münden viele Röhren. Maschinenmenschen und Sachen werden durch ungeheuer verdichtete Luft in rasender Geschwindigkeit durchgedrückt und an dicken Gummiwänden aufgefangen. Da alles in Leichtmetall gehüllt ist, erfolgt nur selten eine Anbrechung oder Knickung. In den Maschinenmenschen ist nur noch wenig Fleisch und Blut.

Die Zeit des Papiers ist vorüber. Alle Aufzeichnungen werden in dünne Platten von unzerbrechbarem Leichtmetall eingeschlagen.

Der farbige Graue, Wärter Nr. 1 aus dem Schaugefängnis der letzten lebendigen Wesen und der Techniker für altes Denken werden gebracht. Sie sind noch ein wenig vom Sausen befallen, aber das ist der langen Gewöhnung gemäß nur gering und geht alsbald in die übliche Viereckigkeit über.

Auge spricht: „Als ich zuletzt von hier das Schaugefängnis der letzten lebendigen Wesen fernsah, fand ich nichts darin, was wie dieser farbige Graue aussah. Ist eine falsche Montage solcher Art inzwischen eingeliefert?“

Der Wärter Nr. 1 antwortet: „Nein. Es ist nur der letzte lebende Philosoph verzeichnet. Aber er hat eine weiße Anhäufung am Kinn und ist weit über 70 Planjahre alt. Er wird bald von selbst auslöschen und anorganisch werden."

Hirn spricht: „Hast du, farbiger Grauer, der du gemäß Ratsbeschluß als letzter lebendiger Dichter festgestellt bist und in das Schaugefängnis der letzten lebendigen Wesen überführt werden sollst, eine Begründung oder eine Erklärung für dein außerplanmäßiges Verhalten?"

Der farbige Graue senkt das Haupt. Er schien nachzudenken. Er antwortet zum erstenmal und sagte leise: „Nein. Es ist in mir. Ich kann es nicht erklären."

Hirn spricht: „Erweichung, Rückfall."

Ohr spricht: „Ich höre fern, was jetzt der alte Philosoph murmelt. Es klingt ähnlich wie dies Geklapper."

Hirn spricht: „Techniker für altes Denken: besteht die Möglichkeit, daß der farbige Graue, der letzte lebende Dichter, und der letzte lebende Philosoph in ihrer maschinellen Struktur nach demselben oder sehr ähnlichem Riß entworfen wurden?"

Der Techniker für altes Denken antwortet: „Das ist, rückwärts gedacht und betrachtet, in hohem Maße wahrscheinlich, hat also den höchsten Grad wissenschaftlicher Sicherheit. Ebenso wie Sinn und Sinn sich immer ähnlich ist, ist Unsinn und Unsinn immer nahe verwandt. Eine Gegenüberstellung beider Insassen brächte sofort Sicherheit."

Hirn fordert durch elektrische Welle den letzten lebendigen Philosophen aus dem Schaugefängnis an. Er wird in kurzer Zeit abgeworfen und ist benommen. Wärter Nr. 1 stellt ihn zurecht. Er schlägt ein müdes Auge voll Trauer und Versunkenheit auf – und schweigt.

Hirn, Auge und Ohr betrachten ihn, das fremde Tier.

Hirn fragt: „Was tust du, Philosoph?"

Der alte Philosoph antwortet: „Ich frage nach dem Wort hinter dem Wort. Es wird in Zahlen gesprochen. Was ist Zahl? Wer setzte Zahl? Ich denke. Was ist denken? – Elektrischer Strom ist da. Was ist elektrischer Strom? – Wer setzte oben und unten? Wer schuf die Wirkung der Maschine? Von wem geht das Maschenknüpfen aus, das Gesetz genannt wird?"

Ohr spricht: „Er murmelt dasselbe wie der letzte Dichter."

Auge spricht: „Sein Auge hat denselben farbigen Glanz."

Hirn spricht: „Der Techniker für altes Denken hat recht. Sie sind die gleichen Narren, Maschinen mit verbogenem Gelenk, nicht zurechtzuklopfen. Es erübrigt sich, den letzten lebendigen Dichter aufzubewahren, da der Philosoph da ist."

Auge spricht: „Ich stimme zu. Der farbige Graue, der letzte lebendige Dichter, ist in den Zustand des Anorganischen überzuführen. Ein Schaubedürfnis liegt in bezug auf ihn nicht vor."

Ohr spricht: „Ich stimme zu. Abbalgen und Ausstopfen ist nicht erforderlich. Das mag bei dem letzten lebendigen Philosophen geschehen, bis es an der Zeit ist, auch das Schaugefängnis der letzten Lebendigen, verächtlich aus Liebe gezeugten Wesen und das der toten Worte zu vernichten, um das letzte Gedächtnis an Vorstufen des grauen Geschlechts auszulöschen."

Hirn spricht: „Wir stimmen überein. Ich füge hinzu, daß der letzte Dichter im Schaugefängnis aufzubewahren ist bis auf den Tag der großen Zusammenkunft aller Grauen dieses Sektors der Erdplanwirtschaft. Dort mögen diese beiden gleichen bunten Tiere der Vorzeit, Dichter und Philosoph, einen Schaukampf der bunten Worte ausfechten zwecks Befriedigung der Grauen. Alsdann möge entschieden werden, ob der letzte Dichter sofort anorganisch zu werden hat oder auf dem großen Tag der Zusammenkunft des Erddrittels zu zeigen ist."

Auge und Ohr sprachen: „Beschlossen. Der Beschluß wird ausgefertigt."

Der Techniker für alte Sprachen, Wärter Nr. 1, der letzte Philosoph und der letzte Dichter werden an ihre Orte zurückgesaugt.

Der letzte Philosoph ist ohne Besinnung. Es ist aber nicht die Besinnungslosigkeit der Versenkung, ohne Sinn für die äußere Welt. Er ist zusammengeschlagen durch das Gespräch mit den drei gewaltigen Schreibern und durch die lange nicht empfundene Gewalt des Druckes durch die Röhren der Beförderung.

Wärter Nr. 1 klopft und biegt ihn. Die Maschine kommt nicht in Gang. So wird der Maschinenklempner gerufen. Nach vielem Hämmern und Biegen schlägt der letzte lebendige Philosoph die Augen auf und sieht seinen Zwillingsbruder, den letzten lebenden Dichter, der ihn mit einem Ausdruck betrachtet, der nicht vom Tage ist, sondern ein Rückfall in jämmerliche, längst untergepflügte Vorzeiten des grauen Geschlechts.

Der Menschenklempner geht und besteigt seinen laufenden Einwagen. Wärter Nr. 1 besieht sich die beiden Nummern, dann geht auch er und überläßt die Aufsicht dem Gangwärter für diese Abteilung des Schaugefängnisses.

Der letzte Philosoph flüstert: „Ich fühle das Ende kommen. Ich werde den wahren Tod sterben und nicht die Überführung in das Anorganische schmecken. Ich werde in der alten Sprache auslöschen, in der noch Gedanke und Dichtung war!"

Der letzte Dichter spricht: „Hörst du die Quelle noch rauschen, Philosoph, und den Pirol flöten? Wir sind die letzten, die ihre Sprache verstehen. Ist es nicht Gnade, daß du hier verwehen kannst, unter den letzten lebendigen Wesen, die aus Liebe gezeugt wurden?"

Der letzte Philosoph flüstert: „Wir waren uns in den Zeiten der Vorzeit, als unsere Art noch blühte, immer Feind und stritten über unsere Grenzen. Aber darin sahen die Maschinenmenschen recht, weil sie außer uns stehen und uns nicht mehr begreifen: wir sind Brüder! Wir sind Erscheinungen des einen Lebens, zwei Strahlen aus dem gleichen Brunnen der dunklen Ursache, wenn wir auch anders funkeln. Wie schwinde ich hin!"

Der letzte Dichter spricht: „Ich bete noch das Wort und bete das Bild an!"

Der letzte Philosoph spricht: „Ich bete noch das Wort und bete den Begriff an!"

Der letzte Dichter spricht: „Ich suche noch das Dunkel zu schmecken, aus dem das Wort kam gleich einer Farbe!"

Der letzte Philosoph flüstert: „Ich suche noch das Dunkel zu schmecken, aus dem das Denken kommt gleich einer strengen Lilie. Aber ich welke. Ich falle ab . . ."

Der letzte Dichter spricht: „Lebe wohl, Bruder! Du stirbst den guten Tod!"

Der letzte Philosoph spricht: „Lebe wohl . . ." Aber er vollendet nicht. Sein Gesicht faltet sich auseinander zum letzten Lächeln. Der Leib fällt hin. Er ist tot.

Wärter Nr. 1 wird benachrichtigt. Er beklopft die abgelaufene Maschine. Der Menschentechniker stellt den Übergang in das Anorganische fest. Die drei Schreiber erhalten elektrisch Kenntnis.

Paul Gurk

Die Grauen

Es geht der Überheblichkeit an die Wurzel.

Die Grauen müssen sich das Meer noch gefallen lassen. Seit vielen tausend Schichten blicken sie scheel auf die entzogenen Felder. Eine Reihe von Schreibern hat an der Verbesserung des Protokolles fortschreitend gearbeitet. Vielmal hat ein Schreiber, der Hirn genannt wird, über die wütende Unnützlichkeit des Meeres nachgedacht, er allein als einziger Planfachmann des Gehirns. Das Meer brüllte und jauchzte, spielte und schlief, barg eine Unzahl von lebendigem, gierigem und jagendem Gewimmel in sich, Erzeugnisse seiner Zwecklosigkeit. Es trieb Korallenriffe und Algenwälder hervor, ließ Inseln auftauchen und verschlang ausgesäte Landbrocken. Es nagte zuweilen Felder an, biß sich Uferstücke spielerisch ab oder spie Schlamm auf die geregelte Bebauung. –

Zwar: der Beschluß ist gefaßt. Das Meer wird ausgetrocknet und Feld werden. Aber noch viele Schichten werden in Tiefschlaf sinken und endlich verrostet und anorganisch sein, ehe das Ziel erreicht ist. Immerhin ist das Ziel erkannt und gegeben. Der Zwang und das Gesetz des Fortschritts werden es also erreichen.

Die Inseln in der Nähe der Küsten gehören lange nicht mehr unter die Botmäßigkeit des Meeres. Die Grauen haben sie eingefangen, Dämme gezogen, das brackig gewordene Wasser ausgepumpt, in Dampf verwandelt und maschinell verbraucht. Die Launen der Springfluten hat man durch Ölgürtel und riesige Luftturbinen zur Herstellung von Gegenluftströmen gebrochen. Das Meer hat sich diese Spielereien abgewöhnen müssen.

Es gibt nur noch den Kontinent Amerika und den Dreikontinent Europaafrikaasien. Die Einschnürung des Kontinents Amerika ist feldmäßig normalisiert. Das früher Mittelmeer genannte Becken ist ein gesprengter Teich. Es wird als Arbeitsprobe zu erledigen sein. Australien hängt am Dreikontinent. Mit ihm ist auch Amerika verbunden. Eisbarrieren werden durch Heißluftmaschinen abgebaut. Aber noch immer ist das Meer da!

Es wird nicht immer da sein! Zuerst aber geht es der letzten Landüberheblichkeit an die Wurzel.

Man hat die Berge schon früher geschliffen, wo immer man konnte. Jede Erhöhung ist da naturgemäß zwecklos, wo nur das flache Feld Sinn hat. Berge sind unfruchtbar. Ihr Besteigen ist eine zusätzliche Kraftvergeudung ohne Effekt mit gleichzeitiger Entziehung aus dem Produktionsprozeß. Die Zeit, die daraus eine Gefühlserweichung machte und in verdünnter Luft Einbildungsgeräusche trank, ist so lange vorbei, daß sie schon vor Abschaffung der Geschichte vergessen war. Damals war die Menschheit noch nicht grau . . .

Unsinnig sind Wälder auf den Bergen, den Hügeln, den Abhängen. Die Holzzeit ist vorüber. Man schreibt und liest nicht mehr. Die Zeit der tierischen Faser ist vorbei. Die Menschheit ist metallisch geworden. Sie braucht keine Berge, keine Wälder, keine Seen zum Betrachten und Umwandern, nur Maschinen, Drahtnetze, Eisenbeton. Es ist geradeaus zu gehen. Jeder Umweg ist anorganisch zu machen! –

Die Grauen sind ausgesandt. Schleifmaschinen, Bohrmaschinen, Sprengmaschinen rollen an. Raupentanks klettern über das Geröll und drücken es zu Brei. Der Gesteinbrei wird den Gesetzen der Physik und Chemie übergeben, gemischt und felderreif gemacht. Es dauert kaum ein Planjahr, bis sich ein dichter geladener Drahthimmel über den neuen Arbeitsfeldern erhebt und von ihm Funken und künstlicher Regen herabrieseln, die die Ertragsergebnisse der wenigen anzubauenden, genau in ihrer Stofflieferung gegen den Trotz der Erde auskalkulierten Pflanzen außerordentlich, oft im Überfluß steigern.

Tiere gibt es nicht mehr in Wirtschaft und Motorenfütterung. Tiere sind protzend organisch, dabei unlogisch im Verhalten. Selbst ihre berechneten Kreuzungen entspringen zuweilen dem Exempel und schlagen zurück. Gepreßte Tiere als Ölung des Maschinenmenschen reizen zu unzweckmäßigem Verhalten und sind verdächtig, in früheren, abgelaufenen Zeiten an der Sinnlosigkeit des Krieges als ungesetzmäßiges Organtöten erheblich mitschuldig gewesen zu sein. –

Die Grauen sind ausgesandt. Schleifmaschinen, Bohrmaschinen, Sprengmaschinen rollen ununterbrochen an.

Die Felsen knirschen vor Zorn. Ihre Kristalle, Millionen Jahre ausgereift und in der Weisheit der Vollendung ruhend, schreien aus der Qual des Zerbrechens. Die jungen, wachsenden Kristalle werden geknickt, umhergeworfen und zu besinnungslosem Gesteinsstaub zermahlen.

Die Hügel und niederen Berge strecken sich flach, brüllend im Zergehen unter den langen, eisernen Sichelwagen, die vorn mit Klingen schneiden, in der Mitte stampfen und am Ende regelmäßig ausstreuen. Ein Augenmensch leitet durch Fernsteuerung. Hinter den Sichelwagen rollen die Walzwagen und flachen den Boden. Zuweilen betätigen sich alsbald Betonmischer und Leichtmetallkneter und Sieber.

Auf den Leichen der Hügel steigen planmäßig die neuen Hochstädte auf. Einsteigschächte werden da ausgepaßt, wo die Hügel und niederen Gebirge noch nicht durch Untererdlinien unterfahren sind. Lagerplätze wandern in den Boden hinab. Oben werden die Hochschienen für die Einmannwagen gespannt, die Produktionsstätten und die Hochhäuser der Versuchsreihen errichtet. Der Graue ist da. Der Fortschritt erscheint! –

Zuweilen wehren sich die erwachsenen Berge. Sie fühlen, daß es um ihr Leben geht. Die Geduld des Steins, der nicht nach Planjahren mißt, hat viel ertragen. Er ließ sich die Haut abschinden und Glieder brechen. Nun aber steht in einigen Sektoren ein erwachter Berg und schüttelt sich. Felsen rollen herab. Graue werden auf ihrem Arbeitsplatz zerquetscht und ungesetzlich ins Anorganische überführt. Quellen brechen heraus, die nicht auf den großen Planplatten aus Leichtmetall eingestanzt waren. Höhlen tun sich auf oder krachen zusammen. Es läßt sich daher nicht vermeiden, daß planmäßig angesetzte Graue auf dem Wege des Erstickens, Ertränkens oder Erdrückens ungesetzmäßig anorganisch gemacht werden.

Die Ratshundertschaften in den einzelnen Buchstabensektoren treten zusammen und beraten. Opfer müssen gebracht werden. Das Wort „Opfer“ ist aber wie sein Begriff seit unzähligen Schichten ausgestorben gleich dem Wort und Begriff „Gott“. Es starb, genau genommen, mit ihm zusammen. Die graue Menschheit kennt weder Gott noch Opfer. Sie hat kein Einzelgefühl und weiß daher nichts von Schuld, Tugend, Sühne, Verzweiflung, Sehnsucht, Opfer und wie alle diese aufgeblähten Bälle aus der Zeit der farbigen, schaukelnden Worte heißen mochten.

Es wird festgestellt, daß die im Arbeitsprozeß abhanden gekommenen Grauen noch nicht ein halbes Prozent der planmäßig angesetzten Reihen ausmachen und daher sich im Rahmen der einkalkulierten Ausfälle halten. Die bezüglichen Ziffern werden alsbald mit dem Vermerk „abgerostet" in den Listen in Abgang gestellt und damit erledigt.

Die Arbeit geht weiter.

Der Sektor B wird in Angriff genommen.

Hier ist immer noch das Dach der Erde. Gebirgsstufen führen heran. In ungeheuren, zerklüfteten Klötzen mauert sich das Haus der Dämonen auf, das Haus der Windgötter, der Eisriesen, der Hagelschleuderer, der Wolkenjäger, der Sandspeier, der Feuerschlucker, der Salzatmer. Auf dem hingewälzten Dach sitzen sie und ruhen sich aus oder kämpfen miteinander. Von ihrem Schreien beben die Schroffen, die Abgründe und die weiten Ebenen. Ihr Schweiß fließt in Riesenströmen herab. Ihr Atem macht das Wetter.

Jetzt erscheint der Graue und nimmt den Sektor B, den weißen Erdfleck der Planwirtschaft, in Angriff. Sektor B ist in die Felderreihen restlos einzufügen. Es mögen einzelne Platten stehenbleiben, um Grundstock für höchste Hochhäuser zu sein. Aber der unbezwungene Eigensinnige muß fallen. Untererdlinien müssen ihn unterfahren, Wolkendrahtnetzhimmel sich über ihn spannen.

Schleifmaschinen, Bohrmaschinen, Sprengmaschinen rollen an. Der Fortschritt naht sich mit der Alleingöttlichkeit der Zahl 1 und der geraden Linie.

Er beseitigt das Veraltete, Verklumpte, Aneinandergekrampfte, das Unregelmäßige, Hochtrotzende, Boshafte, Launische, Unsinnige, Unbeherrschte, das Durcheinander.

Die erste Vorstufe muß sich in ihrer ganzen Länge knirschend zusammenschlagen und zermahlen lassen. Organisches Wasser wird zerblasen und mit zur Mischung des Gesteinsstaubes verwandt. Einiges aus dem verströmenden Ungefähr hat sich in die vorgesehenen Gräben der Abgrenzung einzuordnen und mag da zugrunde gehen. Die Grauen brauchen die irrsinnige Aperiodizität von Flüssen oder natürlichen Regenfällen nicht, die jeden Plan vernichten und mehr schaden als nützen. Wolkenbrüche und derlei Kreisirrtümer werden von den über den Drahthimmeln ausgespannten Leichtmetalldecken abgefangen und können sich zu Tode verdunsten. Der gleichmäßige Rauchdunst über der Erde, die Grenze der Maschinenausatmungen, ist dicht und läßt das nur selten zu.

Ungeheuere Züge von Grauen aus den Sektoren A und E werden herangeschafft. Sektor D hält sich schon zum Einsatz bereit.

Die zweite höhere Gebirgsstufe fühlt den Einbruch und schaudert. Die Berge beben in ihren Wurzeln. Viele von ihnen baden ihre Zehen in Feuerkesseln. Das Blut steigt in ihren Adergängen hoch. Der Sprengstoff wühlt in den Eingeweiden.

Die Dämonen schlafen noch auf dem Dach der Erde. Sie haben sich müde gespielt und müde gekämpft. Sie haben zum Spaß einen Eissee verdampft, daß die Nadeln in der Laune eines jähen Sturmes als feuchte Salzflocken umherwirbelten. Sie haben zugleich gelacht und getobt, Sonnenbreiten herabgelacht und Wolkenballen dazwischen geworfen! Nun sind sie müde und schlafen. Ihr Nebelatem raucht um die höchsten Zacken und tanzt einen Wolkenreihen. Kränze von weißen Tupfen schweben um die vereisten Gesteinsnadeln . . .

Ein Berg schreit auf. Zwei furchtbare Sprengstöße haben ihn mitten auseinandergerissen. Er zerbirst in drei Teile und taumelt, trunken vor Angst. Sein Schrei schlägt sich an alle Wände, wirft sich in alle Abgründe und stürzt in alle Höhlen.

Die Dämonen erwachen und fahren auf. Ihre Augen stehen starr gleich spiegelnden Kraterseen. Sie erkennen den Angriff des grauen Geschlechts. Das Feld, der Nutzen, der Zweck, die Schicht, das Traumlose, das Flache, das Nacheinander, der Fortschritt, die Zahl ist da und fordert den schöpferischen Unsinn zum Kampf um seinen letzten Sitz!

Die Dämonen lachen. Sie klatschen in die Hände und lachen. Ihr Gelächter fährt in Wirbelböen herab und reißt die Grauen der Reihe nach um. Es nützt ihnen nichts, daß sie fernsehen und fernhören, daß sie durch elektrische Wellenstöße von fern steuern, daß sie die Brüder der Bergdämonen in ihren Dienst gepreßt haben und sie zwingen, im Zerfallen für sie zu arbeiten und Kraft auszuatmen. Sie kennen Sprache und Gebärde der Dämonen nicht. Der Plan erfordert das Eindringen in die Irrwege des Gebirges. Wenn sie auch eine Strecke abseits sich ducken, so greifen die Windarme doch herab und schmettern sie und ihre Maschinen an die granitnen Zacken.

Ihre Kleider aus Leichtmetall zerbrechen. Nur Knochen, dem

Metall ähnlich, Scharniere und Nietungen sind die Grauen. Als aber die Granitzacken sich mit ihnen einlassen, tropft, schwarz, langsam und zäh, noch immer Blut. Der Graue ist noch nicht vollkommen. – –

Die Dämonen haben den Feind erkannt. Das Spiel gefällt ihnen. Sie rollen Lawinen in den Fäusten zusammen. Der Eisriese setzt sich auf einen Gletschersturz und fährt ab. Die Windgötter springen in Bergsätzen von Kuppe zu Kuppe. Die Wolkenjäger knäueln Fetzen zusammen und stopfen sie in alle Kamine und Schluchten. Die Hagelschleuderer nehmen eine Last Gekörntes auf und werfen das klirrende Gestiebe ab. Der Salzatmer legt sich lang hin und bläst seinen Kristallatem in meilenweiten Schwaden aus, lacht und bläst. Der Sandspeier springt mit einem Satz in die Ebene und stößt mit der Spitze seines Fußes gelbe Stürme auf, lacht und stößt. Der Feuerschlucker holt tief Atem und speit durch einen Kratersee Feuer, Steine und Asche hoch. Er sieht die Palme des feurigen Staubes am Rauchhimmel stehen, sich entfächern und abstürzen, sieht, lacht und atmet Feuer.

Die Erde brüllt und bebt . . .

Die Grauen werden versandet. Sie schmelzen, zerkrachen, vereisen. Ihre Maschinen atmen nicht mehr, schmelzen und vereisen zugleich . . .

Die Dämonen der Höhe haben noch einmal gesiegt. Sektor B ist nur zu einem kleinen Teil in die Menschenplanwirtschaft des grauen Geschlechts einbezogen.

Die drei gewaltigen Schreiber Hirn, Auge und Ohr hocken in ihrem unterirdischen Beratungswürfel. Sie haben Tiefschlaf. Zwischen jede Schicht von sechs Stunden ist ein Tiefschlaf von zwei Stunden eingesprengt. Dreimal sechs Stunden Schicht und zwei Stunden Tiefschlaf machen noch immer den Tag des grauen Geschlechtes aus.

Die drei gewaltigen Schreiber hocken auf ihren Stahlblöcken, den Kopf auf die Platte gelegt, lautlos, ohne Traum, mit ausgesetzten Funktionen und Ventilen. Der Motor in ihnen ist scheintot. Er ist durch gepreßte Nahrung geölt worden und ruht sich in seiner Achse ohne eine Art von Besinnung aus.

Es ist dunkel im Beratungswürfel. Die Zeit ist abgestellt, die Verbindung mit der Übertagschicht unterbrochen. Ganz ruht der Fortschritt nie. Die Abteilungen der Grauen haben verschiedene Schichtzeiten und auch verschiedene Tiefschlafzeiten, aber die Zeiten sind so aufeinander abgestimmt, daß keinen Augenblick ein Riß in der Planwirtschaft eintreten kann.

Von Zeit zu Zeit fallen gestanzte dünne Platten aus einem Abwurfschacht, Meldungen, die das Protokoll angehen. Die drei gewaltigen Schreiber hören den Aufschlag nicht. Der Tiefschlaf verschlingt jedes Geräusch.

Vielleicht sind es andere drei Schreiber, aber es sind immer Hirn, Auge, Ohr, und es ist immer derselbe Plan.

Der Fall des Sektors B gehört in ihr Protokoll. –

Der Tiefschlaf ist abgelaufen. Die Motoren haben sich wieder aufgeladen.

Hirn, Auge und Ohr recken sich hoch und sind gespannte Arbeitsbereitschaft. Hirn sitzt etwas höher. Auge und Ohr hocken zu seinen Seiten. Auge sieht fern. Ohr hört fern – auch die Gedanken. Aber es gibt kaum noch Gedanken. Alles ist Folge und Entwicklung, bedarf also des Denkens nicht, das immer Zerschneidegefahr bedeutet. Nur die gewaltigen Schreiber denken für das Protokoll, und einige besondere Techniker denken im Rahmen ihrer Auftragsversuchsreihen. –

Das Ziel der neuen Schreiber ist, sich selbst zu überwinden und überflüssig zu machen. Der letzte Gedanke und die endgültige Abrostung des Denkens bezeugt den Sieg des grauen Geschlechts und seine erschrittene Vollkommenheit. Ein Grauer aber, der jetzt denkt, ist ein Verbrecher und gerät in die Gefahr, durch Verrosten für den räuberischen Einbruch in die Gesellschaft bestraft zu werden.

Hirn betrachtet die Meldungen. Hirn bleibt unbewegt.

Auge spricht: „Ich sehe den Abzug der Grauen aus dem Sektor B. Sektor B ist nur zum kleinen Teile eingefeldert. Viele Graue sind anorganisch."

Ohr spricht: „Ich höre ein Brüllen. Zerbrochene Maschinen klirren. Während der Schicht des Tiefschlafes sind im Sektor B Unregelmäßigkeiten geschehen."

Hirn spricht: „Meldungen liegen vor über Bergstürze, Lawinen, Hagel- und Sandstürme. Feuer- und Steinregen sind niedergegangen. Sinnlose Rückfälle in das, was einst Natur genannt wurde, haben sich ereignet. Sektor B ist daher zum größten Teil noch immer unlogisch. Der Versuch zu seiner Befriedung und Einfelderung muß später mit größeren Mitteln wiederholt werden. Ich schlage also vor zu beschließen: die Listen sind zu berichtigen. Der errungene Teil des Sektors B ist vollständig in die Planwirtschaft einzugliedern. Das Meer ist auszutrocknen. Es müssen Maschinen hergestellt werden, die allein arbeiten, ohne Blut sind und auf große Entfernungen für ganze Schichtabmessungen gesteuert werden. Bei Arbeiten gegen den Unsinn darf der Graue nicht mehr in die Hände toller Objekte geraten."

Auge und Ohr stimmen zu.

Das Protokoll wird berichtigt.

Durch Wellenanordnung werden die Techniker für Menschenfortreihung, Retortenauswahl und Menschenölung aus dem großen Turm mit seinen Speziallöchern berufen. Sie gelangen alsbald infolge Röhrensendung zum Abwurf und sind unbeschädigt, fast ohne Bewußtseinsknickung. Nach sofortiger Erholung leuchten die Zahlen an ihrer Brust auf. Sie sind arbeitsbereit und zucken den Arm zum Gruß gegen die drei gewaltigen Schreiber des ersten Drittels der Erdwirtschaft.

Hirn spricht: „Ist es gelungen, die Zeugung völlig auszuschalten und die Herstellung von Grauen auf anorganischem Wege zu sichern?"

Der Techniker für Menschenfortreihung antwortet: „Die Arbeiten schreiten fort. Völlige Sicherung ist noch nicht gegeben. Noch immer ist eine Beimischung des Rauschextraktes erforderlich. Der Prozentsatz ist zurückgegangen, aber er ist noch vorhanden."

Der Techniker für Retortenauswahl spricht: „Hinsichtlich der Lieferung der vier noch erforderlichen Normtypen der grauen Menschheit funktioniert die Retortenauswahl mit Sicherheit. Die Ausschaltung der Rauschbeigabe betrifft nicht den Spezialauftrag der Retortenauswahl. Die angestrebte Lieferung des einen Normalgrauen, die unmittelbar auf dem Wege des Fortschritts liegt, dürfte nicht ohne Versuchsreihen des Technikers für Menschenölung möglich sein. Einheitsölung und endgültige Normung werden miteinander in Beziehung stehen."

Ohr spricht: „Ich höre die Schreiber 7 bis 9. 4 bis 6 höre ich nicht. 4 bis 6 haben Tiefschlaf."

Auge spricht: „Ich sehe es fern.“

Ohr spricht: „Die Frage der Einheitsölung berührt das Protokoll von 4 bis 6 und 7 bis 9, Mund und Magen.“

Hirn spricht: „Immerhin hat der Techniker für Menschenölung sich über die Normalölung zu äußern. Damit hängt die Frage der völligen Umwandlung der Maschinenmenschen in Menschenmaschinen, die während dieser Protokollzeit erfolgt, aufs Schrittmäßige zusammen.“

Der Techniker für Menschenölung spricht: „Werden die Arbeitsprozesse infolge Bereitstellung fortgeschrittener Maschinen und Vereinheitlichung der Feldplanwirtschaft unterschiedslos gemacht, so ist ein Normtyp der Grauen erforderlich, der nur eine Art Ölung gebraucht. Die Felderauspressung ist dann zu ändern. Versuchsreihen, die anzusetzen wären, werden zeigen, ob Felder frei werden für Hochstädte und Produktionsstätten und damit für die Erweiterung der Zahl der Grauen.“

Die Zahl auf der Brust Hirns erlischt. Es wird dunkel im Beratungswürfel. Die drei Techniker stehen ohne Bewegung und warten. Auge und Ohr hocken ohne Bewegung und warten. Hirn denkt nach.

Die Zahl auf der Brust Hirns leuchtet wieder auf. Hirn spricht: „Die bemerkten Versuchsreihen müssen angestellt werden. Zur Beschlußfassung bedarf es einer Vollzusammenkunft der grauen Menschheit und zuvor einer Protokollvergleichung der drei mal drei Schreiber.“

Es wird indes beantragt, vorläufige Versuchsreihen anzustellen, die zum Ziel haben, die Felderauspressung zwecks besserer Raumausnutzung durch Graue, Hochstädte und Maschinenproduktionsstätten zurückzudrängen und endlich auszuschalten. Der eine Normgraue, die Zahl eins, muß erreicht werden. Damit ist die eine Normalölung gegeben, die zweckmäßig aus der Luft zu greifen ist. Luft leistet zu wenig für die Erdplanwirtschaft. Es ist schnellstens auszuproben, ob nicht die völlig anorganische Herstellung der grauen Menschheit mit der Luftölung in schrittmäßigem Zusammenhang steht.

Die drei Techniker zucken die Hand zum Gruß gegen die drei gewaltigen Schreiber.

Auge und Ohr stimmen zu. Das Protokoll wird berichtigt.

Das Ziel ist gesetzt.

Die drei Techniker werden in ihre Versuchslöcher zurückgepreßt und abgeworfen. –

In diese Zeit des Protokolls, mitten in der Folge der gewöhnlichen Schichten und Tiefschlafe, ereignet sich etwas Ungewöhnliches.

Bislang ist die Luft da und der Himmel oben als Abschluß des Sehfeldes, grau, ein gehobener Dunst. Nur selten kommt gleißendes Licht herab, oder es zeigt sich eine Art Blau. Stürme werden kaum über den Feldern gesichtet. Alles ist flach, ohne Berge und Wälder, so daß der Wind keine Gegenspieler hat, seinen Namen fast vergißt und einschläft. Er mag sich also oben betätigen. Blitze entstehen erst gar nicht. Die ungeheuren Drahtnetze saugen den Stoff der Gewitter auf.

Im Sektor B schlafen die Dämonen. Sie haben einen Zwergfeind, ein Heer von grauen Ameisen, durcheinandergebracht. Nun schlafen sie wieder. Ihr Atem ist Sturm. Im Traum wälzen sie sich und blasen Donner über die Berge. Sie wissen gar nicht, daß auf ihrem höchsten Stuhl die Hochstadt B 37 zu entstehen hat. Vorläufig kann sie nicht entstehen. Es müssen erst größere Vorkehrungen getroffen werden.

An den Rändern des ungebärdigen Meeres häufen sich gerade die Materialzüge an, als das Ungewöhnliche sich ereignet. In Stockwerk 18 des großen Turms, in einem Spezialloch, arbeitet der Techniker für Luftbewegung. Er beobachtet die Arbeitsluft über der Erde und hat so wenig zu tun, daß zur Schichtausfüllung die Fortbewegung in der Luft zu seinem Arbeitsbereich gehört. Er ist zugleich der Techniker für die wenigen Luftraketenwagen, die in besonderen Fällen gebraucht werden.

Der Techniker zerlegt die Luft, läßt sie gefrieren, taut sie wieder auf, läßt sie zugehen wie eine Wunde und beobachtet ihre durchschnittliche Zusammensetzung. Seine Vorgrauen haben einmal in einer weit zurückliegenden und daher ausgelöschten Zeit stark zu tun gehabt und mußten in mehreren Exemplaren angesetzt werden. Damals war die Zeit der Luft als Kraft. Luft wurde dünn gemacht. Schwere stürzte nach, herabgesogen. Luft wurde gepreßt und stieß im Zorn. Aber diese Zeit ist abgelegt. Sie blieb wie die Zeit des Glases und viele andere Zeiten auf der Strecke. Nur in den Beförderungsröhren ist ein Rest der Luftzeit enthalten.

Der Techniker für Luftbewegung bemerkt ein leises Schwanken

in der Zusammensetzung der Luft. Es tritt zurück zur Norm, wird wieder unsicher und schlägt plötzlich weiter aus. Die Luft, die als Konstante angenommen ist, wird launisch und boshaft. Es scheint, daß sie sich einen besonderen Geruch zulegen will. Sie wird plötzlich heißer. Ein unbekannter Stoff, nur in winzigen Mengen, aber doch unbekannt, ist beigemengt. Dann verschwindet das Irrationale. Die Luft ist zu ihrer Pflicht zurückgekehrt, wird normal und hat die vorgeschriebene Temperatur. Damit verschwinden auch einige Funktionsstörungen bei verschiedenen Grauen, wie Arbeitsträgheit, Luftstarren und Einbruch von Unregelmäßigkeit in den Tiefschlaf.

Mitten in einer Arbeitsschicht aber tritt das Neue, Unplanmäßige, Ungewöhnliche ein. Die Luft wird plötzlich dunkel und dunkler. Schwüle und Schwere senken sich von oben herab. „Oben" ist das Ende des Sehfeldes, nichts weiter. Außerhalb der Erde kann nichts sein und nichts herabkommen. Wo keine Ursache ist, ist keine Wirkung. Wo kein erster Schritt sein kann, kann kein zweiter sein. Aber es wird dunkler und dunkler. Es senkt sich etwas wie eine Wolke herab. Die Wolke tönt und scheint zu schwingen. Sie wälzt sich vom Aufgang bis zum Niedergang. Der Blick tastet sie nicht ab. Sie ist Himmel geworden und kommt immer näher. Ein dunkler Himmel fällt auf die Erde der grauen Menschheit und ihre Planwirtschaft.

Das Tönen wird lauter. Es schwirrt metallisch. Die Wolke zuckt und wogt durcheinander. Streifen gleich geschälter Haut lösen sich von ihr ab. Sie schwanken und drehen sich im Herabfallen, leuchten fahlgrün und braunviolett auf und zwirnen sich noch in der Luft in Schnüre auf. Nun sehen es die Grauen und starren auf. Es regnet Lebendiges herab.

Die große Wolke hängt fast über den gespannten Drahtnetzen. Sie wirbelt durcheinander, dröhnt von dem erzenen Flügelschlagen von Myriaden mal Myriaden Tiere, die außerordentlich sind und aus dem Unbekannten sich herabstürzen.

Einzelne der Tiere winden sich an den Netzen und fallen zerschnitten auf den flachen Boden. Sie sind spannenlang, mit vier Paar Flügeln und unzähligen Füßen, tragen witternde Antennen am Kopf, der fast dem eingedrückten Haupt eines Kindes gleicht, farbige Kugelaugen an den Seiten des gewalzten Leibes, und aus dem stark geschärften Ende starrt ein Stachel wie ein Horn.

Die Grauen erkennen die Gefahr. Das Leben in überwundener Form will die Felder überwältigen und den Fortschritt zermahlen. Junge Tiere gleiten schon ganz durch die Drahtnetze. Da flammen die weitgespannten Maschen auf, elektrisch geladen. Auf den Feldern rollen die Raupenwagen an. Die tönende Wolke wird zerrissen. Ihr Leib wird versengt und blutet Saft in Strömen herab. Die Wagen mahlen das Durchgeschlüpfte . . .

Drei Tage währt die Wolkenschlacht. Während des Tiefschlafs rollen Schichten aus anderen Sektoren an. Dann ist der Einbruch des dämonischen Äthers besiegt.

Die Wolkenschlacht hat Opfer gekostet. Der Saft der Tiere hat viele Graue vorzeitig verrostet und ihre Atemstellen vergiftet. Eine ansteckende Krankheit bricht aus, die Wolkenkrankheit genannt wird, und verrostet weiter. Schonungslos werden die befallenen oder schon anorganisch gewordenen Grauen vernichtet, verschrottet, in tiefe Klüfte gestürzt, von Betongüssen zugedeckt und in den Listen gelöscht.

Die Erdplanwirtschaft ist gerettet. Es ist Platz da für neue Graue und für neuen Fortschritt. –

Es ist natürlich untersagt, von der großen Wolkenkrankheit und der schweren Heimsuchung durch die außerirdischen Tiere zu sprechen. Kein Gebell und Gerassel ist dies anbetreffend zu vernehmen. Außerirdische Geschöpfe haben auf der Erde kein Heim zu suchen. Es besteht keine Geschichte und kein Gedächtnis. Was gestern war, ist gewesen, ist nie gewesen. So spricht auch kein Grauer davon, und kein Grauer denkt daran. Nur in den Protokollen der Schreiber Hirn, Auge und Ohr und fernbezugsweise in denen der Schreiber 4 bis 6 und 7 bis 9 ist etwas wegen der zu ergreifenden Maßnahmen niedergestanzt.

Dennoch ist eine Veränderung in der Erde eingetreten. Sie ist in den betroffenen weiten Flächen fruchtbarer geworden. Das Vierfeldersystem funktioniert in jenen Sektoren mit einer fast gewaltsamen Heftigkeit, obwohl der Weg zum Eingrauen, zum Normgrauen und seine Ölung durch rein anorganische Stoffe über das Einfeldersystem als Zwischenlandung hinweg zu beschreiten ist.

Die erzielten Felderauspressungen erzeigen sich lange Schichten hindurch als nicht recht geeignet. Sie rufen Unregelmäßigkeiten in der Motorenleistung hervor. Eine unplanmäßige Hinneigung zu aperiodischen Rauschzuständen ist nicht zu übersehen. Die Effekte daraus sind aber seltsamerweise nicht zur Retortenmischung zu verwenden. Endlich sind auch diese Hemmnisse überwunden. Die Techniker können schrittweise weiter ihre Versuchsreihen ansetzen.

Vorsichtig, als probe man die Gesetze und Anwendungsfälle so kindlicher Maschinen wie Hebel oder Rolle aus, werden in dieser Schreiberzeit die Versuche mit der Luftauspressung zwecks Gewinnung einer unfeldmäßigen Speisung für die Grauen begonnen. Unübersehbar große Flächen könnten bei positivem Abschluß zum Hausen des grauen Geschlechtes nutzbar gemacht werden, ihrer Vermehrung dienen, neue Hochstädte, neue Produktionsstätten und neue Maschinen tragen.

Gleichzeitig wird versucht, die fast motorisierten Grauen unmittelbar aus dem Elektrizitätsnetz zu speisen, um so die Ölung, selbst wenn sie völlig anorganisch geworden sein sollte, als einen letzten Umweg auszuschließen. Pluspol und Minuspol werden angelegt wie an die mütterliche Brust.

Diese schrittweisen Versuchsreihen gehen abgelegen, in besonderen Spezialröhren vor sich. Sie sind nicht ungefährlich. Der schnelle Übergang von einer Methode der Fütterung zur andern hat Lähmungserscheinungen oder Zerbrechen zur Folge. Graue müssen in den Listen ausgestanzt werden. Fast ist die Menschenmaschine erreicht. Aber noch immer, so sehen die Techniker, ist etwas in der grauen Menschheit, das an das Tier erinnert!

Draußen, in der Erdplanwirtschaft, geht die Austrocknung des Meeres vor sich.

Gerade als die Maschinen zu voller Wirkung zusammenstoßen sollen, wird eine Meldung über unregelmäßiges Verhalten des früher Schaugefängnis der letzten lebendigen Wesen genannten Platzes in den Beratungswürfel der drei gewaltigen Schreiber Hirn, Auge und Ohr abgeworfen.

Auge entziffert und sieht fern. Ohr hört fern. Hirn denkt nach.

Hirn gibt Wellenanordnung. Ein Mechaniker wird durch die Röhrenleitung herabgedrückt und ausgeworfen. Es ist der Graue, der mit der künstlichen Quelle zu tun hat. Er wird auf Anforderung stromvoll. Seine Zahl leuchtet auf. Er rasselt. „Die Quelle wird, da keine andere Anordnung vorliegt, mit künstlichem Wasser versorgt. In letzter Zeit fließt wieder unterirdisch gekommenes anders zusammengesetztes Wasser bei. Es zeigen sich auch besondere Unregelmäßigkeiten des Platzes."

Ohr hört angespannt fern. Auge sieht angespannt fern.

Auge spricht: „Ich sehe, durch elektrische Wellen herabreflektiert, dies Gepflanze ohne Zweck, Sinn und Nutzen wirrt sich ungradlinig durcheinander. Ein aufreizendes Grün wird sichtbar. Der Platz wird wieder farbig und damit das, was einstmals, als es noch Geschichte gab, Sünde genannt wurde."

Hirn spricht und gibt Wellenanordnung: „Es werde der Platz am nächsten Einsteigschacht frei und ohne Graue gemacht. Die Produktion ist umzuleiten. Wir steigen hinauf, um den Feind in der Nähe zu betrachten."

Die drei gewaltigen Schreiber erheben sich zusammen, das erste Mal seit vielen Schichten, und steigen an die obere Erde. Sie fahren in einem grauen, farblosen Wagen aus Leichtmetall bis an den Ort der Verwilderung.

Hirn steht unbeweglich vor den verrosteten ineinander gekrampften Drahtnetzen und Eisenpfählen. Ohr wittert. Auge klappt die Lider herunter. Dann öffnet Auge die Augen und spricht: „Fernsehen gibt nur Bild. Bild ist besser als Wirklichkeit. Wirklichkeit trübt Urteil. Bild gibt Übersicht und Plan."

Hirn spricht: „Zuweilen ist Nähe notwendig auch für den, der das Protokoll stanzt, der nicht dem Schritt dient und noch – bis zu seiner Selbstaufhebung – die Weite zusammenfassen muß. Die Quelle rauscht wieder."

Ohr spricht: „Ich höre es hier genauer. Es ist ein widriges Geräusch. Es erinnert an das Wortschaukeln der verrosteten Narren, die der letzte lebende Dichter und der letzte lebende Philosoph genannt wurden."

Hirn spricht: „Gewächs windet sich auf Umwegen. Vögel und Tiere sind nicht da. Aber doch ist dies hier der Feind. Es wird vorgeschlagen zu beschließen, den Platz sich zu überlassen, den Techniker zu beauftragen, das Wachstum zu überwachen und Meldungen besonderer Art abzuwerfen. Das ehemalige Schaugefängnis ist eine Versuchsretorte, an der der Feind abzulesen ist."

Ohr und Auge schweigen. Hirn aber ist mächtig. So stimmen sie zu. Das Protokoll wird berichtigt. –

An allen Küsten des Meeres sind die Züge versammelt. Jeder Sektor hat einen Prozentsatz an Material und an Grauen abgeordnet, auch der, der nicht vom Meer begrenzt und in seinem Umfang beeinträchtigt ist.

Proben vom abgeschliffenen Gesteinsstaub aus den besiegten Teilen des Sektors B sind den Spezialtechnikern zugeworfen und werden auf ihre Zusammensetzung und etwa zu erreichende Ölungseignung oder Eignung zur Fortleitung der Grauen untersucht.

Der gesamte übrige Ertrag aber aus den Berg- und Hügelenteignungen ist in riesigen Untererdlagern aufgespeichert und wird jetzt aufgerufen.

Es geziemt sich, daß gefallene Überhebung, der Hochmut der Berge, der Hügel, der Wälder, der Schlammabsonderungen oder gar der Überschwemmungsmutwillen von irregulären Flußkrümmungen, die nicht der Abgrenzung und notwendigsten Befruchtung dienen, nicht nur gebrochen, sondern darüber hinaus zweckmäßig verwandt wird.

Unabsehbare Züge von Schleppwagen gleiten auf den Übererdlinien an den Hochschienen bis an die Küsten und kippen sich aus. Es ist, als ob jeder der Wagen aus Leichtmetall rasselnd lache und grinse, wenn er sich dreht und ein Maul aufreißt, um geborstenes, zerbrochenes, gemahlenes Gestein, zerkrümelte Erde und getrockneten Schlamm auszuspeien. Auch größere Feldbrocken sind zuweilen aufbewahrt und werden aus besonderen, an Luftschienen gleitenden Wagen wie von einem Sprungtuch hochgeschleudert und im Abdrehen herabgeworfen. Dröhnend klatschen sie ins Meer.

Zuerst aber werden die Dünen und Dämme eben gemacht und ins Meer geschoben. Sie sind jetzt unnötig, denn sie haben nicht mehr die Aufgabe, die Felderwirtschaft vor dem Wogenrollen und den Unregelmäßigkeiten der Meerlebensführung zu bewahren. Ebbe und Flut sind bei der Abflachung der äußeren Erdform ohnehin sehr in ihrem Ausmaß zurückgegangen und wesentlich bescheidener geworden. –

Das Meer träumt und spielt. Es hat erst vor kurzem in den dröhnenden Gelächtern einer seltenen Sturmnacht mit seinen weißen Zähnen ein Stück aus dem Sektor G herausgebissen. Nun ist es satt, träumt und spielt.

Die Meerspinnen, die Quallen, die Seeanemonen, die Tintenfische, die Haie, die Rochen, die platten Tiefseegebilde, die Seeteufel: das tausendfache Blitzen und Glitzern, das Gewimmel aus jagenden, haschenden, steigenden, sinkenden Schatten und Lichtern, aus Geschmeidigkeit und Raubgier, aus sehnsüchtigem Betasten und zusammengeduckter Furcht ist in den schweren, gläsernen Wellen mächtig.

Fische senden Strahlen aus und suchen sich im liebeatmenden Aneinandergleiten ihrer kühlen Schuppen. Phosphoreszierende Tupfen an den Kämmen der Unterseetiere, Leuchtfeuer zum Fang oder Flammen der Wegbereitschaft, aufbrennende Kraterreihen der Gier, der Angst, zucken und züngeln im glühenden Farbenschillern. Leben und Tod beißen und zeugen ineinander. Das wellenschlagende, unsinnige Leben tobt lautlos im Meer. Aber das Meer träumt und spielt im Traum. Weiße Wellen kräuseln sich, Schaumblüten des Wassers, die in einem Augenblick aufbrechen, leuchten und zerstieben.

Nun kommen die Grauen und eröffnen den Kampf. Auf ein einziges, langes Sirenenheulen hin, das an allen Punkten der bewohnten Erde zugleich ertönt, beginnt der Hauptangriff. Er erfolgt mit verschiedenen Mitteln zu einem Zweck von sämtlichen Küsten des bedrohten Lebens Meer.

Die Kurzwellenanordnungen toben abgehackt, durch Lautflächer über weite Strecken hingeworfen. Die Techniker des Planes geben leisere, knackende Befehle, sehen fern, hören fern. In den drei unterirdischen Beratungswürfeln hocken die drei mal drei gewaltigen Schreiber, unbeweglich, hören fern, sehen fern, und hören auch die Plangedanken der Techniker. Auge und Hirn *sehen* auch die Plangedanken. Die Technik der Grauen ist weiter fortgeschritten. Ergeben die Plangedanken den Unfarbeneindruck grau, sind sie schrittgemäß und richtig. Weichen sie ab, entarten sie ins Farbige, so sind sie falsch und müssen durch Protokollanordnungen berichtigt werden.

Das Meer horcht auf. Es fühlt Schläge und Verwundungen. Die Grauen haben Stollen hinabgetrieben, Sprengladungen vorgebracht und blasen die Unterwellengebirge auseinander. Mit furchtbarem Brüllen zerbersten sie und krachen empor. Der grünsilberne eitle Spiegel des Meeres zerreißt. Gedrehte Wirbel von Schlamm, Steinen, Tieren und Wasser stoßen sich, kochend von Reibung, stürmen in die Luft und prasseln in verbreiteter Ohnmacht durch das gequirlte Wasser wieder herab. Das Meer wird trüber, schlammgespeist. Die Untermeertäler und Untermeerschluchten beginnen sich auszufüllen. Langsam, unerbittlich wird der Meeresgrund gehoben. Das meereigene Leben, das alle Maschinen, die die Grauen je erschreiten und nicht erschreiten können, in seinen Geschöpfen furchtbar, spielerisch, überströmend nebenbei in sich trägt, wird zugeschüttet, erdrückt, zerrissen. Der Boden wächst, rieselt weiter, steigt mehr und mehr an die Oberfläche und schickt sich an, willenlos gemacht, Kontinent, Feld, Planwirtschaft im Sinne der Grauen zu werden.

Das Meer tobt. Es reckt sich und faucht Wasserberge des Zornes aus. Es rafft sich zum Sprung zusammen und fällt über die Küsten und über die unheimlichen, aufwachsenden Felderinseln mitten in der Flut her. Materialzüge werden eingesäuft und angerostet, Maschinen in ihrem nickenden Kippen und breitmäuligen, lachenden Ausspeien erfaßt und umgestürzt.

Aber die Grauen sind nicht unter der bestraften, errafften Beute. Sie gleiten auf ihren Einmannwagen zurück. Sie haben ihren Arbeitsplatz weit ab vom Küstenkampfplatz, lenken fern nach den Wellenanordnungen der Techniker. So werden nur wenige Opfer unter den Grauen vom empörten Meer im Sprung errafft, gerollt und zu Metallbrei zerschleudert.

Dann aber kommen die Gegenstöße der Grauen durch die Luft. Öl wird herabgedrückt und über den Aufruhr des Meeres geblasen, geträufelt, zerstäubt.

Die Grauen haben dem Schiefer das Blut abgepreßt. Der Schiefer spricht: „Dies verfluchte Geschlecht läßt selbst dem Stein nicht das Leben! Erst jetzt sterbe ich, ein durchlöcherter Schwamm, ein markloses, entmanntes Stück!“

Die Grauen hören keine andere Sprache außer ihrem eigenen Bellen und Rasseln. Sie nehmen dem Schiefer das Öl, pumpen es in Leitungen, in Zerblasemaschinen und berieseln den Zorn des Meeres.

Das Öl spricht zum Meer: „Es nutzt nichts, große Schwester! Das Harte ist gekommen und zwingt uns, gegeneinander zu sein. Wir werden müde. Wir werden müde werden müssen! Man muß ruhig werden. Die beste Ruhe ist das Verwehen, das Zerstäuben, das Aufgesaugtwerden vom Nichts . . .“

Das Meer stutzt und duckt sich. Es zieht sich zurück und lauscht. Da kommen die langen Glutbleche heran und verdampfen den Gischt.

Platte um Platte dünnen Metalls schiebt sich aus einer Metallschicht, immer dünner, weit nach vorn, wird von elektrischen Strömen glühend gemacht und saugt in seinem unerträglichen Durst das bedrängte Feuchte ein. Die Bleche dampfen und zischen befriedigt, atmend, gekühlt. Aber immer neue Glut wird durch sie gejagt. Von neuem trinken sie das Feuchte, lechzend, dampfblasend. Durch die höhere Luft kommen Greifer gefahren. Sie haben Saugnäpfe, in viele Prismen zusammengespitzte Metallspiegel an ihren Köpfen, werden elektrisch geladen, durch künstliches Licht angestrahlt und werfen doppelte einschlürfende Glut auf das sich verzweifelt wehrende Meer. Glut trinkt, Öl überredet mit qualvoller Ruhe. Das Meer zuckt, windet sich, eingeschnürt, zerrissenen Leibes, von fremder Haut bedeckt.

Das Herz des Meeres schlägt in Zorn, in Angst. Das Meer ruft die untermeerischen feuerspeienden Berge auf. Sie schlafen schon lange. Viele haben vergessen, daß sie einmal Glut atmeten. Zuweilen träumen sie von ihrer Kraft und stoßen im Schlaf Schwefelquellen aus, oder sie atmen beruhigteres Feuer und wärmere Strömungen.

Nun ruft sie das Meer in seiner letzten Not. Sie erwachen und öffnen die Krater. Manche sind im Schlaf verdorrt und tot geworden. Aber es steigt genug Feuer empor. Die Tiefen dröhnen. Der Boden bebt mitten im Meer. Springfluten, die Hunde der Riesen, jagen an die Küsten. Neue Felder werden von ihren Pfoten zerkratzt.

Aber es bleiben viele Felder ungerissen. Die Krater atmen sich aus. Ihre Lungen zerreißen. Zerplatzte Gebirge füllen den Seegrund. Das Meer kocht und dampft auch an seinem Fuß, denn das flüssige Metallfeuer aus dem unteren Innern kommt hoch, breitet sich aus und erstarrt an der Flut. Geschleuderte Blöcke, zerblasen, irren als Gesteinsstaub auf der Fläche, werden eingefangen und Boden für Felder.

Das Meer ballt sich zusammen zum letzten Wurf. Ein blauendes Gebirge von Meer wirft sich weit hinaus über das Land. Tausende von Grauen werden zerrissen, zugedeckt, eingewassert, zucken, liegen still ...

Doch das Meer hat sich übernommen. Es muß zurück, in Teichen und Rinnsälen verblutend . . .

Die Grauen haben eine furchtbare Tiefschlafschicht der Erschöpfung. Ihre Maschinen rauchen. Die Techniker zucken. Aber die Hälfte des Meeres ist besiegt.

EMIL BERGEN

Kurt Kusenberg

La Botella

Die Flasche, die später so viel umschließen sollte, hatte der alte Seemann selbst geleert. Es war überhaupt ein ereignisreicher Tag gewesen. Kurz vor dem Abendbrot, also genau um die Zeit, die er sich vorgenommen hatte, war der Kapitän mit dem Anstrich seines Häuschens fertig geworden. Er hatte es, seitdem er nicht mehr zur See fuhr, oft gestrichen, doch nie so schön wie eben jetzt. Das Häuschen selbst war wieder meergrün geworden, aber die Fensterrahmen, braun gegen gelb, ließen ein wahres Wunderwerk entstehen. Schöner, als die drei Farben zusammenstimmten, hätten die Wikinger ihre Schiffe auch nicht bemalen können. Die Sonne erkannte es an, indem sie ihre letzten Strahlen länger als sonst auf dem leuchtenden Dreiklang verweilen ließ, und der Kapitän aß in bester Laune zu Abend.

Wenn der Mensch zufrieden ist, möchte er noch zufriedener sein. Deshalb setzte sich der Kapitän in seine Laube und füllte aus einer Flasche Arrak, die ohnehin schon, wenn auch unerheblich, angebrochen war, so viele Gläschen, bis der Arrak nicht mehr in der Flasche, sondern in dem Kapitän war. Als nun das leere Gehäuse da so stand, seines eigentlichen Zweckes ledig, überkam den Seemann neuer Tatendrang. Er verschwor sich, in die Flasche das hübscheste Schiffchen zu setzen, das jemals in eine Arrakflasche hineingebastelt worden war. Und er verschwor sich weiterhin, daß das Fahrzeug den Namen „Erna" tragen sollte. Der Grund dafür lag lange Zeit zurück, doch das hinderte ihn, wie man sieht, nicht daran, wirksam zu sein. Jedenfalls ergriff der Alte die Flasche beim Hals und ging – wiegend, weil es schlingerte – in das meergrüne Haus, wo sein Bett auf ihn wartete.

Die nächsten Wochen sahen den Kapitän dabei, sein Wort einzulösen. Mit einer Brille vor den Augen, die noch so gut in die Ferne sahen, saß er am Fenster und praktizierte geduldig feuchten Kitt in die Flasche, die nur noch ganz zart nach Arrak duftete. Dann schied der Modellierstab in seiner schweren Hand das Wasser vom

Lande. Die See färbte sich grün und bekam weiße Schaumkronen, und auf dem festen Gestade erhoben sich nach und nach ebenso feste Gebäude: Häuser aller Art, eine Windmühle, eine Kirche und – etwas fremdartig, aber sehr wirkungsvoll – sogar ein Minarett. Zwischen den Gebäuden wuchsen Palmen, denn die Stadt, die da gegründet worden war, lag irgendwo im Süden. Der Dreimastschoner „Erna", ein verzwicktes Stück Arbeit, entstand außerhalb der gläsernen Hülle. Als er mit heruntergeklappten Masten durch den Flaschenhals zu Wasser gelassen worden war, als er in der Hafenbucht vor Anker lag und die Takelage steil in die Höhe stand, war das Werk getan. Der Kapitän verkorkte und verpichte die Flasche sorgsam und stellte sie aufs Vertiko. Und damit scheidet der Kapitän, obgleich Verfertiger und Besitzer der Flasche, aus dieser Geschichte aus.

Was nun folgt, geschah in einer kleinen, irgendwo im Süden gelegenen Hafenstadt; ihre genaue Lage wird sich nie ermitteln lassen. Jedenfalls säumte diese Stadt, eigentlich nur ein Städtchen, das Ufer einer stillen Bucht, die nach ihrer langgestreckten Form und der engen Zufahrt, durch die man sie erreichte, den Namen La Botella, zu deutsch: die Flasche, führte. An der schmalen Einfahrt, die man dort den „Flaschenhals" hieß, lag es wohl auch, daß nur selten ein größeres Schiff in der Bucht vor Anker ging. Eines Tages aber geschah es, daß ein stattlicher Dreimastschoner in La Botella einsegelte und sich dort so nachdrücklich verankerte, als habe er vor, lange zu verweilen. Und das tat er dann auch. Der Kapitän ließ sich an Land rudern und nahm im Gasthof Quartier. Da er ein umgänglicher Mann war und die Leute von La Botella Fremde nicht oft zu sehen bekamen, entspann sich bald ein herzlicher Verkehr zwischen den ersten Bürgern des Ortes und dem Mann vom Meere. Daß sein Schiff „Erna" hieß, hatte man schon gewußt, ehe es überhaupt in der Bucht lag; aber daß es nach des Kapitäns eigenen Angaben erbaut war, also gewissermaßen von ihm selbst gemacht, und daß es nach der Frau benannt war, die er am meisten liebte, das erfuhr man erst mit der Zeit. Mit der Zeit, genauer gesagt, gegen Ende der heiteren Gelage, die der Kapitän allabendlich mit seinen Freunden veranstaltete, erfuhr man ferner, daß der Kapitän sich mit der Absicht trage, von La Botella aus geradenwegs heimwärts zu fahren und um die Hand der meistgeliebten Frau anzuhalten. Davon, von diesem schönen und großen Plan, sprach nicht nur – nach dem zehnten Glas, nie vorher – der Kapitän, davon sprach das ganze Städtchen. Man fühlte mit dem braven Seemann, man hieß den Plan gut und malte sich den Augenblick aus, da der Kapitän vor die Frau seiner Wahl treten und sie um ihre Hand bitten würde. Wenn Donna Erna, hieß es, nur zur Hälfte so schön sei wie das Schiff, das ihren Namen führte, so war der Kapitän wirklich der Glücklichsten einer zu nennen. Donna Erna wurde ganz von selbst zum Inbegriff irdischer Schönheit, und der reiche Pedro Pereira, ein verrückter Kerl, der sich in Erinnerung an Stambul, die dunkle Quelle seines Wohlstandes, mitten in seinen Garten ein schlankes Minarett hatte bauen lassen, entwarf mit Pastellstiften ein Phantasiebildnis der schönen Unbekannten, das allgemein Anklang fand.

So verging die Zeit. Wie sehr sie verging, erwies sich eines Tages, als der Schiffskoch entdeckte, daß der Rumpf der „Erna" wie ein ehrwürdiges Riff ganz und gar mit Muscheln überkrustet war. Er fuhr sofort an Land und gab dem Kapitän davon Kunde. Der hörte sich das an, vergaß es aber sogleich wieder, weil er mit Lopez, dem Besitzer der großen Windmühle, in ein hochwichtiges Gespräch vertieft war, das nicht recht vorwärtskam, weil beide den Faden verloren hatten. Den Muscheln zum Trotz blieb es beim alten. Der Kapitän sprach jeden Abend davon, daß die Brautfahrt nunmehr immer näher rücke, daß sie unmittelbar bevorstehe, und die Leute von La Botella glaubten ihm, denn sie hatten seine Sache zu der ihren gemacht. Es wäre noch lange so fortgegangen, wenn nicht der Kapitän an einem besonders schönen Abend eine Flasche Arrak vor sich gehabt hätte. Die Flasche war, wenn auch unerheblich, bereits angebrochen, und was sie noch enthielt, das trank der Kapitän. Dieser Trunk hatte auf den Seemann eine große Wirkung, er erfüllte ihn mit Tatendrang. Der Kapitän stand auf und verschwor sich laut und deutlich, noch in der gleichen Nacht die Anker zu lichten und seine Brautfahrt anzutreten. Die Leute von La Botella billigten den Entschluß, obwohl er sie schmerzte. Sie tranken dem Kapitän zu und gaben ihm in später Stunde, als der Freier nicht mehr zu halten war, das Geleit zum Hafen. Der Kapitän stieg in eine kleine Jolle und verschwand mit kräftigen Ruderstößen im Dunkel des Hafens.

In dieser Nacht schliefen die Freunde des Kapitäns so fest, wie sie getrunken hatten, doch sie wurden von unruhigen Träumen heimgesucht. Sie hörten Segel im Winde knattern und erblickten den Seemann, wie er auf seinem stolzen Schiff der fernen Geliebten entgegenflog. Sie sahen alles, was sie sich schon hundertmal vorgestellt hatten, nur war es jetzt viel deutlicher. Auf jede Nacht folgt ein Morgen, auch in La Botella. Und als sich die Bürger den Schlaf aus den Augen rieben und einen wehmütigen Blick in den Hafen schickten, den sie leer und verlassen glaubten, sahen sie den Dreimastschoner „Erna" draußen liegen, so still und friedlich, als sei von einer Ausfahrt nie die Rede gewesen.

Es währte nicht lange, so erschien auch der Kapitän wieder an Land. Er habe die ganze Nacht hindurch versucht, aus der Bucht herauszukommen, erzählte er, aber – und hier machte er einen hübschen Scherz – es müsse wohl jemand den „Flaschenhals" verkorkt und verpicht haben, denn die Ausfahrt sei ihm nicht gelungen. Alle lachten, und man begab sich zu einem gemeinsamen Trunk, der nicht der letzte war, weder an diesem Tage noch an vielen späteren. Und so kam es, daß es nun doch beim alten blieb und die „Erna" fortan mehr Muscheln ansetzte als irgendein gewöhnliches Felsenriff.

Alles Leben reicht eben nur so weit wie die Hülle, die es umschließt.

Paul Scheerbart

Zack und Sidi und der große Kopf. Eine Ceres-Novellette

„O du Weltengüte!" rief der breite Sidi, „bist du schon wieder mal da, mein lieber Zack? Du mußt ja eine fabelhafte Energie besitzen! Du Frühstückverachter! Dein Fuß muß ja so beweglich sein wie ein Rankenschleier. Zack, du Gummifuß, leg deinen großen Zeh an meinen kleinen Zeh und erzähle mir von deinen Taten."

„Daß wir immer noch nicht die Frühstückerei entbehren können", erwiderte der Zack, „kommt mir heute beinahe schon wie eine Beleidigung meiner Persönlichkeit vor."

„Na", rief da der breite Sidi wieder, „man muß doch auch mal Pause machen. Man kann doch nicht immerzu durch alle Ewigkeiten durch nur vor seinem Hohlspiegel sitzen und seine magischen Hohlspiegelbilder malen."

„Aber die Unterbrechung durch die Frühstückerei", erwiderte wieder der Zack, „ist mir oft sehr peinlich; mir macht das Malen eben mehr Spaß als das Frühstücken."

Das Frühstücken auf der Ceres war aber ganz anders als das Frühstücken auf dem Stern Erde. Die Abart des letzteren war den Ceresianern ganz unbekannt.

Der Körper des Ceresianers ähnelt einem großen, drei Meter langen Gummischuh, in dem ganz hinten in der Hacke der kurze Rumpf mit Brust, Armen und Kopf hervorragt. Dieses ähnelt der Gestalt der Erdianer durchaus; nur die Hände sind an den Armen viel komplizierter, so dünn und fein wie lange Spinnenbeine. Vor der Brust geht der Gummischuh gleich in weite, oft faltige Ballonform über, und die Spitze des Gummischuhs hat eine stumpfe blanke Metallspitze. Der Ceresianer kann seinen vorderen Gummischuhleib so bewegen und zurückkrümmen – wie ein Erdianer seinen Fleischknochenfuß.

Das Frühstücken auf der Ceres und damit jede Nahrungsaufnahme erfolgt im Fluge. Der Ceresianer empfindet des Morgens das Bedürfnis, seinen Gummischuh langsam aufzublasen, dabei erhebt sich der ganze Körper, und die blanke Metallspitze gibt dem Ballonleibe die Richtung, wenn sie nicht vom Inhaber zurückgekrümmt wird. Läßt sich aber der Ceresbewohner ruhig gehen, so wird die Metallspitze von einem unsichtbaren magnetischen Zentrum, das sich fast täglich an einer andern Stelle befindet, angezogen und am Rande dieses Zentrums ein paar Dutzend Male sehr schnell im Kreise herumgerissen.

Und auf dieser Morgenluftfahrt empfängt der Körper all die Nahrungsstoffe, die er zur Existenz gebraucht. Welcher Art diese Nahrungsstoffe sind, weiß der Ceresbewohner gar nicht; er empfängt durch dieses „Frühstück“ eine angenehme Stimmung und eine neue Kraftfülle und kann danach wieder seiner Lieblingsbeschäftigung – dem Bemalen seiner Hohlspiegel – nachgehen.

Die Ceresleute wohnen nun gar nicht auf dem Kern des Sterns Ceres; sie wohnen auf Wolkenländern, die in komplizierten Kurven den eigentlichen Stern umschweben und einander nie berühren.

Um nun von einem Wolkenlande ins andre zu gelangen, muß sich der Ceresianer das Frühstücken ein wenig abgewöhnen – durch öfteres, sehr energisches Zurückkrümmen der metallenen Schuhspitze. Wer in diesem Zurückkrümmen sehr gewandt ist, bekommt die Fähigkeit, ins benachbarte Wolkenland hinüberzufliegen. Das Frühstückverachten stärkt wohl die Energie, nimmt aber den Körper doch etwas mit, so daß er etwas leidet, was dem Hunger des Erdianers nicht so ganz unähnlich sieht.

Und deswegen wunderte sich, wie anfangs geschrieben ist, der breite Sidi sehr, als er den Frühstückverachter Zack schon wieder mal wiedersah. Deswegen staunte Sidi die Gelenkigkeit des Zackschen Gummifußes an, und deswegen schimpfte Zack auf die Frühstückerei und pries die Hohlspiegelmalerei.

Mit dieser letzteren aber hatte es folgende Bewandtnis:

Sowohl oben auf den Wolkenländern, die keineswegs aus Dampfwolken bestanden und sehr viele kompakte Hügel und auch zackige Berge besaßen, wie auch im Innern der Wolkenländer in geräumigen Höhlen und Grotten – sah es immer sehr unordentlich aus wie in großen Laboratorien: Flaschen, Töpfe, Röhren und Kannen standen und lagen überall herum, und da gab es viele seltsame Flüssigkeiten, Mixturen, Salben und Pulver und farbige Körner. Von dieser Ceresmalerei kann sich der Erdianer nur schwer eine Vorstellung bilden. Man malte auf der Ceres nicht nur mit Farben und auch nicht auf glatter Fläche; man malte in eine Art Hohlspiegel hinein; der Rand des Hohlspiegels war immer rund, aber das Innere war nicht immer ein hohler Kugelabschnitt – oft ging es eiförmig in die Tiefe. Manche Hohlspiegel hatten einen Randdurchmesser von einem Meter und auch weniger – die meisten waren aber größer; viele Randdurchmesser maßen zwanzig bis dreißig Meter. Und da wurde nun nicht etwa so hineingemalt, daß das Gemälde schließlich ein festes Bild gab – es wurden „bewegliche" Bilder gemalt; all die Mixturen und Salben und Säuren, die beim Malen verwertet wurden, erhielten durch das magnetische Zentrum eine perpetuierliche Bewegung, so daß jedes Bild, wenn es fertig war, jeden Tag und jede Stunde anders aussah – und in der dämmerungsvollen Nacht erst recht.

Und die Themata, die der ceresianische Maler behandelte, hatten auch nicht viele Momente, die dem erdianischen Maler leicht verständlich gemacht werden könnten. So hatte ein gewisser Porkas, der einen großen Namen auf der Ceres besaß, zwei kolossale Hohlspiegelbilder mit einem Randdurchmesser von dreißig Metern gemalt; auf dem einen war das Erwachen des Bewußtseins und auf dem andern das Erlöschen des Bewußtseins gemalt. In dem ersteren Bilde, das besonders für den Tag bestimmt war, ging langsam des Morgens eine Farbe nach der andern auf – und dann begannen langsam irisierende Flüssigkeiten über das tiefere Terrain sich hinzuschlängeln. Und dann wuchsen feine Bergkompositionen aus den Rändern heraus – und dann zogen Rauchwolken in das tiefere Gebiet hinein, und es entstanden Blitze und Strahlkompositionen – und schließlich wurde alles im Laufe des Tages immer lebhafter – bis sich kaleidoskopartig mit furchtbarer Fixigkeit immer neue Weltreiche aufspannten.

In dem Nachtbilde, das das Erlöschen des Bewußtseins vorführte, gab es viele Flammen und bunte sprühende Funken und glühende Schleier und feurige Kugeln.

Wie das Leben des Ceresianers beginnt, das wußte eigentlich niemand. Jeder Ceresianer wurde eines Tages aus dem magnetischen Zentrum unter Blitz und Donner herausgestoßen – in ganzer Gestalt. Und da lag er denn erst lange Zeit da, ohne viele Lebenszeichen zu geben. Und erst ganz langsam kam er danach zum Bewußtsein.

Und wie der Ceresianer gekommen – so verschwand er auch;

eines Tages kehrte er von seinem Frühstück nicht mehr zurück; er wurde aufgesogen von einem der magnetischen Zentren, so daß keine Spur von ihm zurückblieb. Doch dieses Zurückgehen in jenes geheimnisvolle Zentrum fühlte der Ceresianer immer lange Zeit vorher herannahen.

Undurchdringliche Geheimnisse umgaben also das Leben auf der Ceres; niemand konnte sich erklären, wie er entstand – und er wußte auch nicht, wie es war, wenn er verschwand.

Die meisten Ceresianer meinten, daß es so wohl überall in der Welt mit dem Entstehen und Vergehen der vielen Sternbewohner bestellt sein würde. Einzelne hielten aber auch andere Lebensformen für möglich.

Doch der breite Sidi hatte den Zack gebeten, von seinen Taten zu erzählen.

Natürlich – da jeder Ceresianer sein ganzes Leben hindurch nur malen tat, so konnten seine Taten natürlich immer nur malerischer Natur sein. Und darum erzählte der Zack von seinen letzten Malereien dem Sidi.

„Du weißt", sagte er lebhaft, während sein faltiges Gesicht in tausend Farben glitzerte, „daß mein Hauptthema auf dem Lande AKZ das Suchen nach jenem unbekannten Wesen, dem wir unsere ganze Lebensführung zu verdanken haben, widerspiegeln wollte. Es ist ja selbstverständlich, daß wir dieses unbekannte Wesen zunächst in den magnetischen Zentren suchen. Aber – wir haben auf jeder unsrer fliegenden Inseln ein andres magnetisches Zentrum, zu dem wir immer wieder hin müssen, um zu frühstücken. Nun ist es natürlich eine große Frage, in welchem Zusammenhange diese verschiedenen Zentren untereinander stehen. Sollen wir annehmen, daß sie zusammen ein einziges Wesen bilden? Ich weiß nicht, ob wir das dürfen. Jedenfalls sind wir ja in der Lage, wenn wir von einer fliegenden Insel auf die andere gelangt sind, auch auf dieser andern Insel uns durch ein andres, uns bislang fremdes Zentrum erhalten zu können. Ja – dieses Suchen nach dem großen Unbekannten – das ist ein gewaltiges Hohlspiegelbildthema. Ich habe übrigens dabei mit vielen durchsichtigen und spiegelnden Materialien gearbeitet, so daß selbst die große Sonne – dieses größere sichtbare magnetische Zentrum – einen gewissen Einfluß auf die perpetuierliche Entwicklung meines Bildes erlangte."

„Ich habe schon", versetzte der Sidi, „davon gehört. Aber du kommst doch jetzt nicht von der Insel AKZ, du kommst doch von der Insel BU. Was hast du denn da gemacht?"

„Auf BU", fuhr Zack fort, „habe ich das Sichanschwiegen an den großen Unbekannten fixieren wollen."

Sidi nickte mit dem Kopf, schwieg eine Weile und sagte dann leise:

„Ich habe auch die unbegreifliche Führung unsres Ceresdaseins malerisch fixieren wollen. In meinem letzten Bilde aber, das noch nicht fertig ist, will ich den Einfluß unsrer großen Zentralsonne darstellen."

„Ah!" rief nun der Zack, „da sind wir ja beinahe auf denselben Wegen. Du kommst dem Unbekannten in unsern Zentren nicht näher und fühlst dich daher zu der bekannten großen Zentralsonne hingezogen, um vielleicht ihr das Geheimnis unsres Daseins abzuschmeicheln. Ja – ich wende mich auch von unsern magnetischen Zentren vorläufig ab – ich möchte aber – den – unbekannten – Führer – unsres Lebens – im Kern – im Kern unsres Sterns Ceres entdecken."

Die letzten Worte hatte Zack sehr energisch und stotternd hervorgestoßen. Er sah jetzt den Sidi an und richtete seine beiden Tulpenohren an ihren langen Stengeln nach vorn, um besser hören zu können. Zacks Ohren sahen jetzt wie Hörner aus, und sie wurden ganz weiß.

Sidi hob seine metallene Schuhspitze hoch und ließ sie scharf auf einen harten Stein aufschlagen, daß es hell klang wie der Ton einer alten Glocke.

Die Beiden schwiegen recht lange, und die Nacht brach herein – eine köstliche Ceresnacht.

Sehr viele schwebende Inseln konnte man vom Lande YG aus, auf dem sich Zack und Sidi befanden, in dieser Nacht in nächster Nähe sehen. Fünfhundert Meter ab flog das Land AQ sehr schnell dahin – mit seinen elektrisch glühenden Bergspitzen. Und viele Hohlspiegelbilder wirkten an den Rändern dieses Landes wie funkelnde Laternen. Alle Länder hatten ihre festen Bahnen und berührten sich nie, wenn sie sich auch oft so nahe kamen, daß ein Hinüberspringen gar keine Schwierigkeiten machte.

Die Länder flogen in vielen Kurven immer um den eigentlichen Stern Ceres herum; ob dieser sich auch drehte wie viele andre Sterne – das wußte niemand auf den fliegenden Inseln.

In der Tiefe lag das graue Geheimnis, und niemand vermochte – da hinzukommen. Eine Anziehungskraft, die alles zum Mittelpunkt drängt, gab es auf diesem Asteroid nicht. Tierische Lebewesen lebten da auch nicht – auch gab es keine Pflanzen. Dagegen sah man sehr viele farbige Springquellen, die des Nachts einen phosphoreszierenden Glanz ausströmten. Und außerdem gab's Gestein in allen Härtegraden und in allen Kristallformen, und auch solches, das immer biegsam war wie weiche Pappe und wie Kautschuk – Bröckliges und Festes – Trocknes und Feuchtes – Kaltes und Warmes – Leuchtendes und Nichtleuchtendes.

In der Topf- und Glasfabrikation waren die Ceresianer Meister, und mit den Metallen wußten sie auch vortrefflich umzugehen – pflegten sie doch mit ganz langen Stangen und ebenso langen Zangen zu malen – und Sprühapparate hatten sie in unzähligen Formen. Und große Chemiker waren diese Inselbewohner.

Aus vielen Gesteinen schossen nachts elektrische Strahlenbündel wie kleine Kometen heraus und lösten sich ab, und feurige Blasen schwebten um manche Inseln herum, wenn die Nacht hereingebrochen war.

Diese feurigen und elektrischen Ausstrahlungen auf den fliegenden Ländern machten nun eine Nacht auf Stern Ceres außerordentlich reizvoll, so daß man oft ganz vergaß, den Himmel mit den andern Sternen zu beobachtenn. Und doch boten diese des Interessanten genug. Da die Ceresianer mit Glas umzugehen verstanden, so hatten sie natürlich auch viele Teleskope. Und mit diesen sahen sie alle die unzähligen kleinen Asteroiden, von denen viele nicht viel größer waren als ein fliegendes Eiland in der Ceres-Atmosphäre. Und Jupiter und Saturn drehten sich ganz in der Nähe und wirkten am Himmel viel größer als die große Zentralsonne, die doch noch recht weit von den Asteroiden entfernt war.

Die Sterne leuchteten im schwarzen Himmel einer Ceresnacht sehr hell, und man sah sie auch am Tage. Viel Dunstiges erschien aber auch im schwarzen Himmel. Und dieses Dunstige schwebte nicht in allzu großer Ferne – es zeigte Sterngebilde, die, aus loseren Stoffen gemacht, auch dem uns bekannten Sonnensystem sich angegliedert hatten; einzelne Kometen bestanden aus ähnlichen leichten Stoffen. Man sah von der Ceres aus sehr viele ganz kleine Kometen, die oft kaum hundert Meter lang wurden und für die andern größeren Planeten stets unsichtbar blieben.

Und dann wirkten viele Asteroiden farbig – und auch kristallförmig wie Brillanten.

Wenn also dieser reiche Sternhimmel vom Ceresbewohner in der Nacht oft vergessen wurde, so mußte dieser eben nachts größere Genüsse durchkosten können, die in nächster Nähe zu haben waren.

Und das stimmte auch.

Der Ceresianer starrte auch nachts seine Hohlspiegelbilder an, denn die bewegten sich ja – entwickelten sich immer weiter – waren lebendig – waren ebensolche Lebewesen wie die Ceresbewohner selbst. Die Bilder wurden auch wie lebende Wesen behandelt – man tat so, als könnte man sich mit ihnen unterhalten – wie mit ganz vernünftigen Wesen.

Und die Bilder sprachen auch eine ganz eigene Sprache zu den Ceresianern und verrieten diesen so manche feine Geheimnisse des Lebens; es gehörte allerdings eine große Geduld dazu, der Sprache dieser lebenden Bilder zu lauschen. Aber die Geduld wurde stets gut belohnt.

Mit ihren beweglichen Nasen und mit ihren beweglichen Kautschukzähnen saßen da die Bewohner der fliegenden Inseln vor ihren magischen Spiegelbildern und unterhielten sich über den Sinn der sich entwickelnden Bildpartien. Wie Vogelgezwitscher hörte sich die sehr modulationsfähige Sprache der Ceresianer an, und die tausend Falten des Gesichtes erhielten zu jeder Meinungsäußerung immer wieder eine neue Farbenzusammenstellung, so daß oft schon aus der Farbenzusammenstellung des Gesichtes die Gedanken des Ceresianers hervorblitzten – und es der Worte nicht immer bedurfte.

Drei kleine, oft elektrisch glühende Spitzen hatte die Zunge der Ceresleute.

Zack und Sidi schliefen in dieser köstlichen Ceresnacht nicht eine einzige Viertelstunde. Sie sahen sich auch nicht ein einziges der vielen auf Insel YG zu sehenden Hohlspiegelbilder an.

Sidi sagte langsam:

„Es gibt Wünsche, die uns über den Kopf wachsen und uns dann zwingen."

Zack erwiderte:

„So ist es. Und so geht es mir. Es genügt mir augenblicklich nicht mehr, die Sehnsucht nach dem großen Unbekannten malerisch lebendig zu machen. Ich möchte ihn mit meinen Augen sehen – so wie ich dich, lieber Sidi, hier vor mir sehe."

„Nun", erwiderte lächelnd der Sidi, „so simpel wie ich wird er doch nicht aussehen. Er wird doch keinen Kopf haben."

„Das nehmen wir", versetzte der Zack, „als selbstverständlich immer an. Ich sprach auch wie gewöhnlich nur figürlich. Doch – fassen wir uns kurz: Ich möchte meine Malerei unterbrechen und in die Tiefe unsres Sterns – ich möchte das graue Geheimnis dort unten näher kennen lernen."

„Wie", fragte Sidi, „willst du das machen?"

„Du weißt", fuhr der Zack fort, „gelegentlich fällt mal ein Stück Metall von unsern Inseln in die Tiefe. Wir nennen es, wie du weißt, Karisom."

„Davon gibt's sehr wenig!" sagte der Sidi rasch.

„Hm!" meinte der Zack, „wir müssen es zusammensuchen. Teilen wir allen durch unsre elektrischen Apparate mit, was wir vorhaben – dann werden wir vielleicht so viel zusammenbekommen, daß wir mit Karisom beschwert in die Tiefe gelangen könnten."

„Wenn das nur einer von uns könnte", meinte der Sidi, „dann wär's schon genug. Tun wir, wie du sagtest."

Als sie dieses in der stillen Ceresnacht gesprochen hatten, wurde es hell am Horizont – und beide verspürten ein Bedürfnis, zum Frühstück zu fahren; sie bliesen ihren Gummischuhleib auf und schwebten wie Luftballons empor. Dann aber wurden ihre Fußspitzen von einer unsichtbaren Macht umgebogen – und sie fuhren durch die Luft zur unteren Seite des fliegenden Eilandes; das magnetische Zentrum befand sich an diesem Morgen auf Insel YG unten, so daß sie der grauen Tiefe näher als sonst frühstücken konnten; ihr Kopf hing aber dabei nicht nach unten.

Als sie beide um das Zentrum unten mit rasender Geschwindigkeit herumsausten, rief der Zack plötzlich sehr laut:

„Diese Lage des Zentrums ist eine gute Vorbedeutung – ich glaube, daß ich bald unten bin."

Und wie der Zack gesagt hatte, so geschah es auch: Nach einigen Wochen war so viel Karisom zusammengebracht, daß er sich tatsächlich hinunterlassen konnte.

Er schwebte ganz langsam der Tiefe zu, und viele Ceresianer blickten ihm neugierig nach.

Wer nun aber glaubt, daß die Ceresianer Zacks Fahrt wegen ihre Malerei liegen ließen, der irrt sich sehr. So leicht waren die Ceresianer nicht von ihrem Malen abzubringen.

Ein Freund des anfangs schon erwähnten Porkas konnte sich ganz und gar nicht mit der Karisom-Fahrt des guten Zack befreunden; er malte grade die Überwinding der graden Linie und führte alle Weltgeschichten auf diese Überwindung zurück.

„Daher", sagte er zum Porkas, „fahren die Planeten und die Kometen und all die vielen Sonnen in so komplizierten, fein geschweiften Kurven durch den Raum – weil diese größeren Weltwesen, mit denen wir uns noch lange lange nicht vergleichen dürfen, die grade Linie eben überwunden haben. Es kommt immer in unserm Leben auf eine Loslösung an; wir sollen nicht in der starren Richtung bleiben, wir sollen immer wieder raus – und deswegen sind die Kurven der Kegelschnitte so bedeutsam in unserm Raumgebiet. Der Kegel hat nur im Mantel grade Linien. Wenn man aber den Kegel schneidet, so gibt es keine graden Linien mehr."

Und dann sprach er so viele mathematische Schwierigkeiten, daß selbst der große Porkas nur mit Mühe folgen konnte.

Porkas wollte das Versinken in der großen Grübelei malen; er malte sehr viele Hohlspiegelbilder und war bekannt dafür, daß er sehr vieles anfing, ohne es jemals vollenden zu können.

Eine ganze Anzahl von Ceresianern wollte den Rausch festhalten, den eine Welterkenntnis hervorbringt. Und sie erklärten dabei alle feierlich, daß ja selbstverständlich jegliche Welterkenntnis nur eine scheinbare sein könnte. Aber sie ließen es sich nicht nehmen, immer wieder zu betonen, daß auch eine scheinbare Welterkenntnis immer noch eine gewisse Welterkenntnis sei – und daß man den Geheimnissen des Alls doch näher komme, auch wenn man sich immer wieder täusche. Sie waren deswegen denen, die da glaubten, etwas erkannt zu haben, sehr zugetan, obschon sie wußten, daß schließlich doch alles immer wieder anders aussah. Grade dieses Immerwiederandersaussehen fanden sie entwicklungsfroh – und hielten es für den Hauptfaktor aller Ekstasen.

Der Erdianer wird sich nach dem Gesagten auch nicht wundern, wenn auf der Ceres auch Hohlspiegel gemalt wurden, die nicht mehr und nicht weniger als das Unsichtbare vorführen wollten. Beschreiben läßt sich das natürlich nicht. Viele scharfe Säuren wurden in den Hohlspiegeln verwandt, und diese Säuren kamen –

bewegt durch die magnetischen Zentren und auch durch die große Sonne – nie zur Ruhe und brachten immer neue Wirkungen heraus, denen der Maler eigentlich nur die Richtung gab.

Man versuchte natürlich auch das Leben auf den weitentfernten Sternen wiederzugeben – und dazu verwandte man zumeist am Rande der Inseln aufrechtstehende Hohlspiegel, die stellenweise durchsichtig waren.

Viele Hohlspiegel befanden sich auch im Innern der Inseln – in großen Höhlen.

Zack kam währenddessen immer tiefer hinunter. Und dann versank er in einer grauen Nebelmasse. Da Wolkenbildungen auf den fliegenden Inseln fast gänzlich unbekannt waren, so beunruhigte ihn diese Nebelmasse, und er gab sich die größte Mühe, die Augen weit aufzureißen, um etwas zu erkennen. Das gelang ihm aber nicht, denn alles blieb grau.

Plötzlich zerriß der Wolkenschleier, und er sah einen langen feuerroten Streifen unter sich. Und er berührte mit seiner metallenen Gummischuhspitze diesen roten Streifen. Und es zischte.

Danach kam ein Wirbelsturm, der den Zack packte und ihn ein paarmal heftig herumriß und dann mit riesiger Geschwindigkeit weiterwarf.

Da sah er einen weißen Felsen vor sich.

Aber rechts und links neben dem weißen Felsen leuchteten zwei inselgroße dunkelgrüne Augen.

Zack sah, daß er vor einem Riesenkopf schwebte.

Zack erschrak. Er glaubte, dem großen Unbekannten, der den ganzen Stern Ceres lenkte, ins Angesicht zu sehen. Und ihn ergriff eine so mächtige Furcht, daß er seine Zunge mit den drei Spitzen weit zum Mund hinausstreckte. Dabei ließ er die drei Zungenspitzen elektrisch aufglühen.

Und das elektrische Licht blendete Zacks Augen, daß er nichts mehr sah.

Um nur fortzukommen, riß er sich die kostbaren Karisomstangen vom Leibe ab.

Und gleich darauf fühlte er, daß er wieder sehr rasch emporstieg. Er fuhr wieder durch die graue Nebelmasse durch und sah dann wieder über sich die fliegenden Inseln. Und er landete dann bald auf einer Insel.

Es dauerte lange, bis Zack wieder zu sich kam und in der Lage war, einigermaßen klar zu denken.

Und als er dann von dem großen Kopf erzählte, da behaupteten alle Ceresianer, er sei wohl unten eingeschlafen und habe geträumt. Niemand wollte glauben, daß der große Geist, der den Stern Ceres lenkte, einen einfachen großen Kopf haben könnte. Dieser Geist, meinten alle, müßte doch mit großartigeren Organen denken – und nicht mit einem ceresianisch gebildeten Kopf.

Der große Kopf, den Zack gesehen haben wollte, wurde das Ereignis des Tages. Und überall vergaß man die Hohlspiegelmalerei und debattierte über die komplizierten Denk- und Empfindungsorgane der höher gebildeten Geister.

Sidi kam auch zum Zack und ließ sich die Geschichte erzählen. Und Sidi beschloß, ebenfalls hinunterzufahren – in die Tiefe.

Nun war's sehr sehr schwierig, die genügende Masse von Karisom zusammenzubringen.

Es gelang aber schließlich doch; alle Ceresianer suchten lange Zeit nach dem kostbaren Metall, das in die Tiefe fallen konnte.

Und als man alle Körner wieder zu schweren Stangen zusammengeweißt hatte, sank Sidi in die Tiefe.

Und alle Ceresianer blickten ihm sehr neugierig nach.

Als er aber unten verschwand, gingen die meisten wieder an ihre Hohlspiegelbilder und arbeiteten daran mit erneutem Eifer, als ginge sie die ganze große Kopfgeschichte gar nichts an.

Man empfand diese Forscherlust von Zack und Sidi eigentlich überall als störend.

Die Malerei jenes Ceresianers, der die Zerstörung der graden Linie zu einem Hauptthema alles Lebendigen machen wollte, hatte andre Ceresbewohner zu andern ähnlichen Themen gereizt; so wollte einer die Überwindung der Kugelform im astralen Leben entdecken; er hielt die Kugelform für ebenso hinderlich für den Fortschritt wie die grade Linie – begegnete natürlich vielem Widerspruch auf allen Inseln. Er schuf in seinem Hohlspiegel Sterne mit Rüsseln und mit ganz irregulären Formen und auch solche wieder mit Brillantenschliff und mit allen regelmäßigen kristallinischen Formen.

Der große Porkas fühlte sich ganz besonders durch die Abenteuerlust von Zack und Sidi verletzt; er hatte immer wieder was andres vor und schwärmte jetzt grade von den ungeheuren Reizen dessen, was uns fremd ist; er wollte alles Fremde an sich heranziehen und sah nur darin eine wirkliche Bereicherung des eigenen Wesens. Darum schien es ihm gar nicht notwendig, den Geist, der den Ceres führt, näher kennenzulernen, denn dieser Geist konnte ja den Ceresianern ein Fremder gar nicht sein.

Porkas fand damit sehr vielen Beifall bei seinen Freunden; viele von diesen versuchten jetzt, das Peinvolle darzustellen; sie strebten danach, in sich Stimmungen zu erwecken, die einen gewissen Schmerz erzeugten. Und sie gingen darin sehr weit, so daß andre Ceresianer zuweilen herzlich lachen mußten über diesen Selbstpeinigungsfanatismus. Doch sie machten die Fanatiker mit ihrem Lachen nur noch fanatischer. Die wollten schließlich auch das Zerstörerische künstlerisch darstellen – und klar machen, wie durch Zerstörung die allergewaltigsten Stimmungen und die stärksten Charaktereigenschaften ausgebildet werden könnten.

Doch diesen Zerstörungsfreunden widersprach der Porkas wieder sehr heftig; er neigte bald wieder zu einer schmerzlichen Melancholie und erklärte für das Tiefste und Feinste das, was mit alten Erinnerungen, die nicht klar werden wollen, zusammenhängt.

So entstand nebenbei auch eine Richtung, die sich mit dem Leben beschäftigte, das die Ceresianer geführt hatten, bevor sie in ihrem Gummischuh auf den fliegenden Inseln des Asteroids Ceres durch das magnetische Zentrum durch – auftauchten.

Die Vergangenheitsfreunde erregten sehr bald überall große Sympathie, obschon sie zu irgendwelchen Resultaten vorläufig noch gar nicht kamen.

Währenddem erlebte der Sidi in der Tiefe ganz was andres als der Zack. Sidi konnte viel länger unten bleiben, und er sah viel mehr.

Zunächst befand sich die graue Nebelmasse in großem Aufruhr – es zuckten fortwährend bunte Flammen durch. Und dann kam Sidi auf eine feste Masse, die ganz schwarz und klebrig war, so daß es ihm Mühe machte, mit seinem Fuß zu springen. Doch sprang er so viele Male, daß er aus dem schwarzen klebrigen Land wieder rauskam.

Sidi hielt dieses schwarze Land sogleich für ein Gliedmaßenstück von einem großen Riesen.

In dieser Annahme wurde er noch bestärkt, als er weites Feld vor sich sah, das in allen Teilen elektrisch leuchtete und eine Helligkeit ausströmte, die man oben auf den fliegenden Inseln gar nicht kannte.

„Von einem Kopf aber", rief er da, „immer noch keine Spur!"

Doch er sollte sich getäuscht haben – plötzlich entdeckte er in der Ferne und noch tiefer unten eine riesige braune Kugel, auf der kleine rote Kugeln herumrollten. Diese roten Kugeln zogen sich aber langsam und umständlich auf drei Stellen zusammen und wirkten so wie drei Augen – im gleichen Abstand von einander.

Als das der Sidi sah, rief er lachend:

„Jetzt ist ja ganz klar, daß der Zack wirklich einen Kopf gesehen hat. Hier wohnen eben auch Ceresbewohner – aber die sind nur größer als wir – und sie scheinen nicht zu malen."

Indessen – nach diesen Worten reckten sich mehrere lage braune Arme aus dem Kugelkopf heraus und griffen nach dem Sidi. Diesen packte jetzt auch die Angst, und er sprang schnell zurück. Aber die Arme kamen immer näher, und der Sidi konnte nicht so schnell springen. Da warf er ein Stück vom Karisom fort und wurde leichter. Doch der Kugelkopf rollte über ein großes graues Feld, während die roten Kugeln immer im oberen Teil der braunen Kugel ein Dreieck bildeten, und die braunen Arme kamen abermals näher. Da warf Sidi nochmals ein Stück Karisom fort – und wieder eins – und immer wieder noch eins – bis er keins mehr hatte und mit fabelhafter Geschwindigkeit wieder emporstieg und dann wieder oben auf einer Insel landete.

Was der Sidi erlebt hatte, wurde nun bald allen bekannt. Und Sidis Meinung, daß unten auf dem Ceres sehr große Ceresbewohner mit sehr großen Köpfen lebten, wurde bald von allen geteilt. Auch Zack gab sehr rasch zu, daß es sich doch keineswegs um sternführende Geister gehandelt haben könnte, als die großen Köpfe da unten sichtbar wurden.

Der große Kopf war somit bald ein Ereignis wie alle andern Ereignisse.

Und die Ceresianer gingen wieder ihrer gewohnten Beschäftigung nach.

Porkas pries jetzt als höchste Seligkeit die Auflösung alles Seienden; er sagte, daß es nichts Herrlicheres geben könnte – als das Aufgehen in einer unbekannten Sphäre.

„Das käme“, meinte da der Sidi, „dem Verschwinden in einem Zentrum gleich.“

Und kaum hatte er das gesagt, so schwebte der Porkas empor, fuhr pfeilschnell auf das Zentrum seiner Insel los und verschwand in diesem Zentrum.

Sein Verschwinden erregte große Unruhe auf den fliegenden Inseln, denn so unvorbereitet war noch niemand ins Jenseits abgefahren.

Das gab nun Veranlassung, sich mit den höchsten Rauschzuständen näher zu beschäftigen. Und viele erklärten diese Art, plötzlich für immer von der Bildfläche zu verschwinden – für einen der höchsten Rauschmomente. Man sprach sehr viel über das Verwirrende der Rauschzustände. Und man fragte sich öfters, ob eigentlich solche Zustände, die man gar nicht mehr überblicken kann, wirklich zu den höchsten Zuständen zu rechnen seien.

Dies bestritt besonders der Sidi, der fürderhin nur noch das eiskalte spitze Klare zum Gegenstand seiner Untersuchungen und künstlerischen Bestrebungen machen wollte.

Der große Kopf in der Tiefe drängte indessen nach kurzer Zeit alle künstlerischen Bestrebungen auf den Ceresinseln in eine ganz neue Bahn: Man wollte jetzt dasjenige Denken, das mit andern, noch ganz unbekannten Organen entsteht, einander plausibel machen – denn daß die großen Wesen in der Tiefe auch denkende Wesen seien – das erschien allen als selbstverständlich.

Und so kam man zurück zu dem, was ursprünglich nur Zack und Sidi wollten: Wiederum dachte man daran, jenen Wesen, die unsichtbar über den fliegenden Inseln lebten und alles so wunderbar leiteten, daß nichts anstieß, näher zu kommen.

Und man war bald nicht mehr der Meinung, daß es nur ein einziges großes Wesen sei, das überall „führte“ – man glaubte bald an sehr sehr viele solche höheren Wesen.

Zack aber suchte die große Ruhe; er malte ein kleines Hohlspiegelbild, in dem sich alles ganz langsam bewegen sollte. Er war schließlich der Meinung, daß es ganz überflüssig sei, den Gang der Entwicklungen zu beschleunigen.

„Der Sturm“, sagte er zum Sidi auf Eiland YG, „mag ja wohl gelegentlich ganz förderlich für manche Verhältnisse sein – aber das ruhige Weitermalen ist doch das Beste.“

„Es bleibt uns auch“, versetzte der Sidi da, „nichts andres übrig, denn in die Tiefe kommen wir doch nicht noch mal – das Karisom ist nicht mehr zu finden – auf den fliegenden Inseln ist es verbraucht.“

Und da malten sie denn ruhig weiter – an ihren lebenden Bildern.

Kurd Laßwitz

Auf dem Neptunsmond

In tiefem Dunkel lag der Platz unter der Buche am Riesengrab. Nur hin und wieder schimmerte ein Leuchtkäferchen durch die Büsche. Kein Lufthauch regte sich im Wald.

Durch den Efeu ging ein leises Zittern. Von den Wurzeln her kam es, durch den Erdleib sprach es:

„Was ist dir, Ebah?" fragte die Buche.

„Ich sorge mich um meine Kinder, die nicht sprechen dürfen. Und ich sorge mich um Harda, die wieder mit demselben fremden Menschen hier war. In manchem Augenblick kommt es mir vor, als könnte ich zu ihr sprechen, aber das verging bald, und als sie hier saß, vernahm sie mich nicht. Der Fremde wird ihr doch kein Leid antun?"

„Närrchen, sie waren ja freundlich miteinander, soviel merkte man."

„Es wurde oft im Wald erzählt von Menschen, die lieb zueinander waren unter den Bäumen und auf dem Moos, daß sie nachher trauernd einhergingen, wenn sie allein kamen."

„Was wissen wir Genaueres von Menschenlust und -leid? Viel merkwürdiger ist es, daß die fremde Pflanze drüben bei deinem Sprößling sich soviel herausnimmt, und hier spricht sie nicht und rührt sich nicht, soviel man sie auch fragt."

„Und doch, Schattende, seit der Abend kam, scheint es mir, als verändere sich die neue Pflanze, als hätte mein kleiner Schützling einen Wunsch, nur vermag sie ihn noch nicht deutlich zu machen. Sie schmiegt sich so eng an mich an."

„So wird sie wohl jetzt unsere Sprache erlernen. Warte nur ab. Es gibt nichts Fertiges. Was da ist, das muß vorher werden. Auch des Menschen schnelles Handeln braucht Weile; und selbst der Gott gewinnt Wirklichkeit nur in der Zeit. Zeit ist der Pflanze größter Reichtum, und ihr Vorzug vor allem Lebendigen ist die Geduld."

„Aber widerspricht sich das nicht, Leben und Geduld?" fragte der Efeu. „Denn Leben heißt Wünschen. Ich wünsche zu blühen, ich wünsche, daß Harda glücklich werde im Segen der Dauerseele, und wenn ich nicht wünschte, was hieße dann leben? Wünschen aber heißt, keine Geduld haben."

„O Ebah", sprach die Buche tadelnd, „was redest du? Wünschen ohne Geduld heißt leben in Unlust und Qual, Wünschen aber in Geduld heißt dauernde Freude im Denken ans Kommende, heißt Hoffnung. Und was wir so hegen im Innersten und träumend erwarten, das ist viel schöner, als was wirklich aufsteigt zum Geschehen. Denn Phantasie kann gebieten, Wirklichkeit muß gehorchen. Geduld ist Herrin, Tat ist Knecht."

Während der weisen Betrachtung der Buche fühlte Ebah wieder den leisen Druck der Ranken des Sternentaus. Und aufmerkend wurde sie zwischen ihren Blättern einiger schwach schimmernder Stellen gewahr. Das war nicht das grünliche Licht des Leuchtwurms, nein, es glomm bläulich, und jetzt ward's immer deutlicher. Die Kapseln des Sternentaus sind's, die da schimmern, hellblau, dunkelbau, hier und dort, wie sie zerstreut wachsen zwischen dem ausgedehnten Laubkleid des Efeus.

„Was ist das?" sagte der Waldmeister leise zum Sauerklee. „Siehst du nicht, was sich der Efeu wieder herausnimmt?"

„Laß mich, ich will schlafen. Was geht's mich an?"

„Ich glaube, Ebah ist die Blühlust schlecht bekommen. Statt nach oben schlägt sie nach unten aus."

„Still", riefen die jungen Buchenbüsche. „Das ist kein gewöhnliches Blühen, das ist etwas ganz Seltsames. Das kommt ja von der fremden Pflanze."

Die sehr jungen Fichten, die sich am Felsen angesiedelt hatten, wurden aufmerksam; sie benachrichtigten ihre hohen Verwandten am Abhang.

„Die fremde Pflanze macht sich bemerklich?" fragte die gekrümmte Fichte mißtrauisch. „Ich habe schon lange meine Bedenken. Warum versteckt sie der Efeu unter seinen Blättern? Und warum kriecht er so um die Buche herum?"

„Das ist eben das Schmeicheln hier und das Protegieren dort", sagte eine schlanke, starke Fichte. „Das ruiniert den Wald. Dieses Buchenprozentum hat abgewirtschaftet."

„Es wäre Zeit für uns, die Leitung im Wald zu übernehmen", rief eine dritte.

„Sehr richtig", bemerkte eine Kiefer. „Die Laubhölzer haben

sich nicht bewährt. Da gibt's keine Ausdauer. Im Winter ist's kahl zum jammern."

Und eine alte, vom Sturm gekrümmte Kiefer, die oben auf dem Felsen hinkroch, fügte hinzu:

„Dieser bedecktsamige Blütenindividualismus muß zur Selbstüberhebung führen. Jeder will etwas Besonderes sein."

Aus den schlanken geraden Fichten murrte es dagegen: „Wärst du nur nicht dort hinaufgestiegen! Wir müssen zusammenhalten. Siehe unsre soziale Gleichmäßigkeit! Es leben die Coniferen!"

„Nicht zu laut, nicht zu laut!" warnte die alte Fichte. „Ich bin überzeugt, die Buchen wittern schon, daß ihre unhaltbare Stellung bedroht ist, und sie bereiten irgend etwas Heimliches vor, um den Wald, vielleicht gewaltsam, zu beherrschen. Was sollte sonst diese fremde Pflanze bedeuten? Wenn es überhaupt eine Pflanze ist! Dieses Glimmen im Dunkeln erinnert an tierische Gewohnheiten."

„Seien wir nicht ungerecht", beruhigte eine alte Lärche. „Auch die Laubhölzer haben ihre Verdienste. Jedenfalls dürfen gerade wir nicht gegen das Prinzip des freien Wettbewerbs auftreten. Aber wir könnten ja einmal die Buche interpellieren, was sie eigentlich –"

„Ruhig, ruhig!" rief die Fichte. „Nur keine Übereilung! Sie sind verbunden, es von selbst mitzuteilen, wenn sie etwas von allgemeiner Bedeutung vorhaben. Das ist Waldrecht. Aber auf dem Posten wollen wir sein."

„Hört ihr nicht? Sagte die Buche nicht etwas?" fragte die Lärche.

„Nein, nein", flüsterte ein kleiner Buchenfarn. „Aber der Efeu ist aufgeregt. Er spricht mit jemand, jedoch man kann es nicht verstehen. Er spricht direkt, also wohl mit der Buche."

„Seht da, seht! Da ist doch ein weißlicher Lichtschimmer unter dem Efeu?"

Die bläulichen Sterne verblichen. An ihrer Stelle breitete sich ein bleicher, phosphoreszierender Glanz aus und drang hier und da durch das dichte Laub des Efeus.

Ebah zitterte.

„O sieh, sieh!" flüsterte sie zur Buche. „Die fremde Pflanze! Aus den Bechern drängen sich die Fäden wie leuchtende Gespinste hervor. Was soll das werden?"

„Ich weiß es nicht, Ebah", antwortete die Buche. „Es wächst etwas Neues aus der fremden Pflanze. Das hat der Wald nicht gesehen."

„Das ist jedenfalls das Seltsame, was die neue Pflanze schon drüben bei Hedo getan hat, und was mir Hedo nicht sagen durfte. Was wird geschehen? O höre! Höre! Hörst du nichts, Schattende?" Ebah rief es ängstlich.

„Ich höre nichts."

„Aber ich! Zu mir spricht es, die neue Pflanze spricht! Ich klammre mich fester an dich. So – jetzt mußt du es mithören. Nicht wahr?"

„Ich höre, aber noch kann ich nichts verstehen."

„Jetzt wird es deutlicher, ja, sie spricht."

„Bio, Bio", klang es zaghaft vom Sternentau.

Ebah empfand es fremdartig, wie ein Probieren ungewohnter Sprache.

Und nun wieder:

„Bio wird – ich werde –"

„Wer bist du?" fragte Ebah sanft.

„Ich bin Bio –"

„Bio? So heißest du?"

„Bio – ich heiße Bio – ich wachse –"

„Und warum sprachst du nie bisher?"

„Ich nicht vermochte, ich lernte – nun ich wachse, ich spreche."

„Warum leuchtest du?"

„Ich wachse zum Wesen, aus mir wächst mein Wesen."

„Noch verstehe ich dich nicht. Du heißest Bio. Ist das dein Eigenname, wie ich Ebah heiße, oder ist das der Name deiner Gattung, wie ich Efeu bin? Wie heißt Euere Pflanzengattung? Und wo kommst du her?"

„Du fragst viel, Ebah. Noch bin ich eure Sprache nicht geübt – doch bald werde ich alles sagen können. Höre! Ich bin mein wachsendes Wesen, bin die Pflanze, Bio. Aber aus mir wachse ich selbst noch einmal als freies Wesen. Das freie Wesen kann im Dunkeln leuchten –" die Sprache wurde sicherer und geläufiger – „wenn es herausgewachsen ist, verwelken meine Fruchtbecher, aber ich bleibe bei dir, und dann werde ich zu dir sprechen dürfen von mir, der Pflanze Bio und von meinem freien Wesen."

„Und dein freies Wesen, was wird aus ihm?"

„Du wirst es erfahren. Es schwebt frei durch die Luft, wohin es will, und es kann leuchten oder unsichtbar sein wie die Luft, je wie es will."

„So ist es eine fliegende Pflanze? Aber wo wurzelt es?“

„Es bedarf keiner Wurzel, es ist keine Pflanze wie ihr oder ich. Unsere freien Wesen sind – wir nennen sie ‚Idonen‘. Ich weiß nicht, ob es das bei euch gibt. Aber ich habe die beweglichen Wesen gesehen, die ihr Menschen nennt. An sie erinnert ein wenig der Idonen Gestalt, nur sind die Idonen, viel kleiner und feiner und schweben unsichtbar umher, sichtbar nur für ihresgleichen. Wie nennt ihr solche Wesen?“

„Die sind uns nicht bekannt. Menschen oder Tiere wachsen bei uns nicht aus den Pflanzen. Sie können nicht zu uns sprechen, und wir nicht zu ihnen. Aber ich weiß jetzt, daß Menschen klug und mächtig sind.“

„Das sind die Idonen auch, und wohl noch viel mehr, soviel ich weiß. Und sie können mit den Pflanzen sprechen und wir mit ihnen. Wenn meine – doch jetzt – oh – laß mich jetzt schweigen – ich wachse, wachse –“

Bio zitterte an den Efeu geschmiegt, der Efeu klammerte sich an die Buche. Ein Lichtwölkchen war aus dem Becher des Sternentaus hervorgequollen und löste sich jetzt ab. Hier und da, nach und nach, wie viel reife Fruchtbecher am Sternentau sich geöffnet hatten, so viel schwach schimmernde Idonen wurden sichtbar. Sie streiften ihre Gespinste ab und hüllten sich frei hinein.

Durch die Zwischenräume der Efeublätter schlüpften sie hindurch, hinaus unter die Buche, dort schwebten sie auf dem freien Platz.

Einige faßten einander an und schwangen sich in leichtem Reigen. Sie führten eine lebhafte Unterhaltung, doch konnte sie Ebah nicht verstehen, denn sie sprachen nicht die Sprache der Erdenpflanzen. Wohl aber verstand sie der Sternentau, nur teilte er sich jetzt Ebah nicht mit.

Andere Idonen kamen noch dazu, die an anderen Stellen und schon in den vorangehenden Tagen frei geworden waren. Alle versammelten sich unter der Buche, wo der erste Sternentau auf Erden, die Stammutter des Geschlechtes sich angesiedelt hatte. Mit dem Sternentau unterhielten sie sich lange, ohne daß Ebah etwas verstehen konnte. Dann tanzten sie wieder ihren Reigen wie die Blumenelfen des Märchens und berieten sich. Schließlich zerstreuten sie sich und verschwanden nach verschiedenen Richtungen zwischen den Bäumen.

Ein Schauer ging durch den Wald. Was war das? War der Gott erwacht? Aus der Pflanze geboren ward der Gott? Kam er zu erlösen von der Herrschaft der Menschen? Kam er zu vereinen die Lebendigen der Erde? Der Wald schwieg, gebannt zwischen Furcht und Andacht.

Vom Sternentau her klang es jetzt wieder ganz leise:

„Ebah!"

„Was willst du, Bio?" fragte der Efeu.

„Jetzt bin ich eine Pflanze auf der Erde, wie ihr, nur fremd. Schütze mich, Ebah, und bitte auch die Buche darum. Denn ohne dich kann ich nicht gedeihen. Aber jetzt kann ich zu dir sprechen."

„Warum ließet ihr Hedo nicht zu mir reden? Warum sprach der Sternentau nicht dort?"

„Jetzt wird auch er sprechen. Unter uns konnten wir ja schon immer sprechen, ohne daß ihr es vernahmt oder verstandet. Aber die Pflanzen hier in meiner Nähe sollten nicht eher von den Idonen erfahren, bis ich, die Stammutter, zu euch reden konnte; und das vermochte ich erst, wenn mein Wesen frei wurde. Auch mit den Idonen kann ich reden, wenn sie nicht gar zu weit entfernt sind. Selbst was ihr untereinander sagtet, konnte ich ihnen mitteilen, denn das verstand ich schon lange; nur vermochte ich nicht, auch mich selbst verständlich zu machen, bevor meine Becher sich ganz öffneten. So kennen wir schon vieles von dem Leben der Pflanze."

„Und wohin sind jetzt die Idonen gegangen?"

„Sie suchen einander und ziehen dann hinaus in dies unbekannte Land, es zu erforschen. Sie wollen erkunden, was die Tiere und die Menschen tun. Und wenn sie wiederkommen, werdet auch ihr viel Neues erfahren können, soweit ihr es versteht."

„Aber wo wohnen sie? Wie ernähren sie sich?"

„Wohnungen werden sie sich bauen, wo sie es für geeignet finden. Im allgemeinen leben sie einsam oder zu zweien, nur hin und wieder vereinen sie sich zur Beratung. Und Nahrung brauchen sie nicht mehr, als die Luft ihnen bietet und das Wasser und weniges vielleicht vom Boden. Denn genährt haben sie sich als Pflanze. Das ist die Zeit ihres Wachsens, da nehmen sie auf, was sie brauchen. Als freie Wesen haben sie anderes zu tun. Doch laß mich jetzt ruhen, ich bin ermüdet."

„Was tun sie?" fragte Ebah hartnäckig.

„Wie soll ich dir das kund tun? Jetzt als Pflanze vermag ich nur zu sagen, was der Pflanzen Wissen und Rede ist. Die Idonen aber sind der Teil von uns, der Wissen und Macht hat. Ihre Gedanken sind die Welt."

„Wie ist das möglich? Woher kommt ihr?"

„Ich verstehe nicht, es auszudrücken, auch weiß ich es selbst nicht recht. Die Welt, von der wir stammen, sah anders aus als die neue. Wohl fern, fern von hier ist unsere Heimat."

Der Sternentau versank in Schweigen. Der Wald schlief.

Um die niedrigen Berggipfel der fremdartigen Landschaft breitet es sich wie weißliche Wolkenstreifen. Häufig lösen sich einzelne Stücke ab und gleiten durch die Luft hierhin und dahin, begegnen sich und weichen sich aus. Unter ihnen liegt das Land von üppigem Pflanzenwuchs bedeckt wie ein blühender Garten, durchzogen von Kanälen, die flache Seen verbinden. Ihre Wasserspiegel blinken in den wunderbarsten Farbenreflexen.

Denn über dem allen spannt sich ein blau-violetter Himmel, woran eine große leuchtende Scheibe mit verschwommenen Rändern prangt. Ein sichelförmiger Teil von ihr strahlt in weißlichem Licht, der übrige glimmt matter mit einem ins Grünliche spielenden Gelb. Nach dem Horizont zu schimmert es von Blau bis Rot in allen Abstufungen des Spektrums.

Sämtliche Farben sind sanft und matt, selbst die Helligkeit ist nirgends blendend. Auch scharfe Schatten fehlen bei der großen Fläche des leuchtenden Himmelskörpers. Nur an einer Stelle, nach der Seite der weißen Sichel hin, strahlt am Himmelsgrund ein glänzender Stern.

Das ist unsere Sonne.

Unsere Sonne, gesehen in einer Entfernung, die dreißigmal so groß ist als ihr Abstand von der Erde. Denn jene große mattleuchtende Scheibe am Himmel ist der äußerste Planet unseres Sonnensystems, der Neptun. Jene Landschaft mit ihren Pflanzen und Seen liegt auf dem Mond, der den Planeten Neptun umkreist.

Wenn das Licht der Sonne dorthin gelangt, so hat es nur noch den neunhundertsten Teil der Helligkeit wie auf der Erde; das bedeutet immer noch die Leuchtkraft von 630 Vollmonden bei uns. Aber es wird noch weiter gedämpft durch die Dichtigkeit der Atmosphäre, die dem Neptunsmond zu eigen ist. Dafür liefert der große Planet selbst, dessen Durchmesser mehr als das Siebenfache von dem der Erde beträgt, außer dem reflektierten weißen Sonnenlicht auch Licht und Wärme von seinem eignen Vorrat. Denn er ist selbst noch gasförmig und warm. Den Bewohnern des Neptunsmonds erscheint er als eine Scheibe, deren Durchmesser das Sechzehnfache unsrer Mondscheibe ausmacht. Der von der Sonne nicht bestrahlte Teil und der sehr viel hellere weiße wechseln ziemlich schnell ihre Größe, denn in kaum sechs Tagen vollendet der Mond den Umlauf um seinen Planeten und hat daher diesen bald auf derselben, bald auf der entgegengesetzten Seite wie die Sonne.

Ja, dieser Neptunsmond, der äußerste Himmelskörper unseres Sonnensystems, besitzt Bewohner, und zwar ziemlich zahlreiche. Er hat überhaupt in seiner physischen Beschaffenheit eine gewisse Ähnlichkeit mit unserer Erde, obwohl seine Größe nur ungefähr der unseres Mondes entspricht. Unserer Erde gleicht er darin, daß er eine Atmosphäre besitzt, während unser Mond ja ohne Atmosphäre, starr und scheinbar abgestorben ist. Der Neptunsmond aber befindet sich gegenwärtig annähernd im Entwicklungszustand unserer Erde. Wegen seiner Kleinheit konnte er sich schneller abkühlen als sein Planet. Die Schwerkraft ist auf ihm wesentlich geringer als bei uns, alles ist leichter und freier beweglich. So sind auch die Organismen auf diesem Himmelskörper von unsern Pflanzen und Tieren recht verschieden, entsprechend der Anpassung an die Verhältnisse des Neptunsmonds.

Wie die Gesetze der Mechanik, so sind auch die Grundformen des Lebendigen die gleichen im ganzen Universum. Die Wechselwirkung zwischen der Zelle und ihrem Kern, die Teilung und Verschmelzung der Zellen, die Bildung von Zellgesellschaften, aus denen organische Individuen höherer Ordnung hervorgehen, der Fortschritt endlich dieser komplizierten Organismen zu immer klarerem Selbstbewußtsein, vom einfachen Sinneswesen bis zur Höhe der Vernunft, – diese allgemeinen Bestimmungen gelten für den Kosmos überhaupt. Aber die Resultate des Werdeganges sind sehr verschieden. Wie die Arbeitsleistung der Kultur sich unter die lebendigen Wesen verteilt, wie die einzelnen Organismen ihre Einheit mit der Natur aufrecht erhalten und ihre Freiheit in der Kultur gewinnen, ob sie überhaupt trennende Bahnen einschlagen, das ist eine Form der Entwicklung, die sich auf verschiedenen Weltkörpern verschieden vollzieht.

Die weißen Streifen an den Gipfeln und Hängen der Berge und die lichten Wölkchen, die sich von ihnen lösen, um in willkürlichen Richtungen durch die Luft über die Landschaft zu ziehen, sind nichts anderes als die Werkstätten der herrschenden Bewohner des Neptunsmonds, die sich selbst Idonen nennen.

Man könnte diese Wohnungen etwa mit großen, laubenförmigen Körben vergleichen, die aus feinen Geflechten filigranartig gebildet sind und mit schimmernden Gespinsten überzogen. Zahlreiche abgeschlossene Zimmer enthalten sie in sich, über und nebeneinander geordnet, dazwischen ziehen sich verschlungene durchsichtige Röhren hin, gefüllt mit ebenfalls unsichtbaren Gasen, leichter als die Luft, die jene kunstvollen Gebäude schwebend erhalten. Ihre Architektonik, die auf die Schwere des Stoffes keine Rücksicht zu nehmen braucht, folgt frei den wechselreichen Formen der Wolkengebilde, deren leichten Zug wir an unserm Himmel bewundern. Bald legen sich die einzelnen Wohnungen aneinander zu großen Städten, bald trennen sie sich und fahren einsam oder in willigen Gesellschaften durch die Höhen.

Auf den Dächern der luftigen Häuser sieht man einzelne Idonen ruhen, die meisten aber fliegen frei durch die Luft. Denn das ist ihre gewöhnliche Bewegung. Sie sind zierliche, kleine Gestalten von etwa ein Drittel Meter Höhe mit frei beweglichen, biegsamen Armen und flügelartigen Ruderfüßen. Durch willkürliche Zusammenziehung und Ausdehnung ihres sehr elastischen Körpers können sie sich heben und senken. In feine, nachschleppende Schleier gehüllt schweben sie anmutig dahin; sie haben keine Eile.

Für menschliche Augen würden sie schwer erkennbar sein, weil ihre Körper nahezu durchsichtig erscheinen, und nur die Reflexe an ihren großen Augen dürften auffallen. Der innere Bau ihres Körpers ist in weit höherem Grade als beim Menschen auf das Vorherrschen des geistigen Lebens eingerichtet, so daß man sie als schwebende Gehirne bezeichnen möchte. Mit der physischen Arbeit zur Erhaltung ihres Lebens haben sie wenig zu tun, ihre Energie konzentriert sich in der Bewältigung ihrer Gedankenwelt. Die schaffende Macht der Natur hat bei ihnen die Form selbständigen Bewußtseins gewonnen; ihre Phantasie löst die Widerstände der Wirklichkeit auf zum freien Spiel gütigen Wollens und beglückender Liebe.

Die Idonen werden nicht von Idonen erzeugt und geboren und

bringen nicht wieder Idonen zur Welt. Sie wachsen hervor aus einer pflanzlichen Generation, die sich allein durch Zellteilung, durch Knospung vermehrt und so die innige Verbindung mit Leib und Seele des Weltkörpers dauernd bewahrt, auf dem sie gedeiht. Die Idonen aber sind das frei bewegliche Geschlecht, dessen Individuen sich in persönlicher Wahl, männliche und weibliche, vereinen in allen Feinheiten der Liebessehnsucht und Liebesgemeinschaft. Dieser Vereinigung entsprießen nicht junge Idonen, sondern ein Gebilde, das in pflanzliche Keime zerfällt; aus ihnen wachsen dann wieder die Pflanzen, welche die neue Generation darstellen. Während der Durchgang durch die wurzelnde Pflanze den steten Zusammenhang mit dem Leben und der Kraft des Weltkörpers aufrecht erhält, gibt die geschlechtliche Fortpflanzung und ihre freie Wahl den Idonen die Fähigkeit, alle Erwerbungen ihres individuellen Lebens der Gattung nutzbar zu machen. So hat hier ein dauernder Wechsel zwischen Pflanze und Gehirnwesen die günstigste Arbeitsteilung errungen, um die Energie des leiblichen Lebens und die Macht des geistigen zur höchsten Stufe der Kultur zu führen.

Fänu, eine junge Idonenfrau, verließ ihre Wohnung und schwebte hinab zu den gartenartigen Wäldern und Wiesen der Mondoberfläche. Langsam war ihr Flug und vorsichtig, als berge sie etwas Kostbares unter ihrem Schleier.

Um sie herum, die Umgebung gewissermaßen prüfend und sie vor zufälligen Störungen schützend, flog Fren, ihr Gatte, bald rechts oder links, oben oder unten. Das hinderte die beiden nicht, ihre Gedanken leise auszutauschen. Denn ihre Sprache war nicht an so geringe Entfernungen gebunden wie die des menschlichen Mundes. Zwar beruhten ihre Mitteilungen auch auf Luftschwingungen, aber ihre Organe waren ungleich empfindlicher als die der Menschen, ihre Verständigung bediente sich der mannigfachsten und feinsten Mittel.

Über blumengeschmückte Wiesen hinweg flog Fänu einem ausgedehnten Wald zu, dessen Bäume sich bis über zehn Meter hoch erhoben. Auf der Erde freilich würden diese Pflanzen als zierliche Ranken am Boden hinkriechen müssen, wenn sie nicht eine äußere Hilfe fänden. Bei der geringen Schwerkraft aber, die hier herrscht, konnten sie leicht ihr eigenes Gewicht tragen und strebten frei in die Luft, wo sie sich in zahllosen feinen Sprossen verzweigten und mit ihren vielfach gefiederten Blättern ein dichtes Laubdach bildeten.

Die Zweige dieser Ranken waren hier und da mit blauen Kelchen geschmückt, die in verschiedenen Entwicklungsstufen standen. Auch andere Pflanzengattungen zeigten sich zwischen den Rankenbäumen, kleinere Arten bedeckten den Boden, und eine mannigfaltige Tierwelt, wie eine bunte Gesellschaft seltsam gestalteter, freigewordener Blüten, kroch am Boden umher oder flatterte durch die Luft. Alle diese Tiere pflanzten sich wie die Idonen in einem Generationswechsel mit der Pflanzenwelt fort, jeder Tierform entsprach eine bestimmte Pflanzenform als Stammutter, und sie alle bildeten Vorstufen zu dem höchsten Produkt der Entwicklung, das der Neptunsmond hervorgebracht hatte, den Idonen.

„Schon sehe ich den Hügel der Mutter", sagte Fänu. „Laß uns ein wenig rasten, ehe wir sie begrüßen."

„Dort auf den Zweigen des Dunkelbaums", antwortete Fren. „Kennst du ihn noch?"

Fänu schmiegte sich zärtlich an den Geliebten. „Wenn die Bilder der Frohgefühle kommen, um den Seelenreigen zu schlingen, dann sind sie bekränzt mit dem überaus herrlichen Spitzengewebe des Dunkelbaums."

„Denn solchen Schmuck wand ich zuerst um diesen Gürtel, als ich das Glück gewann hier unter dem Baum."

„Und nun magst du damit mich wieder zieren, da wir zum heiligen frohen Feste fliegen. Sieh, die Sichel ist schon schmal, bald werden wir im Schatten des Planeten sein."

Sie blickten beide in die Ferne hinaus.

„Der Planet steht nicht mehr sehr hoch", begann Fänu. „Ich möchte wieder einmal bis dahin reisen, wo sich sowohl der Planet als auch die Sonne ganz unter unserm Horizont befinden. Ich möchte wieder einmal Sterne sehen."

„Das ist noch recht weit bis dahin", sagte Fren. „Aber wir wollen daran denken. Was gefällt dir so Besonderes an den Sternen? Glänzen nicht überall bei uns funkelnde Lichter in den Wassern, am Boden, in der Luft?"

„Das sind nur Leuchten wie wir, höchstens wie wir. Aber die Sterne sind Welten, größer, prächtiger als der Boden, auf dem wir wohnen, größer zum Teil als unser Planet, der dort so machtvoll herüberwärmt. Wenn ich sie sehe in der großen, fremden Weite, so ist freilich dem Blick scheinbar nicht mehr gegeben als hier in der vertrauten holden Nähe; aber unmittelbarer doch faßt es uns, daß so unendlich viel Glück lebt in der Welt. Glück überall in unzähligen Welten."

„Woher willst du das wissen? Es gibt Gelehrte, die behaupten, daß die Sterne durchaus unbewohnbar seien, sogar die Planeten, die wie wir um unsre Sonne kreisen. Ja, sie sagen, daß es nirgends in der Welt vernünftige Wesen geben könne als auf unserm Land, weil nur hier die Bedingungen zur Existenz der Idonen zusammentreffen."

„So ein kluger Idone sollte lieber sogleich erklären, daß es überhaupt kein anderes vernünftiges Wesen geben könne als ihn selbst. Denn wozu erst die andern? Wenn die Vernunft nichts übrig hat für die andern Sterne, warum soll sie so verschwenderisch sein, hier bei uns mehr als das eine vernünftige Wesen, den *einen* weisen Idonen zu erzeugen? Und wozu jene großen Weltkörper, nahe der Sonne, in ihren Strahlen schwelgend, wenn sie nicht Organe ihres eigenen Wesens, ihrer Vernunft besitzen sollen? Oder meint der weise Mann vielleicht, daß die Planeten selbst keine bewußten, vernünftigen Wesen seien? Daß sie tot hinfliegen wie die stürzenden Trümmer am Gebirge? Daß etwa unser Planet da drüben keine Seele habe? Dann vielleicht auch nicht sein Trabant, auf dem wir wohnen? Dann auch nicht unsre Pflanzen, nicht unsre Mütter, nicht meine Mutter Bio, der ich entsprossen bin? Woher sollen unsre Seelen kommen, wenn nicht aus den Pflanzen, und woher die Pflanzen, wenn nicht aus dem Grunde, darin sie wurzeln?"

„Ereifere dich nicht zu sehr, Fänu. Wer zweifelt an der Seele unsres Planeten, und doch wohnen auf ihm keine bewußten Wesen wie wir."

„Ach, Fren, verwirre dich nicht, mein Guter! Wer sind denn *wir?* Sind wir nicht diese bewußten Wesen? Daß wir nicht auf dem Planeten selbst wohnen, sondern auf seinem Monde, das macht doch nichts aus; das ist nur ein nebensächlicher Unterschied. Oder ist dieser Mond nicht bewohnt, weil es nicht jede Stelle ist, weil die fernen Hochwüsten im Norden nicht bewohnt sind? Ist nicht der Mond ein Teil des Planeten? Das haben wir doch schon in der ersten Jugend gelernt, daß wir hier nur wohnen, weil der Planet noch zu warm für uns ist, zu wenig fest. Wenn er sich aber abgekühlt hat, und es für uns hier zu frostig wird, dann werden wir auf ihn übersiedeln."

„Du hast ja völlig recht, Liebste. Aber erinnerst du dich nicht des

Buches von Kurla, das wir gelesen haben? Wie eine Idone auf einen Stern in der Nähe der Sonne verschlagen wird und dort als Herrscher riesenhafte Wesen trifft, die denken und reden können, aber nicht fliegen? Auch Pflanzen aller Art findet er dort, mächtige Bäume, schöne Blumen, unsichtbar kleine Zellen. Da beschreibt der Verfasser, wie die Herrscher des dortigen Planeten behaupten, daß die Pflanzen überhaupt keine Seele haben. Sie behandeln sie als Wesen ohne Bewußtsein, weil sie nicht mehr mit ihnen zu sprechen wissen. Denn sie haben sich in ihrer Entwicklung völlig von den Pflanzen getrennt, sie verstehen nicht mehr die Stimme des Planeten, die aus den Pflanzen spricht, und bilden sich ein, ihnen, den Herrschern allein, sei eine besondere Offenbarung geworden, die der ganzen Natur verschlossen ist. Erst müsse man das Leben ertöten, dann erst finde man die Seligkeit im Himmel."

„Freilich erinnere ich mich. Jedoch ich meine, die Phantasie des Dichters, soweit sie nicht als reines Spiel ihren absoluten Wert hat, will hier wohl als Satire auftreten. Denn wenn in Wirklichkeit irgendwo solche Wesen existieren sollten, so wäre das ein Abweg der Natur, den die Vernunft selbst korrigieren wird. Entweder werden jene Wesen untergehen, weil sie den Zusammenhang mit der Natur verloren haben, oder sie werden ihn wiedergewinnen, indem sie ihren Irrtum durch Vernunft erkennen lernen."

„So hat es sich auch der Dichter gedacht. Die Pflanzen finden ihr Recht."

Fänu schauerte zusammen.

„Was ist dir?" fragte Fren besorgt.

„Huh! Ich dachte daran – wenn ich nun eine Frau auf solchem Planeten wäre, wie schrecklich müßte das sein! Denke nur." Sie zog den Schleier sanft zusammen und fuhr fort: „Statt unsres stillen ruhegeborgenen Schatzes hier, der in seiner Hülle die Hoffnung unendlichen Lebens umfaßt, hielte ich dann ein kleines zappelndes Wesen, ein hilfloses Idonchen, das nicht sagen kann, was es will, das schreit und hungert –"

„Oder vielleicht auch lächelt und froh ist und uns beglückt."

„Es müßte ja doch hinwelken, wovon sollte es leben? Entsetzlicher Gedanke! Diese fortwährende Sorge, die Bewachung des jungen Lebens, die Verantwortung für Ereignisse, über die wir keine Macht haben! Wo blieben da Ruhe und Glück? Unreife Dinger, deren wir uns eigentlich schämen müßten, hätten wir zu bejammern. Und diese lärmende, unzurechnungsfähige, rücksichtslose Gesellschaft würde uns in jeder höheren und freien Tätigkeit stören. Wo bliebe uns Zeit und Kraft übrig, die stolze Aufgabe des Idonenlebens zu erfüllen, ein Ich zu sein in voller Freiheit, das in seinem unverletzlichen Zusammenhang mit der Seele des ewigen Alls den großen Weltplan auf seine besondere Weise zu spiegeln sucht?"

„Du hast wohl recht, Liebling. Die Sorge um das kommende Geschlecht müßte so ganz alle Pflicht und Arbeit in Anspruch nehmen, daß Verständnis und Gefühl für das höchste Ziel nicht mehr gepflegt werden könnten. Daher blieb jene Aufgabe der Pflanze zugewiesen, wir aber haben genug zu tun. Denn es ist nicht leicht, die Notwendigkeit zu begreifen, die in Sternen und Zellen waltet, und doch diese unendliche Macht frei aufzunehmen im Gefühl der Liebe, die uns mit allen Wesen vereint. Es ist nicht leicht, den Gott zu lieben in uns selbst, und doch nicht uns selbst zu sehen in dem Gott."

„Und es wäre unmöglich, Liebe zu hegen zugleich in Würde und in Freude, wenn diese Liebe das einzige Mittel der Natur sein müßte, sich zu erhalten. Und doch ist jedes Gefühl ohne Recht, das sich löst vom Zusammenhang der Natur. Darum ist es ein entsetzlicher Gedanke, daß die höchste Seligkeit der Liebe verhaftet sein soll mit einer Verantwortung für das kommende Geschlecht. Welcher Planet könnte eine solche Sinnlosigkeit aussinnen, eine Marter der Vernunft? Wenn es irgendwo solche unglücklichen Frauen gibt, die lebendige Wesen ihrer eignen Art zur Welt bringen und sie hilflos sehen und pflegen müssen, dann wundert es mich nicht, wenn ein so naturbedrücktes Geschlecht seinen Gott nicht finden kann im ewigen Gesetz des Lebenswandels, wenn es ihn draußen sucht, jenseits des Lebens und der Liebe der Natur."

„Es wäre ja möglich, daß manche Geschöpfe erst auf dem Umweg des Leidens zur Vernunft geführt werden."

„Aber wie kann es Wesen geben, die ihresgleichen gebären? Wir alle müssen doch erst wieder hindurchgehen durch den Mondleib in den Pflanzenleib, und erst aus dem Pflanzenleib empfangen wir wieder die Kraft, zu schweben in der Freiheit des Idonenleibes. Und Leib und Seele sind doch untrennbar eines?"

„Das eben verstehen jene Wesen nicht, von denen der Dichter fabelt. Sie haben sich vom Bewußtsein des Mond- oder des Planetenleibes und des Pflanzenleibes getrennt, und nun können sie erst durch einen langen, langen Prozeß des Denkens und der Not wieder zur Einheit der Natur zurückgeführt werden."

„Ich kann's nicht glauben. Stelle dir vor, unsre Eltern lebten noch gleichzeitig mit uns als Idonen, sie wären Intelligenzwesen wie wir, wir müßten auf einer Stufe mit ihnen leben, welche Fülle von hemmenden Bindungen wäre dadurch gegeben! Wie können jung und alt einander verstehen? Und hier sollten sie sich umeinander sorgen, hätten Verpflichtungen. Wie sollte da die Selbständigkeit des Denkens und Wollens bestehen? Tausend Konflikte der Natur und der Freiheit, tausend Schwierigkeiten des Lebens, ja zuletzt den Wunsch nach gegenseitiger Lösung sehe ich da sich notwendig ergeben. Wieviel glücklicher sind wir so gestellt! Unsre Pflanzenmutter steht friedlich im grünen Wald, dort lebt sie fort und wir leben auf unsere Weise in der Luft. Keiner stört den andern, denn jeder hat seinen eignen Weg und seine eigne Art zu gedeihen. Unsre Nachkommen kennen wir nicht, ihr Erbe wird ihnen von der Natur übergeben mit der ganzen Fülle des Erwerbes ihrer Vorfahren. Nicht als Mechanismus des Instinkts, sondern als Freiheit des Verstandes empfangen sie es, und ihren Dank richten sie an den Unendlichen. Mit unsrer Pflanzenmutter aber können wir sprechen, so oft es uns treibt, dem Gefühle Worte zu leihen, das dem Zusammenhang des ganzen Geschlechts im Bodengrund der wurzelnden Rankenbäume gilt. Denn dort liegt unsre Kraft. Sie hat uns hervorgebildet aus der heiligen Urmutter unsres Sternes und uns den Vorrat dauernder Lebensmacht mitgegeben, ihn fröhlich zu nutzen in Lust und Arbeit des Geistes."

„So laß uns aufbrechen, Fänu, zu deiner Mutter. Bio soll uns den Segen sprechen über unsern Schatz, ehe wir ihn zurückgeben dem Grund des Lebens, daß er wieder als Pflanze gedeihe und Kraft gewinne für unsre Enkel."

Sie flogen weiter und hatten bald ihr Ziel erreicht.

Axel Eggebrecht

Was wäre, wenn ...

Ein Rückblick auf die Zukunft der Welt

Auftakt: Fanfarenstoß

Reporter des Jahres 2047: Hier Bildsprecher Malicek. Guten Morgen! Sie stehen mit mir auf dem Hradschin, der uralten Burg von Prag. Wir blicken über die Goldene Stadt. Dort – am Horizont – die mächtige Silhouette des Jahrtausend-Turmes. Bekanntlich wurde er vor siebenundvierzig Jahren eingeweiht, im Jahre 2000. Mit seinen fünfhundert Metern noch immer das höchste Gebäude der Alten Welt. In den obersten Geschossen befindet sich die Fernsehzentrale Mitteleuropa, von der aus auch diese Darbietung ausgestrahlt wird.

Hier, nahe zur Linken, der Dom zu St. Veit aus dem 14. Jahrhundert. Wir genießen einen Augenblick lang die herrlichen Formen ... Es ist die schwierige Harmonie des zu Ende gehenden Mittelalters ... Gegenüber, hier rechts: Die Halle der Völker, das Meisterwerk der Baugruppe Stobbe. Nun auch schon über siebzig Jahre alt. Wunderbar harmonieren die edlen Linien dieser neuen Architektur mit dem gotischen Kirchenbau ... Gehen wir hinein.

Hier, in der Halle, werden wir an der Eröffnungssitzung zur 89. Tagung der all-europäischen Unesco-Universität Prag teilnehmen. Eine Überraschung besonderer Art erwartet uns dort ...

Stimmengewirr. (Große Versammlung. Erst laut, dann sofort leiser. Bleibt hinter der ganzen Szene, bis zum Beginn des Vortrages von Professor Vlacek.)

Reporter: Hier der Riesensaal. Menschen aller Farben, aller Völker. An dreitausend mögen es sein, die – gleich den Millionen an den Fernsehapparaten in aller Welt – auf das Ereignis des Tages warten. Worin wird es bestehen? Sie sehen das Rednerpodium. In wenigen Minuten wird Professor Vlacek über die Zeit vor hundert Jahren sprechen. Aber dieser Vortrag bildet nur die Einführung zu einem Versuch, der in diesem Umfang der Weltöffentlichkeit zum ersten Male vorgeführt werden soll. Dort – die mächtige Bildwand: Sie ist der Schauplatz der bevorstehenden Sensation! Gerade sehe ich Direktor Haydin vom Unesco-Institut für Geschichtstechnik. Er hat hervorragenden Anteil an der Durchführung der Arbeiten, deren Ergebnis wir gleich kennenlernen werden. Herr Direktor, können Sie kurz erläutern, worin das Besondere der bevorstehenden Darbietungen besteht?

Haydin: Gern. – Jede bisherige Geschichtsdarstellung war einseitig. Sie verwendete als Quellen: Dokumente aller Art, Schilderungen und Bilder. Den Menschen selbst, mochte er noch so bekannt, noch so oft beschrieben worden sein, vermochten wir nicht wiederherzustellen. Damit war es unmöglich, das Ganze des Lebens zu irgendeinem gewesenen Zeitpunkt zu studieren. Hierzu wäre es nötig, die früher Lebenden in sinnvoller Weise, in einem zusammenhängenden Ablauf, redend und handelnd wiederzubeleben. Nun, genau das haben wir jetzt erreicht!

Reporter: Sie haben also Tote wiederauferweckt?

Haydin: Natürlich nicht buchstäblich. Aber die Vervollkommnung des plastisch-räumlichen Bildes und die Tonschrift erlauben es uns, jeden Menschen, der irgendwann gelebt hat, in beliebigen Situationen handelnd, sprechend auftreten zu lassen; vorausgesetzt, daß wir seine Stimme auch nur in einem guten Muster besitzen, daß wir genügend mannigfaltiges Bildmaterial von ihm haben – und Aufzeichnungen seiner Denkweise, seines Stils, seiner Sprechart.

Reporter: Diese Voraussetzungen treffen aber nur selten zu?

Haydin: O nein! Seit dem Anfang des 20. Jahrhunderts gibt es sowohl eine Vorform des lebenden Bildes, Film genannt, wie auch eine Reihe von primitiven Tonaufzeichnungen; seit etwa 1930 beides auch schon kombiniert. Fast alle einigermaßen wichtigen Menschen jener Tage sind als Persönlichkeiten dokumentarisch aufbewahrt.

Reporter: Hm . . . Aber das sind zufällige Beispiele. Sie sprachen vom „Ganzen des Lebens“, von „beliebigen Situationen“, die es wiederherzustellen gelte!

Haydin: Richtig. Damit hatten wir tatsächlich große Schwierigkeiten. Aber es gibt solche Belege ja nicht nur von Staatsmännern, Dichtern, Verbrechern, Schauspielern, Erfindern, Technikern und anderen Berühmtheiten, sondern seit fast anderthalb Jahrhunderten von jeder Art Menschen in allen Teilen der Erde. Dieses Quellenmaterial wurde durchforscht, nach der Typenlehre von Adamson und mit den Methoden der sozialen Charakterologie, wie sie seit Maaß und Peck entwickelt wurde. Es wurden über 5000 Typen mit lebensentsprechender Genauigkeit wiederhergestellt; und das genügt ja vollkommen für alle Zwecke der Praxis, wenn Sie bedenken wollen, daß etwa unser Alphabet mit 25, die chinesische Schreibkunst mit 400 Grundzeichen auskommt.

Reporter (lachend): Aber Herr Haydin! Sie wollen doch nicht das lebendige Abbild des ganzen Menschen gleichsetzen mit toten Zeichen!

Haydin: Warum nicht? Jeder ist nur ein mehr oder weniger zusammengesetztes Zeichen seines Wesens. Ein „Charakter", wie das treffend auch in der chinesischen Schrift genannt wird. Wenn wenige Buchstaben zur Aufbewahrung der tiefsten Gedanken genügen, dann muß unsere sorgfältige Typenkunde erst recht ausreichen, um das Handeln jeder denkbaren Art von Menschen glaubhaft wiederherzustellen. Die Elemente von Bewegung und Sprache sind immer wieder dieselben. Und damit haben wir es zu tun. Wir müssen uns natürlich losmachen von gewissen gewollten Rednertönen und pathetischen Gebärden, welche die Menschen vor den Aufnahmeapparaten um 1930 und 1940 nur zu gern einnahmen. Und wir haben das getan.

Reporter: Aha. Es handelt sich also nicht um Originaldokumente.

Haydin: Nein. Aber um mehr. Um Aufzeichnungen des Wesentlichen. Sie sind offenbar noch in gewissen überholten Vorstellungen von der Bedeutung der Originalität befangen? Am Ende Leser von Porter und James?

Reporter: Mindestens halte ich, mit diesen Denkern, das Leben für unwiederholbar.

Haydin: Nun, ich bin kein Philosoph, sondern schlichter Geschichtstechniker, Schüler von Findlay. Erlauben Sie mir zu sagen: Das Leben besteht geradezu aus Wiederholungen! Es vollzieht sich nicht in der Unendlichkeit, sondern es ist sichtbare, fühlbare und erkennbare Wahrscheinlichkeit. Das ahnten gelegentlich schon frühere Betrachter: etwa der sonst wenig beachtete Nietzsche, wenn er von einer „ewigen Wiederkehr des Gleichen" spricht.

Aber ich bin abgeschweift. Offenbar habe ich mich an dem vagen und ungenauen Geist jener Epoche angesteckt, an deren Wiederherstellung im lebenden Bilde ich seit Jahren arbeite. Es ist die Zeit vor genau hundert Jahren.

Reporter: Warum haben Sie gerade diese gewählt?

Haydin: Weil gerade die Zeit zwischen den beiden großen Kriegen und besonders der Weltkrieg 1939 bis 1945 und die ihm folgenden Jahre in einer solchen Fülle von Ton- und Bildaufzeichnungen festgehalten sind, daß wir eigentlich erst von da ab ein wirklich ausreichendes Grundmaterial besitzen. Es scheint, daß die Menschen jener Tage besonderen Wert darauf legten, gerade ihre Verirrungen unvergeßlich zu machen . . . Aber – das wird Ihnen Professor Vlacek besser erläutern. Dort kommt er eben!

(Händeklatschen, das rasch abebbt.)

Reporter (halblaut): Eben betritt Professor Karel Vlacek, der Rektor der all-europäischen Unesco-Universität, das Podium. Dort sehen Sie ihn. Er beginnt!

(Vlacek zunächst im Rednerton; später wird er zum plaudernden Erklärer.)

Prof. Vlacek: Verehrte Anwesende und Miterlebende! Heute vor genau hundert Jahren begann die Konferenz von Moskau. Zahlreiche Beratungen waren vorhergegangen. Die Verträge mit den Verbündeten Deutschlands waren soeben unterzeichnet. Nun wollten die Siegermächte beschließen, in welcher Form der Kriegszustand mit Deutschland zu beenden sei.

Versetzen wir uns ins Jahr 1947. Seit zweiundzwanzig Monaten wurde nicht mehr gekämpft. Aber es war noch Krieg; das empfand jedermann. Zwar gab es bereits die UNO; doch sie spielte im öffentlichen Bewußtsein nirgends eine wesentliche Rolle. Viele erinnerten sich des Völkerbundes in Genf und waren skeptisch. Dafür wurde der Mann auf der Straße überall durch eine halb noch utopische, halb schon verwirklichte Phantasie beherrscht. Er ahnte die Möglichkeiten der wenige Jahre zuvor erschlossenen Atomenergie: Möglichkeiten der Zerstörung und des Vertausendfachten Todes.

Die Welt war von Angst erfüllt. Angst ist ein schlechter Ratgeber. Sie verhindert Entschlüsse auf weite Sicht. Jeder klammerte sich an die Sicherheit für morgen – und bereitete damit den Untergang für übermorgen um so gewisser vor.

Manche Dichter und Denker durchschauten diese Gefahr. Sie spielten leichtfertig damit. Statt vor dem Tode zu warnen, machten sie mit ihm vertraut. Gespenster und Tote auf Urlaub bevölkerten die Bühnen der Welt. Unter dem irreführenden Namen einer Existenz-Philosophie verbreiteten sich rasch verschiedene Lehren von der Sinnlosigkeit und Richtungslosigkeit des Daseins. Im Kerngebiet Europas, zwischen Zentralrußland und dem Kanal, Mittelitalien und der Ostsee, herrschten Not, Hunger, Kälte, Obdachlosigkeit, Flüchtlingselend. Der Lebensstandard von hundertfünfzig bis zweihundert Millionen Menschen war auf ein Viertel bis ein Sechstel des vorhergehenden Jahrzehnts gesunken. Die Ernährung der Bevölkerung in Nordwestdeutschland war auf ein knappes Drittel zurückgegangen. Man kannte die genaue Zahl der seit 1939 Umgekommenen noch nicht, schätzte sie aber auf zwanzig bis fünfundzwanzig Millionen. Weit über zehn Millionen Flüchtlinge waren heimatlos. In diesem ganzen europäischen Kerngebiet lebten die Menschen in Angst vor dem unmittelbar drohenden Tod durch Entkräftung, Hunger, Kälte.

Große Teile der übrigen Welt waren von der Angst vor Arbeitslosigkeit, vor Rohstoffknappheit, vor Absatzstockung, vor sozialen Kämpfen, vor dem scheinbar als Naturkatastrophe näherkommenden nächsten Weltkrieg ergriffen. Daß dieser tatsächlich und nicht nur bildlich Vernichtung bedeutete, war klar. Das feuerte den Lebenswillen aber nicht an, sondern lähmte ihn.

Politische Lehren suchten diese Weltlähmung zu erklären und zu überwinden. Sie verstärkten sie nur noch mehr. Zudem widersprachen sie einander so hoffnungslos, daß viele Menschen an der Möglichkeit einer gründlichen, rettenden Veränderung überhaupt zweifelten. Außerdem war jede dieser Theorien von der geistigen Krankheit des Jahrhunderts wie von einem Meltau befallen. Ich spreche von jenem Glauben, es gäbe irgendein einziges Geheimnis der Geschichte, das sich erraten, errechnen oder offenbaren lassen müsse. Diese Haltung stellt sich uns als letzte Stufe des mittelalterlichen Glaubens an den Stein der Weisen dar, diesmal im politischen und gesellschaftlichen Bereich.

Auf diese Art wurden etwa folgende unvereinbar verschiedenen Schlüsselerkenntnisse vorgetragen: Die Nation ist alles. Die Klasse ist alles. Der große Einzelne entscheidet; eine Ansicht, die durch das eben erlebte schreckliche Gegenbeispiel Hitler keinesfalls ausgerottet war. Die Heiligkeit des Eigentums muß wiederhergestellt werden; dann wird die Initiative des einzelnen die Welt gesunden lassen. Und umgekehrt: Erst die völlige Abschaffung dieses Privateigentums (besonders an Produktionsmitteln) ermöglicht eine gerechte Ordnung.

Gerade diese Einsicht in die materielle Abhängigkeit aller gesellschaftlichen, politischen und geistigen Erscheinungen, seit Marx zu einem etwas starren Schema geworden, sollte ja später in sinnvoller Belebung und Ausgestaltung zu einer wesentlichen Grundlage unserer heutigen Weltordnung werden.

Alle diese Lehren überschätzten die Rolle des Staates als Körper einer einzelnen Nation. Auch Kommunisten wurden, zumindest taktisch, Nationalisten. Meist aber wurde sogar in der mehr oder weniger gewaltsamen Herstellung möglichst reiner Nationalstaaten eine Lösung gesehen, die notfalls gewaltsam zu erzwingen sei. Zwischen 1918 und 1947 finden wir alle Grade dieser Gewaltanwendung: von der Annexion mit pseudohistorischer Begründung bis zur Austreibung von Millionen Bewohnern. Hitler war sogar zur offenen Ausrottung übergegangen.

Doch dieser nationalstaatliche Absolutismus stammte aus längst vergangenen Zeiten. Er war genauso tot wie der königliche Absolutismus in Frankreich acht Tage vor dem Bastillesturm. Eigentlich gab es ihn gar nicht mehr. Aber – er wurde geglaubt. Sie werden jetzt gleich hier auf unserer Bildwand eine Fülle von Zeugnissen für diesen Irrglauben miterleben. Und ich werde Ihnen diese Vorgänge erläutern, wo sie nicht für sich selbst sprechen. (Rufend) Bitte anfangen!

(Kurze knackende Geräusche, dann ein Surren, das sich bald wieder verliert.)

Vlacek: Der Mann, den Sie hier beim Kofferpacken sehen, ist ein für das Jahr 1947 bezeichnender Mensch. Wir entdecken sein Bild mehrfach auf Filmstreifen der Moskauer Konferenz, an der er aber nicht etwa als Delegierter teilnahm. Nun – das später.

Mr. Stone lebt in London. Sie sehen ihn noch in seinem Hause. Er hat zwei Kinder. Dort kommt eben seine Frau herein. Die unhandliche Klappe stellt eine Tür von damals vor. Bob Stone ist Ende dreißig. Eigentlich heißt er Berthold Stein und stammt aus der deutschen Stadt Halle. Bis 1939 war er in einem Lager eingesperrt, konnte dann auswandern. Jetzt ist er Soldat, Sergeant der britischen Armee. Als solcher müßte er eigentlich eine besondere Tracht tragen, die sogenannte Uniform. Aber aus besonderen Gründen hat er die übliche Kleidung jener Zeit an. Von Beruf ist er Elektrotechniker. Hören Sie ihn jetzt mit seiner Frau sprechen:

Frau Stone: Beeil' dich, Bob. Das Flugzeug geht in einer knappen Stunde!

Stone: Schon fertig. – Wieder viel zu voll, der Koffer. – Den Smoking hab' ich kaum mehr reinbekommen. Muß aber mit! Genau so wichtig wie der Overall. Das eine für die Arbeit, das andere für die Abende in Moskau! Ich muß doch die westliche Zivilisation gebührend vertreten können!

Frau Stone (lachend): Aber bitte, denk' dran, daß dir Wodka *gar* nicht bekommt!

Stone: Sicher, sicher! – Ach, Mary: Ist doch 'ne herrliche Sache, daß ich nun auch mal dabei sein kann! Mitten hineinfliegen ins Zentrum der Weltgeschichte! Denn das ist ja nun mal Moskau für die nächsten Wochen.

Frau Stone: Hoffentlich dauert's nicht zu lange! Diese Konferenzen werden doch so oft vertagt und verlängert.

Stone: Die nicht! Ist doch alles im Grunde schon klar. Wir müssen das Fazit von zwei Jahren Verhandlungen ziehen, unterschreiben, Schluß. (lacht) *Wir* sage ich! Na, schließlich bin ich ja auch wirklich dabei! Was?

Frau Stone: Ich bin richtig stolz auf dich, Bob!

Stone: Na dann – los! Komm . . .

Vlacek (erläuternd): Da geht er hinaus, mit seinem Koffer und mit seiner Frau. Sie haben eben ein kleines Beispiel für die Überschätzung sogenannter großer Ereignisse erlebt. Bis vor zwei oder drei Generationen hat sich für die meisten Menschen die sogenannte Geschichte aus solchen Ereignissen zusammengesetzt. Und die Moskauer Konferenz war sicherlich ein bunter Stein in diesem Zusammensetzspiel.

Nun – etwas ganz anderes. Wiederum ein Abschied. Diesmal verläßt ein leitender Staatsmann sein Land: Der rundköpfige, bebrillte Mann dort, das ist Mr. Ernest Bevin, britischer Außenminister.

Wir sind am Kai von Dover. Dort hinten das Kanalschiff; eben will Mr. Bevin über die Gangway. Die Herren, die ihn umdrängen, das sind Reporter. Sie sehen, einer von ihnen hält einen kleinen Apparat hoch: Das ist ein Rundfunkmikrofon. Jetzt wird Bevin gefragt – hören Sie:

1. Journalist: Was erwarten Sie von Moskau, Mr. Bevin?

Bevin: Hoffentlich erwartet England nicht zu viel. Die Konferenz birgt enorme Schwierigkeiten in sich.

1. Journalist: Was betrachten Sie als die dringendste Aufgabe?

Bevin: Die Rettung der Deutschen. Man kann nicht zulassen, daß sechsundsechzig Millionen Menschen mitten in Europa ein Elendsgebiet bilden. Aber natürlich darf die Besserung nicht auf Kosten des britischen Steuerzahlers gehen.

2. Journalist: Es bestehen große Differenzen zwischen den Mächten. Statut oder Vertrag? Künftige deutsche Regierungsform? Verteilung der Reparationen? Art und Dauer der Besetzung? Lauter unvereinbare Gegensätze ...

Bevin: Nichts ist völlig unvereinbar. Schließlich haben wir gemeinsam Krieg geführt. Sollten wir nicht auch den Frieden gemeinsam gewinnen?

2. Journalist: Ausgezeichnet, Mr. Bevin. Wird also der Frieden in Moskau schließlich doch vorbereitet werden?

Bevin: Vorbereitet – ja ... Es handelt sich um die ersten Schritte zur nächsten Stufe. Immerhin – wenn wir zurückkommen, werden hoffentlich die Umrisse dieses Friedens erkennbar sein.

2. Journalist: Danke, Mr. Bevin. Gute Reise!

(Schiffs-Sirene.)

Vlacek (erläutert): Dort geht der Minister auf das Schiff. Neben ihm: Sir William Strang, Sonderbeauftragter des britischen Außenamtes, der zweite Mann Englands für Moskau. Hören Sie, was er eben zu Bevin sagt:

Strang: Nicht sehr ermutigend, was Sie eben sagten.

Bevin: Noch viel zu optimistisch, fürchte ich.

Strang: Ob es die Presseleute so auffassen?

Bevin: Sie spielen das Spiel mit. Das Spiel des Optimismus. Ohne diesen Motor ginge es nicht weiter, wenn er auch manchmal nur noch keucht ... Nun, etwas kommt schließlich immer zustande. Man muß trachten, daß es möglichst viel ist. Diesmal allerdings ...

Strang: Ja, diesmal ... Die Gegensätze sind tatsächlich unvereinbar. Wenn wir in drei Wochen ganz genau klargestellt haben, worin sie bestehen, dann werde ich schon zufrieden sein.

Bevin: Mehr können wir kaum erwarten. Und von da aus muß man dann weiterbauen . . .

(Schiffs-Sirene.)

Vlacek (erläutert): Etwas überraschend, dieser Unterschied im Ton, nicht wahr? Um so mehr, als Bevin im Rufe eines tatkräftigen Optimisten steht. Dabei hat er sich zu den Jorunalisten vorsichtig genug geäußert.

Überhaupt möchte ich hier meine Zuhörer vom Jahre 2047 davor warnen, derartige Widersprüche voreilig als Zeichen der Heuchelei oder gar der bewußten Irreführung zu betrachten. Davon ist keine Rede! Es handelt sich um „das Spiel“. Um die allgemein übliche Methode, klare Äußerungen so lange wie möglich zu vermeiden. Auch hierbei wirkte sicherlich Angst mit, die Angst, seine wahren Absichten vorzeitig zu enthüllen. Je mehr sich Politik und Diplomatie in der Öffentlichkeit abspielten, desto kunstvoller wurde die Fähigkeit ausgebildet, um die Dinge herumzureden.

Manchmal natürlich, wenn es am Platze war, konnte man auch deutlicher werden . . . Achten Sie im folgenden darauf . . .

(Stimme ausblenden. Dann sofort: Dröhnen eines Flugzeugmotors. Flugzeugmotor leiser, wird abgedrosselt. In die abklingenden Geräusche hinein:)

Vlacek: Wir sind hier in Prag. Auf dem Flugplatz. Der unförmige Kasten, den Sie sehen, ist ein amerikanisches Flugzeug. Ihm entsteigt General Marshall, der USA-Außenminister. Neben ihm Mr. Murphy, der eine ähnliche Rolle zu spielen hat wie der Engländer Strang. Zu ihrer Begrüßung eilt Masaryk, der tschechische Außenminister, herbei. Hier ist er:

Masaryk: Ich bin froh und erleichtert, daß Sie nun doch selbst kommen, General!

Marshall: Obwohl ich im Grunde überzeugt bin, daß es wenig Sinn hat . . .

Masaryk: Sie hätten sonst ein verhängnisvolles Beispiel des Pessimismus gegeben!

Marshall: Mr. Murphy hätte das nicht geduldet. (Lachen.)

Murphy: Wir müssen versuchen, das Beste zu tun.

Masaryk: Natürlich. Aber auch ich bin, ehrlich gesagt, ziemlich sicher, daß wir den wirklichen Frieden mit Deutschland kaum vor Mitte 1948 haben werden.

Marshall (lacht): Aha! Und deswegen fliegen Sie morgen mit uns nach Moskau?

Masaryk: Es gibt noch andere Fragen zu regeln als den deutschen Frieden. Nun, darüber sprechen wir heute nachmittag. Darf ich Sie jetzt zum Wagen bitten? Ministerpräsident Gottwald erwartet Sie!

(Kurz Autogeräusch.)

Vlacek: Die amerikanische Delegation fährt nun in die Stadt. Der tschechoslowakische Staat nahm damals eine besondere Stellung ein in der Gruppierung der großen Mächte. Er stand zwischen West und Ost; ähnlich wie Deutschland, das indes keine Möglichkeit zu eigenen Entscheidungen hatte. Ich deute das hier nur an, wir hören noch davon. Jetzt ein anderes Bild.

Ein Luxuszug rast durch eine Ruinenlandschaft. Es ist das Ruhrgebiet. Das industrielle Herz Deutschlands. Augenblicklich schlägt dies Herz nur noch mühsam. In dem Zuge reist die Delegation Frankreichs nach Osten, zur Konferenz, quer durch Deutschland. Am Fenster eines Wagens: der französische Außenminister Bidault und sein Stellvertreter Couve de Murville. Er ist es, der jetzt spricht:

C. De Murville: Die Zerstörungen sind außerordentlich. Kaum vorstellbar, wie das wieder in Gang kommen soll.

Bidault: Unterschätzen wir die Deutschen nicht. Wenn sie den toten Punkt überwinden, läuft hier in ein paar Jahren alles wieder auf Hochtouren.

C. De Murville: Darauf müssen wir uns einrichten.

Bidault: Deutschland muß jetzt sofort seine neue Form bekommen. In Moskau. Unsere Vorschläge sind da völlig eindeutig: Staatenbund, schwache Zentralregierung mit Finanz- und Posthoheit. Im übrigen alles an die Einzelländer: Justiz, Verwaltung, Polizei.

C. De Murville: Und so weit wie möglich auch: Außenpolitik. Wir müssen darauf bestehen, daß jedes deutsche Land Beziehungen zu auswärtigen Mächten unterhalten darf.

Bidault: Ausgezeichnet. Das besiegelt Deutschlands Ende als Großmacht. Aber wird es sich durchsetzen lassen? Amerika denkt anders. Und England auch.

C. De Murville: Leider auch Rußland. Dafür stimmt Polen jetzt völlig mit uns überein. Nun, abwarten; jetzt sollten wir unsere ganze Energie auf das Ruhrproblem konzentrieren. Da gibt es zwischen Franzosen wohl kaum Differenzen?

Bidault: Doch. Die Sozialisten schwanken. Auch der jüngste Vorschlag des Herrn Schuman von der Katholischen Volkspartei, die gesamte Kohle und Schwerindustrie Mitteleuropas als einen Komplex zu behandeln, verwischt die Ruhrfrage. Dergleichen ist dilettantische Utopie. Wir müssen das konkret Mögliche erreichen.

C. De Murville: Herr Minister – da ist Essen! Die Stadt Krupps!

(Geräusch des haltenden Zuges. Dann Karrenrollen, Rufe.)

Bidault (aufrichtig ergriffen): Sehen Sie! Dort – die alte Frau mit dem Bündel, dem kleinen Karren. Diese zerlumpten Fetzen ... Sind wir wirklich mitten in Europa?

C. De Murville: Und da: Der Mann mit den beiden kleinen Kindern. Wo ist die Mutter? Wie hoffnungslos sie alle vor sich hinstarren! Kaum einer, der zu unserem Zug herüberblickt.

Bidault: Apathie ... Das Erbe Hitlers! Es spiegelt sich in jedem deutschen Auge.

C. De Murville: Und in den Augen vieler anderer Völker auch.

Bidault: Richtig. Deshalb werden diese Leute da noch lange als letzte in der Schlange stehen müssen. Wir haben kein Recht, sie zu bemitleiden. Als Volk sind sie schuldig.

C. De Murville: Eine gewisse Härte ist die einzige Garantie dafür, daß die Zukunft einmal barmherziger sein wird. Mit uns – und mit ihnen . . .

(Stimmen ausblenden.)

Vlacek: Das waren zwei Männer des besten, des humanistischen Frankreichs. Beide entschlossene Kämpfer gegen den Terror Hitlers. Aber jetzt sind sie bereit, die absoluten Formeln Hitlers anzuwenden. Fast ganz Europa hat sein Vokabular übernommen. Es ist das Vokabular des uneingeschränkten Glaubens an die alleinseligmachende Nation. Aber – vielleicht gibt es doch *ein* Land, das dieses Wörterbuch des Unmenschen (wie es in einer deutschen Zeitschrift damals genannt wurde) nicht benutzt? Wir sind jetzt in Moskau. Im Narkomindjel, im Außenkommissariat:

(Klopfen.)

Molotow: Herein!

Kommissar: Hier, Genosse Molotow: Sie wünschten den Bericht des Empfangsausschusses.

Molotow: Danke – Stenografen . . . Die Presse . . . Hm . . . Die Techniker vollzählig . . . Bergdahl – Van Dooren – Stone . . . alias Stein. Wer ist das? Aha. Halle. Vater: Stadtrat. Er selber 27 bis 33 Mitglied der SPD. Jetzt englischer Staatsangehöriger. Das ist ja interessant.

Kommissar (eifrig): Genosse Raizew arbeitet mit ihm am Versuchs-Fernsehsender. Er hat bereits . . .

Molotow (unterbricht): Danke. Nicht *unsere* Sache. – Wie ist die Stimmung unter den fremden Technikern?

Kommissar (mit Papier raschelnd): Eher optimistisch. Nur – hier:

„Die Polen befürchten, daß es zu Debatten über die Oder-Neiße-Grenze kommt."

Molotow: Die *Polen?* Unsinn. Jedermann weiß, daß es sich da um vollendete Tatsachen handelt.

Kommissar (betont): Aber sie würden es vorziehen, wenn es gar nicht erst zu einer Debatte käme.

Molotow (lacht): Verständlich. So bequem können wir's ihnen aber nicht machen. Ich werde mit Motschilewski sprechen, daß seine Leute ein bißchen vorsichtiger in ihren Gesprächen sind. Mit dem polnischen Außenminister können wir wenigstens offen reden ... So offen, wie sonst nur mit einem einzigen in den letzten zehn Jahren!

Kommissar: Mit dem Deutschen. Graf Schulenburg. Den Hitler nachher umbrachte.

Molotow: Merkwürdig, wie gut wir uns mit dem verstanden haben. Dieser alte Aristokrat wäre morgen ein guter Vertreter Deutschlands. Eine notwendige Ergänzung unserer Freunde von der SED. Ein Patriot. Ein Feudaler mit Sinn für die Wirklichkeit. Mit solchen Leuten läßt sich gut auskommen. Da gab es nicht alle diese Rücksichten auf die Empfindlichkeit der westlichen Demokratien.

Kommissar: Na, wir haben es eigentlich neuerdings nicht an Protesten, an Angriffen, an Unfreundlichkeiten fehlen lassen.

Molotow: Taktik, Genosse. Sie wissen: Auf keinen Fall darf der Eindruck entstehen, wir hätten Furcht vor Koalitionen, vor Mangel, vor der Atombombe, vor was weiß ich ...

Kommissar (sehr trocken): Natürlich. Dieser Eindruck darf nicht entstehen.

Molotow: Noch eins: Der Protest gegen die New Yorker Pressestimmen zur neuen Rede Atchesons im Kongreß?

Kommissar: Gestern an die Botschaft übergeben. Wollen Sie Marshall darauf ansprechen?

Molotow: Bestimmt nicht! Die Parole heißt: Herzlichkeit! Und Zeit gewinnen!

Kommissar: Sicher. Das ist der Sinn der Konferenz. *Unserer* Konferenz!

(Beide lachen, herzlich und unbefangen. – Ausblenden.)

Vlacek: Diese beiden Männer eben – sie waren einst in der Zarenzeit Revolutionäre. Sie gehören zur alten Garde der Bolschewiki. Vor diesen Leuten hatte die übrige Welt seit drei Jahrzehnten Angst. Wieder eine andere Art der Angst. Die Furcht vor der sozialen Revolution nämlich. Heute stellen wir zurückblickend fest: Diese Leute waren ihrem Jahrhundert in mancher Hinsicht voraus. Zum Beispiel hebt die konsequente Befolgung der Lehre von Karl Marx den Nationalstaat auf. Indes, die Entwicklung zwang die Russen zu Umwegen. Hitlers Angriff rief einen unerwartet echten Sowjet-Patriotismus hervor. Die Formel Stalins aus den 20er Jahren: „Sozialismus in *einem* Lande!" wandelte sich zu dem erstaunlichen Begriff des „Sozialistischen Vaterlandes". Und das war keine leere Floskel. Achten Sie darauf, wenn wir jetzt in das Haus der Flugzeugindustrie kommen. Hier – in diesem großen Saal – werden die Vollsitzungen des Kongresses stattfinden. Wir sehen Techniker verschiedener Nationen bei den letzten Vorbereitungen.

(Hämmern. Kurz ein Drillbohrer. Dann das Schleifen von Kabeln. Schritte.)

Raizew: So, Mr. Stone. Jetzt wird's klappen. Ich laufe mal in die Kabine, ein paar Worte durchsagen, zur Probe.

Stone: Bitte, Kamerad Raizew!

(Schritte, dann)

Raizew (verzerrte Stimme, durchs Mikrofon): Ich beginne. Können Sie mich sehen? Alles klar?

Stone: Bild ist scharf. Ton ziemlich undeutlich.

Raizew: Moment! (Krächzender Ton.) So . . . Jetzt?

Stone: All right!

Raizew (ein Lachen unterdrückend): Das . . . müssen Sie noch mal sagen!

Stone: All right! (Pause.) All right! – Was ist denn los?

Raizew: Mir . . . fiel nur was ein. Komisch . . . (lacht), daß gerade Sie . . .

Stone: Wieso – ich?

Raizew: Sie sind doch aus Halle?

Stone: Ja.

Raizew: Kennen Sie Ammendorf?

Stone: Ja! Das Grubennest . . . Ammendorf! Was ist damit?

Raizew: Da saß ich. 1921, mitteldeutscher Aufstand. Wir hatten einen Draht zum Leunawerk. Für die Besetzung gab's ein Stichwort. Eben: All right! Einfach: All right! Dann kam die Reichswehr-Brigade Maerker – und wir hauten ab. Der Draht war nämlich 'n Militärdraht. So einfach war das damals. All right.

Stone: Merkwürdig, Kamerad Raizew . . . Mein Vater war Stadtrat, den verhafteten sie. Ich war damals noch 'n kleiner Junge . . .

Raizew: Und heute? (da Stone schweigt) Warten Sie, ich komme rüber.

(Schritte.)

Morgen werden Marshall und Bevin und Bidault an dem Kabel da hängen. Wenn die auch einfach „All right" sagen würden, wie? Aber die werden ganz was anderes sagen: Ich fordere! Ich bestehe auf . . . Und: Ich protestiere nachdrücklich! – Sehen Sie, Stone: Damals in Ammendorf, da redeten *wir!* Sie und ich. Die schaffenden Menschen. Morgen – spricht England und Amerika und Frankreich.

Stone: Und Rußland!

Raizew (ruhig): Ja. Und Rußland! Das ist ein Fall für sich. Das Sowjet-Vaterland ist die Heimat aller. Deshalb hat die Welt dafür gekämpft.

Stone: Na, ob nun gerade deshalb . . . Fragen Sie mal General Marshall!

Raizew: Doch. Ob sie's nun wußten und wollten – oder nicht! Alle! Und so wird es immer wieder sein. Das ist die wahre Front, an der sich alles entscheidet.

Stone (ehrlich erschrocken): Glauben Sie – an einen dritten Weltkrieg?

Raizew (sehr ruhig): Nein. Wir können ihn jetzt nicht brauchen.

Stone: Jetzt sagen Sie! Am Vorabend einer Friedenskonferenz! Denken alle Russen so?

Raizew: Ich glaube, es kommt genau so darauf an: Was denken die Engländer? Die Amerikaner? Und, vor allem – die Deutschen! Eigentlich *sind* Sie doch ein Deutscher? (Lacht.) Gewissermaßen ein inoffizieller Vertreter Deutschlands. Glauben Sie ernsthaft, daß dort niemand an die Möglichkeit eines Krieges denkt?

Stone (wieder recht verwirrt): Doch . . . Wahrscheinlich . . . Aber wenn jeder darauf achtet, ob der andere an diesen Atomkrieg denkt . . . wozu dann erst Friedenskonferenzen?

Raizew (gutmütig): Sie sind ja ein waschechter Idealist, Stone! Na, darüber müssen wir noch mal reden . . . Jetzt wollen wir weitermachen.

Stone: Weitermachen . . . Ja . . .

(Ausblenden.)

(Sofort anschwellend – Musik „Stars and stripes“. Einige Takte. Dann laute, schneidige Stimme)

Stimme: General Marshall! Es ist mir eine besondere Ehre, Sie in dem Augenblick zu begrüßen, wo Sie den Fuß auf die befreite Erde Rußlands setzen! In Ihnen sehen wir den Vertreter des großen verbündeten Landes . . .

(Rasch wegblenden. Und sofort – neue Musik: „God save the king“ Andere, ähnliche Stimme.)

Stimme: Herr Minister! Meine Herren von der britischen Delegation! Im Namen von Generalissimus Stalin darf Ich Sie willkommen heißen auf dem Boden Moskaus, der Hauptstadt, die gleich London niemals von den faschistischen Feinden betreten werden konnte . . .

(Rasch wegblenden. Sofort – neue Musik: „Marseillaise“. Dann dritte, wiederum ähnliche Stimme.)

Stimme: So wie Sie, unsere tapferen französischen Verbündeten, in Ihrer Resistance dem Hitlerschen Terror unbeugsam standgehalten haben, so werden Sie gemeinsam mit uns allen Versuchen widerstehen, aus dem Frieden des gerechten Sieges einen Frieden des voreiligen Verzichtes zu machen . . .

(Rasch wegblenden)

Vlacek: Das war der Empfang amerikanischer, britischer und französischer Staatsmänner in Moskau. Dabei ist Ihnen gewiß die Musik aufgefallen. Immer eine andere. Aber – alle diese Klänge waren unbestimmt miteinander verwandt, nicht wahr? Es handelt sich hier um die sogenannten Nationalhymnen. Uns im 21. Jahrhundert fällt es nicht ganz leicht, die Bedeutung dieser Musik zu verstehen. Aber den Menschen von 1947 war sie vertraut und heilig. Ihre Herzen schlugen dabei höher. Jede dieser Melodien hatte ihre Geschichte. Eine Geschichte von Fürsten und Feldherren, Kriegen und Siegen, an die sie erinnerten. So waren sie eines der wirksamsten Mittel, um jede Nation mit der heftigen Überzeugung zu erfüllen, sie sei besser als andere.

Und nun beachten Sie: Soeben wurden diese Hymnen gespielt zur herzlichen Begrüßung befreundeter Gäste! Auch wo es um Einigkeit und Frieden ging, wurde vor allem das Trennende so feierlich-feindselig betont! Ein Brauch, der äußerst bezeichnend ist für den ganzen Geist des späten Nationalismus.

Ein Land hatte um diese Zeit keine Nationalhymne: Deutschland, um dessen Schicksal es in Moskau ging. Es war überhaupt kein Staat mehr. Waren also die Deutschen ihrer Zeit um Jahrzehnte voraus? In der Tat. Nur wollten sie, erklärlicherweise, von diesem Vorzug nicht viel wissen. Denn er stammte nicht aus eigenem, freiem Entschluß, sondern aus Vorschriften der Sieger.

Viele Deutsche empfanden es geradezu als Schmach, keine Hymne mehr zu haben, die ihr Blut schneller antrieb. Vorher, unter Hitler, hatten sie sogar *zwei* solcher Tabu-Melodien gehabt. Das entsprach recht gut der Tatsache, daß die Deutschen das äußerste an Übertreibung des nationalen Wahns entwickelt hatten. Nun war das Gift in der Welt – und kam nicht so leicht wieder zum Verschwinden.

Das vergaßen die Bazillenträger, von denen die anderen angesteckt worden waren, nur zu gern. Sie sahen nur die Splitter in des Nachbars Augen . . . Und so kam es zu Debatten wie dieser. Im Zonenbeirat, einer beratenden Körperschaft des durch England besetzten Teils von Deutschland:

Stimme: Es spricht Dr. Schumacher.

Schumacher: Wir Sozialisten werden im Ausland neuerdings als Nationalisten bezeichnet, weil wir für gerechte Bedingungen kämpfen. Wir weigern uns nicht, Reparationen zu zahlen; aber Reparaturen sind dringlicher!

(Beifall)

In Moskau muß die Ostgrenze zur Diskussion gestellt und dabei an die Weltvernunft appelliert werden.

(Beifall)

Stimme: Ministerpräsident Steltzer!

Steltzer: Vor allem müssen wir darauf bestehen, daß deutsche Sachverständige in Moskau gehört werden.

(Beifall und Widerspruch)

Ein Friede, der nicht mit uns beraten wurde, kann kein Friede sein! Kein Mitglied meiner Partei wird allerdings einen Vertrag jemals unterschreiben, der die Oder-Neiße-Grenze verewigen soll! Das kann ich Ihnen versichern.

(Beifall)

Vlacek (erläutert): Das war der Redner einer Partei, welche in ihrem Namen Christentum und soziale Haltung zu versöhnen strebte. Sehr interessant: Offenbar wurde das damals vielfach als etwas Verschiedenes angesehen ... Und nun hören Sie noch einen deutschen Kommunisten:

Stimme: Es spricht Max Reimann!

Reimann: Auch wir hoffen, daß deutsche Vertreter an einem echten demokratischen Frieden mitwirken können. Für die Ostgrenze muß eine Lösung gefunden werden, die beiden Teilen gerecht wird ...

(Zurufe: Wo denn?)

Die Oder-Neiße-Linie können auch wir nicht anerkennen!

(Beifall)

Stimme: Es liegt ein Antrag auf Ernennung von Delegierten vor.

Andere Stimme: Ist nicht Aufgabe des Zonenbeirats!

Gegenstimme: Praktisch – nein! Aber als Geste ...

Dritte Stimme: Ernennung ist überflüssig. Jede Partei bezeichnet einen Beauftragten.

Erste Stimme: Nein! Die Delegation müßte der Stärke der Parteien entsprechen!

Vierte Stimme (schneidig): Unsinn! Schicken Sie Persönlichkeiten!

Fünfte, sehr ruhige Stimme: Aber meine Verehrten! Wozu der Lärm? Morgen beginnt die Konferenz! Warum diese unlösbaren Exempel stellen – und Delegierte ernennen, die nie abreisen werden!

Laute Zurufe: Es kommt auf die Geste an! – Man soll uns hören! – Die Demokratie . . .

(Ausblenden)

Vlacek: Das also waren Deutsche: die noch nichts wieder zu sagen hatten, aber reden durften. Sonderbar über- und unterschätzten sie ihre Rolle. Sie waren natürlich nicht: Mittelpunkt der Welt. Aber für ihr eigenes Schicksal hätten sie mehr tun können, als sie taten. Ihr politischer Organismus war gelähmt: durch den Schock des Zusammenbruchs. Durch Hunger. Durch Kälte. Und – vergiftet durch die Frage nach der *Schuld* . . .

Es war nicht abzustreiten: KZ-Lager – ein deutscher Begriff! Verschleppung. Sippenhaft. Geiselsystem, Ausrottung, Gaskammern – das alles, zuerst von Deutschen gegen Deutsche erprobt, war nachher millionenfach und noch grausamer gegen andere angewendet worden.

Die Welt wußte das. Und die Deutschen wußten es. Aber sie wollten es nicht wissen. Sie verdrängten das eigne Unrecht, indem sie hinwiesen auf Unrecht, das nun – zweifellos – ihnen vielfach geschah.

Man kann sagen: Die einzige deutsche Zentralregierung war die des schlechten Gewissens.

Davon hing nun der Friede, den sie bekommen würden, sicher nicht allein ab. Aber im 20. Jahrhundert waren Politik und Moral höchst unklar verquickt. Durch energische Selbst-Reinigung in den ersten zwanzig Monaten hätten die Deutschen ein außerordentliches moralisches Druckmittel gewonnen. Das geschah nicht. So behielten die anderen ein furchtbares moralisches Machtmittel in der Hand. Und davon machten besonders die kleineren Siegervölker Gebrauch. Sie waren bei der Konferenz selbst nicht dabei. Aber jedes hatte unter den Großen Freunde. Die berieten sie durch ihre Delegierten. Hören Sie, wie Vertreter dieser Völker sich jetzt in einem Moskauer Hotel unterhalten:

Jugoslawe: Zusammen mit Rußland sind wir Jugoslawen die am meisten Geschädigten. Deshalb müssen wir unsere gerechten Ansprüche selbst vortragen können!

Holländer: Die Niederlande brauchen zehn Jahre für den notwendigsten Aufbau des Zerstörten. England wird unsere Forderung nach Kohle und Strom unterstützen. Aber wir wünschen auch Grenzberichtigungen.

Grieche: Deutschland muß zahlen. Das kann es nicht in bar. Daher muß es unsern griechischen Tabak abnehmen und dafür Industriewaren liefern.

Norweger: Die norwegischen Gewässer bleiben auf 50 Meilen für deutsche Fischer verboten. Wir wollen vergeben. Später. Wir wollen sogar helfen. Aber vorläufig können wir nicht vergessen.

Tschechoslowake: Der Name Lidice hat das Gewissen der Welt erweckt. Niemand kann uns verübeln, daß wir uns von den Deutschen gereinigt haben, besonders, nachdem sie selbst verabsäumten, sich deutlich von ihrer Vergangenheit loszusagen. Außerdem verlangen wir Grenzkorrekturen.

Belgier: Belgiens Standpunkt ist längst bekanntgegeben. Das alles genügt nicht. Jetzt muß gehandelt werden. Ich schlage vor: Bildung eines Aktionsausschusses aller kleinen Nationen. Antrag an die Vollversammlung, einen Vertreter dieses Ausschusses dort zu hören!

Jugoslawe: Ich beantrage: *zwei* Vertreter! Unsere Interessen sind zu verschieden.

Holländer: In dieser Frage sollte es kein Ost und West geben! Unsere Interessen sind dieselben. Nur als geschlossener Block erreichen wir etwas!

Norweger: Wenn nicht jetzt, dann zumindest auf der nächsten Konferenz! Deshalb muß der Ausschuß eine ständige Einrichtung werden.

Tschechoslowake: Sie rechnen mit weiteren Konferenzen?

Norweger, Holländer, Belgier: (durcheinander) Bestimmt! – Mindestens noch zwei! – Nein, vier oder sechs . . .

Jugoslawe: Ohne Polen sind wir in diesem Gremium nicht vollzählig. Ich beantrage Vertagung, bis Polen zu unserm Plan Stellung genommen hat.

(Lärm, Widerspruch. – Ausblenden)

Vlacek (halblaut): Die Vertreter Polens aber . . . Nun, Sie erleben das gleich selbst:

(Schreibmaschinengeräusch)

Polnischer Vertreter: Herr de Murville, ich darf zusammenfassen. Polen erkennt die Annexion der Saar an . . .

C. de Murville: Pardon! Von Annexion ist nicht die Rede. Wirtschaftliche Angliederung – Zolleinheit – Münzunion . . .

Polnischer Vertreter: Bitte! Polen unterstützt Frankreich hierin. Dafür verzichten Sie auf jede Diskussion der de facto bestehenden polnischen Westgrenze.

C. de Murville: Wie im Januar in Paris besprochen.

(Schreibmaschinengeräusch)

Polnischer Vertreter: Einig sind wir in der unbedingten Ablehnung deutscher Delegierter auf dieser und den folgenden Konferenzen. Der Schuldige kann nicht Richter sein!

C. de Murville: Solange keine deutsche Zentralregierung besteht, sind wir derselben Meinung. Aber – sprechen wir jetzt von der Ruhrfrage . . .

(Ausblenden)

Vlacek: Sicher ist auch Ihnen aufgefallen, wie klar und sachlich hier geredet wurde. Sollten wir bei dieser Besprechung unter vier Augen dem eigentlichen Zweck solcher Konferenzen näher gewesen sein? Sollten diese stillen Gespräche vielleicht die eigentliche Weltgeschichte machen?

Lassen wir uns nicht irreführen. Wenn wir den späteren Ablauf des 20. Jahrhunderts bedenken, werden wir doch ganz andere Kräfte in Rechnung stellen. Davon sogleich ein kleines Beispiel. Worte, die aus einer anderen Welt klingen – und doch in jenen selben Tagen gesagt wurden . . .

(Leises Stimmengewirr – Glocke)

Stimme (Versammlungsleiter): Das Schlußwort hat: Mrs. Hannah Arendt.

Hannah Arendt: Der französische Denker Péguy nannte den Familienvater den „Abenteurer des 20. Jahrhunderts". Heute wissen wir: Der Spießbürger ist auch der Verbrecher des Jahrhunderts. Er will Sicherheit. Um jeden Preis. Fühlt er diese bedroht, dann tut er buchstäblich alles, was von ihm verlangt wird; vorausgesetzt, daß man ihm die Verantwortung abnimmt, ihm befiehlt. – Hitler rechnete also nicht mit Sadisten, sondern mit Kleinbürgern vom Schlage Himmlers . . .

(Wegblenden)

Vlacek (halblaut): Dies ist eine kleine New Yorker Versammlung. Emigranten, deutsche Juden, Menschen, die mehr als alle anderen durch Hitler gelitten haben. Auch sie forschen nach der Schuld. Aber – hören Sie, wie hier das Thema formuliert wird:

Hannah Arendt: Es ist richtig: In Deutschland gedieh der neue, mörderische Spießertypus besonders üppig. Aber er ist international. Wir täten gut, ihn nicht in der Annahme, nur der deutsche Spießer sei solch furchtbarer Taten fähig, in Versuchung zu führen . . . Oft sagten mir Deutsche, sie schämten sich, Deutsche zu sein. Ich habe geantwortet: Ich schäme mich, Mensch zu sein.

Denn: Die Idee der Menschheit – gereinigt von aller Sentimentalität – hat politisch die schwerwiegende Konsequenz, daß wir für alle von Menschen begangenen Verbrechen, daß die Völker für alle von Völkern begangenen Untaten die Verantwortung tragen ...

(Ausblenden)

Vlacek: Auch das – eine Stimme von 1947. Freilich, sie klang nur leise mit im Chor der lauten, offiziellen Töne jener Tage ...

Ansager: Radio Moskau. – Heute abend begrüßte Generalissimus Stalin die in Moskau versammelten Delegierten im Kreml. In einem Trinkspruch feierte er den gemeinsamen Sieg und brachte die Hoffnung auf vollen Erfolg der Konferenz zum Ausdruck.

2. Ansager: Hier ist die Stimme Amerikas. – Nach seiner bereits gemeldeten Ansprache unterhielt Generalissimus Stalin sich nahezu eine Stunde mit General Marshall. Es sollen dabei einige wichtige Punkte der Tagesordnung bereits in freundschaftlicher Form erörtert worden sein.

3. Ansager: Hier ist England. – Minister Bevin äußerte sich auf dem Empfangsabend im Kreml zuversichtlich. „Wir werden rasche und gründliche Arbeit leisten!" sagte er. – Aus Palästina wird gemeldet: Der jüdische Zentralausschuß fordert erneut den nationalen jüdischen Staat ohne jede Einschränkung ...

(Wegblenden)
(Balalaika-Musik, Stimmengewirr, schleifende Tanzschritte)

Vlacek (erläutert): Drüben im Hauptpalast des Kreml dauert der große Empfang noch an. Hier, in einem Nebengebäude, sind die Helfer, Techniker, Presseleute gleichfalls zu einer kleinen Feier versammelt. Dort in einer Ecke unsere Bekannten, Mr. Stone und Genosse Raizew!

Raizew: Ihr Wohl, Stone!

Stone: Danke. Ich ... Seit Buchenwald vertrage ich nicht mehr viel Alkohol.

Raizew (ganz leicht betrunken, aber keinesfalls besoffen): Die Deutschen müßten Ihnen einen neuen Magen einsetzen. *Das* wäre eine vernünftige Reparation, was?

Stone: Merkwürdig, daß ihr Russen so viel von Reparationen sprecht. Ich meinte, Ihr denkt international.

Raizew: Aber wir haben am meisten von allen opfern müssen. Und vor allem: Die Deutschen müssen zahlen, weil es für sie selber heilsam ist.

Stone: Ich . . . war mal Deutscher . . . Ich weiß nicht, ob Versailles so besonders heilsam war . . .

Raizew: Es wurde ja nicht durchgeführt. Aber diesmal gibt es ein Statut! Keine Ausflüchte! Alles schon klar!

Stone: Ihre Theorie! Das soll ja auf der Konferenz erst beraten werden!

Raizew (hartnäckig): *Ihre* Illusion! In Wirklichkeit – alles längst entschieden!

Stone: Wozu beginnt dann morgen das ganze Gerede?

Raizew: Gerede! Richtig! Ihr guten Leute haltet tatsächlich die Fassade fürs Haus. Na – Ihr Wohl! Ich trinke für Sie mit.

Stone: Wir werden das ja gleich morgen hören.

Raizew: Gar nichts werden wir hören! Nicht ein Wort! Stone, wollen wir wetten, daß morgen in der ersten Vollsitzung nicht ein Punkt erledigt wird? Nicht ein einziges kleines Pünktchen? Na?

Stone: Ich wette nie.

Raizew: Ach? Ich denke, alle Engländer wetten?

Stone: Ich bin kein . . . noch nicht lange Engländer. Außerdem ist das genauso wahr wie die Vorstellung, kein Sowjetrusse sei national. *Sie* zum Beispiel . . .

Raizew: Ich – möchte mit Ihnen wetten!

Stone (lacht): Sie sind hartnäckig, Kamerad!

Raizew: Soll gar nichts kosten, die Wette! Passen Sie auf: Morgen wird zuerst die Tagesordnung bekanntgegeben. Ich kenne das. Seit Rapallo – immer dasselbe. Große Rosinen und wenig Kuchen . . .

Stone: Was wollen Sie – mit der Tagesordnung?

Raizew: Kamerad, wenn auch nur die wichtigsten Punkte des deutschen Vertrages in Moskau klar festgelegt werden, haben Sie gewonnen. Dann können Sie den Astrachanpelz behalten, den ich Ihnen heute gepumpt habe. Bringen Sie ihn Ihrer Frau mit, Erinnerung an Moskau!

Stone: Hm . . . Und – wenn *ich* verliere?

Raizew (breit): Wenn Sie beim Schluß der Konferenz überzeugt sind, daß *nichts* geschehen ist, dann . . . dann müssen Sie das Ihren Engländern sagen! Ein Brief an die „Times" zum Beispiel. Das dürften Sie doch? Sind doch 'ne alte Demokratie – was?

Stone (nun auch lachend): Meinetwegen. Darauf laß ich's ankommen! Prost!

(Gläserklingen. Kurz klingt Balaleika auf)
(Elektrisches Klingelzeichen)

Molotow: Soeben ist beim Präsidium ein Schreiben eingegangen, unterzeichnet von den in Moskau anwesenden Vertretern von Albanien, Belgien, Dänemark, Griechenland, Jugoslawien, Luxemburg, der Niederlande, Norwegen, Polen und Tschechoslowakei. Es enthält einen Antrag auf Zulassung zweier Delegierter, die hier die Ansprüche dieser verbündeten Länder vertreten sollen. – Bitte?

Stimme: Um unnötigen Aufenthalt zu vermeiden, beantrage ich Überweisung an eine Sonderkommission!

Rufe: Sehr gut! Einverstanden!

Molotow: Erhebt sich hiergegen Widerspruch? Einstimmig an eine besondere Kommission überwiesen. Sie wird heute nachmittag gebildet. Weiter: Punkt drei der Tagesordnung. Künftige deutsche Staatsform. Es liegen hierüber sechs Anträge vor. – Bitte?

2. Stimme: Tatsächlich handelt es sich nur um zwei wesentlich voneinander unterschiedene Auffassungen: Zentralregierung – oder reiner Föderativstaat. Könnten wir nicht versuchen, wenigstens *diese* Klärung in besonderen Besprechungen vorzubereiten?

Andere Stimme: Sehr richtig!

Molotow: Erhebt sich Widerspruch dagegen? – Danke. Überwiesen an Kommission drei. Hier: Ein französischer Antrag wünscht einen besonderen Ausschuß für das Ruhrstatut. Ich denke, das besprechen wir, wenn dieser Punkt auf der Tagesordnung steht.

C. de Murville: Einverstanden. Vielleicht erledigt sich das durch direkte Fühlungnahme.

Bevin: Das glaube ich nicht. Aber – vertagen wir es ruhig.

Molotow: Punkt vier: Deutsche Reparationen. Und zwar: a) insgesamt, b) nach den einzelnen Ansprüchen, c) Sachleistungen, d) Lieferung aus der laufenden Produktion, e) bereits erfolgte Ablieferungen.

Murphy: Wir erheben gegen die Reihenfolge Einspruch. Zuerst müssen die bereits erfolgten Demontagen festgestellt werden.

Bevin: Ich unterstütze diesen Antrag.

C. de Murville: Darf ich vorschlagen, auch dies Problem zunächst einer Sonderkommission vorzulegen?

Mehrere Stimmen: Ausgezeichnet! – Wir sind einverstanden! –

Molotow: Ich bitte um Benennungen für diese Kommission.

(Wegblenden)

Raizew (halblaut): Na, Stone?

Stone (ebenso): Abwarten.

Raizew: Sitzung Nummer eins ist gleich vorbei. *Ohne* Beschlüsse!

Stone: Die Kommissionen arbeiten. Tag und Nacht!

(Sofort übergehen: Ballettmusik)

Vlacek (erläutert): Wir sind, am selben Abend, in der großen Oper von Moskau. Im Hause ein festliches, aber – wie wir bemerken – nicht unbedingt aufmerksames Publikum. Zwar jüngere Attachés und ältliche Sekretäre, auf den Rängen, lassen sich durch die Vorgänge auf der Bühne fesseln. Aber im Parkett wird getuschelt und notiert. Hier sitzen die Vertreter der kleineren Länder; heute abend dürfen sie dabei sein. Und nun erst die Logen! Die Delegierten der Konferenzmächte amüsieren sich durchaus nicht. Sie tagen weiter. Sie tagen eigentlich erst jetzt. Ohne sich durch das Ballett „Der sterbende Schwan" stören zu lassen. Beobachten Sie etwa, dort in der dunklen Logenecke, den polnischen Diplomaten und den amerikanischen Sachverständigen. (Die Namen dieser Männer sind uns nicht überliefert.) Ist es die schützende Dunkelheit, die diese beiden so offenherzig macht?

(Musik leise im Hintergrund)

Pole: Neunzig Prozent unseres Volkes bestehen auf der Odergrenze. Die Wahlen haben es bewiesen.

Amerikaner: Demokratische Wahlen. Ich weiß . . .

Pole: Unsere Demokratie ist eben anders als Ihre amerikanische. Direkter. Ehrlicher.

Amerikaner: Demokratie ist dasselbe wie Rücksicht. Das setzt Einschränkung des Egoismus voraus. Wenn Sie das unehrlich nennen . . .

Pole: Allerdings. Denken Sie an Ihre Trusts. Sind Sie mit denen jemals fertiggeworden?

Amerikaner: Nun, im Kriege . . .

Pole (unterbricht): Im Kriege geht alles! Aber gesunde Rücksichtslosigkeit gegen jeden Gegner, auch im Frieden: Das ist das Wesen unserer, der modernen Demokratie.

Vlacek (halblaut): Oder dort gegenüber: Der englische Offizier mit dem großen eleganten Jugoslawen: Auch sie nehmen hier kein Blatt vor den Mund!

Engländer: Die Forderungen Jugoslawiens sind absurd! Der Friede ist doch kein Wohltätigkeitsunternehmen!

Jugoslawe: Aber auch kein Geschäft, wie Sie in England manchmal anzunehmen scheinen.

Engländer: Wenn das so ist, dann ist er ein verdammt schlechtes Geschäft.

Jugoslawe: Aha, Sie halten den Krieg für ein besseres?

(Musik laut. Final-Akkorde. – Dann Beifall. Wieder leiser.)

Engländer: Um Gottes willen! Für einzelne – vielleicht. Nie für ein Volk. Aber *dieser* Friede ist nur eine Fortsetzung des Krieges mit anderen Mitteln. – Übrigens: Vom „Sterbenden Schwan" haben wir nicht viel gesehen.

Jugoslawe (sarkastisch): Ich habe den Eindruck: Es war die „Sterbende Taube". Die Friedenstaube nämlich . . .

(Überblenden.)

Vlacek: Große Pause! – Wir sind hier im Foyer. Alles promeniert. Dort an dem reichgedeckten Büfett stehen einige Damen. Sind es Delegierte? Nein. Weibliche Diplomaten haben wir überhaupt noch nicht bemerkt. Die waren damals äußerst selten. Von den wenigen Ausnahmen wurde um so mehr gesprochen . . . Nein, diese jungen Damen, das sind Sekretärinnen verschiedener Delegationen. Sie scheinen rasch Kontakt gefunden zu haben, herzlichen Kontakt.

(Lachen weiblicher Stimmen.)

Hören wir ihnen einen Augenblick zu:

Französin: Oh! Kein Kaviarbrötchen mehr?

Russin: Beißen Sie ab, Germaine. Wir sind schließlich Verbündete!

Engländerin: Rußland und England auch, Tamara!

Russin: Richtig! Beißen Sie auch ab, Dorothy!

Engländerin: Danke. – Hier – eine „Gold flake", liebe Verbündete.

Französin: Eigentlich – ist das komisch . . .

Russin: Was denn, Germaine? Daß ich gern „Gold flake" rauche?

Französin: Ach . . . Nein, ich denke eben: *Wir* beide sind Verbündete. Wir auch, Dorothy. Und *ihr* beide ja auch!

Russin: Natürlich. Unsere Länder . . .

Französin: . . . sind alle miteinander verbündet. *Einzeln!* Ein Staaten-*Bund* ist es doch nicht!

Russin: Du hast recht! Seltsam ist das . . .

Engländerin: Ein staatsrechtliches Novum! würde Sir William Strang sagen!

(Ganz kurz hören wir die drei lachen – sofort hinüberblenden.)

Strang: Ein völliges staatsrechtliches Novum! Das wäre zu bedenken.

C. de Murville: Aber Sie sind trotzdem gegen deutsche Vertreter bei der Konferenz?

Strang: Natürlich.

Murphy: Sie finden vor allem gar keine.

Molotow: Jemand muß doch unterschreiben!

Strang: Das wird später nachgeholt. Wenn es einmal eine deutsche Zentralverwaltung gibt.

Molotow: Warum sie nicht jetzt bilden?

Murphy: Die finden Sie auch nicht.

Molotow: Ja, dann muß dieser Punkt eben vertagt werden.

Stimmen (müde, mürrisch): Bitte sehr – einverstanden!

C. de Murville: Was kommt jetzt noch?

Molotow: Künftige Grenzen Deutschlands . . .

(Leise abblenden.)

Vlacek: Hier haben wir nun eine nächtliche Kommissionssitzung vor uns. Drüben im Opernhaus: Der glänzende Ballettabend. Hier dagegen scheint produktiv gearbeitet zu werden. Oder . . .?

(Wieder laut die Debatte.)

Murphy: Nein! Die Oder-Neiße-Linie wurde in Potsdam *nicht* als Grenze festgesetzt. Das war gar nicht möglich!

Molotow: Wollen Sie die Polen zwingen, ihre Neuansiedler wieder zurückzuführen?

Strang: Polen hat kaum 80 Bewohner auf den Quadratkilometer. Unsere Zone 230. Auf die Dauer können die Flüchtlinge nicht durchgeschleppt werden.

C. de Murville: Meine Herren, blicken wir auf die Karte. Vielleicht findet sich ein Kompromiß. Hier: Wenn nun etwa Niederschlesien bis Liegnitz und Pommern bis Dramburg deutsch blieben?

Murphy: Das ist ein konstruktiver Vorschlag! Rußland könnte Polen etwa in Wolhynien entschädigen. Wir – würden in der Frage der Kredite mit uns reden lassen . . .

Molotow: Die Sowjetdiplomatie ist ihrem Volke verantwortlich. Und das Sowjetvolk würde nicht verstehen, wenn wir zugunsten der Deutschen . . .

Strang (unterbricht): Gut, gut, Mr. Molotow. Rechenkunststückchen helfen ja auch nicht viel. Wir brauchen die große konstruktive Lösung, die kein Unrecht verewigt!

Molotow: Eben. Deshalb müssen Sie Polens Anspruch anerkennen.

Strang: Ein Anspruch aus dem 15. Jahrhundert!

C. de Murville: Meine Herren: Sollen wir wirklich unverrichteterdinge in die morgige Sitzung kommen?

Murphy (resignierend): Wir werden sogar unverrichteterdinge von Moskau abreisen, fürchte ich . . .

Molotow: Es ist gleich zwei. Machen wir für heute Schluß . . .

(Stühlerücken. Tür schlägt zu. Dann Geräusch anfahrender Wagen. Ausblenden.)

Vlacek: Das waren Ausschnitte aus dem ersten Tag der Konferenz. Was aber meinte am nächsten Morgen die Welt, die mittelbar unterrichtet wurde, durch die Filter der Kommuniqués, der Presse, des Rundfunks? Hören Sie Schlagzeilen aus den Hauptstädten der Erde:

(Sehr rasch nacheinander. Dazu Morsezeichen, Schreibmaschine.)

1. Stimme: London: Einigkeit in Hauptpunkten wahrscheinlich.

2. Stimme: Paris: Kurze Konferenzdauer zu erwarten?

3. Stimme: New York: Banken beraten russische Anleihe.

4. Stimme: Moskau: Das Sowjetvolk vertraut der Kraft der Sowjetdiplomatie.

Vlacek: Wiederum muß ich meine Zuhörer warnen: Das alles ist keine Heuchelei. Es ist – Optimismus. Nun ist der Streit uralt: Ob Optimismus ein Zeichen der Stärke oder der Schwäche sei. Wir kennen die Lösung: Optimist *sein,* macht stark. Optimistisch sein *wollen,* macht schwach. Wie es scheint, wollte die damalige Welt optimistisch sein . . . Oder täuschen wir uns? Hören Sie *diese* Stimmen der Welt:

1. Stimme: Berlin: Wintersaat durch Kälteperiode verloren.

2. Stimme: Wien: Hungerrationen in Österreich.

3. Stimme: Sofia: Ärzte als Steinklopfer.

4. Stimme: München: 100. Kartenperiode Zuteilungen im wesentlichen unverändert.

5. Stimme (Frau): Athen: Not im Überfluß. Volle Läden – leere Mägen . . .

6. Stimme: Die Welt hofft auf Moskau.

7. Stimme (Frau): Die Welt rechnet auf Moskau!

Stimmen-Chor: Die Welt wartet auf Moskau!

(Im Hintergrund bleibt ganz leise die Diskussion hörbar. Ein auf- und abschwellendes Murmeln.)

Vlacek (sehr ruhig): Die Welt wartet auf Moskau . . . Und Moskau? Wartete es vielleicht auf die Welt? Zehn, fünfzehn, zwanzig Vollsitzungen tagten. Zwanzig, dreißig, vierzig Kommissionssitzungen berieten. Im großen Saal wurden die Forderungen, die Entwürfe aufgebahrt, als schöne Leichen. In den Nebensälen wurden sie dann still beerdigt.

Dennoch wurde manches erreicht: Bei den Zusammenkünften der einzelnen Staatsmänner. Mußten sie sich dazu auf einer Konferenz treffen? Hören Sie, was der alte Fuchs Raizew dazu meint.

Raizew: Konferenzen sind praktisch, Stone. Sehen Sie: Jedermann ist gewohnt, daß man sich dabei nicht einigt. Deshalb fällt es gar nicht auf, worüber man sich doch einigt!

Stone: Sie sind ein Zyniker, Raizew.

Raizew: Unsinn. Ich kenne den Betrieb nur. Seit Rapallo. Na – was macht unsere Wette?

Stone: Fast fange ich an zu glauben . . . (energisch): Aber *noch* ist die Konferenz nicht aus!

Vlacek: März – April – Anfang Mai . . . Es ist Frühjahr. Auch in Moskau wird es schon warm. Letzte Vollversammlung der Konferenz. Unruhe – Ungeduld – Unbefriedigtheit. Sehen Sie die Gesichter. Die Herzlichkeit ist ein wenig mühsam geworden, wie?

(Aufklingendes leises Stimmgewirr.)

Das Schlußprotokoll wird verlesen:

Monotone Stimme: Siebenunddreißigstens. Die Frage des Wirtschaftsaustausches zwischen den deutschen Zonen wird an den Kontrollrat zurückverwiesen.

Achtunddreißigstens: Im übrigen wurde grundsätzliche Übereinstimmung in allen Fragen festgestellt. Zu ihrer Erledigung wird im Herbst dieses Jahres eine neue Konferenz einberufen, auf der insbesondere Wirtschaftsberater gehört werden sollen.

Zur Fixierung des Programms dieser Konferenz soll eine Zusammenkunft der Außenminister bis spätestens August stattfinden. Als

Ort dieser Tagung stehen Paris, Warschau, Den Haag und Ostende zur Wahl.

Ende des Protokolls.

(Stühlerücken. Stimmengewirr schwillt auf. Und geht sofort über in Musik: „Stars and stripes". Kurz aufklingend – sofort übergehen in Flugzeuggeräusch, ganz kurz. Motordonner entfernt sich. Sofort übergehen in Musik: „Marsellaise" und „God save the king" vermischen sich, ganz kurz, sofort übergehen: Anfahren eines Zuges. Dampf wird abgelassen. Einzelne Dampfstöße einer Lokomotive weiter hinter dieser Szene.)

Raizew (munter): Da fahren sie hin.

Stone: Jetzt kommt mein Zug gleich.

Raizew (gut gelaunt, anzüglich): Na, Stone . . .?

Stone: Sie haben gewonnen, Raizew.

Raizew: Bravo! Fairer Sportsmann! Eben doch – Engländer!

Stone (mürrisch): Soll man darauf stolz sein? Worauf kann man überhaupt stolz sein? Wissen Sie das?

Raizew: Natürlich. Daß man lebt. Daß man ein Mensch ist. Daß man die Welt ändern kann. Ändern müssen wir sie – natürlich!

Stone: Soll ich – *das* vielleicht an die „Times" schreiben? Ich hätte jetzt fast Lust dazu!

Raizew: Das – oder was Ähnliches. Bleibt ganz Ihnen überlassen. – Los, einsteigen! Leben Sie wohl! Bis zur nächsten Konferenz!

Stone: Da bin ich bestimmt nicht dabei.

Raizew: Schon die Lust verloren? Denken Sie an mich! Ich . . .

Stone (rasch abbrechend): Ich weiß. Rapallo! Also – alles Gute! Und schönen Dank . . .

(Stimme verklingt, er hat sich abgewendet.)
(Sofort: Dröhnen und Rattern einer Rotationsmaschine.)

Raizew (rufend): Halt! Stone! Vergessen Sie Ihr Paket nicht!

Stone (entfernt): Paket?

Raizew: Den Pelz! Den behalten Sie natürlich jetzt erst recht! Für Ihre Frau!

Stone: Danke. Wenigstens *ein* erfreuliches Ergebnis von Moskau . . .

Plakatstimme: Das Ergebnis von Moskau!

(Rotationsmaschine bleibt weiter schwach hörbar.)

2. Plakatstimme: Kein Ergebnis in Moskau.

3. Plakatstimme: Das Fiasko von Moskau!

(Rotationsmaschine einen Moment lauter.)

Stimme: Anfrage der Opposition im Unterhaus – Moskau ein Fehlschlag?

2. Stimme: Paris: Parlamentsdebatte zu erwarten.

3. Stimme: New York: Börse eröffnete sehr flau.

(Stimme rasch wegblenden.)

Vlacek: Das war: Der lärmende Chor der millionenfachen Öffentlichkeit aus fast der ganzen Welt. War dies auch die Stimme des einzelnen Menschen?

Die einzelnen kannten einander kaum. Höchstens wenn Krieg war, lernten sie einander als Feinde kennen. Sonst kamen sie nicht so leicht zusammen wie ihre Staatsmänner. Wie also sollten sie zueinander sprechen?

Wir wollen dennoch versuchen, sie miteinander sprechen zu lassen. Durch ein ganz einfaches Mittel: Sie sehen jetzt drei Schauplätze, aus drei verschiedenen Erdteilen. Wir haben sie nebeneinandergerückt, durcheinandergewürfelt. Plötzlich scheinen diese Menschen durch Tausende von Kilometern getrennt, zueinander zu sprechen. Werden ihre Stimmen zusammenklingen? Werden sie einander verstehen?

Erklärende Stimme: Hier die drei Schauplätze – – Zuerst: Ein mürrisches, pockennarbig abgeblättertes Haus. Eine Ecke ist zerstört. Bombe. Eine lange Reihe grauwangiger Menschen wartet geduldig. Dort, über dem Portal, drei deutliche Buchstaben. Rätselbuchstaben: H. W. A.

Vlacek (erläutert): Das Hauptwirtschaftsamt einer deutschen Stadt. – Bitte, merken Sie sich gut die Frau dort, mit dem Kopftuch. Eben sagt sie ängstlich zu dem großen dienstlich dreinschauenden Beamten hinter dem Schreibtisch:

Anna: Doch! Ich *bin* Anna Brennecke! Geboren am . . .

Beamter (barsch): Hier steht: Martin Brennecke.

Anna (leise): Mein Mann. Der ist noch in Kriegsgefangenschaft. Vielleicht kommt er jetzt heim. Es heißt doch . . . nach der Konferenz . . .

Beamter (knurrt): Nach der Konferenz . . . Den Krieg hättet ihr gewinnen müssen!

Erklärende Stimme: Zweitens: Eine Barackenreihe. Stacheldraht ringsum. Grelle Sonne. Viele Männer in Linie stehend. Vor ihnen einer in Uniform. Über dem hohen Holztor im Hintergrund drei deutliche Buchstaben. Rätselbuchstaben: D. P. C.

Vlacek (erläutert): Di – Pi – SSi! Displaced Persons Camp. Ein Lager heimatloser Menschen aus vielen Ländern. In Eritrea – in Australien – gleichviel wo . . . Bitte, merken Sie sich gut den Mann, der eben gefragt wird:

Sergeant: Ihr Name?

Jan: Kasprowicz, Jan.

Sergeant: Kps – ro . . . Nicht auf der Liste!

Jan: Ich dachte . . . Jetzt nach der Konferenz . . .

Sergeant (gutmütig): Warten Sie bis zur nächsten!

Erklärende Stimme: Und drittens: Graugrüne, endlose Ebene. Ein paar verbrannte Trümmer. Südrußland . . . Vor einem einzelnen neuen Schuppen müde, geduldige Gestalten. Ähnlich den Deutschen vorhin. Es *sind* Deutsche. An der Bretterwand deutlich lesbar die Rätselsilben: *Kolchos.*

Vlacek (erläutert): Kollektivnaja Chosjaistwo. Gemeinschaftsbetrieb. Eine staatliche Getreidefabrik. Diese Männer sind Kriegsgefangene. Achten Sie auf den einen dort, zu dem der russische Posten eben sagt:

Russe: Nix Post, Martin!

Martin: Ob die öfter kommen wird, nach der Konferenz? Jetzt wird doch Frieden!

Russe: Nix Frieden! Arbeit. Aufbauen, was ihr kaputt gemacht habt. Friede – später!

Martin (Ausbruch): Dieser verdammte Hitlerkrieg!

Russe (gutmütig): Ich weiß: Du nicht schuld. Keiner von euch Deutschen schuld. Deutschland schuld!

Vlacek: Das ist nun kein Trost für Martin. Da: Er wendet sich müde ab. Von drüben – kommt ihm die Frau entgegen. Sie sehen – jetzt stehen sie dicht voreinander, sie *müssen* sich gleich sehen . . . Und erkennen . . . Hören Sie!

Anna (leise, verzweifelt): Martin . . .

Martin (resigniert): Anna ...

Vlacek: Sie – blicken ins Leere. Sie haben nichts erkannt ... Sie wenden sich voneinander fort ... Natürlich. In Wirklichkeit sind sie Tausende Kilometer entfernt voneinander ...

Aber: Da ist noch Jan, der Pole. Sehen Sie, eben dreht er sich eine Zigarette und sagt etwas zu einem Kameraden:

Jan (ruhig): Nein ... Wir sind verdammt. Verloren. Für immer ...

Kamerad: Die Heimat haben wir noch!

Jan (wild): Heimat – ja! Aber keine *Nation!* Und ohne die bist du verraten auf dieser Erde!

Kamerad: Abschaffen müßte man sie, die Nationen.

Jan (wieder ruhig): Dafür gibt's keine Konferenzen ...

Vlacek (erläutert): Unser Versuch ist zu Ende ... Ist er mißglückt? Oder nur – zu gut gelungen?

Ein neues Bild. London, Victoria-Bahnhof. Da steigt unser Mr. Stone aus. Auch er ein Mann ohne Nation. Er kommt zurück in seine Heimat, seine *neue* Heimat. Suchend blickt er sich um. Natürlich – nach seiner Frau! Da ist sie:

Stone: Hallo – Mary!

Frau Stone (munter, etwas schwatzhaft): Bob! Da bist du ja. Müde siehst du aus! Was ist'n das für ein Paket? Für mich? Komm, das Taxi wartet.

(Motor brummt auf. Dann leises Fahrgeräusch.)

Sag doch was! Du bist ganz verändert!

Stone (abwehrend): Die lange Reise ... Na, und überhaupt ...

Frau Stone: Was: Überhaupt? War es nicht interessant?

Stone: Das ist so ein Wort . . . Ja, interessant, natürlich. Aber vor allem: Enttäuschend.

Frau Stone: Du – das sagen die Zeitungen auch.

Stone (ironisch): So? Sagen die das auch?

Frau Stone: Wie kam das eigentlich?

Stone: Tja . . . Nimm zum Beispiel mich. Dem Hitler bin ich damals entkommen. Und was ist nun? Sein Geist geht überall um. Sie sind angesteckt – oder so etwas Ähnliches, verstehst du? Und da soll eine neue Welt gebaut werden . . .

Frau Stone: Das steht genau so heute in der „Times".

Stone (sarkastisch): So? Steht das da?

Frau Stone: Hier – die heutige Nummer. Bernard Shaw hat einen Brief an die „Times" geschrieben.

Stone (aufmerksamer): Einen Brief an die „Times"?

Frau Stone: Ja. Hör mal zu: „Der Fehler unserer Zeit ist der Unglaube. Das ist nur ein anderes Wort für Dummheit. Sie vermag an nichts zu glauben, vor allem nicht an sich selber. So erklärt sich das, was eben in Moskau geschah. Seit zwanzig Jahren ist erwiesen, daß Konferenzen keine Ergebnisse haben. Aber wir sind maßlos erstaunt, daß auch diese Konferenz ergebnislos war. Am meisten staunen die Teilnehmer. Sollte es sich um eine Auslese der – Ungläubigsten handeln?" – Großartig, was?

Stone: Ja . . . aber . . .

Frau Stone: Warte. Hier kommt es: „Russische Fünfjahrespläne, Roosevelts Staudämme, Hitlers Befehle, der Krieg: Dabei kommen Ergebnisse zustande, die keine Konferenz je erzielt. Sollten wir es nicht doch lieber mit solchen Methoden versuchen? Nennen wir sie meinetwegen Hitlermethoden. Alles besser als der holde, ahnungslose Schlummer der Ungläubigen von Moskau." – Genau das, was du sagst!

Stone: Aber ganz und gar nicht!

Frau Stone: Na ja, mit anderen Worten. Aber – es ist doch deine Meinung?

Stone (heftig): *Nein!*

Frau Stone (verwirrt): Wieso? Ist es verkehrt?

Stone (sehr klar): Schlimmer. Es ist – *halb* richtig. Die in Moskau, die waren gar nicht dumm. Sie *wollten* einfach nicht.

Frau Stone (entsetzt): Aber Bob! *Was* wollten sie nicht?

Stone: Frieden, Verträge, Einigung – überhaupt ein Ergebnis!

Frau Stone (durcheinander): Das ist doch Unsinn!

Stone (bitter): Ich habe es erlebt, gehört, gesehen. Ich habe es auf Platten aufgenommen!

Frau Stone (unsicher): Aber . . . das wäre ja schrecklich . . .

Stone: Das *ist* schrecklich. Aber (Entschluß) – ich werde es schreiben. *Auch* in einem Brief an die „Times"!

Frau Stone (wieder erschrocken): Ach, Bob . . . Das . . . das liest doch niemand . . .

Stone (leicht ärgerlich): Shaws Brief *hast* du gelesen!

Frau Stone: Ja, Bernard Shaw! Wenn *der* so etwas schriebe . . .

Stone: Mary!

Frau Stone: Ja?

Stone: Glaubst du, daß es schwer ist, Shaw zu sprechen?

(Motor brummt kurz laut auf. Wegblenden.)

Vlacek: Unwichtig, *wie* Mr. Stone seine Absicht ausführte. Er führte sie aus!

Noch heute, im Jahre 2047, ist bekanntlich der Einfluß von einzelnen Persönlichkeiten auf Wendepunkte der Geschichte umstritten. Zweifellos war Shaw eine bedeutende Persönlichkeit; höchsten Einfluß erreichte er allerdings erst später, in seinem elften Jahrzehnt. Ebenso zweifellos stehen wir hier an einem Wendepunkt der Geschichte; er ist wichtiger als die Erfindung des Pulvers oder die Entdeckung der Atomkraft.

Natürlich ist es unsinnig, anzunehmen, ein einzelner Mensch hätte um die Mitte des 20. Jahrhunderts das Antlitz der Welt verändern können. Die Voraussetzungen dazu waren da. Es geschah einfach. Und sinnvollerweise vollzog die größte Entscheidung der neueren Geschichte sich anonym. Aber irgendeiner unter den zwei Milliarden damaliger Erdbewohner mußte eben das Sandkorn sein, das die Lawine auslöste. Sicherlich gab es sogar viele solcher Sandkörner; von einigen anderen werden wir noch hören. Zwei kennen wir genau: Den berühmten Dichter – und den kleinen Techniker, dessen Namen die meisten von Ihnen heute zum ersten Male hören.

Wir sind im Hause Shaws. In Ayot St. Lawrence, Welwyn, Hertfortshire; Station Weasthhampstead, London-Nordostbahn. Das alles stand sorgfältig auf Shaws Briefbogen gedruckt.

Dort geht er mit seinem Besucher auf der Terrasse hin und her. Es ist der Nachmittag des 7. Mai 1947. Ein Datum, genau so wichtig wie jener 12. Oktober 1492, an dem Kolumbus den Matrosen aus dem Mastkorb rufen hörte: Land! Land! – Stone aber ruft Shaw zu:

Stone: Helfen Sie mir! Sie können es! Schreiben Sie einen Aufsatz, ein Drama, eine Komödie – oder einen zweiten Brief an die „Times“!

Shaw: Wie alt sind Sie, Mr. Stone?

Stone: Neununddreißig.

Shaw: Fast noch ein Kind.

Stone: Kinder sagen die Wahrheit, Mr. Shaw.

Shaw: Ein ganz irreführendes Sprichwort. Es sollte heißen: Kinder sagen, daß sie die Wahrheit sagen.

Stone (rasch): Möglich. Wenn sie erwachsen werden, sagen sie auch das nicht mehr. Sie lügen einfach.

Shaw: Hm . . . Nicht übel. Haben Sie Philosophie studiert?

Stone (bescheiden): Höchstens in Ihren berühmten Vorreden, Mr. Shaw. – Nein, ich bin Techniker. Elektriker.

Shaw: Sehr gefährlich. Da kommt Ihnen alles entweder positiv oder negativ geladen vor.

Stone: Seit Moskau nur noch negativ! (Beschwörend): Mr. Shaw, *Sie* wissen doch, was uns bevorsteht, wenn diese Verschwörung der Untätigen weiter die Welt beherrschen würde!

Shaw: Ihre Anklagen sind absurd. Ungeheuerlich. Wie wollen Sie beweisen, daß . . .

Stone (rasch): Haben *Sie* immer bewiesen, was Sie behaupten, Mr. Shaw?

Shaw (lacht): Nicht schlecht. Ich habe das – übrigens verdiente, erarbeitete! – Glück, lange genug zu leben, um nachträglich die Beweise für meine Behauptungen zu erleben.

Stone: Wenn Sie meine Behauptung aufnehmen, werden Sie den Beweis der Wahrheit rasch erleben!

Shaw: Oho! Ich habe noch Zeit.

Stone (unerschütterlich): Um so besser. Dann erleben Sie auch noch die Folgen davon.

Shaw: Sie gefallen mir. Wirklich. Kommt selten vor . . . Also, was sollte ich denn nun nach Ihrer Meinung tun?

Stone: Alles das, was wir hier gesprochen haben, der Welt zurufen!

Shaw: Warum tun Sie das nicht selber?

Stone: Mich würde niemand anhören.

Shaw:: Mich vielleicht auch nicht.

Stone (ehrlich): Deswegen wären mir Stalin oder Truman auch noch lieber als Sie! Aber . . .

Shaw: Die sind ja mit gemeint . . . Hm . . . (Abbrechend): Mr. Stone, vielen Dank. Sie hören von mir!

(Wegblenden.)

Vlacek: Als Shaw eben sagte, man würde vielleicht auch auf *ihn* nicht hören, scherzte er nicht. Dieser fast 91jährige war (was uns heute erstaunlich vorkommt) ohne jeden ernsthaften Einfluß auf die Welt. Er wurde anerkannt als witziger, vielleicht sogar weiser Spötter. Und Shaw selbst wußte das. Er hatte sich im Leben ich oft und gern mißverstehen lassen. Als er nun, nach Mr. Stones Besuch, einen Entschluß faßte, wußte er, wie groß die Gefahr war, auch diesmal mißverstanden zu werden. Was tat Shaw dagegen?

Ansager: Neuer Brief von G. B. Shaw an die „Times"! Dazu zwei Anlagen. Hier zuerst die Anlagen!

2. Ansager: Attest der Königlichen Psychiatrischen Klinik: Mr. George Bernard Shaw war bei Abfassung des folgenden Briefes bei voller geistiger Gesundheit und Frische.

3. Ansager: Eidesstattliche Versicherung, abgegeben vor dem Sollicitor Mr. H. L. Kingsley: „Dieser Brief enthält keinerlei Anspielung, Scherz, Ironie, Satire, Symbolik, Allegorie oder sonst welche Nebenbedeutungen. Die Worte haben ihren einfachen Sinn, den jedermann versteht und verstehen soll. G. B. Shaw."

1. Ansager: Und hier – der Brief:

Shaw (Brief): Geehrte Herren, erlauben Sie mir, meine neulich bei Ihnen abgedruckten Ansichten zu widerrufen. Irrtümlich behauptete ich: Schuld am Scheitern von Moskau wie allem andern Unglück der Regierungen sei die Dummheit, welche aus einem mangelnden Glauben an Erfahrung herrührt. Richtig ist aber: Alles Unheil entsteht aus der zu großen *Klugheit* der Regierenden. Klugheit hängt mit Angst zusammen, wie Torheit mit Unglauben. Die Klügsten haben die meiste Furcht. Sie beherrschen uns. Und wir lassen uns gern von ihnen beherrschen. Denn ich nehme niemanden von diesem Vorwurf aus. Auch mich selbst nicht, so weit meine Funktionen als Staatsbürger reichen.

Sie reichen, leider, viel zu weit, wenn ich an den jetzigen Zustand denke, für den ich mitverantwortlich bin. Sie sind viel zu gering, um diesen Zustand rasch zu ändern. Klugheit plus Furcht ergibt: Böswilligkeit. Die Welt ist erfüllt von böswilligen Angsthasen, die einer dem anderen nicht trauen. Daher steht seit dem Ende Hitlers die Geschichte still. Aus lauter überkluger Böswilligkeit.

Dieser böse Wille aller verkörpert sich in den Nationen. Die Grenzpfähle sperren den Weg. Jede Generation unseres Jahrhunderts bezahlt diese Hindernisse mit einem Weltkrieg. Der erste kostete die Gesundheit. Der zweite erschöpfte fast schon die Lebenskraft. Der dritte würde uns umbringen.

Aus lauter überkluger Angst unternehmen wir nichts gegen das näherkommende Unheil. Viele glauben und verkünden, es gebe kein Entrinnen mehr. Aus der eigenen lähmenden Furcht leiten sie ein angeblich unausweichliches Gesetz des Unterganges ab.

Aber selbstverständlich können wir uns retten. Wir müssen es nur ernstlich wollen. Freilich ist dazu etwas nötig, was der trägen menschlichen Natur unendlich schwer fällt: Wir müssen uns ein einziges Mal aufraffen und *vor* dem Eintreten der Todesgefahr so entschlossen handeln, wie wir *in* dieser Gefahr handeln würden.

Wir müssen dem Verderben an die Wurzeln gehen. Eine dieser Wurzeln ist sicher immer noch der Kapitalismus. Es ist eine alte, knorrige Wurzel, zum guten Teil schon verrottet; die Reste müssen wir ausroden. Aber es gibt noch mehr solcher Wurzeln, und sie sind nicht immer leicht zu entdecken. Da ist etwa der politische Absolutismus mit seinem Irrglauben an alleinseligmachende Formeln; es scheint, daß er in jedem Klima gedeiht, im milden Regen der Demokratie so gut wie unter der dörrenden Sonne des Faschismus. Und noch üppiger wuchert überall die staatliche Bürokratie; diese besonders unheilvolle Wurzel überdauert bekanntlich Revolutionen wie Restaurationen gleich gut. Mit einem ganzen Geflecht von Saugarmen durchzieht und schwächt sie den Nährboden, auf welchem Völker und Einzelne wachsen wollen.

Es geht nicht mehr um diese Wurzeln, es geht um den Humus selbst, dem schon zu viel Kraft entzogen wurde. Um ihn wieder ertragfähig zu machen, müssen wir ihn endlich einmal von Grund auf umpflügen. Und ich weiß nicht, ob die Pflugscharen unserer gesellschaftlichen und politischen Lehren tief genug fassen. Nicht Formen oder Formeln müssen wir verändern. Die Voraussetzung unseres ganzen Weiterlebens muß noch einmal geschaffen werden.

Ein Schnitt muß vollzogen werden. Ich glaube – dieser: Wir können uns keine Nationen mehr leisten! Sie müssen von der Erde verschwinden. Und zwar rasch.

Dagegen lassen sich nun endlose Bedenken und Einwände erheben. Alle will ich mit Geduld widerlegen, nur die eine Behauptung nicht: Nationen seien ewig, von der Natur oder Gott gewollt. Nein! Wir können ihr Entstehen in historischer Zeit studieren. Weshalb also sollten sie nicht von höheren Formen abgelöst werden? Um so mehr, als erste Anzeichen solcher Formen sich schon überall feststellen lassen.

Naturgewollt schienen einst auch Menschenfresserei und Sklaverei; sie sind abgeschafft. Gottgewollt schien das unbegrenzte Eigentumsrecht; es schmilzt dahin; langsam erst – aber soziale Gerechtigkeit ist unmöglich in einer Welt von Nationen.

Was soll geschehen? Wir dürfen keine Zeit verlieren. In kurzem sollen sich die Außenminister wieder in Paris treffen. Das ist unnütz. Protokolle sind keine Heilmittel mehr. Entschlossene Männer aller Völker mögen sich zusammenfinden: Techniker, Wirtschaftler, Wissenschaftler, Denker. Menschen mit Mut und mit Phantasie, die vergessen, was in ihren Pässen steht. Und der einzige Punkt ihrer Tagesordnung laute: Rettet die Welt – jetzt!

Ich bin jung genug, um an *dieser* Konferenz teilzunehmen.
9. Mai 1947 G. B. Shaw

Vlacek: Das war George Bernard Shaws Brief. Heute stehen Sätze daraus in jedem Schullesebuch. Aber wie wirkten diese Worte damals?

(Leise, rhythmische Musik unter dem Folgenden!)

1. Stimme: Shaw – der Clown der Welt!

2. Stimme: Unterhausmitglied zitiert Shaw. Lacherfolg!

3. Stimme: Ein gefährlicher Scherz! Spiel mit der Heiligkeit des Eides!

4. Stimme: Mr. Scrapper, Birmingham, erstattet Anzeige gegen Shaw. Will Mißbrauch eines Notars nachweisen.

5. Stimme (Frau): Shaw – die Stimme des gesunden Menschenverstandes!

2. Stimme: Washington: General Marshall wurde von Reportern nach seiner Meinung über Shaws Brief gefragt. Er sagte: Ich habe ihn nicht gelesen.

4. Stimme: „Daily Telegraph“ schreibt: Shaw ist ein Phantast, den anscheinend manche Leute ernstnehmen.

1. Stimme: Hoover telegraphiert an Shaw.

5. Stimme (Frau): Verfahren gegen Shaw eingestellt. In einem Aufsatz nennt Shaw die Atlantik-Charta „eine unbegreiflicherweise unpopuläre Heilsbotschaft.“ Ein Reporter fragt, welche der vier Freiheiten Roosevelts Shaw für die wichtigste halte. Shaw antwortete: „Freiheit von Furcht. Sie enthält die anderen drei in sich.“

3. Stimme: London: Liste der „Freunde Shaws“ veröffentlicht. 43 Vereinigungen, über 300 Einzelunterschriften. Darunter: Fabian society, Liga für Menschenrechte, Pen-Club, Victor Gollancz, Prof. Lasky, Lord Russell. – Graf Coudenhove-Kalergi und die Europa-Union Churchills sollen ihre Unterschrift mit Vorbehalten zugesagt haben.

4. Stimme: Abdruck des Shaw-Briefes in Argentinien untersagt, da Aufreizung gegen Staatsautorität.

1. Stimme: New York: Aufruf La Guardias und Einsteins.

2. Stimme: New York: „Weltbund der freiwillig Staatenlosen" gegründet. Enge Fühlung mit Londoner Shaw-Freunden. Ziel: Stärkung der UNO bis zur Schaffung eines Weltstaates. Mitglieder verpflichten sich, an einem Stichtag feierlich auf ihre jeweilige Staatsbürgerschaft zu verzichten. Untergruppen in allen Hauptstädten geplant.

3. Stimme: Bidault im französischen Kongreß: Überschätzen wir diese neuen Bewegungen nicht. Sie werden bald abflauen.

1. Stimme: London: Minister Hynd beantwortet Unterhausanfrage: Staatenlosenbund in der britischen Zone Deutschlands demnächst zugelassen.

4. Stimme: Brüssel: Parlament lehnt Antrag ab, belgische Regierung solle offiziell dem New Yorker Weltbund beitreten.

2. Stimme: Belgrad: Gründungsversammlung einer Weltbundgruppe aufgelöst, Verhaftungen.

3. Stimme: In Amerika zwei Millionen Mitglieder in zehn Tagen.

4. Stimme: Hannover: SPD stellt Mitgliedern Eintritt in Weltbund frei, lehnt jedoch Fühlungnahme ab.

1. Stimme: Washington: Protest des russischen Botschafters gegen Tätigkeit des Weltbundes amtlich noch nicht bestätigt.

2. Stimme: Antrag im kanadischen Unterhaus, an kommenden Konferenzen keinesfalls mehr teilzunehmen, mit 62 gegen 44 Stimmen abgelehnt.

3. Stimme: Thomas Mann sagt in einer Rundfunkansprache: „Ich weise die Bezeichnung Anarchist mit gutem Gewissen zurück. Auch ich bekenne mich mit Stolz zu einer staatlichen Souveränität: Zu der des kommenden Erdstaates."

4. Stimme: New York: Trygve Lie zurückhaltend über Besprechungen des UNO-Sekretariats mit dem Weltbund. Lie sagte: „Die UNO ist ein Verband von Nationen, nicht von Millionen einzelner."

1. Stimme: Moskau: „Iswestija" melden: Außenminister Molotow reist nächste Woche nach Paris. Von einer Verschiebung der Außenministertagung ist keine Rede.

5. Stimme (Frau): Bernard Shaw mit unbekanntem Ziel abgereist.

(Musik aus.)

Vlacek: Das waren: Zwei Dutzend Meldungen. Stenogramme jener Tage, in denen die Lawine zu rollen begann. Würde sie weiter anschwellen? So viele Verbände waren schon gegründet worden . . . Es fehlte nicht an Warnungen – und nicht an Widerstand.

Es scheint, daß jedermann spürte: Der Weltbund der Staatenlosen hatte einen Anstoß gegeben. Aber er brachte noch keine Entscheidung. Wo lag die Entscheidung? Bei der UNO? Die UNO schwieg. Bei den großen Mächten? Die Staatsmänner bereiteten sich vor, nach Paris zu reisen.

In diesen Sommerwochen wich die müde Lässigkeit der ersten beiden Nachkriegsjahre plötzlich von den Menschen. Sogar die Deutschen erwachten aus ihrer Apathie. Die Welt war voll Spannung – und voll Furcht. Wie damals, vor 33 Jahren, als nach Österreichs Ultimatum an Serbien die Depeschen durch alle Drähte flogen. Wie damals, vor acht Jahren, als Hitlers Ultimatum an Polen bekannt wurde.

Diesmal gab es kein Ultimatum. Es gab scheinbar überhaupt keine Anlässe. Es gab nur – die Spannung. In allen Ländern saßen sie an den Empfangsapparaten und fingen die Wellen auf. Jeder Augenblick konnte eine wichtige Nachricht bringen: Aus London. Aus Schenectady. Aus Moskau.

So haben vielleicht Millionen am Abend des 19. August diese Ansage gehört, ohne sonderlich darauf zu achten:

Ansagerin: Hallo, hallo! Radio Moskau. Der angekündigte Vortrag über das Thema: „Bernard Shaw – Antifaschist oder Weltfaschist Nr. 1?“ muß ausfallen.

Vlacek: Radio Moskau war bekannt für seine pünktliche Programm-Abwicklung. Was war geschehen? Wir können es, auch heute, nach hundert Jahren, nur ungefähr vermuten. Geheimnis und Vergessenheit umgeben die Unterhaltung, die wahrscheinlich an jenem Abend stattfand.

Es scheint, daß vier Menschen daran teilnahmen. Sie haben geschwiegen. Auch später, als alles vorüber war. Dafür hatten sie Gründe, die wir noch kennenlernen werden.

Fest steht, daß drei von ihnen am Tage vorher in Moskau angekommen waren: Der drei Wochen vorher 91 Jahre alt gewordene Bernard Shaw. Der junge Amerikaner Elliott Roosevelt, der Sohn des großen verstorbenen Präsidenten der USA. Und seine Frau Fay, eine frühere Schauspielerin. Vielleicht fuhren sie gemeinsam durch das Troitzkij-Tor in den Kreml.

Und hier finden wir sie wieder: In einem Arbeitszimmer, bei dem vierten Teilnehmer des Gesprächs.

Da ist die frische Stimme des jungen Roosevelt:

Roosevelt: Denken Sie an die Augenblicke, in denen Sie und mein Vater Freunde waren, Generalissimus! Ich meine, solche Tage hat es gegeben.

Stalin: Gewiß. Tage gemeinsamen Kampfes.

Roosevelt: So ist es heute wieder! Wenn mein Vater hier stünde . . .

Stalin: Würde er hier stehen? Er war – ein großer Realist.

Shaw (trocken): Richtig beobachtet, Mr. Stalin. Deshalb hatte er auch so viel Phantasie. Mehr als wir drei zusammen. Oder jedenfalls – mehr als ich.

Stalin (leise lachend): Na, Bernard Shaw: Ihre Phantasie ist noch recht aktiv. Diese Reise hierher . . .!

Shaw (seufzend): Was sollte ich machen? Es gab einen wichtigen Anlaß dafür. Interessiert er Sie?

Stalin: Noch einen Anlaß?

Shaw: Ja. Ich habe es satt, den Leuten fortwährend vernünftige Ansichten durch Theaterstücke einzubläuen. Die nächsten Jahrzehnte möchte ich gern einmal produktiv arbeiten.

Stalin: Aha! Deshalb begeben Sie sich nun in die Weltpolitik.

Shaw: Das ist – direkte Aktion! So hieß das ja wohl bei den alten russischen Revolutionären?

Stalin (reserviert): Sicher haben Sie sehr amüsante Begriffe von unserer Revolution, Mr. Shaw. Aber auch das wird mich nicht überzeugen, daß wir einen gemeinsamen Standpunkt finden könnten.

Roosevelt (lebhaft): Nicht finden! Er ist vorhanden!

Shaw: Sie sollen auf keins Ihrer großen Ziele verzichten, Stalin!

Roosevelt: Im Gegenteil! Gehen Sie *für* Ihre Ziele mit uns! Wie damals im Kriege.

Fay Roosevelt: Mr. Stalin, darf ich etwas sagen?

Stalin (höflich): Bitte, bitte!

Fay Roosevelt: Ich bin in Ihren Augen sicherlich ein recht überflüssiges Luxuswesen.

Stalin: Aber – Mrs. Roosevelt . . .!

Fay Roosevelt: Doch, doch! Im Vertrauen: Ich bin ziemlich sicher, daß mein Typ in 50 Jahren ausgestorben ist . . .

Roosevelt: Das wäre schrecklich!

Fay Roosevelt: Aber – außerdem bin ich eine Frau. Und Frauen haben oft mehr gesunden Menschenverstand als Männer.

Shaw: Richtig! Deshalb schrieb ich meinen „Wegweiser zum Sozialismus“ für sie!

Fay Roosevelt: Nun also! Und dieser gesunde Menschenverstand sagt mir: *Ich* möchte die Welt auf meine Art genießen. Mein Mann will etwas mehr als das. Mr. Shaw will schon viel mehr: Er will die Welt erziehen. Und Sie wollen sie . . . umkrempeln, glaube ich. Verzeihung, Mr. Stalin! Nun: Wenn jeder fest auf seiner Absicht besteht, dann geraten wir aneinander. Und dann – wird es sehr bald gar keine Welt mehr *geben,* die man genießen, erziehen oder umkrempeln kann. (Plötzlich verlegen) Ja . . . das wollte ich sagen.

Shaw (klatscht in die Hände): Die beste Rede, die ich je hörte! – Stalin, haben Sie verstanden? Allzu gewaltsame Realisierung einer Idee hebt die Idee auf. Das ist zwar kein Marxismus. Aber – konnte Marx die Atombombe voraussehen?

Stalin: Lassen Sie Marx aus dem Spiel! – Wenn ich mich nun, theoretisch, auf Ihre Basis stelle: Was wollen Sie? Praktisch?

Shaw (rasch): Waffenstillstand der großen Gegenspieler!

Roosevelt (ebenso): Politisches Moratorium! Keine Friedensschlüsse! Keine Reparationen!

Shaw: Keine unnützen Konferenzen! Und – Aufhebung der Grenzen für alle notleidenden Länder!

Roosevelt: Natürlich nur so lange, bis das Gleichgewicht der Produktionskräfte wiederhergestellt ist.

Shaw: Elliott, – daran glaubt Mr. Stalin ja nicht! – Sagen wir: Bis die Krisen der kapitalistischen Welt wieder normal verlaufen!

Stalin (lacht leise): Ein Köder, wie? (Ernster): Aber – Ihr Mr. Churchill und sein Paneuropa – in dieser Front . . .

Shaw: Mein Churchill tritt zurück, wenn *Sie* mit uns gehen. Dafür bürge ich. (Eindringlich): Stalin! Eine Chance, um den Sozialismus zu retten . . . Die letzte Chance!

Stalin (abbrechend, Stuhlrücken): Ohne das Polit-Büro kann ich gar nichts dazu sagen. Sie – bleiben doch noch in Moskau?

(Ausblenden)

Vlacek: Das war Dienstag, 19. August 1947. Am 28. sollten die Außenminister in Paris zusammenkommen. Über diese Zwischenzeit schrieb John Hersey, der meisterliche Schilderer der Atombombe von Hiroshima, ein Buch. Den Bestseller des Jahres. Es hatte denselben Titel, den dreißig Jahre zuvor John Reed seiner berühmten Schilderung der russischen Oktoberrevolution gab:

Stimme: „Zehn Tage, die die Welt erschütterten".

Vlacek: Noch heute, nach hundert Jahren, ist Herseys Buch aufschlußreich. Hier einige seiner Kapitel-Überschriften:

1. Stimme (ruhig, lesend): Die Parlamente tagen.

2. Stimme (ebenso): UNO-Vertreter geht nach Paris.

1. Stimme: Weltbund nach Paris eingeladen.

2. Stimme: Churchills Verzicht.

1. Stimme: Zum letzten Male in der Geschichte: Weizen ins Feuer, Kaffee ins Meer!

2. Stimme: Drei einstimmige Parlamentsbeschlüsse an einem Tage.

1. Stimme: Die Zustimmung des Papstes.

2. Stimme: Das Ende der Furcht.

1. Stimme: Eine ungewöhnliche Tagesordnung!

Vlacek: Damit war die Tagesordnung für Paris gemeint. Sie *war* ungewöhnlich. Einmal deshalb, weil sie überhaupt veröffentlicht wurde, vier Tage *vor* Beginn der Ministerbesprechungen. Zweitens, weil darin alle Punkte genau festgelegt waren. Vor allem aber durch die Mitteilung, die Zusammenkunft würde höchstens fünf Tage dauern, um keine unnötige Zeit zu verlieren. Sofort erfaßte die Weltöffentlichkeit die völlige Abkehr von alten diplomatischen Gewohnheiten. Erste wohltätige Folgen wurden spürbar. Vor allem in Deutschland, wo zum ersten Male begründete Hoffnung auf Besserung entstand. Die Ruhrkohlenförderung stieg daraufhin innerhalb von drei Tagen um 24 Prozent.

Einen interessanten Beweis für den plötzlichen Stimmungsumschwung gerade in Deutschland, dem Anlaß dieser ganzen Entwicklung, erbrachte eine Untersuchung durch das englisch-amerikanische Gallup-Institut zur Erforschung der öffentlichen Meinung. Hersey schreibt darüber:

Stimme (lesend): Ein halbes Jahr früher hatte der Nordwestdeutsche Rundfunk seine Hörer durch ein Preisausschreiben veranlaßt, einen bestimmten Tag ihres schweren Lebens schonungslos zu schildern. 35 000 Briefe waren eingegangen. Dies Material wertete Gallup nun im August nochmals aus. Damals hatten kaum 10 Prozent der Briefe ein Bekenntnis zum Leben und zum Lebensmut enthalten. Nun wurde an alle 35 000 Absender die eine Frage gerichtet, ob sich nach ihrer Meinung die Lage durch Paris ändern würde. 57 Prozent antworteten mit Ja! Angesichts der drückenden Not in Deutschland ein erstaunliches Ergebnis.

Vlacek: Die Ja-Sager behielten recht. Am 28. August begann die Pariser Tagung. Am 2. September war sie zu Ende. Am 3. wurde das Schlußprotokoll veröffentlicht. Hier seine Verlesung:

Stimme (vorlesend): 1. Deutschland erhält weder Friedensvertrag noch Statut. Es ist kein Staat mehr, sondern Mandatsgebiet der UNO. Zentralverwaltung. Aufhebung der Zonengrenzen bis 31. Dezember 1947.

2. Derselbe Zustand tritt bis 30. Juni 1948 für folgende Gebiete in Kraft: Ostgrenze: Peipussee–Taganrog. Südgrenze: Warna–Kreta–Neapel–Rhone–Nantes. Westgrenze: Kanalküste. Nordgrenze: Ostsee Flensburg–Leningrad. Auch diese Gebiete unterstehen dann der UNO-Hoheit.

3. Dies Kerngebiet Europas gibt sich einen eigenen Namen. Vorläufig wird es als C. E. (Central Europe) bezeichnet. Es bildet ein einheitliches Zollgebiet nach dem Muster der im Januar 1947 probeweise abgeschlossenen Zollunion zwischen Bulgarien und Jugoslawien.

4. Für C. E. gilt ein völliges außenpolitisches Moratorium für vorläufig vier Jahre. Aufhebung vieler einzelstaatlicher Rechte. Einzelheiten regelt C. E.-Verwaltung, der Minister der beteiligten Völker (auch deutsche) angehören. Bis 31. Dezember 1948 Wahlen zum C. E.-Parlament.

5. Rußland und Frankreich verzichten auf gewisse Hoheitsrechte in ihren zu C. E. gehörenden Gebieten. Dasselbe wird von allen anderen Staaten erwartet. Österreich und die Tschechoslowakei haben bereits zugestimmt. Mit Italien und Polen wird mit Aussicht auf Erfolg verhandelt.

6. C. E. ist einheitliches Welt-Notgebiet. Vor allem hilft es sich selbst. Den Deutschen erwächst hieraus die besondere Pflicht, diese letzte Chance wahrzunehmen. Die Not ist noch nicht vorüber! – Reparationen werden für vier Jahre ausgesetzt. Nazireinigung und Entmilitarisierung durch UNO.

7. Am 31. Oktober 1947 wird C. E. durch die UNO im Namen der Welt der aktive „Friede" erklärt. Dieser neue Ausdruck bezeichnet Aktivierung der wirtschaftlichen und verkehrstechnischen Weltkräfte im gleichen Maßstabe wie früher bei Erklärung eines Krieges.

8. Der „aktive Friede" wird als Feldzug geführt. Seine Erfordernisse gehen allem andern vor. Er dauert an, bis in ganz C. E. der belgische Standard von 1939 in Nahrung, Kleidung und Wohnung erreicht ist.

9. Die Kosten werden durch die UNO bei sämtlichen Mitglieds-

staaten aufgebracht. Anteil von C. E. wird später verrechnet. Der „aktive Friede“ wäre mit den Kosten eines dritten Weltkrieges noch billig bezahlt. In Wirklichkeit werden die Kosten nur einen Bruchteil der Kosten des zweiten Krieges betragen.

10. bis 31. Oktober 1951 entscheidet die UNO – gegebenenfalls durch Volksentscheide – ob Fortbestehen von C. E. oder Rückkehr zu alten Nationalstaaten.

Vlacek: Aus. Ende der Pariser Besprechungen.

Da – alle stehen auf, schütteln einander die Hände. Wechseln freundliche Worte. Gehen hinaus. Beobachten Sie den Unterschied zu Moskau! Keine Nationalhymnen. Keine Ansprachen. Eine sachliche Arbeitstagung ist zu Ende. – Der nüchterne Schwanengesang der alten Diplomatie.

Dann lasen oder hörten Hunderte von Millionen dieses Protokoll. In welcher Stimmung mag Shaw an diesem Abend gewesen sein? Wir wissen es nicht.

Hier – sehen Sie ihn noch einmal. Wieder geht er auf seiner Terrasse auf und ab. Allein. Vielleicht denkt er nach über den Titel seines nächsten Stückes? Wir wissen heute: Es war die wunderbare politische Komödie „Geschichte ist Utopie“.

Und da – ist auch Mr. Stone noch einmal. Zu Haus. Und seine Frau. Und eine Zeitung. Aha, – die beiden haben eben das Pariser Protokoll gelesen. Mrs. Stone scheint aber recht unzufrieden mit dem Ergebnis:

Frau Stone: Wieder aufgeschoben! Wieder kein Friede! Du hast recht: Diese ganze Politik . . .

Stone (unterbricht): Mary – diesmal ist es ganz anders.

Frau Stone: Wieso: *Haben* sie etwa Frieden geschlossen?

Stone: Frieden *erklärt!* Das ist viel besser!

Frau Stone: Versteh’ ich nicht. Leere Worte.

Stone (geduldig): Paß mal auf! Wenn du ein Photo geknipst hast, dann hast du ein Bild, aber du kannst es noch nicht sehen.

Frau Stone: Ja.

Stone: Erst wenn du den Film in einen Entwickler legst, bekommst du das Bild. Aber – es ist nicht erst jetzt entstanden. Es war längst da! Und – genau so ist es mit der Welt. Das alles – Frieden, UNO, Einheit, Planung – das war längst da. Aber wir sahen es nicht.

Frau Stone (lacht): Bis einer kam und das Bild entwickelte ... Ja ... und was kommt nun?

Vlacek: So fragen wir heute nicht mehr. Im Jahre 2047 kennt jedes Schulkind die Geschichte der letzten hundert Jahre. Die Entstehung unserer Welt:

Aus C. E. wurde Shaw-Land. 1951 stimmten kaum noch 20 Prozent der Bewohner für Rückkehr zu den alten Nationalstaaten. Wie ein Kristall reicherte sich dies Kerngebiet an. Alle wollten teilnehmen an seinem organischen Wachstum: 1952 Skandinavien, nach einer Volksabstimmung; 1960 Frankreich, 1962 England, 1965 Amerika. Eine Weile lang gefährdete die Bewegung des „Solidarismus" die Freundschaft zu Rußland. Es begann das Jahrzehnt der sozialen Entscheidungen, mit seinen Krisen in den siebziger Jahren, die mehrmals bis hart an den Bürgerkrieg führten. Doch zu stark war inzwischen der Geist des „aktiven Friedens" geworden. 1972 trat auch Rußland bei. Die gesellschaftliche Ordnung wurde wesentlich durch die fortentwickelte Lehre von Marx bestimmt. Den Abschluß dieser Epoche bildete 1992 das Erscheinen unserer politischen Philosophie, des „Harmonismus".

Zwei Stunden waren wir, meine Hörer und Miterlebenden, im 20. Jahrhundert. Oft schien es, als seien wir nicht hundert, sondern tausend Jahre in der Vergangenheit zurückgewandert. Gewiß ist Ihnen vieles seltsam erschienen und unglaubhaft. Aber fühlen wir uns nicht allzu erhaben über die Menschen von damals. Sie sind unsere Väter. Ihnen danken wir letztlich unsere harmonische Welt. Sie nahm ihren Anfang aus dem heroischen Kampf gegen leere Ideale und unverständliche Verirrungen. Vor allem aber aus der Überwindung jener lebensfeindlichen Furcht des Menschen vor sich selbst.
(Musik: Hymne. Absage.)

Susanne Päch

Die Utopie der Gestrigen

Lange galt er als Geheimtip; inzwischen hat es sich herumgesprochen: die deutsche Science Fiction begann mit Kurd Laßwitz, einem Gymnasialprofessor aus Gotha.

Natürlich gab es Vorläufer. Sie stammen aber nicht aus der Tradition der deutschen Romantiker vom Schlage eines E. T. A. Hoffmann, sondern finden sich in der Reise- und Abenteuerliteratur.

Wohl der direkte und zweifelsohne wichtigste Vorläufer ist Julius von Voß mit seinem 1810 erschienenen Roman *Ini,* der im 21. Jahrhundert spielt. Darin wird ein großes Sortiment technischer Erfindungen vorgeführt, das wesentlich später in den Werken der deutschen Zukunftsliteratur als gängiges Gedankengut wieder auftauchen sollte. Da gibt es Taucherglocken und – interessanter – mechanische Greifarme für die Unterwasserarbeit, lenkbare Luftschiffe, Krieg total – unter Wasser und in der Luft – und rollende Häuser, die auch Laßwitz als Zeichen fortschrittlicher Technik erwähnt.

Mit Laßwitz beginnt sich das Genre in Deutschland endgültig zu etablieren. Schon 1871 publizierte er seine erste Geschichte *Vom Nullpunkt des Seins* in der *Schlesischen Zeitung;* weitere Erzählungen und Kurzromane folgten, alle durchaus amüsant zu lesen wie etwa der Geschichtenband *Seifenblasen* von 1901. Noch heute haben sie nichts von ihrem Reiz eingebüßt.

Sein damals wie heute bekanntestes und bedeutendstes Werk ist der über tausend Seiten lange Schmöker *Auf zwei Planeten,* der 1897 erstmalig erschien und bis zu seinem Verbot wegen seiner demokratischen Grundtendenz 1930 eine Auflage von 70 000 Exemplaren aufwies.

Zum Thema hatte er die Invasion der höherentwickelten Marsianer auf der Erde. Damit läßt sich eine direkte Verbindung zu dem kurz danach veröffentlichten Mars-Roman *War of the Worlds* vonH. G. Wells herstellen, der freilich die Konfrontation gänzlich anders beschreibt und den prinzipiellen Unterschied zwischen angloamerikanischer und deutscher Science Fiction bis 1945 exemplarisch belegt.

Sind es bei Wells blutrünstige, menschenmordende Maschinenwesen, so führt uns Laßwitz in seinem literarischen Pendant menschenähnliche Marswesen vor, die nicht nur eine hochentwickelte Technik besitzen, sondern dem Erdbewohner auch ethisch überlegen sind. Ihre missionarisch gemeinte Invasion löst auf der Erde etliche Wirren aus, die schließlich in kriegerischen Auseinandersetzungen gipfeln. Letztlich ziehen sich die Marsianer wieder zurück, als sie nämlich erkannten, daß jeder – so auch die Menschen – seinen eigenen Weg zur Vollkommenheit gehen muß.

Während bei Wells Action, Spannung und Horror im Vordergrund standen, ging es Laßwitz vor allem um Belehrung. Sein prinzipielles Interesse galt einer philosophischen Aussage; beeinflußt von Fechners Philosophie stand er dem Neukantianismus nahe. Die stark idealisierten Personen wußten deshalb genau zu trennen zwischen Pflicht und Neigung.

Trotz der hohen Beliebtheit von *Auf zwei Planeten* ist Laßwitz kein typischer Vertreter deutscher Vorkriegs-Science Fiction. Dort ging es üblicherweise um technische Voraussagen. Gerade sie faszinieren aber auch bei Laßwitz.

So hat seine marsianische Weltraumstation nicht nur bereits die Form eines Speichenrades, wie sie heute angenommen wird, sondern dürfte überhaupt die erste wirklich durchdachte literarische Konzeption eines künstlichen Erdsatelliten sein.

Laßwitz ließ sich eine Fülle von weiteren technischen Innovationen einfallen; rollende Straßen, synthetische Stoffe, Photozellen und Lichttelegraphen sind ebenso wie Kabinenbahnen und Solarzellen Zeichen des hohen technischen Know-how der Marsianer. Sogar eine neue ästhetische Kunstrichtung, die „Fühlkunst", stellt er dem Leser vor. So begann die deutsche Science Fiction gleich mit einem Paukenschlag.

Besonders beeindruckte Laßwitz einen seiner Schüler, den er in Mathematik und Physik unterrichtete. Er sollte *der* deutsche Autor dieser Epoche werden: Hans Dominik. Aber bis zu ihm, er publizierte seine großen Romane in den zwanziger und dreißiger Jahren unseres Jahrhunderts, gab es noch manch andere utopische Werke.

Das Spektrum der utopischen Literatur dieser Epoche war breit.

Eine sehr frühe Heftchenserie *Der Luftpirat und sein lenkbares Luftschiff* erschien beispielsweise ab 1908 und brachte es auf fast zweihundert Nummern.

Da ist weiter Robert Kraft zu nennen, ein früher Erfolgsautor, der in punkto Popularität als Nachfolger Karl Mays aufgebaut wurde; thematisch lehnte sich Kraft im speziellen und die deutsche Science Fiction im allgemeinen an den geistigen Vater Jules Verne an. Ihm nachzueifern war Pflicht, und so kam es, daß Robert Kraft als deutscher Jules Verne gefeiert wurde – zumindest von seinem Verlag. Später erhielt dieses Prädikat auch Hans Dominik; nur zu gern nahm er es für sich in Anspruch.

Waren Krafts Werke noch ein Konglomerat aus Science Fiction, Phantastik und Mystizismus, so erzählen Dominiks Romane vom deutschen Erfindergeist schlechthin.

Dominik, das Musterbeispiel deutscher Science Fiction vor 1945, war zwar nicht der beste, dafür aber erfolgreichste Autor dieser Gattung. Das lag vor allem daran, daß er sich in geradezu idealer Weise der offiziösen politischen Linie anzupassen wußte.

Die Gesamtauflage seiner Bücher, die übrigens auch heute noch gern gelesen werden, liegt inzwischen bei beinahe vier Millionen.

Dominik schrieb nicht nur über die technische Zukunft, er kam vom Fach. Er hatte in Berlin Elektrotechnik studiert, hatte dann als Ingenieur bei Elektrifizierungen von Großprojekten wie Bergwerken mitgearbeitet, ehe er sich als freischaffender Schriftsteller niederließ. Dieses Spezialgebiet spielt in seinen utopischen Werken immer eine besondere Rolle. Atome werden elektromagnetisch in Energie umgewandelt, mit spezieller elektrischer Bestrahlung werden die Erträge der Landwirtschaft gesteigert, und selbst die Raumfahrt gelingt dank Elektronenantrieb.

Wie die meisten Autoren seiner Zeit sah Dominik den Wert oder Unwert seiner Romane und Geschichten im Eintreffen der Antizipationen. Das war auch das Maß, mit dem er in der Öffentlichkeit gemessen wurde. Wer in diesem Genre schrieb, hatte irgendeinen Draht zur Technik. Wenn er nicht selbst Techniker war, holte er sich mindestens Rat in einschlägigen Fachkreisen. Reinhold Eichacker dramatisierte in diesem Sinn Ideen von Max Valier, dem großen deutschen Raketenpionier.

Das besondere Interesse der Autoren galt der Jugend; in so manchem Vorwort können wir diesen Hinweis darauf finden. Sicher wurde jenes Anliegen hauptsächlich durch den festen Glauben an die schier unendlichen Möglichkeiten der Technik lebendig. Durchgängig spiegeln die Romane und Geschichten diesen blinden Fortschrittsoptimismus der esten Jahrzehnte unseres Jahrhunderts.

Der technische Fortschritt wurde dabei mit dem Fortschritt schlechthin gleichgesetzt, und damit apodiktisch überhöht. So ist es nicht weiter erstaunlich, daß die geschilderten Zukunftsvisionen eigentlich immer nur Darstellungen des Wunders Technik waren, nie aber eine gesellschaftliche Weiterentwicklung zeigten.

Da die Autoren glaubten, die technische Entwicklung bliebe ohne Rückwirkung auf die Gesellschaft, ließen sie die Personen in der altvertrauten Umgebung ihrer Zeit agieren – wohl der entscheidende Fehler der Prognosen.

Die behandelten Themen boten in die Zukunft extrapolierte Lösungen aktueller Probleme. Energiegewinnung (damals sah man das Ende der irdischen Kohlevorräte nahen) und die befürchtete Nahrungsmittelknappheit tauchten immer wieder auf, Probleme also, die damals auf den Nägeln brannten.

Zur Lösung der Energiefragen bietet Dominik zwei Alternativen: die rein technische (Fund neuer Kohlelager in bisher unerforschten Tiefen) und die wissenschaftliche (die Erfindung der „Atomzertrümmerung“, die durch Einsteins neue Erkenntnis $E = mc^2$ die gesamte Masse in Energie umwandelt).

Wenn aber Dominik die Energiesorgen durch die Atomenergie zerstreut, durch Bestrahlung von Obst und Gemüse größeres Wachstum erzielt und die Raumprobleme der Nation durch einen neu gefundenen Kontinent oder einen fremden Planeten löst, so geschieht das alles nicht zum Wohle der Menschheit, sondern dient nationalen Autarkiebestrebungen, wie sie zu dieser Zeit allgemein propagiert wurden.

Darum galt es, diese Staatsgeheimnisse vor dem Zugriff des Feindes zu sichern. Umringt von feindlichen Agenten, Spionen und Unholden, die mehrfach abgewehrt und schließlich besiegt werden müssen, erstrahlt die deutsche Nation in neuem, bisher nie dagewesenen Glanz.

In der Tat unterschieden sich die Autoren in ihren Klischees nur geringfügig. Der deutsche Forscher wird entweder als weiser, grauer Herr mit väterlichen Gefühlen für seinen jungen Kollegen gezeichnet oder aber als von der Welt und der Familie betrogenes

Genie, der sich in ein einsames Landhaus zurückzieht, um dort in Ruhe und Abgeschiedenheit – ohne Verbindung mit der restlichen Welt – seine selbstverständlich geheimen Forschungen voranzutreiben.

Dem Wissenschaftler gegenüber, der in sich ruhenden Persönlichkeit, steht der Techniker: weltoffen, dynamisch und der eigentliche Held. Denn Wissenschaft ist immer zweckgebunden; ihre Ergebnisse müssen – zumindest in den utopischen Romanen – einen wirtschaftlichen oder nationalen Nutzen zeitigen.

Dazu aber, das wußten auch die Autoren, braucht man finanzielle Unterstützung – damals wie heute. Sie taucht dann meist in Person eines Magnaten auf, der die nötigen Gelder flüssig macht, nicht ohne dabei an seinen eigenen Gewinn zu denken – im Sinn einer streng privatwirtschaftlichen Geisteshaltung.

Dargestellt wird er üblicherweise als liebenswürdiger Herr, nicht zu vergessen mit dem Statussymbol des Großindustriellen jener Tage: der Zigarre. Sonst mischt er sich nicht weiter in die Angelegenheiten von Wissenschaft und Technik. Daß er meist auch noch eine hübsche, gerade heiratsfähige Tochter hat, ist eher zufällig bedingt. Immerhin pflegt sie einen der Helden am Ende der ganzen Geschichte zu ehelichen – ein vor allem von Dominik ständig strapaziertes Klischee.

Ehrlicherweise muß man hinzufügen, daß die Weiblichkeit in der Utopie vor 1945 allerdings nur wenig zu suchen hat – sieht man einmal von der gerade beschriebenen Statistenrolle ab. Diese Literatur war eine Literatur von Männern für Männer oder solche, die es einmal werden wollten, so wie man damals die Technik sowieso als eine rein männliche Domäne betrachtet hat.

Das heißt jedoch nicht, daß es keine Ausnahmen dieser Regel gab. In Gails Roman *Der Schuß ins All* (1925) spielt eine Wissenschaftlerin eine entscheidende Rolle – aber wer hätte es anders erwartet? – die erste Raumfahrerin scheitert und muß von ihrem früheren Freund auf abenteuerliche Weise gerettet werden. Die Frau als Störfaktor also – auch hier!

A propos Raumfahrt. Sie ist ein fast zeitloses Thema und bis heute ein vielbenutztes Vehikel der SF-Writer: Denn die Raumfahrt bot in einer Zeit, da die Erde Schritt für Schritt bis in die letzten Winkel erforscht wurde, wieder eine Möglichkeit, das Betreten von Neuland unter abenteuerlichen Bedingungen zu schildern.

Die Raumfahrtliteratur war damit nicht viel mehr als die in die Weiten des Kosmos extrapolierte *Voyage extraordinaire*. Viele Autoren waren daher in beiden Sparten als Schriftsteller tätig; an dieser Stelle sei nur auf das umfangreiche Opus von Wilhelm Friedrich Mader hingewiesen, der in seinen *Wunderwelten* (1910) die aufregende Fahrt durch unser Planetensystem beschreibt, daneben aber können seine Leser mit seinem Helden Lord Flitmore viele Abenteuer im fernen Orient und in den Polgegenden erleben.

Im vorigen Jahrhundert tat man sich nocht recht schwer, die Raumfahrt technisch zu legitimieren. Da bedurfte es schon des Einfallsreichtums eines Jules Verne, um eine Reise zum Mond plausibel zu machen. Aber immerhin rückte der aufkommende Technikoptimismus dank den reichen Erfindungen des 19. Jahrhunderts eine solche Fahrt in den Bereich des Möglichen.

Laßwitz und Mader konnten schon die neuen Erkenntnisse Maxwells für die Antriebe ihrer Raumgefährte ausnützen. Durch Analogieschluß von Elektrizität und Gravitation hoffte man auf eine bis dahin noch nicht entdeckte Anti-Schwerkraft. Man brauchte nur einen entsprechenden Detektor zu konstruieren. Das aber war nur noch ein technisches und damit lösbares Problem.

Die Anti-Schwerkraft blieb lange ein gängiges Fortbewegungsmittel im Raum. Das änderte sich erst in den zwanziger Jahren mit den dramatischen Raketenwagenversuchen eines Max Valier, eines Fritz von Opel und vieler anderer. Sie gaben wieder neue Hoffnung, das in eine Sackgasse geschlitterte Raumfahrtthema neu zu beleben und zu aktualisieren.

Immer wieder war der Mars Schauplatz des Geschehens. Mit ihm entzündete sich seit der Entdeckung der Marskanäle durch den Italiener Giovanni Schiaparelli 1877 die Frage, ob es Leben auf fremden Planeten geben könne.

Hinzu kam die gerade heiß diskutierte Entwicklungslehre Charles Darwins, die die Entstehung intelligenter Lebewesen auf dem Mars zumindest theoretisch ermöglichte. Das war ein Thema ganz nach dem Geschmack der Autoren und der Öffentlichkeit. Allerdings stand man dieser Frage in Deutschland weit weniger emotional gegenüber als in den USA.

Die Begegnung mit Extraterrestriern spielte sich daher seltener und weit weniger spektakulär ab. Die Marsianer waren (wie schon bei Laßwitz) menschenähnlich und standen in einer ganz anderen

Funktion als die BEMs (bug eyed monsters) aus Übersee. Makabrer Horror liegt dem eher trockenen deutschen Geist sowieso nicht sonderlich!

An dieser Stelle muß kurz auf die kosmologische Theorie von Kant und Laplace eingegangen werden, die lange Zeit sehr beliebt war und hauptsächlich von dem Amerikaner Percival Lowell popularisiert wurde zur Stützung seiner wissenschaftlichen These der Existenz von Marsbewohnern.

Nach dieser Theorie entstand der Mars früher als die Erde; sein Leben wurde somit mittelbar zu einer Aussage über die irdische Zukunft. Logisch folgt daraus, daß uns das Volk unseres Nachbarplaneten auch technisch weit übertreffen muß.

Weil man aber dem *Human-Chauvinismus* nicht ganz ade sagen wollte, entschlossen sich die Autoren kurzerhand dazu, die Erdbewohner in einem einzigen, aber gravierenden Punkt ihren marsianischen Technikern überlegen zu zeigen: als Erfinder der Raumfahrttechnik.

Jedenfalls kanalisierte man damals seinen Einfallsreichtum ganz auf technische Antizipationen, was den Autoren von Kritikern späterer Zeit immer wieder den Vorwurf technokratischer Kuriositätenschreiberei einbrachte. Einiges mag an diesem Urteil sicher stimmen, die gutgemeinten Zukunftsträume dieser Zeit jedoch in Bausch und Bogen abzuqualifizieren, scheint doch etwas zu weit zu gehen.

Als rein *technische Propheten* geben die Autoren doch einiges her. Empfehlen sollte man sie nur den naturwissenschaftlich-technisch interessierten Lesern. Alles in allem kann man natürlich aus der Fülle des vorhandenen Materials nicht allzu viele Werke dem heutigen Science Fiction-Konsumenten als Lektüre vorschlagen. So manche Veröffentlichung, die sich damals spannend las, mußte der Zeit ihren Tribut zollen. Andere hingegen wirken etwas antiquiert, was aber nicht unbedingt ein Nachteil sein muß.

Allgemein lassen vor allem die literarischen Qualitäten in der utopischen Literatur oft sehr zu wünschen übrig, sieht man einmal ab von Querschlägern wie Alfred Döblin mit seinen *Berge, Meere und Giganten* von 1924 und Franz Werfels *Stern der Ungeborenen* (1946 posthum veröffentlicht). Sie haben jedoch als Literaten und daher Technikpessimisten keine Beziehung zum üblichen utopischen Genre dieser Epoche.

Pflichtlektüre für die Interessenten alter deutscher Zukunftsliteratur ist auf jeden Fall ein Autor, der sich als erster mit den Ideen Hermann Oberths – dem Antrieb mittels Rückstoß- und Mehrstufenprinzips – nicht nur in seinen Sachbüchern auseinandersetzte, sondern sie auch in Form von utopischen Romanen popularisierte: Otto Willi Gail. Sein *Schuß ins All* (1925) ist wohl *der* deutsche Raumfahrtroman bis 1945.

Er ist selbst heute noch mißtreißend zu lesen, nicht nur für den, der sich mit der Geschichte der SF beschäftigt. Obwohl hier die Oberthsche Flüssigkeitsrakete sehr eingehend vorgestellt wird, wirkt das Buch nie langweilig.

Uns Heutige, die wir mit diesem Roman retrospektiv auf das nahende Raumfahrtzeitalter blicken, schlägt dieser wohl recht alte und unbändige Wunsch, einmal zum Mond fliegen zu können, erneut in seinen Bann.

Dabei gelangen Gail einige bemerkenswerte Vorhersagen. Im Gegensatz zu den meisten anderen Raumfahrtantizipationen sieht er zum Beispiel richtige Raumspaziergänge vor. Die Terminologie lag hier verständlicherweise noch im argen; Gail mußte sich behelfen: So nannte er etwa die Raumanzüge in Ermangelung eines Fachausdruckes schlicht Taucheranzüge.

In der reichhaltigen Raumfahrtliteratur der ersten Hälfte unseres Jahrhunderts stellt sich natürlich auch die Frage nach dem Nutzen der Reise zu fernen Himmelskörpern. Waren es anfangs hauptsächlich neue wissenschaftliche Erkenntnisse, die die Raumfahrer von ihren waghalsigen Unternehmen mitbrachten, so erkannte man doch bald, daß die fremden Planeten noch weiteres zu bieten hatten.

Da bestand die Chance, auf extraterrestrischem Gebiet die irdischen Ressourcen zu ergänzen, oder man konnte das eroberte Land zur Kolonisation heranziehen. Dieser letzte Aspekt wurde gerade im Nationalsozialismus aktuell, als das *Volk ohne Raum* propagiert und damit der Anspruch auf Kolonien gerechtfertigt wurde. Immer wieder also ist es imperialistisches Gedankengut, das sich in der Zukunftsliteratur breitmacht. Aber das entsprach ganz den damals gängigen Auffassungen und war sicher nicht so schlecht gemeint, wie heutige Interpreten glauben könnten.

Dazu ist ein Blick in die deutsche Geschichte vonnöten. Die hier behandelte Zeitspanne ist von weltpolitischen Konflikten gezeichnet. Auch in Deutschland selbst herrschen recht undurchsichtige und ständig wechselnde Verhältnisse.

Das wilhelminische Zeitalter geht zu Ende, ein Weltkrieg bricht aus. Auch in diesem Fall endet er wie üblich: Wer verliert ist schuld. Der Versailler Vertrag setzte diesem bitteren Kapitel deutscher Geschichte ein scheinbares Ende.

Es folgte die Weimarer Republik mit ihren ständigen innenpolitischen Unruhen und Querelen; einig war man sich nur in einem Punkt: in der Revanche für die zu harten Bedingungen der Alliierten im *Schandvertrag von Versailles,* wie er landläufig tituliert wurde.

Gerade er tat ein übriges, die utopische Literatur in nationalistische Bahnen zu lenken. Die Zukunft werde diesen Schandfleck liquidieren und die deutsche Nation zu neuer Macht führen, so hoffte man jedenfalls, und so steht es auch in der einschlägigen Literatur.

Wissenschaft und Technik ermöglichten, die Welt unter deutscher Führung neu zu verteilen und es allen anderen Nationen mit aller Deutlickeit zu zeigen, wie der Betrogene als Phönix aus der Asche emporsteigt.

Gerade nach dem Ersten Weltkrieg gab es daher einige besonders scheußliche Machwerke imperialistischer Zukunftsliteratur. Schon ein Blick auf die Titel verdeutlicht das in anschaulicher Weise: *Alis. Die neue deutsche Kolonie. Das Ende von Versailles* von Inführ 1924 publiziert oder *Die rächende Stunde. Englands Schicksalstag. Ein Zukunftsbild,* ein Roman Grasseggers aus dem Jahr 1932.

Derart propagandistisch-faschistische Elaborate gehörten allerdings Gott sei Dank nicht zur Norm. Die Autoren begnügten sich damit, den „Kampf" auf einer sublimierten Ebene durchzuführen; die Macht des Stärkeren lag nicht in der Anzahl seiner Heere, sondern in Wissenschaft und Technik begründet.

Der deutsche Erfindergeist enthebt die Nation der Abhängigkeit vom Ausland; es ist das deutsche Genie, das seinen Kollegen eine Nasenlänge voraus ist und den Sieg davonträgt.

Unter dem Hitler-Regime erhielt diese chauvinistische Tendenz eine zusätzliche Dimension, den Kampf der arischen Rasse für ihre selbsternannten Privilegien. Dieser Rassenwahn mit seiner sich ändernden Bündnispolitik spiegelt sich auch in der utopischen Literatur. Die „Gelbe Gefahr", zuerst ein oft wiederholtes Requisit

Dominikscher Schreibweise, wandelte sich mit der weltpolitischen Konstellation alsbald in die „Gelbe Achse“.

Die Romane Daumanns und Lafferts, die beide zeitlebens im Schatten des berühmten Dominik standen, lesen sich hingegen immer noch gut. Bemerkenswert ist auch Bernhard Kellermanns *Der Tunnel,* obwohl er doch schon vor fast siebzig Jahren niedergeschrieben wurde. Er behandelt durchaus kritisch die Schaffung eines unterseeischen Verkehrstunnels zwischen den Vereinigten Staaten und Europa.

Wer es mehr phantastisch liebt, dem sei Paul Scheerbart ans Herz gelegt, sicher die originellste Persönlichkeit unter den deutschen Autoren. Als hungernder Philosophie- und Kunstgeschichtestudent verdiente er sich mit seinen Veröffentlichungen ein Taschengeld hinzu.

Allerdings ist er ebenso eine Randfigur der Szene wie Friedrich Freksa, über dessen einzigen utopischen Roman *Druso* die Kritiker völlig uneinig sind.

Wird er von der einen Seite als bester deutscher Zukunftsroman der Weimarer Republik gefeiert, sehen andere in ihm einen Ausbund faschistischer und antisemitischer Intoleranzen. Auch er berichtet von der Vernichtung der gelben Rassen, wie es Dominik so gerne tat (s. o.).

Daneben aber bietet er eine Fülle naturwissenschaftlich-technischer Innovationen, die heutigen Ansprüchen durchaus gerecht werden. Geburtenkontrolle – künstliche Zuchtwahl, wenn man so will – und Kälteschlaf sind jetzt ebenso aktuell wie das Thema: die Invasion insektenähnlicher Extraterrestrier, die eine degeneriert steinzeitliche Menschheit ausbeuten und von dieser gottähnlich verehrt werden.

Ob die schmarotzenden „Drusonen“, Bewohner des Kampfsterns Druso, tatsächlich eine Vorwegnahme der im Nationalsozialismus üblichen Vorstellung vom Juden waren, sei an dieser Stelle nicht weiter erörtert.

Führt man sich das bunte Kaleidoskop der deutschen Zukunftsliteratur bis 1945 vor Augen, so fällt eine pauschale Beurteilung denkbar schwer. Sicher ist auf jeden Fall, daß man sich in einer Zeit politischer Wirren hektischer Stagnation ganz auf den Technikoptimismus dieser Zeit verließ.

Die Zukunft von gestern ist nicht unser Heute, so formulierte es

Dieter Hasselblatt einmal treffend. Aber sie liefert uns Heutigen via Zukunft ein Bild des Gestern, das geprägt ist von den geheimen und offenen Wünschen und Ängsten vergangener Tage. Deshalb kann die utopische Literatur jener Tage nicht mehr versprechen, als die damals herrschenden Ansichten hielten.

Helmut Krohne

Kurd Laßwitz

Kurd Laßwitz und sein Werk

Obwohl Kurd Laßwitz' Roman *Auf zwei Planeten* als erster vollentwickelter SF-Roman in deutscher Sprache gelten kann, gilt der Autor für die herkömmliche Literaturgeschichte eher als Randfigur oder literarische Lokalgröße.[1]

Auch das ausgezeichnete *Lexikon der Science Fiction-Literatur,* das es immerhin geschafft hat, Laßwitz ausführlich zu berücksichtigen und sich die Ehre intimer Kenntnis mit dem österreichischen SF-Experten Franz Rottensteiner[2] teilen kann, stellt unter dem Stichwort „Laßwitz, Kurd" anfangs lapidar fest: „Kurd Laßwitz ist heute in Deutschland ziemlich unbekannt."

Die Sekundärliteratur zur SF hat das Bild über Laßwitz auch nicht erhellt – was allerdings auch eine beachtenswerte Leistung ist und Rottensteiner zu der bissigen Bemerkung veranlaßte: „... sowohl Martin Schwonke als auch Hans-Jürgen Krysmanski gaben an, Laßwitz zu schätzen, bezeichnen ihn als denjenigen deutschen SF-Autor, der der modernen amerikanischen SF am nächsten steht, und ignorieren ihn aber dann."[3]

Die Vernachlässigung von Person und Werk des Kurt Laßwitz ist sträflich aus folgenden Gründen:

1) Laßwitz schrieb – wie schon erwähnt – den ersten deutschen SF-Roman, der immerhin von 1897 bis 1930 eine Auflage von 70 000 Exemplaren erreichte und mehrfach übersetzt wurde.
2) Laßwitz stellte erste Überlegungen zu einer Theorie der SF an.
3) Als erklärter Kantianer verfaßte er mehrere philosophische Werke und wissenschaftliche Sachbücher, z. B. das Standardwerk *Die Geschichte der Atomistik vom Mittelalter bis Newton* (1890), so daß er als einer der wenigen gelten kann, die Philosophie und Naturwissenschaft in ihrer Person vereinen und darüber hinaus noch schriftstellerisch tätig sind.
4) Als Gymnasiallehrer für Mathematik und Physik – dies vielleicht mehr als Anekdote – unterrichtete er in Gotha den wohl

immer noch bekanntesten SF-Schriftsteller Deutschlands: Hans Dominik. Als Entschuldigung für die relative Unbekanntheit Laßwitz' kann eigentlich nur das Verbot seines erfolgreichsten Romans *Auf zwei Planeten* angeführt werden, das 1933 von den Faschisten ausgesprochen wurde, weil ihnen der Roman als zu „demokratisch" erschien.

Kurd Laßwitz wurde 1848 in Breslau als Sohn gutsituierter Eltern geboren. Der Vater war Eisengroßhändler und einige Jahre demokratischer Abgeordneter im Preußischen Landtag. Laßwitz erhielt eine seiner Herkunft entsprechende Ausbildung und entdeckte früh seine Interessen für Naturwissenschaft und Philosophie. Er promovierte wahrscheinlich 1875 (die im Lexikon genannte Zahl „1893" ist wohl ein Druckfehler, auch die von Rottensteiner genannte Zahl „1873" ist wohl nicht richtig, da Laßwitz 1873 zwar das Staatsexamen ablegte, aber erst zwei Jahre später promovierte[4] [zum Doktor der Philosophie mit einem naturwissenschaftlichen Thema: „Über Tropfen, die an festen Körpern hängen und der Schwerkraft unterworfen sind."]).

Trotz seines 1890 vorgelegten wissenschafts- und philosophiegeschichtlichen Standardwerks *Geschichte der Atomistik vom Mittelalter bis Newton* blieb Laßwitz die erhoffte Hochschulprofessur versagt, so daß er bis zu seinem Tode 1910 in Gotha am Gymnasium Ernestinum unterrichtete, es aber dort schließlich bis zum „Herzoglichen Hofrat" brachte.

In Leben und Werk zeigte sich Laßwitz ziemlich unbeeindruckt von den Problemen seiner Zeit – namentlich den sozialen –; wie sein großes Vorbild Kant kümmert er sich um dergleichen nicht, sondern führt ein beschauliches und geordnetes Leben – auch dies wie Kant, nach dessen Spaziergängen man in Königsberg bekanntlich die Uhr stellen konnte. Das Interesse für Naturwissenschaft und Philosophie entspricht ebenso den Interessengebieten Kants, dessen frühes Werk *Allgemeine Naturgeschichte und Theorie des Himmels* (1755) ganz entschieden die mechanische und nichtmystische Entstehung der Welt verteidigt, also naturwissenschaftlich ausgerichtet ist. Laßwitz ist der Kantschen Philosophie bis in den Handlungsaufbau und Zweck vieler seiner literarischen Werke verpflichtet, und als Pädagoge müht er sich, die Anschauungen sowohl dichterisch als auch theoretisch unters Volk zu bringen. Dabei ist er zu seiner Zeit jedoch nicht Neukantianer, sondern bleibt Kant als eines „Denkers des Bürgertums in dessen eindeutig progressiver Phase treu".[5]

Zum großen Vorbild Kant gesellt sich später ein zweites: Gustav Theodor Fechner, dessen Biograph Laßwitz wurde. Allerdings war der zweite vermittelt über den ersteren, weil Laßwitz in Fechner einen Vollender der Kantschen Lehre sieht. „Der von Fechner gelehrte Parallelismus des Physischen und Psychischen und die Erklärung des Einzelbewußtseins als ein Erheben des Allgemeinbewußtseins über die Schwelle infolge der gesetzlichen Einheit eines psycho-physischen Systems – sie sind naturgemäß Folgerungen aus der Erkenntniskritik Kants, wenn man daran geht, auf Grund des heutigen Standes der Naturwissenschaften die Verbindung von Physiologie und Psychologie mit dem transcendentalen Idealismus zu suchen, eine Verbindung, die Kant gefordert, aber selbst nicht mehr vollendet hat."[6]

Fechner selbst hatte die Absicht, das „Maß der Empfindung" zu suchen, seine „Psychophysik" wollte eine „exakte Lehre von der Beziehung zwischen Seele und Leib sein".[7]

Dieser Versuch, menschliche Psyche und exakte Naturwissenschaft in Einklang zu bringen, wurde von Fechner schließlich zu einem obskuren pantheistischen Weltbild ausgebaut, in dem „... die gemeinsame Bedingung des Physischen und des Psychischen (...) das Gesetz des allgemeinen Bewußtseins" ist[8] und „alles Materielle beseelt ist, bis hin zu den Gestirnen selbst, und auch die Erde ist ein Engel".[9]

In der Spätphase von Laßwitz' Schaffen kommen namentlich in zwei Romanen die pantheistischen Einflüsse Fechners zur Geltung, in *Aspira* (1906) und *Sternentau* (1909). In *Aspira* nimmt eine Wolke Frauengestalt an, in *Sternentau* verlassen intelligente Blumen vom Neptunsmond die Erde wieder, nachdem ihnen die Menschen doch allzu barbarisch erscheinen. Beide Romane können „keinen Vergleich mit den Geschichten der Zeit zwischen 1890 und 1902 aushalten".[10]

Warum Laßwitz sich von Fechner faszinieren läßt, erscheint nur schwer erklärbar, und daß bei Fechner die Verbindung zum transcendentalen Idealismus auch nach Kantschen Begriffen wissenschaftlich sein soll, ist eigentlich nach Laßwitz' Auffassung vom Transcendentalen gar nicht möglich. In den *Wirklichkeiten* (1900), seiner bedeutendsten Essaysammlung, stellt Laßwitz fest: „Indem

Kant von dem empirischen Ich das transcendentale Ich als den von der Forschung unerreichlichen Rest unseres Selbstbewußtseins unterschied, begrenzte er ein für allemal das Gebiet der Wissenschaft und garantierte dem Subjekte seine Freiheit."[11] Im Hinblick auf Fechner findet sich dieses Zitat pikanterweise in dem Essay „Von der Mystik".

Wenn Laßwitz Fechner etwas zu verdanken hat, dann Humor und Satire. Unter dem Pseudonym „Dr. Mises" hatte Fechner diverse humorige Prosastücke verfaßt[12], und sich dabei einer besonderen Methode bedient: Zunächst stellte er eine scheinbar unhaltbare These auf – z. B. daß die Schatten lebendig seien – und bewies dieses Thema dann „mit einem köstlichen Aufwand an Scharfsinn".[13] Im Falle des Schattens etwa könnte ja letztlich auch der Schatten auf die Idee kommen, der Mensch sei sein Schatten, weil nie ein Schatten den Menschen länger als sich selbst wahrgenommen haben kann ... Fechners positiver Beitrag, der „höhere Blödsinn", kommt in einigen wirklich wundervoll blödsinnigen Kurzgeschichten zum Ausdruck, namentlich in „Psychotomie" (1885) und „Mirax" (1888). Starke humoristische Elemente finden sich aber auch in vielen anderen Kurzgeschichten, etwa in „Aus dem Tagebuch einer Ameise" (1890) oder in „Die Fernschule" (1902) – im übrigen eine tatsächliche Antizipation eines möglichen anderen Unterrichts über eine Art Bildtelefon –, wo sich ein Schüler für sein Zu-spät-Erscheinen mit folgenden Worten aus der Affäre zu ziehen versucht:

„Entschuldigen Sie, Herr Naturrat, meine Mama hat gestern unsere Tascheneiweißmaschine im Frauenklub auf Spitzbergen liegenlassen, die mußte ich schnell holen, und da es sehr windig war, habe ich mich etwas verspätet."[14]

Innerhalb seiner Kurzgeschichten (ursprünglich erschienen in den Anthologien *Seifenblasen* (1890), *Traumkristalle* (1902) sind in der Tat die humorigen wohl die schönsten. Genrespezifisch lassen sich Laßwitz' kürzere Erzählungen m. E. in zwei Kategorien aufteilen: in philosophische Märchen (z. B. „Prinzessin Jaja", 1892) und technisch-philosophische Utopien.

Zu den letzteren gehören die beiden Frühwerke „Bis zum Nullpunkt des Seins. Erzählung aus dem Jahre 2371"[15] und „Gegen das Weltgesetz. Erzählung aus dem Jahre 3877" (1878).

Sie sind „handlungsreich, melodramatisch, zeigen eine naive

Begeisterung für die Technik und schwanken im Ton zwischen Ernst und ausgelassenem Spaß".[16]

Kurzum: Sie sind ziemlich unlesbar, erlebten auch nur eine kleine Auflage und sind nicht typisch für den Autor. Allerdings zeichnen sich schon Strukturen ab, die später in ausgereifterer Form zu Themata Laßwitz' werden, nämlich *ethische Konfliktsituationen in einer technisierten Welt.*

Dies exemplarisch für „Nullpunkt des Seins" nachvollzogen: Hier gibt es „Nüchterne", der reinen Wissenschaft verpflichtete Zeitgenossen, und die „Innigen", einen Konflikt zwischen Denken und Fühlen also, personifiziert in Oxygen für die ersteren und Magnet für die letzteren, die beide die gleiche Frau lieben (Aromasia).

In einem Streitgespräch behauptet Oxygen: Der moderne Mensch „begreift, daß Freiheit nur bestehen kann in vernünftiger Unfreiheit, daß nur die gehorsame Unterwerfung unter das Gesetz frei zu machen vermag".[17]

Die gehorsame Unterwerfung unter das Gesetz, die Pflicht, ergibt sich aus Kants Theorie des Menschen als empirisches Naturwesen (Person) und intelligibles Geisteswesen (Persönlichkeit). Der Widerspruch zwischen äußerem Naturzwang und innerer Geistesfreiheit wird bei Kant durch die *freie Entscheidung zum inneren Zwang,* der Pflicht (dem kategorischen Imperativ „Du sollst") gelöst, die gleichzeitig über das individuelle hinausgeht und Sozialverpflichtung ist: „Der kategorische Imperativ ist also nur ein einziger und zwar dieser: *Handle nur nach derjenigen Maxime, durch die du zugleich wollen kannst, daß sie ein allgemeines Gesetz werde.*"[18]

Nur durch die Pflicht kann der Mensch so seine Freiheit gewinnen, das ist praktische Vernunft.

Durch die strenge Trennung von Person und Persönlichkeit, Natur und Idee, entsteht nach Bloch eine materialistisch-idealistische Koalition „mit beibehaltenem Materialismus im Sein, abstrakt-postulativen Idealismus im Sollen".[19]

Genau dieses Phänomen zeichnet auch wesentliche Geschichten von Kurd Laßwitz aus, ansatzweise auch „Nullpunkt des Seins". Der Materialismus im Sein, in der Natur, ist über Technik literarisch entwickelt: Luftvelozipeds, Wetterfabrikanten, Luftdroschken, Luftspritzen (als Waffe) und durch den „nüchternen" Oxygen personifiziert. Dagegen personifiziert sich der abstrakt-postulative Idealismus in Magnet, der Wissenschaft zwar anerkennt, aber das Ideal als höchsten Sinn sieht, das sogar alle sozialen Probleme zu lösen vermag. „Sie (die sozialen Probleme) konnten nur überwunden werden durch ein Ideal, wie es in jenen herrlichen Zeiten aufflammte und mit der Macht einer neuen Religion die Geister umfing, einer Religion, welche alle unhaltbaren und unzeitgemäßen Formen und Dogmen ausschied und jenen unsterblichen Kern des Christentums enthüllte, den ein Kant, ein Schiller vorahnend empfunden.“[20] Und schließlich läßt Laßwitz Magnet auch die Frage der Freiheit entscheiden: „Ja, Oxygen, hier ist Freiheit! Ich bin frei, bin es durch die Macht des *Ideals,* bin es durch meine dichtende Kunst, die mich über die Schranken der Welt und meiner räumlichen und zeitlichen Existenz hinausträgt.“[21]

Insgesamt ist diese Kurzgeschichte sowohl literarisch als auch philosophisch unreif, literarisch, weil es sich eher um erzählerische Fetzen in einem hauptsächlich philosophischen Streitgespräch handelt, philosophisch, weil hier Verklärung der Dichtkunst, des „Innerlichen“, des Ideals sogar gegen Kant betrieben wird, weil dessen zentrale Kategorie, die Pflicht als sittliche Entscheidung und einzig Freiheit erschaffende, nicht ausreichend thematisiert wird – ganz im Gegensatz zum späteren reifen Hauptwerk *Auf zwei Planeten.* Allerdings ist der Weg vorgezeichnet, um den es Laßwitz in seinem Hauptwerk gehen wird, nämlich – wie schon gesagt – um die Darstellung ethischer Konflikte in einer technisierten Welt.

Doch zunächst dürfen, um das Wirken des vernachlässigten Laßwitz nicht wieder zu vernachlässigen, noch die eigentlich wichtigen Kurzgeschichten nicht unerwähnt bleiben. „Auf der Seifenblase“ (1887) ist ein Mikrokosmos-Stück, in dem ein Glagli (für Galilei) den Seifenblasencharakter der Mikrokosmoswelt erkennt und dafür wegen Ketzerei angeklagt wird; „Aladins Wunderlampe“ (1888) räumt auf mit dem Glauben an die Machbarkeit des abstrakten Wünschens, weil Aladin die Naturgesetze nicht mehr aufheben kann, denn die Menschen haben sie inzwischen erkannt, womit die Möglichkeit zur phantastischen Zauberei in dieser modernen Welt entfällt; in „Wie der Teufel den Professor holte“ (1902) verblüfft ein moderner Professor mit seinen mathematischen Kenntnissen den Teufel (als Symbol für Mystisch-Metaphysisches stehend) derart, daß er die Freiheit zurückerlangt; und in „Die

Weltprojekte" (?) schließlich kommt konkrete Utopie als technische vollends zum Durchbruch.

Bei den Weltprojekten geht es um nichts Geringeres als die beste aller möglichen Welten. Gott entwirft zwei Projekte, eine total verwissenschaftlichte Welt, eine Welt des Gesetzes, und eine Welt der Phantasie, wo der Wunsch sofort zur Wirklichkeit wird, ein verwirklichtes abstraktes Utopia sozusagen.

Beide Projekte stellen die Bewohner nicht zufrieden, die einen sind Sklaven des Gesetzes, die anderen wunschlos unglücklich – denn wenn man sich alle Wünsche erfüllen kann, macht das Wünschen keinen Spaß mehr. Unter der Regie von Oberengeln entsteht aus Phantasie/Utopia und Gesetz eine neue Welt, die Welt der Menschen. Gott greift sich einen Menschen aus diesem Weltprojekt heraus, und siehe da, dieser ist zufrieden. Der Herr freut sich: „Nicht übel. So steuert ihr ja gerade auf die vernünftige Welt zu, die ich erwarte. Na, so mögt ihr sie euch denn selber schaffen, ich will sie bestätigen. Und wer bist du denn eigentlich? Ich bin der Ingenieur."[22]

Diese Geschichte ist hervorzuheben, weil sie elementares SF-Gedankengut enthält. Es geht um eine Welt, die (abstrakte) Utopie und Gesetz vereinigt, um eine Welt, die damit prozeßhaft-konkret wird, weil das Wünschen auf der Basis der Naturgesetze/Wissenschaft machbar wird. Derjenige, der diesen Prozeß nach vorn treibt, ist, frühem Fortschrittsoptimismus der SF entsprechend, der Ingenieur.

Noch eine weitere Kurzgeschichte ist hervorzuheben: „Apoikis" (1882), eine philosophische Utopie. Apoikis (Apoikis heißt Siedlung), ist eine im Atlantik in der Nähe von Tristan da Cunha gelegene fiktive Insel, auf der Nachfahren des Sokrates ein utopisches Gemeinwesen errichtet haben.

Apoikis ist offensichtlich in Anlehnung an Schnabels Insel Felsenburg – *dem wohl ersten entwickelten utopischen Unterhaltungsroman in Deutschland (vierteilig 1731/32/36/43) – verfaßt worden und weist damit auf Tradition utopischer Literatur in Deutschland hin.*

Durch Sekundärliteratur läßt sich nach meiner Kenntnis die behauptete Verbindung zwischen Felsenburg und Apoikis nicht belegen, wohl aber durch Textvergleiche. Bei Laßwitz äußert sich sein Berichterstatter *Ehbert* gleich zu Beginn über das „Barbarentum Europas". Dies entspricht der Europafeindlichkeit der Felsenburger, und auch der Name des Berichterstatters *Eberhard* Julius steht in auffälliger phonetischer Ähnlichkeit zu Laßwitz Ehbert.

Beide Inseln liegen im Atlantik und zeichnen sich durch unwirtliche, hohe Felsen aus, hinter denen jedoch ein verstecktes Paradies angesiedelt ist.

Laßwitz schreibt: „Kaum hatte ich den oberen Rand erreicht und einen Blick hinübergeworfen, als ich wie verzaubert stehenblieb ..."[23]

Und Schnabel schreibt: „... biß ich auf den allerhöchsten Gipfel gelangt war, allwo alle meine Sinnen auf einmahl mit dem allergrößten Vergnügen von der Welt erfüllet wurden. Denn es fiel mir durch einen eintzigen Blick das gantze Lust-Revier dieser Felsen-Insel in die Augen, welches ringsherum von der Natur mit dergleichen starken Pfeilern und Mauern umgeben, und so zu sagen verborgen gehalten wird."[24]

Im weiteren unterscheiden sich das Schnabelsche und das Laßwitzsche Paradies erheblich.

Den Helden Schnabels begeistert die Nahrungsfülle, das zahlreiche Wildbret, „zwey- oder dreyerley Arten von Geflügel", Früchte und Weinstöcke. Die Insel Felsenburg ist eine Art Schlaraffenland, in der man lediglich der Mühe des Bratens noch nicht enthoben ist. Auf dieser Grundlage des irdischen Paradieses errichten die Felsenburger später ihr pietistisches durch Verwandtschaftsbeziehungen harmonisiertes Utopia.

Bis zum Schlaraffenland folgt Laßwitz der Schnabelschen Handlung, dann aber entwickelt er seine eigene Utopie. Apoikis ist von Nachfahren des Sokrates bevölkert, die ursprünglich – wie die Schnabelschen Figuren – dem Zwang äußerer Natur enthoben waren. „Wir aber bedurften zwei Jahrtausende lang nichts von der Natur, als was sie uns selbst schenkte."[25] Anders als bei Schnabel führt das irdische Paradies nicht nur zu einer Utopievorstellung, in der lediglich reichlich gegessen, geheiratet, fortgepflanzt und gebetet wird, sondern zu einer Utopie, in der sich das Bewußtsein vervollkommnen konnte, weil die Menschen sich nicht um ihr täglich Brot kümmern mußten. Die Überlegungen, die hinter einer solchen Utopie stehen, sind wiederum kantianisch: Ohne äußeren Zwang der Natur auch keine Notwendigkeit zur Pflicht. Persönlichkeiten können ohne Umweg durch Vervollkommnung des Bewußtseins ins Reich der Freiheit gelangen.

„In unserer Welt besteht kein Gegensatz von Zwang und Freiheit. Wollen, Sollen und Können sind nicht mehr getrennt. Und das haben wir errungen durch die alleinige Pflege des wollenden, fühlenden und denkenden Bewußtseins. Ihr konntet es nicht, denn ihr mußtet Völker ernähren und Kriege führen."[26]

Die Vervollkommnung des Bewußtseins der Apoikier läßt so nebenbei auch die eine oder andere Erfindung entstehen, z. B. ist man nun – und das weist ebenfalls über die utopistische Vorstellungskraft Schnabels hinaus – auch der Notwendigkeit des Bratens enthoben. „. . . goß eine Flüssigkeit darüber, die er Diapetton nannte, und die Berührung mit derselben vollbrachte in einer halben Minute die Wirkung eines trefflichen Bratofens."[27]

Dennoch ist Apoikis keine SF-Geschichte, sondern eine, die sehr deutlich in der Tradition alter Utopie steht, eben weil – und hier mit Kantschen Begriffen im Handlungshintergrund – Natur/Technik/Arbeit beim Zustandekommen dieser Utopie vollkommen durch das vollkommene Bewußtsein ausgeschaltet sind.

Auf zwei Planeten

Der Roman *Auf zwei Planeten* erschien 1897, zu einer Zeit also, als die wesentlichen Romane Jules Vernes bereits ins Deutsche übersetzt vorlagen, die von H. G. Wells aber noch nicht.

Ein Einfluß Vernes auf Laßwitz läßt sich nicht nachweisen, dazu war Laßwitz Denken und die Probleme, mit denen er sich beschäftigte, viel zu eigenständig. Die gleiche Eigenständigkeit gilt gegenüber Wells, dessen *Krieg der Welten* 1901 in deutscher Sprache erschien. Thematisch gibt es Ähnlichkeiten, da in beiden Romanen Marsinvasionen Gegenstand des Themas sind, aber auf vollkommen verschiedene Weise. Wells' Marsungeheuer stehen den Laßwitzschen moralisch hochentwickelten Menschen diametral gegenüber.

Laßwitz steht somit den allgemein anerkannten SF-Pionieren Verne und Wells eigenständig gegenüber, vielleicht sogar ebenbürtig. *Auf zwei Planeten* hat, „nach den Worten des amerikanischen SF-Kritikers Anthony Boucher, möglicherweise die wirkliche Wissenschaft stärker beeinflußt als jedes andere Werk der Science Fiction: durch seine Wirkung auf Wernher von Braun und andere Mitglieder des deutschen Vereins für Raketentechnik".[28]

Im übrigen hat Rottensteiner in dem genannten Aufsatz versucht, Querverbindungen von Laßwitz zu späteren (amerikanischen) SF-Autoren herzustellen, insbesondere auch zum Vater der amerikanischen SF, Hugo Gernsback und dessen einflußreichen Roman *Ralph 124 C 41 O*[29]. Ein solcher Einfluß erscheint plausibel, da Gernsback als deutschsprachiger luxemburgischer Einwanderer leicht Zugang zu Laßwitz finden konnte. Nebenbei: Wenn es so wäre, wie Rottensteiner vermutet, so wäre dies nur ein weiterer Beleg dafür, daß SF von ihrer Genesis her nicht – wie viele fälschlich vermuten – ein lediglich spezifisch amerikanisches Phänomen ist. Auch hier darf man sich nicht von der Erscheinung täuschen lassen, in der BRD namentlich nicht durch den massenhaften SF-Kulturimport aus den USA . . .

Wie nicht anders zu erwarten, hat Kant Laßwitz auch in *Auf zwei Planeten* die Feder geführt:

Zunächst entdecken drei deutsche Forscher – Torm, Grunthe und Saltner – zu ihrer Überraschung am noch unbekannten Nordpol „ein genaues Kartenbild eines großen Teils der nördlichen Halbkugel der Erde in perspektivischer Polarprojektion", das offensichtlich nicht von Menschenhand stammen kann. Wenig später verunglückt die deutsche Expedition mit ihrem Ballon.

Grunthe und Saltner finden sich dann – gerettet – oberhalb des Pols wieder, in einer Raumstation (!) der Martier. Dort kommt es zu Kontakten zu den „Nume", wie sich die Martier selbst nennen. Die menschenähnlichen Nume sind durch Überwindung der Gravitationsgesetze zu Weltraumflügen befähigt.

Vor allem aber sind die Nume eine hochentwickelte Kulturnation, die den Menschen sowohl technisch als auch moralisch/sozial weit voraus sind. Ihre Weltanschauung, nach der sie streng leben, ist die „Numenheit".

Einmal wird direkt enthüllt, auf wen diese Numenheit zurückgeht: „Über der Tür leuchtete die lebensgroße Büste Imm's, des unsterblichen Philosophen der Martier, der ihnen die Lehre von der Numenheit enthüllt hatte." Dies ist ein klarer Hinweis auf Immanuel Kant.[30]

Die Numenheit steht für das Handeln nach Maßgabe der praktischen Vernunft. Ausschlaggebend dafür ist die *Gesinnungsethik;* moralisch ist eine Handlung nur dann, wenn sie vom guten Wollen – auf den Inhalt der Handlung kommt es nicht an – getragen wird und auf der Basis eines Pflichtbewußtsein erfordernden allgemeinen Sittengesetzes vorgenommen wird und nicht nur auf lediglich eigenem Vorteil bedachter „Neigung". Von daher ist beispielsweise eine aus Neigung vorgenommene Geldspende an einen Bettler nicht moralisch, denn „täte (der Menschenfreund) die Handlung ohne alle Neigung, lediglich aus Pflicht, alsdann hat sie allererst ihren echten moralischen Wert."[31]

Die Menschen haben bei Laßwitz mit den Nume, die die Numenheit (Sittlichkeit) streng befolgen, wegen ihrer unterlegenen Moral Schwierigkeiten, ein Konflikt, der bestimmend für den ganzen Roman ist. Die Nume haben nämlich die Absicht, Rohstoffquellen der Erde zu nutzen, und es stellt sich für sie die Frage, wie mit den Menschen umzugehen ist; sind die Menschen gleichberechtigt oder muß man ihnen die Numenheit aufzwingen, sie also kolonialisieren?

Der Konflikt wird vorprogrammiert in einem Gespräch, das Se (eine Martierin) mit Saltner führt. Se sagt: „Sie verstehen eben unter ‚Willen' allerlei Gemütskräfte, die bloß individuelle Triebe sind, gegen *diesen* Willen können wir sie festhalten . . .[32] Ihr Wille ist nichts gegen den unseren, nur das Motiv des Willens gilt. Gibt es eine gemeinsame Bestimmung der sittlichen Würde zwischen Numen und Menschen, so werden sie Freiheit haben, gibt es für Menschen nur Motive der Lust, so werden sie uns nie widerstehen."[33]

Der hochentwickelten Ethik der Nume entspricht ihre hochentwickelte Technik. Der Mars ist ein soziales und technologisches Utopia. Es gibt rollende Straßen, Wolkenkratzer und transportable Häuser, Lichtdepeschen, ein Retrospektiv, mit dem vergangene Ereignisse sichtbar gemacht werden können, Photozellen, schließlich wird die gesamte Energie aus Sonnenzellen gewonnen, und Nahrungsmittel werden synthetisch hergestellt.

Äußerst bedeutsam ist dabei, daß der Kulturfortschritt der Nume primär durch Wissenschaft erreicht wurde, und nicht, wie noch in der abstrakten Utopie „Apoikis", durch bloßen Bewußtseinsfortschritt:

„Steine in Brot! Eiweißstoffe und Kohlenhydrate aus Fels und Boden, aus Luft und Wasser ohne Vermittlung der Pflanzenzelle! – Das war die Kunst und Wissenschaft gewesen, wodurch Martier sich von dem niedrigen Kulturstandpunkte des Ackerbaus emanzipiert und sich zu unmittelbaren Söhnen der Sonne gemacht hatten."[34] (Im übrigen ist es eine Glanzleistung der Kürzungstechnik, den letzteren Satz wegzulassen: Scheffler-Ausgabe 69).

Die Frage, ob die Menschen kulturfähig sind oder nicht und ob ihnen die Numenheit auf friedlichem Wege vermittelt werden kann, wird im weiteren zum Streitpunkt auf dem Mars. Nach einem unglücklichen bewaffneten Konflikt mit einem englischen Kriegsschiff bilden sich auf dem Mars zwei gegensätzliche Lager: die Pro-Menschlichen (Philobaten) und die Anti-Menschlichen (Antibaten).

Nachdem die Engländer nicht bereit sind, sich für ihre Kriegshandlung zu entschuldigen und in vernünftige Verhandlungen einzutreten, werden sie militärisch entmachtet.

Das Weltgefüge gerät durcheinander: die Türken ermorden kurzerhand alle Europäer, worauf eine europäische Flotte Konstantinopel beschießt. Diese barbarischen Aktionen entsetzen die Nume, die Antibaten setzen sich durch und errichten ein Protektorat über Europa. Die europäischen Mächte einschließlich des deutschen Kaiserreichs in seiner Herrlichkeit werden entwaffnet und müssen sich fügen. Sie sind ihren „Neigungen" gefolgt und haben sich damit in den Augen der Nume diskreditiert.

Die Segnungen der Numenheit werden im folgenden den Menschen mehr oder weniger aufgezwungen. Viele Menschen sehen ein, daß die Numenheit gut und richtig ist, wollen sie sich aber nicht aufnötigen lassen, zumal einige Nume sich unter dem schlechten Einfluß der Erde zu überheblichen Machthabern entwickeln: Auf der einen Seite werden so Fortbildungsschulen für Erwachsene mit einer Mark Lernentschädigung pro Stunde gegründet – das ganze wird finanziert aus dem ja nicht mehr benötigten Militärhaushalt (Bildung statt Rüstung sozusagen) –, auf der anderen Seite kommen Unbotmäßige in „psychologische Laboratorien", und manche Nume bekommen den „Erdkoller" und benehmen sich wie größenwahnsinnige preußische Unteroffiziere.

Um das Gute zu erhalten und das Schlechte zu entfernen – die Fremdherrschaft –, bildet sich ein geheimer internationaler Menschenbund unter dem Schlagwort „Numenheit ohne Nume!" Der Aufruf wird von Grunthe und Saltner verfaßt. Es geht um folgendes: Die Menschen müssen ihre sittliche Autonomie und Würde erlangen, und sittliche Autonomie und Würde gebieten es, den eigenen Weg zum Kulturfortschritt zu gehen. Wenn die Menschen das erreichen, können auch sie wegen ihrer strengen Sittlichkeit nichts mehr gegen die Menschen unternehmen: „Kein Martier vermag den Griff des Nihilitapparates zu drehen, keiner einem Menschen seinen Willen aufzwingen, wenn ihm der Mensch mit festem, sittlichem Willen gegenübertritt, mit einem Willen, in dem nichts ist als die reine Richtung auf das Gute.“[35]

Dieser Weg wird dann auch erfolgreich beschritten, die Martier müssen sich davon überzeugen lassen, und so siegt auf beiden Seiten die Vernunft, und Weltfrieden kehrt ein. Die Numenheit siegt auch ohne die Nume, und auf der Erde steht das Tor zum utopischen Glück der Martier offen.

Diese Inhaltsangabe enthält den wesentlichen Handlungsablauf, täuscht aber etwas über den eigentlichen Unterhaltungscharakter des Romans hinweg. Die Hauptträger der Handlung – Saltner, Torm, Grunthe, La (Martierin), Se (Martierin), Frau Torm, und Ell, Mensch und Martier zugleich – sind in das spannende Geschehen zwischen Erde und Mars verwickelt und noch dazu in persönliche (Liebes-)Konflikte. Interessant ist, daß offenbar die Martierinnen auch einen weiterentwickelten Liebesbegriff praktizieren als die Menschen. Es bestehen nur Bindungen, die dem Individuum seine Freiheit lassen. „Liebe darf nicht unfrei machen.“ So sind zunächst La *und* Se mit Saltner befreundet, jedoch geht La dann später doch – wie von Saltner gewünscht – eine feste Verbindung mit diesem ein, was allerdings symbolhaft steht für die Möglichkeit der Annäherung zwischen Erde und Mars.

Die Analyse des Romans zeigt zunächst, daß es sich bei *Auf zwei Planeten* – im Zeitalter des Kolonialismus geschrieben –, um einen antikolonialen Roman handelt. Seine Aussage läßt sich zusammenfassen in: *Jeder Mensch hat die Pflicht (!), seinen eigenen Weg zum Kulturfortschritt zu finden, Höherkultivierte dürfen helfen, nie aber unterdrücken.*

Weiterhin ist der Roman in weltbürgerlicher Absicht verfaßt, es geht nicht um Nationen, sondern um die Menschheit. So verschwindet auch Preußens Herrlichkeit samt Kaiser im Handumdrehen von der politischen Weltbühne, wobei Seine Majestät dümmlicherweise im letzten Moment mit dem Degen in der Hand Preußens Gloria retten will. „Dann riß er den Degen aus der Scheide und rief: ‚Meine Herren! hier gibt es nur einen Weg – hindurch!‘“[36] Dem

Säbelrassler, den Fürsten und Generalen, bleibt angesichts der riesigen Flugboote der Martier letztlich nichts anderes übrig, als sang- und klanglos zu kapitulieren. (Unsere Kaisertreuen im Scheffler-Verlag haben es übrigens fertiggebracht, diese für damalige Verhältnisse sehr kritischen Anmerkungen eines immerhin beamteten Untertanen in ihrer Gesamtheit zu kürzen.)

Für den Kulturfortschritt gilt, daß er sich aus der Entfaltung von Wissenschaft ergibt, die Abhängigkeit von Natur zurückdrängt und so die Möglichkeit zur Humanität fördert. Der Kulturfortschritt besteht darin, daß sich Sozialethisches *gleichzeitig* mit Wissenschaft höherentwickelt. Der hohe Entwicklungsstand ist bei den Martiern sowohl eine Frage der Naturbeherrschung als auch der Selbstbeherrschung. Oder, wie bei Julius von Voß schon einmal formuliert: Technisch-wissenschaftlicher und politisch-sozialer Fortschritt bedingen einander.

Das ist für die SF keineswegs selbstverständlich. Häufig wird davon ausgegangen, technisch höherentwickelte Fremdrassen seien dem Menschen feindlich gesinnte Ungeheuer. Allerdings bedarf es nicht einmal immer der technischen Höherentwicklung; um das Geschäft mit der Angst zu betreiben, können die Extraterristrier auch ohne technische Hilfsmittel feindlich sein: Im Film ist dafür ein jüngeres Beispiel der Streifen „Alien". Alien bedeutet schlicht „Fremder", und in diesem SF-Horror-Film ist der Alien ein mordendes Ungeheuer, das nach und nach die Besatzung eines Raumfrachters umbringt. Gegenüber solchen Perversionen steht Laßwitz mit seinen Martiern eindeutig in utopischer Tradition.

Warum ist *Auf zwei Planeten* nun ein vollentwickelter SF-Roman? Eine solche Frage kann hinreichend nur beantwortet werden, wenn man eine Definition der SF als Beurteilungsmaßstab formuliert. Im Rahmen einer umfassenderen Arbeit „Zur Entwicklung der Science Fiction-Literatur in Deutschland", aus der auch der vorliegende Laßwitz-Artikel zu großen Teilen stammt, habe ich folgende Definition getroffen, die ich an dieser Stelle ausdrücklich ohne detaillierte Begründungsreflexion – dies würde den Rahmen des Themas sprengen – lediglich zur Kenntnis bringen möchte:

„Ihrem Wesen nach ist die SF die modernste Form literarischer Utopie. Wie diese arbeitet sie mit dem Mittel der erkenntnisbezogenen Verfremdung, ist aber wesentlich stärker als diese der Unterhaltung verpflichtet. Dem Fortschritt der Utopie zur prozeßhaft-konkre-

ten entsprechend liefert SF keine fertigen Welten, sondern begreift sich als Gedankenspiel mit alternativen Möglichkeiten, die nicht in der realistischen Gegenwart des Autors angesiedelt sind. Die so verstandene spielerische Handlung muß jedoch plausibel sein und darf den wissenschaftlichen Erkenntnissen der Zeit zumindest nicht widersprechen.“

Die in dieser Definition als für die SF charakteristisch herausgestellten Kriterien werden offensichtlich von Laßwitz' Roman *Auf zwei Planeten* erfüllt, was die Bezeichnung „Science Fiction“ für diesen Roman rechtfertigt:

1) Im Verhältnis zwischen Wissenschaft und Kulturfortschritt kommt die modernste Form literarischer Utopie zum Ausdruck.

2) Die Methode von Erkenntnis und Verfremdung wird angewandt: Kolonialismuskritik, ansatzweise Kritik militaristischen Nationalismus, „Numenheit“ als Ausweg.

Laßwitz Grundüberzeugung ist dabei zusammengefaßt diese:

„Insoweit zum technisch-praktischen Fortschritt nicht das Handeln aus moralisch guter Gesinnung hinzukommt, solange bleiben die menschlichen Lebensverhältnisse „nichts als lauter Schein und schimmerndes Elend“.[37]

3) Die Unterhaltungsverpflichtung ist gegeben.

4) Nach dem Weltfrieden ist die Erde auch noch nichts Fertiges, aber prozeßhaft-konkret zum Besseren befähigt, also nicht statisch-abstrakte Utopie.

5) Der Handlungshintergrund verstößt nicht gegen wissenschaftliche Erkenntnisse der Zeit. Im Gegenteil ist hier sogar ein Musterbeispiel geglückter Technik-Antizipation gegeben: „Die technische Phantasie des Verfassers, dem Funkverkehr Auto und Flugzeug noch völlig fremd sind, ist überraschend und geradezu visionär. Er erahnt und beschreibt Dinge, die seine Zeitgenossen zwar noch als wilde Spekulation ansehen müssen, die spätere Generationen aber tatsächlich verwirklichen werden.“[38]

Laßwitz als früher SF-Theoretiker

Laßwitz hat seine Ansichten zu seiner Art Literatur namentlich in dem Essay „Über Zukunftsträume“ niedergelegt. Er stellt gleich zu Beginn fest, daß es Unzufriedenheit und *Hoffnung* sind, die das

Leben in Gang halten, und grenzt sich dann scharf von abstrakter Utopie ab. Das abstrakte „... hat aber gar nichts mit der Vorstellung zu tun, die unsere modernen Zukunftstheorien vertreten, nämlich mit der relativen Verbesserung der Zustände durch einen allmählichen Entwicklungsprozeß."[39] Zu den Ideen müssen *Mittel* zur Umsetzung kommen, Utopie wird prozeßhaft-konkret, und zwar über Natur/Technik/Arbeit. „... ist das Werkzeug, das allein immstande war, die Vorurteile der Jahrtausende zu durchdringen und die Bahn für neue Fortschritte festzumachen, die Erkenntnis der Natur und ihre technische Beherrschung.[40] Und gerade das wird in der neuen Zeit zu einer Aufgabe für die Dichtkunst: „Gerade je mehr der Forscher und Techniker von allem Gefühlsmäßigen abstrahieren muß, um die Natur als das Gesetzliche kühl und verstandesmäßig vor sich zu haben, um so mehr entsteht dem Publikum das Verlangen (!) und dem Dichter die Aufgabe (!), die neue objektive Macht wieder im subjektiven Gefühl sich anzueignen."[41] SF-Literatur wird zur Notwendigkeit, und die utopische Fragestellung, von Laßwitz am Beispiel der Sonnenenergie aufgeworfen, lautet: „Welche sozialen Umwandlungen müßte sich nicht daran knüpfen, wieviel Not des Daseins gelindert werden?"[42]

Das sind Aussagen von einem Praktiker und Theoretiker der SF, die die Entwicklung der SF aus der Utopie (soziale Frage) und ihrer Entstehung sowie ihrer Umwandlung zur konkreten mit dem Fortschritt der Wissenschaft noch einmal schlaglichtartig verdeutlichen.

Kritik an Laßwitz

Eine Kritik an Laßwitz ist nicht machbar ohne eine Kritik an Kant. Das „abstrakt-postulative" Kantischer und Laßwitzscher Ethik führt zusammen mit der Ignoranz gegenüber sozialen Fragen ihrer Gegenwart (!) in eine idealistische Sackgasse. Darum kann Laßwitz im eigentlichen Sinne auch nur dort konkret sein, wo es um Technik geht, seine Sozialutopie bleibt abstrakt. Aber immerhin: es *ist* eine, die konkrete Wissenschaft zur Grundlage hat, und der Zweck des Ganzen ist sozial-utopisch. Laßwitz' Motiv des Willens ist zweifelsohne rein und auf das Gute gerichtet, aber im Gegensatz zur Kantschen Anschauung kommt es in der Wirklichkeit eben doch auch und vor allem nicht nur auf reine Motive, sondern auf inhaltliche Folgen an. Und die inhaltlichen Folgen sind so in tatsächlicher Gesellschaft so ungefähr das Gegenteil des ursprünglich beabsichtigten. Kants und Laßwitz' kategorischer Imperativ wirken in einer Klassengesellschaft „stark ideologisch, nämlich (als) preußischer Krückstock plus idealisiertes Reich der Bourgeoisie".[43]

Und so, wie der preußische Krückstock Friedrichs des Großen bekanntlich auch zum Prügeln seiner Untertanen verwandt wurde, wird auch aus der angeblich freien Entscheidung des einzelnen zum Sollen im gesellschaftlichen Verhältnis plötzlich ein Müssen zum Sollen, wird aus der hochgeistigen bürgerlichen Ethik ein profaner Prügelstock in preußischen Klassenzimmern (Kant nicht auswendig gelernt? Fünf Hiebe!) und auf preußischen Kasernenhöfen.

Das war weder Kants noch Laßwitz' Absicht, und als Positives bleibt, daß Kant eine Antizipationsformel geschaffen hat, „hin zu einer nicht-antagonistischen Gesellschaft, das ist zu einer klassenlosen, in der überhaupt erst wirkliche Allgemeinheit moralischer Gesetzgebung möglich ist".[44]

So gesehen, nämlich als Utopie dorthin verstanden, ist Laßwitz als SF-Schriftsteller denn auch einer, der auch in der Tradition deutscher Ordnungs-Utopie steht, denn eine rigorosere Ordnungs-Utopie als die der Pflicht-Ethik, als die der Negation der Neigung zugunsten der Pflicht, ist wohl kaum vorstellbar. So schließt sich der Kreis zur Utopie in Deutschland, man möchte fast sagen: zur „typisch-deutschen" Ordnungsutopie.

Die Freiheitsutopie kam wieder von woanders her, diesmal aus Amerika, und sie fand sogar begeisterte Aufnahme. Es ist die Rede von Edward Bellamys Roman *Ein Rückblick aus dem Jahre 2000*, den Kleinwächter als „halb-kommunistischen Staatsroman" bezeichnet.[45]

Dieser Roman wurde seinerzeit „fast in jedem Dorf gelesen".[46] Wenn auch kein deutscher SF-Roman, so hat dieser Roman in Deutschland für die Vorstellung – in diesem Fall – einer sozialistischen Zukunftswelt eine große Rolle gespielt. Und um einen SF-Roman handelt es sich, denn ähnlich wie bei Laßwitz sind für Edward Bellamy Wissenschaft und Technik die Fortschrittsbringer für die Massen.

Laßwitz hat in „Über Zukunftsträume" seine These dargelegt, daß Fortschritt der Technik Vernunft und Frieden erzwinge, aber genausowenig, wie Kant in einer Klassengesellschaft vollziehbar ist[47], genausowenig hat sich diese These Laßwitz' bewahrheitet. Und entgegen seiner Hoffnung mag Laßwitz auch schon geschwant haben, warum seine Utopie der Gefahr des Scheiterns ausgesetzt sein könnte.

Angesichts der kriegerischen Verwicklungen mit den Martiern läßt er seinen Helden Grunthe sagen: „Was mir unmöglich macht, ohne die tiefste Erregung von diesen Dingen zu reden, ist die demütigende Überzeugung, daß wir es eigentlich nicht besser verdienen. Haben wir es verstanden, die Würde des Menschen zu wahren? Haben nicht seit mehr als einem Menschenalter alle Berufsklassen ihre politische Macht nur gebraucht, um sich wirtschaftliche Vorteile auf Kosten der anderen zu verschaffen? Haben wir gelernt, auf den eigenen Vorteil zu verzichten, wenn es die Gerechtigkeit verlangte? Haben die führenden Kreise sittlichen Ernst gezeigt, wenn es galt, das Gesetz auch ihrer Tradition entgegen durchzuführen? Haben Sie ihre Ehre gesucht in der absoluten Achtung des Gesetzes statt in äußerlichen Formen?

Haben wir unsern Gott im Herzen verehrt, statt in Dogmen und konventionellen Kulten? Haben wir das Grundgesetz aller Sittlichkeit gewahrt, daß der Mensch Selbstzweck ist und nicht bloß als Mittel gebraucht werden darf?“[48]

Statt Frieden und Weltbürgertum standen die Zeichen der Zeit auf Krieg und Nationalismus, und die von Laßwitz in Deutschland zur Blüte gebrachte und mit Wissenschaft – wenn auch in idealistischer Weise – in Einklang gebrachte Utopie als SF-Literatur mußte verwelken unter dem Gifthauch, der von den Kasernenhöfen und Exerzierplätzen des wilhelminischen Kaiserreichs herüberwehte.

Wenn Kurd Laßwitz somit letztendlich in seiner Zeit auch ein Gescheiterter ist, so ist er doch der Vater der deutschen SF und dazu einer, dessen man sich nicht zu schämen braucht. Er gehört zu denen, die aufrecht scheitern.

Deshalb ist es nur recht und billig, daß für deutsche SF-Autoren inzwischen ein *Kurd-Laßwitz-Preis* ausgeschrieben wurde, um so das „Alte“ zu ehren und das „Neue“ zu entwickeln.

Das Neue aber ist vielleicht schon wieder oder immer noch das Alte. Statt Frieden und Weltbürgertum stehen die Zeichen der Zeit auf Aufrüstung und Krieg. SF sollte und kann als konkrete Utopie dagegenarbeiten.

Mit seinen Mitteln hätte das auch Laßwitz getan. Wir aber sind heute einen Schritt weiter, als er es zu seiner Zeit sein konnte: Immerhin wissen wir, daß es keine Martier gibt und wir daher auch keine Hilfe von ihnen in dem notwendigen Kampf um Vernunft und Frieden erhalten werden. Und wir haben außer Kant jetzt einen Ernst Bloch, der Hoffen vom Kopf des bloß abstrakten Wünschens auf die Füße des konkret Machbaren gestellt hat, ohne in einem falsch verstandenen – hoffnungslosen – Realismus die Utopie gleich mitzuerwürgen.

So brauchen wir denn wohl und gerade heute Soldaten, auch als Autoren in der SF, aber Soldaten an der „Front des Weltprozesses" und nicht an Elbe, Weser und Rhein.

Anmerkungen

1 vgl. Adolf Sckerl; Nachwort zur Laßwitz-Anthologie „Bis zum Nullpunkt des Seins", Berlin 79, S. 329.
2 Derzeit für SF zuständiger Herausgeber der Phantastischen Bibliothek Suhrkamp
3 Franz Rottensteiner; „Ordnungsliebend im Weltraum: Kurd Laßwitz", in: derselbe (Hrsg.); „Polaris 1" Frf./M. 73, S. 134. Im folgenden: Ordnungsliebend . . .
4 vgl. dazu Adolf Sckerl; Nachwort zur Laßwitz-Anthologie, a.a.O., S. 326
5 ebenda S. 328
6 Kurd Laßwitz; „Gustav Theodor Fechner", Stuttgart 1896, S. 194
7 ebenda S. 73
8 ebenda S. 197
9 ebenda S. 60
10 Ordnungsliebend . . ., S. 159
11 Kurd Laßwitz; „Wirklichkeiten", Berlin 1900, S. 401
12 Kurd Laßwitz; „Gustav Theodor Fechner", a.a.O., S. 32
13 ebenda S. 35
14 Kurd Laßwitz; „Bis zum Nullpunkt des Seins", Berlin 79, S. 140. Im folgenden: Nullpunkt . . .
15 Erstdruck 1871, Schlesische Zeitung Breslau
16 Ordnungsliebend . . ., S. 141
17 Nullpunkt . . ., S. 21
18 Immanuel Kant; „Grundlegung zur Metaphysik der Sitten", in: I. Kant; „Kritik der praktischen Vernunft", Leipzig 78, S. 236

19 Ernst Bloch; „Prinzip Hoffnung"; 6. Auflage, Frf./M., S. 988 (2. Band)
20 Nullpunkt . . ., S. 20
21 Nullpunkt . . ., S. 45; Hervorhebung von Laßwitz
22 Nullpunkt . . ., S. 315
23 Nullpunkt . . ., S. 161
24 J. G. Schnabel; „Insel Felsenburg", Stuttgart 79, S. 147
25 Nullpunkt . . ., S. 168
26 Nullpunkt . . ., S. 169
27 Nullpunkt . . ., S. 164
28 zitiert nach „Ordnungsliebend . . .", S. 134
29 1973 in München bei Heyne erschienen
30 Kurd Laßwitz; „Auf zwei Planeten" Roman in zwei Büchern. 36. u. 37. Tausend. Volksausgabe. Leipzig o. J.; I. Buch, S. 59
31 Immanuel Kant; „Kritik der praktischen Vernunft", Leipzig 78, S. 210
32 Kurd Laßwitz; „Auf zwei Planeten", a.a.O., 1. Buch S. 267
33 Kurd Laßwitz; „Auf zwei Planeten", a.a.O., 1. Buch S. 268, vgl. auch die neu bearbeitete Ausgabe des Scheffler-Verlages: Kurd Laßwitz; „Auf zwei Planeten", Frf./M. 69, S. 114. Dort heißt es „Motive der Luft"!
34 Kurd Laßwitz; „Auf zwei Planeten", a.a.O., 2. Buch S. 21
35 Kurd Laßwitz; „Auf zwei Planeten", a.a.O., 2. Buch S. 233
36 Kurd Laßwitz; „Auf zwei Planeten", a.a.O., 2. Buch S. 282
37 vgl. Immanuel Kant; „Idee zu einer allgemeinen Geschichte in weltbürgerlicher Absicht", Bd. VIII, S. 26
38 Wernher von Braun; Geleitwort zur Neufauflage zu Kurd Laßwitz; „Auf zwei Planeten", Frf./M. 69, S. 6. In bezug auf Automobile unterliegt von Braun allerdings einem Irrtum. Vgl. Kurd Laßwitz; „Auf zwei Planeten", a.a.O., 2. Buch, S. 282
39 Kurd Laßwitz; „Wirklichkeiten", a.a.O., S. 422
40 ebenda S. 430
41 ebenda S. 438
42 ebenda S. 439
43 Bloch, Prinzip . . ., S. 1021, 2. Buch
44 ebenda S. 1025
45 Dr. Friedrich Kleinwächter; „Die Staatsromane. Ein Beitrag zur Lehre vom Communismus und Socialismus." Wien 1891. zu Bellamy vgl. S. 110–125. Bellamys „Rückblick . . ." erschien als erste deutsche Bearbeitung 1889 unter dem Titel „Edward Bellamy. Alles verstaatlicht. Socialpolitischer Roman."
46 ebenda S. 4
47 vgl. Bloch; Prinzip . . ., S. 1022, 2. Buch
48 Kurd Laßwitz; „Auf zwei Planeten", a.a.O., 2. Buch S. 274

Jörg Weigand

Karl August von Laffert (1872–1938)

Vorbemerkung

Es ist gewiß eine Binsenweisheit, daß den Amerikanern keineswegs das Verdienst zukommt, „Erfinder" der Science Fiction zu sein – sofern in diesem Zusammenhang überhaupt von Verdienst gesprochen werden kann. Geschäftstüchtigen amerikanischen Verlagsmanagern, allen voran der Schöpfer des reichlich nebulösen Begriffs „Science Fiction", Hugo Gernsback, allerdings kann die zweifelhafte Ehre nicht abgesprochen werden, die Möglichkeiten des Verdienens an der SF durch massenhafte Produktion erkannt und ausgenutzt zu haben und damit nicht unwesentlich am jahrzehntelangen qualitativen Niedergang eines an sich verheißungsvollen literarischen Genres Verantwortung zu tragen.

Bereits bevor Hugo Gernsback im April die erste Nummer seines Magazins *Amazing Stories* erscheinen ließ, gab es nicht nur in den USA, sondern auch im alten Europa – auch in Deutschland – eine ganze Reihe von Autoren, die „utopische Romane", „technische Abenteuer", „Zukunftsromane", „Romane der Gegenwart" u. ä. verfaßten. Ihre Bücher kämen heute fast alle unter dem Etikett SF auf den Markt, würde man sie wieder auflegen.

Von den deutschsprachigen Autoren der utopischen Unterhaltungsliteratur, die zwischen den beiden Weltkriegen zum Teil in Massenproduktionen schrieben, sind nur wenige nach dem Zweiten Weltkrieg bei uns wieder aufgelegt worden: etwa Hans Dominik oder Otto Willi Gail. Die meisten sind verschollen, oft nur noch dem Namen nach bekannt. Lediglich einige Sammler hüten ihre verstaubten Exemplare – oft genug, ohne die Bücher gelesen zu haben. Und oft genug, das muß eingestanden werden, lohnen die Schwarten wahrlich kaum die Mühe einer sorgfältigen Lektüre.

Im Interesse einer literarhistorischen Aufarbeitung freilich sollten alle diese Romane heute vergessener Autoren einmal gründlich durchgesehen werden – sofern sie verfügbar sind. Die Erfahrung lehrt aber auch, daß weitaus mehr Titel heute noch greifbar sind, als man annehmen möchte. Für eine detaillierte Entwicklungsgeschichte der deutschsprachigen Science Fiction und ihrer Vorläufer kann eine solche Durchsicht durchaus noch von einigem Wert sein.

Vor allem aber fehlt es an biographischem Material, und hier ist in der Tat nur schwer Abhilfe zu schaffen. Darum sollte jeder, der über derartige Unterlagen verfügt, versuchen, diese zu veröffentlichen. Denn nur mit Hilfe solcher Mosaiksteine läßt sich eines Tages ein Gesamtbild erstellen – etwa auch über die soziologische Einordnung der Autoren.

Karl August von Laffert ist einer jener vergessenen Autoren aus der Schaffensperiode zwischen den beiden Weltkriegen. Die älteste seriöse Abhandlung über Science Fiction in deutscher Sprache von Martin Schwonke[1] erwähnt in dem ausgewählten Literaturverzeichnis der Primärquellen diesen Autor noch nicht einmal, obgleich seine gebundenen Romane zum Teil beachtlich hohe Auflagen erlebt haben. Der 1959/60 von Heinz Bingenheimer edierte Katalog utopischer Literatur[2] verzeichnet sechs Titel von Lafferts; möglicherweise ist diese Liste unvollständig, da ich im Werksverzeichnis der mir zugänglichen Familiengeschichte des Geschlechts von Laffert[3] zwei weitere Titelangaben ausmachen konnte, die utopisch-spekulativen Inhalt zu signalisieren scheinen. Die Bücher haben mir allerdings leider nicht vorgelegen. (Vergleiche dazu die Bibliographie weiter unten!) Die von Bingenheimer aufgelisteten Erscheinungsdaten sowie die Angaben über Verlage und Erscheinungsorte der Bücher differieren zum Teil erheblich mit den Vermerken in der Familiengeschichte.

In der bislang umfangreichsten Darstellung der Entwicklung der Science Fiction im deutschsprachigen Raum von Manfred Nagl[4] wird Karl August von Laffert nur am Rande erwähnt. (Siehe dort S. 159/160, Anm. 50, und Seite 164/65 laufender Text sowie Anm. 84 und 85 sowie 93.) Nagl bezieht sich bei kurzen Zitaten ausschließlich auf einen einzigen Roman des Autors. Im Literaturverzeichnis erwähnt er lediglich fünf Romane des Autors; über das Leben von Lafferts erfahren wir gar nichts.

Einige wenige biographische Daten sind dem Heyne-SF-Lexikon[5] zu entnehmen; es fehlt allerdings die Angabe des Todesjahres. Die bibliographischen Angaben folgen dem Transgalaxis-Katalog von Bingenheimer.

Biographisches

Karl August (II.) von Laffert wurde am 1. Juli 1872 in Dannenbüttel geboren; seine Eltern waren Karl August (I).) von Laffert (geboren am 4. Juni 1842, gestorben am 7. März 1915) und Antoinette von Laffert, geborene Stein (Lebensdaten unbekannt). Er besuchte die Gymnasien in Wolfenbüttel und Schwerin; während der Schuljahre lebte er bei Pensionseltern zur Untermiete. In seiner Gymnasialzeit lernte er den Autor von *Max und Moritz* und *Die fromme Helene,* Wilhelm Busch, kennen und scheint mit ihm viel zusammen gewesen zu sein. Jedenfalls spricht die Familienchronik der von Lafferts davon, daß der „Dichter-Philosoph Wilhelm Busch" den „heranwachsenden jungen Mann stark beeinflußte".

Zum Abschluß seiner Schulzeit stellte er sich dem sogenannten „Fähnrichsexamen", das er so gut bestand, daß ihm im Namen des Kaisers eine offizielle Belobigung ausgesprochen und er als Fahnenjunker in das hessische Dragoner-Regiment Nr. 23 in Darmstadt aufgenommen wurde. In dieser Einheit erhielt er auch das Leutnants-Patent. Dort scheint sich der junge Offizier schnell beliebt gemacht zu haben, denn die Familiengeschichte vermerkt dazu:

> „In der Gesellschaft und am hessischen Hofe spielte er bald eine Rolle, da er außerordentlich talentiert war. Hinzu kamen sein liebenswürdiges Wesen und sein Humor. Frühzeitig bildete er sein musikalisches Talent und seine schriftstellerische Begabung weiter aus. Er nahm in Darmstadt Unterricht in der Kompositionslehre und hat eine Fülle von schönen Liedern komponiert. Schon mit 24 Jahren wurde er Vorsitzender des Richard-Wagner-Vereins."

Bleibt anzumerken, daß von Laffert offensichtlich, was in der Familienchronik nicht detailliert aufgeführt wird, auch im späteren Leben weiter komponiert hat. Jedenfalls gibt es einen Hinweis darauf, daß seine Kompositionen bei Konzerten in Berlin des öfteren gespielt wurden.

Während der Darmstädter Jahre heiratete Karl August von Laffert eine Tochter des Offiziers und Weltreisenden Schulze-Moderow, der zur damaligen Zeit als Abenteurer einen gewissen Namen hatte.

Nach der Kommandierung auf die Kriegsakademie und die anschließende Versetzung in den Generalstab wurde von Laffert im Jahre 1910 Schwadronchef beim Fürstenwalder Ulanenregiment Nr. 3. Drei Jahre später kam er als Militärattaché an die deutsche Botschaft in Konstantinopel und wurde in dieser offiziellen Funktion der internationalen Kommission zugeteilt, von der damals die endgültige Grenze Albaniens festgelegt werden sollte. Seine Frau Gertrud, die ihn auf den ausgedehnten Reisen begleitete, hat über die Arbeit an der albanischen Grenze einen Bericht mit dem bezeichnenden Untertitel „Aus dem Tagebuche einer deutschen Frau" geschrieben, der 1916 erschienen ist.[6]

Bei Ausbruch des Ersten Weltkrieges befand sich von Laffert noch in Konstantinopel, wo ihn inzwischen eine enge Freundschaft mit Enver Pascha verband. Hauptsächliche Aufgabe der deutschen Botschaft in der Türkei war es damals, die Türken zum Eintritt in den Krieg an deutscher Seite zu bewegen. Daß dies gelang, scheint unter anderem auch auf von Lafferts Bemühungen zurückzuführen zu sein.

Anschließend wurde von Laffert Verbindungsoffizier zu den Bulgaren und verfaßte einen ausführlichen Bericht über die Zustände im bulgarischen Heer, der in Potsdam archiviert wurde und heute nicht mehr zugänglich ist. Nachdem er zum Chef des Stabes einer Kavalleriedivision ernannt worden war, schrieb er ein Memorandum, in dem er die deutschen Erfolgsaussichten in dem sich ausweitenden Krieg äußerst negativ beurteilte. Als er diese Broschüre in nur wenigen Exemplaren an einige Bekannte verteilte, wurde er zum Infanterieregiment in Kottbus strafversetzt. Mit dieser Einheit erlebte er die Erstürmung des Forts Douaumont bei Verdun, eines der schlimmsten Gemetzel des gesamten Ersten Weltkrieges.

Nach Beendigung des Krieges – von Laffert war inzwischen zum Oberstleutnant befördert worden –, nahm er seinen Abschied und zog sich auf das zwischenzeitlich geerbte Gut Garlitz in Mecklenburg zurück (sein Vater war im Jahre 1915 gestorben). Hier in Garlitz nun wurde von Laffert erst zu dem Autor, der ihn für den Science Fiction-Bereich interessant macht. Neben seinen Aufgaben als Gutsbesitzer widmete sich der ehemalige Offizier vor allem seinen musischen und schriftstellerischen Neigungen. Er scheint auch hier viel komponiert zu haben und schrieb daneben Gesellschaftsromane, Kriminalromane und utopisch-spekulative Romane. Diese Science Fiction-Vorläufer spielen in der Regel in der nahen Zukunft. Damit deckte der Autor von Laffert ein breites Spektrum der Unterhaltungsliteratur ab.

Seine spekulativen Romane scheinen auch außerhalb Deutschlands Beachtung gefunden zu haben. Die Familiengeschichte vermerkt dazu:

> „Seine umfassende Bildung und sein scharfer Verstand kamen in diesen Schriften zur vollsten Geltung. Sein Buch über den Raketenflug zum Mond bewirkte, daß er in die Gesellschaft zur Raketenforschung mit dem Sitz in Amerika aufgenommen wurde. Eine amerikanische Zeitung nannte ihn den deutschen Jules Verne. Alle seine Bücher hatten eine sehr gute Kritik und erlebten z. T. mehrere Auflagen."

Innerhalb von elf Jahren (zwischen 1919 und 1929) veröffentlichte von Laffert zwölf Romane. Er verarbeitete dabei seine Erfahrungen, die er in der internationalen Kommission an der albanischen Grenze gemacht hatte, in dem Buch „Der Schuß auf den Barjadol" und trieb buddhistische Studien, die ihren Niederschlag in dem Buch „Buddha im Abendland" fanden.

Im Oktober 1938 starb Karl August von Laffert an den Folgen eines Schlaganfalls.

„Feuer am Nordpol"

Karl August von Laffert ist für die Periode zwischen den beiden Weltkriegen ganz ohne Zweifel ein ziemlich typischer Vertreter des utopisch-spekulativen Genres. Sowohl von der Anzahl der Bücher, die er innerhalb weniger Jahre geschrieben hat, wie auch von der Höhe der Auflagen her – seine Romane haben bis zu elf Auflagen erreicht! – kann man ihn fast schon als „Massenautor" bezeichnen. Inwieweit seine Romane auch im Ausland verlegt wurden, bleibt ungewiß. Sicher scheint, daß gerade die utopisch-spekulativen Titel in den Vereinigten Staaten von Amerika bekannt waren; darüber hinaus ist nur noch verbürgt, daß *Feuer am Nordpol* ins Italienische übersetzt worden ist.

Und genau von diesem Roman nun soll im folgenden die Rede sein, wobei ich davon ausgehe, daß gerade bei diesem Autor, wie bei anderen Vielschreibern ebenso, ein Roman gut für den anderen stehen kann. Darüber hinaus ist das Thema von *Feuer am Nordpol* gerade heutzutage sehr aktuell: der Kampf ums Öl.

Feuer am Nordpol erschien 1924 in Leipzig bei Ernst Keils Nachfolger (August Scherl), einem Verlag, der auch Hans Dominik *(Die Macht der Drei)* und A. Harrar *(Die Feuerseelen)* herausbrachte. Über die damalige Auflagenhöhe ist nichts herauszubekommen. Das Buch ist in Halbleinen gebunden und hat einen Umfang von 321 Seiten.

Bezeichnenderweise wird der Roman weder als Utopie noch als Zukunftsroman charakterisiert; der Untertitel lautet „technisch-politischer Roman aus der Gegenwart". Und damit ist das Buch an sich gut klassifiziert, wenngleich es einen spekulativen Inhalt hat.

Zum Inhalt

Der deutsche Spezialist Sanders sucht für internationale Gesellschaften nach Bodenschätzen. Als der noch junge Ingenieur Nagel ihm einen Plan vorlegt, am Nordpol zu explorieren, da ist Sanders zunächst skeptisch. Doch Nagel kann ihn davon überzeugen, daß es zwischen Alaska und dem Nordpol einen bislang unentdeckten, unter meterdickem Eis begrabenen Kontinent gibt, auf dem nach Bodenschätzen zu suchen sich lohnen würde.

Deutschland ist zu dieser Zeit am Boden, die Versailler Verträge lasten mit ihren Reparationsforderungen und den Deutschland auferlegten technischen, militärischen und wissenschaftlichen Restriktionen schwer auf der Bevölkerung. Besonders die Franzosen wachen mit Argusaugen darüber, daß im Gefolge des Ersten Weltkrieges getroffene Vereinbarungen strikt eingehalten werden.

Die Exploration des neuen Erdteils droht daran zu scheitern, daß die Franzosen von dem Plan Wind bekommen haben und in das Flugzeugwerk eindringen, wo sie die neuartigen Senkrechtstarter beschlagnahmen wollen, mit denen die Erkundung durchgeführt werden soll. Nur dadurch, daß sich die Arbeiter des Flugzeugwerks, in dem der geheime Maschinentyp verbotenerweise gefertigt wurde, zusammenrotten und die französische Kommission am Betreten der Werkshallen hindern, und durch Zusammenarbeit mit russischen Behörden gelingt es Sanders und Nagel, zusammen mit dem russischen Beauftragten Stratoff, aufzusteigen.

Bei der ersten Landung im Norden trifft die Expedition auf Captain Cook, den berühmten Forscher, der ihnen die Existenz des neuen Kontinents bestätigt und riesige Bodenschätze vermutet. Cook schließt sich dem Unternehmen an.

Es werden riesige Vorkommen an Kohle, Platin und Erdöl entdeckt, zu deren Ausbeutung die „germano-russische Nordland-Kompagnie" gegründet wird. Es geht zuerst einmal um die Platinlager; denn mit Hilfe des Edelmetalls läßt sich die Expedition am schnellsten finanzieren. Um die Bodenschätze vor fremdem Zugriff zu sichern, wird der neue Staat „Nova Thule" gegründet, zu dessen erstem Präsidenten Sanders ausgerufen wird. Petrolea, die Hauptstadt des jungen Staatsgebildes, wird – in einem fingierten Bericht des „Berliner Lokal-Anzeigers" – so geschildert:

„Auf einer Plattform versanken wir langsam in die Tiefe und befanden uns nach wenigen Minuten in einem hellerleuchteten Raume, der Platz für eine große Anzahl von Flugzeugen bot. Hier im eigentlichen Entladehafen stiegen wir aus.

Herr Gerling erklärte uns, daß alle unterirdischen Räume in das feste, kristallinische Eis hineingesprengt waren. Obgleich die ganze unter dem ewigen Eise befindliche Stadt von gleichmäßig angenehmer Temperatur erfüllt ist, schmelzen die Wände doch nicht fort, weil sie mit einer isolierenden Asbestlage bedeckt sind. An einzelnen Stellen führen enge Schächte in den Wänden nach oben, die der kalten Luft ein ständiges Zirkulieren ermöglichen, wodurch die Gefahr des Abschmelzens völlig vermieden wird ... Die Arbeitszeit ist eine achtstündige, die aber in zwei völlig verschiedene Tätigkeiten zerfällt; vier Stunden dienen der Schwer-, vier Stunden der Leichtarbeit. Als erstere rechnet alle bergmännische und maschinelle Tätigkeit. Als leichte Arbeit gilt die Beschäftigung in der Wohnstadt, im Park, beim Entladen der Flugzeuge und ähnliches. Dadurch wird eine einseitige Übermüdung vermieden ...

Man bestätigte mir, daß die Länge des projektierten Tunnels fast 1400 Kilometer betragen wird, eine Entfernung, die derjenigen von Berlin bis Sizilien gleichkommt. Meine Ansicht, daß hierzu Jahrzehnte nötig seien, begegnete fröhlichem Lächeln. Herr Nagel, der erste Direktor der Kompagnie, hat eine besondere Eisbohrmaschine erfunden. Ihr Kopf besteht aus einem mächtigen, stets glühenden Eisenkranze, der einen Durchmesser von drei Meter aufweist. Dieser Kopf frißt sich bei schneller Rotation in das rasch schmelzende Eis hinein. In der Mitte bleibt ähnlich wie bei dem Kern einer Bohrmaschine ein runder Eiskegel stehen, der von Zeit zu Zeit abgebrochen und nach rückwärts entfernt wird. Dadurch schafft man ziemlich rasch ein kreisrundes Tunnelloch.“ (S. 229–232)

Sehr schnell kommt es zu politischen Verwicklungen. Die französische Regierung erkennt Nova Thule nicht an; und die russische Regierung versucht, verstärkt Einfluß zu gewinnen, ja die Macht über den neuen Kontinent zu übernehmen.

Frankreich schickt eine Flugzeugarmada, die jedoch gänzlich vernichtet wird, und Stratoff hat in Nova Thule eine bolschewistische Geheimbewegung gegründet, die an dem Tag losschlägt, als Sanders und Nagel bei einem Unglücksfall verschüttet werden und als tot gelten. Doch die Gründer von Nova Thule haben vorgebaut: In einem Geheimabkommen mit den Vereinigten Staaten von Amerika haben sie sich Hilfe gesichert, die nun im richtigen Augenblick zur Stelle ist, um sowohl die Franzosen als auch die Russen an der Übernahme des mit Bodenschätzen so reich gesegneten Kontinents zu hindern.

(Pseudo-) Wissenschaftliches

Ganz ohne Zweifel hat Karl August von Laffert in diesem Buch den zukünftigen Kampf um die Bodenschätze dieser Erde klar vorausgesehen. Und auch die Art der besonders umkämpften Bodenschätze – die Wärmeträger Kohle und Öl – hat er richtig vorhergeahnt.

Daß bereits 1924 ein senkrechtstartendes Flugzeug erdacht wurde, mag manchen überraschen; doch sollte man bedenken, daß ja bereits Leonardo einen Hubschrauber skizzierte. *So* neu war das Anfang der zwanziger Jahre des zwanzigsten Jahrhunderts also doch nicht mehr. Origineller ist da, was sich von Laffert über die Errichtung einer ganzen Stadt im ewigen Eis des nordpolaren Gebiets ausgedacht hat. Manches mutet freilich auch heute noch reichlich utopisch an, etwa der riesige Bohrer, der mit einem drei Meter umfassenden, glühenden Eisenkranz einen Tunnel durch das Eis frißt.

Völlig unglaubwürdig freilich macht sich der Autor durch die von ihm beschriebenen und lauthals gepriesenen Methoden der Exploration von Bodenschätzen. Er propagiert die Arbeit mit der Wünschelrute. Die „wissenschaftliche“ Erklärung durch von Laffert sieht so aus:

> „Seit den Forschungen Rutherfords wissen wir, daß sämtliche Elemente sich unausgesetzt im Zustande des Atomzerfalls befinden. Ein Stoff geht in den anderen über, und bei diesem Vorgang entstehen Strahlen von ungeheurer Energie. Die uns bekannteste Strahlkraft besitzt das Radium. Es ist nun sehr gut möglich, daß diese Strahlen in einem Teil des menschlichen Gehirns, das man vielfach als Unterbewußtsein bezeichnet, Reaktionen auslösen, die zu bestimmten, aber unbewußten Bewegungen der Hand- und Armmuskulatur führen. Die Deutung dieser Bewegungen, die bei jeder stofflichen Strahlungsenergie verschiedene sind, erwirbt sich der Rutengänger durch längere Erfahrung, so daß sich schließlich bei jedem Ausschlag der Rute automatisch die Vorstellung irgendeines Stoffes ergibt. Diese unbewußten Vorgänge können noch durch Gedankenverbindungen, Wirkung von örtlichen Anzeichen, Erfahrung, Geruch, vielleicht auch durch Hellsehen unterstützt werden.“ (S. 17–18).

Gedanken hat er sich also schon gemacht über das Rutengehen, unser Autor, doch liegt er wohl damit ebenso schief wie mit der von ihm mitvertretenen Welteislehre von Hörbiger-Fauth, auf der er alle seine utopisch-spekulativen Romane aufgebaut hat.

Politisches

Feuer am Nordpol erschien 1924, fünf Jahre nach Beendigung des Ersten Weltkriegs. Die tiefgreifenden Erschütterungen, die das deutsche Nationalbewußtsein damals durchmachen mußte, schlagen sich in diesem Buch voll nieder. Und das verständlicherweise, denn immerhin war von Laffert Karriereoffizier gewesen; und wenn er auch das schmähliche Ende des Krieges vorausgesehen und in einem Memorandum einem kleinen Freundeskreis zugänglich gemacht hatte, so hatte offensichtlich sein Nationalstolz darunter nicht gelitten.

Eher im Gegenteil. Die Franzosen werden hier als der Erbfeind des deutschen Volkes dargestellt, fast karikiert – so überzeichnet kommt dem heutigen Leser manche Textstelle vor. So weigert sich Sanders bei einem Empfang in Rumänien, mit der Gastgeberin französisch zu sprechen. „Herr Sanders möchte nicht in der Sprache seiner Erbfeinde reden." (S. 13) Und Nagel, der Ingenieur, tut in der Fremde Dienst, denn „in unserem armen, von den Franzosen geknechteten Vaterlande gibt es ja für unsereinen keine ausreichenden Erwerbsmöglichkeiten mehr." (S. 16) Und vor allem geht es natürlich darum, Deutschland aus der Misere, die durch den Versailler Vertrag vorprogrammiert schien, wieder herauszuhelfen und es zu der bedeutenden Macht zu machen, die es einmal war: „Ich will Deutschland wieder ehrlich machen und deutscher Tüchtigkeit zu neuer Geltung verhelfen." (S. 74)

Dabei werden die Franzosen, immer im Gegensatz zum ehrlichen deutschen Bemühen, als die eigentlich Rachelüsternen, Scheinheiligen und Unversöhnlichen dargestellt:

> „Frankreich wünscht nichts sehnlicher als den völligen Friedenszustand", entgegnete der Gesandte. „Aber das stets revanchelüsterne Deutschland läßt es nicht dazu kommen, indem es sich immer aufs neue den gerechten Bestimmungen des Friedens von Versailles zu entziehen versucht. Und so lange befinden wir uns noch, wenn auch sehr gegen die Absicht des friedliebenden Frankreichs, im latenten Kriegszustande mit Deutschland. Auch aus diesem Grunde müssen wir daher die Herausgabe der als Kriegsmaterial anzusehenden beiden Flugzeuge verlangen." (S. 110–111).

Auch die anfängliche gute Zusammenarbeit zwischen Deutschen und Russen wird von der französischen Seite scheel angesehen. Noch ein Zitat, dann soll's damit genug sein – diesmal aus einem fingierten Zeitungsbericht des *Temps'* über die Sitzung der französischen Abgeordnetenkammer:

> „Deutschland stellte entgegen den mit uns getroffenen Abmachungen im vergangenen Jahre heimlich in einer Fabrik in Gotha Flugzeuge her, die sowohl ihrer Größe wie ihrem Aktionsradius nach als gefährliche Kriegswerkzeuge zu betrachten sind. Die ersten gebauten Flugzeuge entzogen sich unserem Zugriff durch die Flucht nach Rußland. Dagegen gelang es der Wachsamkeit unserer unübertrefflichen Kontrollkommission, den

Besitzer jener Fabrik zu verhaften. Er sollte seine Felonie mit langjähriger Zuchthausstrafe büßen.

Wie wir aus sicherer Quelle erfuhren, gelang es jenem Deutschen vor einiger Zeit, aus dem Gewahrsam auf der Zitadelle von Dijon zu entrinnen. Selbstverständlich ermöglichte die über die ganze Welt verbreitete deutsche Spionage seine Flucht. Er gelangte nach Rußland, natürlich unter heimlicher Unterstützung der deutschen Regierung, der größte Teil seiner ehemaligen Arbeiter und Angestellten folgte. Dort schmiedeten deutsche Rachsucht und bolschewsitisches Gift ein Unternehmen, das unter harmloser Maske seine aggressiven Tendenzen gegen das ahnungslose Frankreich zu verbergen bemüht ist. In der Nähe des Nordpoles soll ein Platinlager von unerhörter Reichhaltigkeit entdeckt sein. Dieses will die neugegründete Gesellschaft ausbeuten. Deutschland und Rußland, die sich im geheimen gegen uns verschworen haben, gelangen damit in den Besitz ungeheurer Hilfsquellen, die sie natürlich gegen das fast wehrlose Frankreich verwenden werden.

Können wir das ruhigen Blutes mitansehen?! Sollen wir die Zukunft Frankreichs, das Glück unserer Kinder sorglos aufs Spiel setzen?! Wollen wir es uns gefallen lassen, daß Deutschland in der neuen Nordlandkolonie eine Waffe schmiedet, die sich unfehlbar eines Tages gegen uns kehren wird?!

Ich sollte denken, der glorreiche Friedensvertrag zu Versailles gibt uns genug Handhaben, jeden deutschen Besitz zu beschlagnahmen, der in derart eklatanter Weise nicht nur den Frieden Frankreichs, sondern den der ganzen Welt bedroht. –

Die Regierung hat das Wort. Sie hat genug der Milde gegen Deutschland walten lassen. Jetzt laßt uns Taten sehen!" (S. 198–199).

Das aufdringlich Deutschnationale, sicherlich typisch und absolut verständlich für breite Bevölkerungskreise der damaligen Zeit, macht eine Lektüre heutzutage streckenweise regelrecht zur Qual. Unter diesem Gesichtspunkt sind von Lafferts Bücher sicherlich zu Recht vergessen. Doch sollte nicht verschwiegen werden, daß es gerade in dem vorliegenden Buch eine Stelle von geradezu hellsichtiger politischer Analyse gibt, in der die Schreckensherrschaft der Nazis erahnt wird:

„Vielleicht wird unter der strengen Faust der französischen Kontrolle aber doch noch ein Diktator von links oder rechts erstehen.“

Im Jahre 1924 geschrieben, sind das wahrhaft prophetische Worte, die nur allzubald Wirklichkeit wurden.

Abschließende Beurteilung

Karl August von Laffert ist ein typischer Autor der zwanziger Jahre dieses Jahrhunderts. Der politische wie gesellschaftliche Bruch, den das Ende des Ersten Weltkriegs markiert, kommt in seinen Büchern voll zum Tragen. Und selbstverständlich geht auch sein wissenschaftliches Wissen nicht über die Möglichkeiten der damaligen Zeit hinaus.

Wenn die stilistische Aufbereitung von *Feuer am Nordpol* uns heute geradezu modern erscheint, so liegt das an gewissen Parallelen mit Versuchen heutiger Autoren, der Science Fiction mehr literarisches Gewicht zu geben. Ich denke da z. B. an John Brunners *Stand on Zanzibar,* dessen – dos Passos nachempfundene – Aufteilung des Gesamttextes in kleine und kleinste Einheiten von Laffert vorweggenommen hat; etwa in Form von fingierten Dokumenten (Telegrammen, Zeitungsberichten, Verlautbarungen usw.).

Von dieser stilistischen Komponente her sind von Lafferts Bücher auch heute noch beachtenswerte Leistungen. Die deutschnationale Frömmelei freilich macht seine Romane heute unerträglich. Zu einer Neuauflage besteht daher sicherlich keine zwingende Notwendigkeit.

Bibliographie

(Ort und Erscheinungsjahr folgen der Familienchronik)

a) *Utopisch-spekulative Titel*

„Gefährliche Wissenschaft. Roman aus dem Gebiete der Hypnose.“ Verlag G. Stilke, Berlin 1919

„Der Untergang der Luna. Kosmopolitischer Roman.“ Verlag G. Stilke 1921

„Gold. Politischer Roman der Gegenwart.“
Verlag Hermann Partel, Berlin 1922
„Kosmopoli. Roman.“
Verlag G. Stilke, Berlin 1922
„Fanale am Himmel. Technisch-politischer Roman.“
Verlag Scherl, Berlin 1924
„Feuer am Nordpol. Technisch-politischer Roman der Gegenwart.“
Verlag E. Keils Nachf. (August Scherl), Leipzig 1924
„Flammen aus dem Weltenraum. Zukunfts-Roman.“
Verlag Kyffhäuser, Berlin 1927
„Giftküche.“
Verlag Scherl, Berlin 1929

b) *Andere Titel*
„Der Schuß auf den Bardajol. Eine Erzählung aus Albanien.“
Verlag J. Engelhorns Nachf., Stuttgart 1921
„Frau Irmas Abenteuer. Detektivroman.“
Verlag Moewig u. Höffner, Dresden 1921 (Reihe „Kriminalromane aller Nationen“)
„Buddha im Abendland. Ein Buch von Glück und Leid. Roman.“
Verlag Kyffhäuser, Berlin 1928
„Verbrechen auf Schloß Wörth.“
Verlag Scherl, Berlin 1929

Anmerkungen

1 Martin Schwonke, Vom Staatsroman zur Science Fiction. Eine Untersuchung über Geschichte und Funktion der naturwissenschaftlich-technischen Utopie. Stuttgart 1957.
2 Heinz Bingenheimer, TRANSGALAXIS. Katalog der deutschsprachigen utopisch-phantastischen Literatur aus fünf Jahrhunderten, 1460–1960. Friedrichsdorf/Taunus 1959/60, S. 57.
3 Kurt v. Laffert-Dannenbüttel (Hrsg.), Geschichte des Geschlechts von Laffert. Bearbeitet von Kurt von Laffert und Karl H. Lampe. Veröffentlichungen der „Familienkundlichen Kommission für Niedersachsen und Bremen sowie angrenzende ostfälische Gebiete“, Band 15. In Kommission bei Heinz Reise-Verlag, Hannover 1957. Die Karl August von Laffert betreffenden Angaben finden sich auf den Seiten 110 bis 112; die Anmerkungen dazu auf Seite 273.
4 Manfred Nagl, Science Fiction in Deutschland. Tübingen 1972.
5 Hans Joachim Alpers/Werner Fuchs/Ronald M. Hahn/Wolfgang Jeschke, Lexikon der Science Fiction-Literatur. München 1980. Band 1, Seite 414.
6 Verlag G. Stilke, Berlin 1916.

Nachwort

Deutsche haben meistens, mit einigem Grund, ein gebrochenes Verhältnis zu ihrer nationalen Vergangenheit, und statt Bewältigung herrscht oft Verdrängung vor. Das gilt auch für die deutsche Science Fiction. Dieser Band soll deshalb die Kenntnis über die deutsche Science Fiction erweitern, soll zeigen, daß sehr wohl Ansätze zu einer eigenen Tradition bestehen.

Deutsche Science Fiction und ihre Vorläufer: Das ist anspruchsvolle Literatur von Werfel bis Döblin, von Gurk bis Scheerbart, das sind auf dem Gebiet der populären Unterhaltung – des „Zukunftsromans“ – Dominik, Daumann, Gail, von Hanstein oder von Harbou, das sind im Bereich der untersten Klasse der Paraliteratur Heftromanserien wie *Sun Koh, Jan Mayen, Der Luftpirat* oder (nach 1945) *Jim Parker*. Deutsche Science Fiction beginnt für den einen bei Schnabels *Insel Felsenburg* oder Julius von Voß, für den anderen bei Robert Kraft oder Laßwitz. Ein dritter ignoriert die Zeit vor 1945 und beginnt dort, wo zum erstenmal deutsche Science Fiction amerikanischer Spielart auftauchte, also bei Clark Darlton (Walter Ernsting), der sich als erster von den betulichen Formen des „Zukunftsromans“ der Altvorderen löste.

Ein Ziel dieses Bandes ist es denn auch, über eine Art Bestandsaufnahme einen Brückenschlag zu versuchen, vielleicht etwas Gemeinsames herauszufiltern. Und selbst wenn dies nicht gelingt, weil die vertretenen Autoren aus zu verschiedenen Ecken kommen und selten aufeinander aufbauten, mag immer noch der Nachweis glücken, daß die deutsche Science Fiction eine Vielfalt aufweist, die weit über das Hohelied deutscher Ingenieurkunst eines Dominik hinausreicht.

Zu reden ist zunächst von jenen Autoren, die fehlen, bewußt fehlen: Hans Dominik zum Beispiel, der mit einer Vielzahl von weitverbreiteten Romanen nicht von ungefähr für die deutsche Vorkriegs-SF schlechthin steht. Er fehlt hier, weil die meisten seiner Romane in Neuauflage greifbar sind. Hinzu kommt, daß er ein Romanautor war, dem die kurze Form nur wenig lag. Ähnliches gilt für Otto Willi Gail und Rudolf Daumann. Thea von Harbous *Metropolis* wäre für einen Romanauszug gut gewesen, aber auch hier gilt, daß der Roman inzwischen in einer Neuauflage erhältlich ist.

Clark Darlton hätte hier als Klassiker der Nachkriegs-SF vertreten sein können, aber auch er war und ist ein schwacher Kurzgeschichtenautor, dem man mit dem Abdruck seiner frühen Romane eher gerecht wird. (Tatsächlich ist in dieser Reihe ein Darlton-Reader mit drei frühen Romanen geplant – als Teil des gleichen Konzepts wie dieser Almanach, die Laßwitz-Kurzgeschichtensammlung, Basils *Wenn das der Führer wüßte* und – ebenfalls geplant – Gurks *Tuzub 37*.)

Was nun die frühen deutschen SF-Heftromane angeht, so schien mir der Rahmen dieses Almanachs dafür keine geeignete Plattform zu sein. Wer sich hier informieren will, kann dies ohnehin leicht tun.

Was der eine oder andere sonst noch vermissen mag, fehlt vielleicht deshalb, weil es mir, dem Herausgeber, nicht so wichtig, nicht so gut wie hier Vertretenes erschien, vielleicht auch einfach deshalb, weil ich es nicht kannte. In der einen oder anderen Art wird ein solcher Almanach zwangsläufig seine Lücken haben ...

Kommen wir zu dem, was dieser Band vorzuweisen hat. Es wurde darauf verzichtet, die Beiträge chronologisch anzuordnen. Entweder der einzelne Text ist aus sich heraus interessant genug oder nicht – das Alter sollte hier zunächst einmal eine untergeordnete Rolle spielen. (Tatsächlich kommen mir einige der ältesten Beiträge am modernsten vor ...) Hier im Nachwort sei allerdings zur Einordnung bemerkt: Die Beiträge von Paul Scheerbart, Kurd Laßwitz, Gustav Meyrink und Carl Grunert stammen aus der Zeit vor dem Ersten Weltkrieg, die von Friedrich Freska, Alfred Manns, Othmar Sterzinger, Otfried von Hanstein, Kurt Kusenberg und Paul Gurk aus der Zeit zwischen den Weltkriegen, die von Axel Eggebrecht, Jürgen Nowak, Wolfgang Jeschke und Herbert W. Franke aus der Zeit von 1945–1960.

Zu den Autoren:

Paul Scheerbart lebte von 1863–1915 und schrieb eine Reihe von skurril-phantasievollen Werken der phantastischen Literatur, darunter *Lesabendio. Ein Asteroiden-Roman* (1913) und der Band *Astrale Noveletten* (1912), aus dem die drei hier abgedruckten Erzählungen entnommen wurden. Kurd Laßwitz, mit dem Roman *Auf zwei Planeten* der wohl wichtigste Klassiker der deutschen SF, war ein Zeitgenosse Scheerbarts und lebte von 1848–1910. Einzelheiten über Laßwitz sind Helmut Krohnes Beitrag über diesen Autor zu entnehmen. Laßwitz' Kurzgeschichtenwerk wurde in dem

Moewig-SF-Band *Traumkristalle* wieder zugänglich gemacht; hier werden zwei Romanauszüge präsentiert. Im übrigen sei, was Laßwitz und Scheerbart angeht, auf das *Lexikon der Science Fiction-Literatur* verwiesen.

Gustav Meyring (eigentlich Gustav Meyer) lebte von 1868–1932 und zählt zu den wichtigsten und bekanntesten Vertretern der deutschsprachigen phantastischen Literatur. Er verfaßte u. a. Werke wie *Der Golem* (1915), *Das grüne Gesicht* (1916) und *Walpurgisnacht* (1917). Die hier abgedruckte Erzählung wurde dem Sammelband *Des deutschen Spießers Wunderhorn* (1913) entnommen und ist eine Satire, die beispielsweise Kurt Tucholsky außerordentlich gut gefiel. Viel unbekannter (und sicherlich als Autor auch unbedeutender) ist Carl Grunert, von dem mir zwar das Geburtsdatum (1865), aber nicht das Todesjahr bekannt ist. Grunert veröffentlichte zwischen 1904 und 1908 vier Sammelbände mit SF-Erzählungen. Er schrieb eine für damalige Zeiten recht moderne Science Fiction und adaptierte als einer der ersten deutschen Autoren Themen wie Zeitreise und extraterrestrische Aggressoren.

Was die nächste Autorengruppe angeht, so besitze ich über Alfred Manns und Othmar Sterzinger nur die eine Information, daß die hier abgedruckten Erzählungen in einem 1919 erschienenen Sammelband mit phantastischen Erzählungen erschienen sind. Dem gleichen Band entnommen wurde auch die Geschichte von Friedrich Freksa, dessen Roman *Druso oder Die gestohlene Menschheit* (1931) unter dem Verdacht steht, antisemitische Propaganda betrieben zu haben. Davon ist in Freksas Erzählung nichts zu spüren, im Gegenteil, sie wirkt eher wie eine Satire auf deutsches Spießertum, und tatsächlich war Kurt Friedrich-Freksa (1882–1955), wie er eigentlich hieß, zeitweise Mitherausgeber der satirischen Zeitschrift *Phosphor*.

Otfried von Hanstein (1869–1959) hat insgesamt etwa 150 Romane verfaßt, darunter mindestens fünf SF-Bücher, die auch ins Amerikanische übersetzt und in Hugo Gernsbacks SF-Magazinen in Fortsetzungen veröffentlicht wurden. Der hier veröffentlichte Romanauszug (aus *Mond-Rak I*) ist typisch für diesen Autor.

Einen ganz anderen Hintergrund hat Kurt Kusenberg, der 1904 geboren wurde. Er war zeitweise Journalist, dann sehr lange Übersetzer, Herausgeber und Lektor bei Rowohlt. Die beiden hier veröffentlichten Kurzgeschichten entstanden 1936 bzw. 1939 und wurden erstmals 1940 in dem Sammelband *La Botella* veröffentlicht. Kurze, skurrile Sachen dieser Art kennzeichnen diesen Autor.

Paul Gurk, der hier mit zwei Romanauszügen aus *Tuzub 37. Der Mythos von der grauen Menschheit oder von der Zahl 1* vertreten ist, hieß in Wirklichkeit Franz Grau. Der heute fast vergessene Autor lebte von 1880–1952 und war als Dramatiker und Verfasser von Großstadtromanen bekannt. 1921 wurde ihm für das Bühnenstück *Thomas Münzer* der Kleistpreis zuerkannt. Gurk schrieb mit *Palang* (1930), *Die bunten Schleier, Fabeln, Märchen und Legenden* (1935) sowie *Der Kaiser von Amerika* (1949) weitere Werke, die der SF oder Phantastik zuzurechnen sind, aber einen fast legendären Ruhm – vor allem bei SF-Sammlern – genießt allein *Tuzub 37.* Die Lobpreisung der wenigen stolzen Besitzer eines Exemplars dieses Romans ist berechtigt, denn *Tuzub 37* zählt in der Tat zu den großen Anti-Utopien, und das Thema ist angesichts des inzwischen erwachten Umweltbewußtseins hochaktuell: Die Menschheit geht zu einer total künstlichen Lebensweise über, merzt alles Natürliche an sich selbst und an der Umwelt aus, betoniert die Erde ein. Wie bereits erwähnt: Dieser Roman wird für eine Veröffentlichung in der Reihe *Moewig Science Fiction* vorbereitet.

Axel Eggebrecht, Jahrgang 1899, ist in keiner Weise das, was man sich unter einem SF-Autor vorstellt, aber sein hier wiedergegebendes Hörspiel ist dennoch der Science Fiction zuzurechnen. Ein interessantes Zeitdokument, das – 1947 geschrieben, ausgestrahlt und erstmals im Druck erschienen – Fragen und Sorgen aufgreift, die auch heute leider wieder aktuell sind. Axel Eggebrecht, einer der großen alten Männer des deutschen Rundfunks (er war wesentlich am Aufbau des Rundfunks in Norddeutschland beteiligt) und auch heute noch frisch und kämpferisch wie eh und je, war Mitarbeiter der *Weltbühne,* Autor von Filmdrehbüchern und anderen Werken, vor allem jedoch ein weithin bekannter Rundfunkkommentator und ein mutiger, weiser, konsequenter Demokrat.

Herbert W. Franke (geb. 1927) bedarf bei SF-Lesern wohl kaum einer Vorstellung. Der 1927 geborene Physiker gilt seit seinen ersten SF-Buchveröffentlichungen im Jahre 1960 als führender deutscher SF-Autor, der mit bislang 13 Romanen und Storysammlungen (sowie einer Reihe von Anthologien) hervortrat. Er ist Herausgeber der SF-Reihe des Heyne Verlags. Die hier veröffentlichte Story ist eine seiner frühen Stories. Sie erschien erstmals 1958 im redaktionellen Anhang des *Utopia Großbands* 68.

Wolfgang Jeschke (geb. 1936) ist sicherlich der bekannteste und verdienstvollste Herausgeber von Science Fiction in Deutschland. Er betreut – zunächst gemeinsam mit Herbert W. Franke, ab 1977 dann allein – seit 1973 die Science Fiction-Reihe des Heyne Verlags und brachte sie zum Aufblühen, nachdem er vorher schon im Lichtenberg Verlag die Reihe *Science Fiction für Kenner* herausgegeben hatte. Er stellte inzwischen mehr als dreißig Anthologien zusammen und ist Mitherausgeber des *Lexikons der Science Fiction-Literatur*. Als Autor von Kurzgeschichten betätigt er sich seit 1955, und kürzlich kam auch ein erster Roman hinzu. Sein schmales Werk ist literarisch und substanziell dem von Herbert W. Franke durchaus ebenbürtig. Die hier abgedruckte Erzählung erschien zuerst 1958 im *Utopia Magazin* und lag in der Lesergunst – man veröffentlichte damals eine „Analytisches Labor" genannte Rubrik, in der Leserwertungen präsentiert wurden – noch vor Ray Bradbury.

Jürgen Nowak (geb. 1936) schließlich gehört zu jenen SF-Enthusiasten, die sich Mitte der fünfziger Jahre zu ersten Clubs und Mitarbeitergruppen von Amateurzeitschriften („Fanzines") zusammenfanden. Er war lange Zeit geschätzter Buchrezensent und Filmkritiker und hatte maßgeblichen Anteil am Aufbau der *Science Fiction Times*, einer heute noch erscheinenden semiprofessionellen Zeitschrift. Den hier abgedruckten Zyklus von Szenen veröffentlichte Jürgen Nowak 1959 als gedruckte Broschüre im Eigenverlag und entfachte damals eine heftige Diskussion unter SF-Lesern.

Kurz noch zu den Verfassern der drei Artikel: Jörg Wiegand (geb. 1940) ist von Beruf Fernsehjournalist beim ZDF und in der SF bekannt als Anthologist sowie als Autor von Kurzgeschichten und Artikeln. Susanne Päch (geb. 1955) schrieb ihre Dissertation über alte deutsche SF und gab zwei Sammlungen mit Kurzgeschichten von Dominik und anderen Autoren alter deutscher SF heraus. Helmut Krohne (geb. 1953) schrieb eine Staatsexamensarbeit über deutsche Science Fiction und verfaßte u. a. auch das Vorwort zu Otto Basils *Wenn das der Führer wüßte*.

Hans Joachim Alpers